Levke Winter
Butter bei die Fische

PIPER

Zu diesem Buch

Was haben sich seine Vorgesetzten nur dabei gedacht, Kriminalhauptkommissar Elias Kröger von Hannover in die ostfriesische
Provinz zu versetzen? Mitten im Nirgendwo fühlt sich Elias völlig
fehl am Platz. Die Kollegen sprechen Platt, das er nicht versteht,
und trinken Tee, der ihm nicht schmeckt. Aber gerade als Elias be-
ginnt, sich an die neue Ödnis zu gewöhnen, kommt plötzlich Leben
in das sonst so gemütliche Polizeirevier. Eine ungepflegte und ganz
offensichtlich geistig verwirrte Frau meldet, ihre Tochter Stefanie
sei in der letzten Nacht von einem buckligen Männlein aus ihrem
Zimmer entführt worden. Die Polizisten ignorieren ihre wirren
Aussagen zunächst, doch dann stellt sich heraus, dass das Mädchen
tatsächlich verschwunden ist. Ist Steffi ihrem chaotischen Zuhause
freiwillig entflohen? Oder hat der wegen Pädophilie vorbestrafte
Nachbar etwas damit zu tun? Elias Kröger begibt sich auf Spurensuche.

Levke Winter lebte viele Jahre in Ostfriesland, wo sie nicht nur den
Snirtjebraten, den bissigen Wind und den Blick bis zum Horizont
zu schätzen lernte, sondern auch den knochentrockenen Humor
der Ostfriesen. »Butter bei die Fische« ist ihr Debüt und gleichzeitig
eine Liebeserklärung an ihre Wahlheimat.

Levke Winter

Ein Ostfriesen-Krimi

Piper München Zürich

Mehr über unsere Autoren und Bücher:
www.piper.de

MIX
Papier aus verantwor-
tungsvollen Quellen
FSC® C014496

Originalausgabe
Mai 2013
© 2013 Piper Verlag GmbH, München
Umschlaggestaltung und Artwork: Martina Eisele, Eisele Grafik·Design, München,
unter Verwendung der Fotos von Datacraft Co Ltd / Getty Images und
reinobjektiv / gotolia
Satz: Greiner & Reichel, Köln
Gesetzt aus der Dante
Papier: Munken Print von Arctic Paper Munkedals AB, Schweden
Druck und Bindung: GGP Media GmbH Pößneck
Printed in Germany   ISBN 978-3-492-30315-6

Montagmorgen, steifer Nacken, leerer Magen – es war nicht schön. Außerdem hatte er immer noch das Gespräch mit Brotmeier im Kopf. Und nun als Krönung das Schiff. Es hing gegenüber an der weiß verputzten Wand. Schwere See, geblähte Segel, Gischt, dräuender Horizont ... ungefähr so. Der Maler, der definitiv zur Amateurfraktion zählte, hatte einen schweren goldenen Rahmen erstanden, und die Kollegen von der Polizeiinspektion Leer hatten sein Werk im Eingangsbereich angebracht. Nagel. Peng.

Im Grunde war das nicht weiter schlimm. Das Gemälde verlieh dem kargen Wartebereich mit der Bank, den Stühlen und dem abgeschabten Fliesenboden etwas Menschliches. Aber genau das war es auch, woran Elias sich störte. Dieses Bild hatte in seinen Augen etwas Umarmendes, Intimes. Es wirkte, als wollte es den Betrachter in eine Gruppe integrieren. Und das nervte ihn. Schon im Kindergarten und in der Schule hatte er seine Probleme mit Gruppen gehabt. Und Brotmeier hatte es ihm auch auf den Weg mitgegeben: »Sie sind kein Gruppenmensch, Schröder, das kriegen Sie nicht hin. Sie sind ein notorischer Einzelgänger.«

Mit einem unterdrückten Seufzer schaute Elias auf die Uhr, die über dem Glaskasten hing, in dem seine künftige Kollegin den Publikumsdienst versah. Es war fünf vor neun. Er wartete bereits seit fünfunddreißig Minuten. Verstohlen beobachtete er die Polizistin. Sie sah nett aus. Jung, blonde Haare im Zopfgummi, mit Haarklemmen gebändigt. Gerade eben verzweifelte sie an ihrem Computer. Er hörte, wie ihr ein »Verdoomt noch mal!« entschlüpfte. Wahrscheinlich füllte sie ein Formular aus. Dass sie dabei »Verdoomt noch mal!« sagte, machte sie ihm sympathisch. Er mochte Formulare auch nicht. Sie hob den Kopf und lächelte ihn an. Er lächelte zurück.

Dann wanderte sein Blick wieder zum Bild und schließlich zu der Bank darunter. Dort saß eine Frau mittleren Alters mit einem Jungen. Sie hatte schon gewartet, als er angekommen war. Jetzt stand sie auf, ging zur Pferdeschwanzpolizistin und sagte etwas. Allerdings auf Platt, deshalb verstand er kein Wort. Was hatten die sich in Hannover nur dabei gedacht, ihn in einen Winkel der Welt zu versetzen, wo er sich nur mithilfe eines Dolmetschers verständigen konnte? War das Brotmeiers Rache für all die Formulare gewesen, die Elias ihm zu spät oder gar nicht auf den Schreibtisch gelegt hatte? *Schicken wir den Saukerl sprachlich in die Wüste!* Brotmeier war das zuzutrauen.

Das Mädchen hinterm Tresen erhob sich und sagte: »Mensch, Frau Coordes, ich verstehe Sie ja, aber leider ist der zuständige Kollege vom Einbruchsdezernat noch immer nicht im Haus. Wenn er kommt…«

»Bucklig«, schnitt die Frau ihr das Wort ab. Die beiden sprachen hochdeutsch miteinander. Vielleicht war das auf Ämtern üblich. Elias schöpfte Hoffnung. Frau Coordes hatte krause, blonde Haare, die sie in ein Stirnband geklemmt hatte. Dazu trug sie eine beige, wattierte Steppjacke, die aussah wie vom Flohmarkt. Für das momentane Wetter – es war Anfang April und ziemlich warm – war sie viel zu dick angezogen. »Ein buckliges Männlein!«, erläuterte sie.

»Ich weiß, ich habe das aufgeschrieben.«

»Wo?«

Die Polizistin deutete auf den Computer. Frau Coordes

schob den Kopf durch das Loch im Trennglas und beäugte misstrauisch das Gerät, als überlegte sie, ob sie veräppelt würde. »Er war bucklig und ist erst in mein Zimmer gekommen und dann zu Steffi rüber«, erklärte sie.

»Das hab ich in der Anzeige notiert. Bucklig. Ins Zimmer. Sonst wissen Sie aber nichts?«

»Und schwarz.«

»Das nehme ich noch auf. Meinen Sie seine Kleidung? Also was er anhatte? Oder ist das der ethnische Hintergrund?«

»Was?«

»Wohl die Kleidung, hm?«

Die Frau nickte energisch, stieß sich den Kopf und zog ihn wieder auf ihre Seite der Glasabtrennung.

»Wollen Sie vielleicht einen Tee?«

»Nee.« Frau Coordes sah der Polizistin in dem kurzärmligen, weißen Hemd beim Tippen zu. Der Tee, den man ihr angeboten hatte, blubberte in einem Teekocher, der sich alle paar Minuten abschaltete und dann wieder ansprang.

Elias blickte erneut auf die Uhr. Viertel nach neun. Dann wanderte sein Blick zu dem Jungen, der die Frau in die Polizeiinspektion begleitet hatte. Es war ein spilleriger Kerl, etwa zwölf Jahre alt, mit einem blassen, runden Gesicht, in dem eine Schürfwunde verheilte. Abgewetzte Jeans, ein T-Shirt, auf dem ein bulliger Roboter mit einer Art Antenne auf dem Kopf zu sehen war. Im Gegensatz zu der Frau, bei der es sich wohl um seine Mutter handelte, wirkte er ziemlich intelligent. Er war still, einer von denen, die den Mund halten, aber dabei hellwach bei der Sache sind. Dass er sich seiner Mutter schämte, stand ihm ins Gesicht geschrieben. Was ihn aber wirklich beschäftigte – er stierte regelrecht drauf –, waren der Computer und die Polizistin. Warum? Interesse an

7

der Technik? An den beiden aparten Hügelchen unter dem weißen Hemd? Aber dann hätte er anders aussehen müssen. Irgendwie … entspannter.

War er aber nicht. Hände verkrampft, Blick ängstlich, dabei hoch konzentriert, registrierte Elias. Hätte er seinen Block mit den gelben Klebezetteln dabeigehabt, auf die er nach alter Gewohnheit Ermittlungsergebnisse notierte, hätte er diese Stichworte aufgeschrieben. War es dem Jungen wichtig, dass die Polizistin die Beschreibung des Buckligen korrekt in den Computer eingab?

Frau Coordes schlurfte zu ihrem Stuhl zurück und brummelte ein Wort, das wie »Boris« klang. Wohl der Name des Jungen. Dann folgte ostfriesisches Kauderwelsch. Boris zog den Daumen, an dem er geknabbert hatte, aus dem Mund und setzte sich drauf, es war offenbar eine Ermahnung gewesen. Der gute Vorsatz hielt zwei Sekunden, danach war der Daumennagel wieder im Mund.

Notiz auf den imaginären Klebezetteln: *Boris ist nervös.*

»Vielleicht wäre es besser, wenn Sie später noch mal wiederkämen, Frau Coordes. Der Kollege ist offenbar …« Die Polizistin hinter dem Tresen brach ab, weil die Tür aufging. Eine Frau in einem Patchworkmantel kam herein. Mitte dreißig, schätzte Elias, eins achtzig groß, drahtig gebaut. Sie trug Jeans und enge Stiefel. Die Haare waren lockig, in einem Farbton zwischen Rot und Orange, als hätte sie sich beim Färben nicht entscheiden können. Noch eine beunruhigte Bürgerin?

Die Polizistin sprang auf. »Frau Staatsanwältin! Gut, dass Sie da sind. Herr Ippen hat 'nen Zettel hiergelassen, dass er Sie sprechen muss, wegen der Sache …«

»Weiß ich«, brummte die Staatsanwältin griesgrämig.

»Er sagt, es sei eilig.«

»Isses doch immer, oder?« Die Frau wollte weiter. Sie hatte ein Pferdegesicht und wirkte nicht besonders verbindlich, aber auch nicht unsympathisch. Unterm Arm trug sie eine Kladde. Elias versuchte sie sich in einer schwarzen Robe vorzustellen. Das war schwer wegen der rotorangen Haare. Die sahen eher nach *Leck mich* aus als nach *Paragraf zweihundertfünfzehn b Absatz römisch drei*. Als sie seinen Blick auffing, zögerte sie.

»Der neue Kollege«, erklärte das Mädchen hinter dem Tresen hilfsbereit. »Herr Schröder aus Hannover. Der von der Fallanalyse.«

»Ach, nee.« Die Staatsanwältin reichte Elias die freie Hand. »Kellermann.« Ihr Händedruck war ein Mittelding zwischen Schraubstock und Pressluftramme und passte zum Pferdegesicht. »Sie sind also der, den man sozusagen ... versetzt hat?«

Strafversetzt. Es war offenbar schon durch sämtliche Flure gegangen. Elias nickte.

»Wegen ... Luftballons?«

»Na ja.«

Die Staatsanwältin musterte ihn, sagte: »O Gott!« und eilte weiter. Elias merkte, dass die Frau in der beigen Jacke ihn anstarrte. Ihre Lippen bewegten sich, als würde sie einen Gedanken durchkauen. Jetzt, da sie wusste, dass er ebenfalls von der Polizei war, erwog sie vielleicht, sich lieber an den Spatz in der Hand zu halten, statt auf die Taube zu warten, die nicht kommen wollte. Sie zuckte zusammen, als der Junge etwas fallen ließ. »Bumskopp!«, schnauzte sie. Bei dem Gegenstand handelte es sich um eine kleine Metallbox, auf der *Kosmos* und *Geheimschrift* stand. Der Junge hob sie auf und steckte sie in die Tasche zurück. Seine Hand zitterte. Elias beugte sich vor. Eigentlich ging ihn die Sache ja nichts an, aber immerhin war er Bulle. »Wie war das denn mit dem Buckligen? Erzähl mal.«

»Der kam mitten in die Nacht, als ich grad die Flimmerkiste ausgeschaltet hab«, antwortete Frau Coordes für ihren Filius. »Ich war eingeschlafen und wieder aufgewacht und wollte ins Bett und halt die Fernbedienung in der Hand – also, die neue jetzt. Die hab ich von meiner Schwester, weil die alte kaputt ist – da ging der Lautknopf nicht mehr richtig.«

»Und dann?«, fragte Elias und schaute Boris an.

»Da steht er auf einmal im Zimmer«, sagte die Mutter. »Wie 'n Zombie. Das war vielleicht gruselig. Ich hab 'n schwaches Herz, ich hätte glatt tot umfallen können.«

»Ein buckliges Männlein?«

»Sag ich doch.«

»Und wer war das?«

Hinter dem Tresen wedelte das Pferdeschwanzmädchen mit dem Arm, um Elias' Aufmerksamkeit zu erregen. »Frau Coordes wird oft belästigt«, erklärte sie. »Mal im Zug, mal beim Einkaufen, und dann wirft jemand eine Zigarettenschachtel über ihren Zaun oder klebt Kaugummi auf den Briefkastenschlitz … Wir haben schon einen ganzen Ordner mit Anzeigen.«

Elias sah, wie Boris knallrot anlief.

Junge ist intelligent – versteht den Subtext, notierte er im Kopf. »Und du? Hast du das bucklige Männlein auch gesehen?«

Boris starrte ihn an.

»Er schläft doch mit Steffi im selben Zimmer«, platzte Frau Coordes heraus, genervt, weil der blöde Polizist *gar nichts* wusste.

»Wer ist Steffi?«

»Na, zu ihr ist er doch von der Stube aus hin. Rüber zu den Kindern. Und dann zu Steffi ans Bett. Sag ich doch. Ich will 'nen Polizeischutz.«

Die Kollegin hinterm Tresen rollte mit den Augen.

Frau Coordes bemerkte Elias' skeptisches Gesicht und erklärte noch mal von vorn. »Also – erst war er bei mir. Ich hab die Flimmerkiste ausgemacht, mit der Fernbedienung, die Gitta mir geschenkt hat. Weil bei der alten ja der Lautknopf klemmte. Und dann ist er rübergegangen.«

»Kannten Sie die Person?«

»Ein buckliges Männlein.« Sie sprach es wie einen Namen aus – und zwar wie einen, der Elias bekannt vorkam. Buckliges Männlein ... Er begann zu grübeln, aber bevor er draufkam, ging schon wieder die Tür zur Straße auf.

Der Mann, der sich mit dem Hintern voran in den Eingangsbereich schob, trug eine Aktentasche und einen Margeritenstrauß. Er legte die Blumen auf den Tresen und sagte: »Weißt schon, wofür. Bist 'n Schatz, Frauke, ehrlich.« Es war ein großer Kerl, mindestens eins neunzig, mit breiten Schultern und einem perfekt rasierten Gesicht, dem man ansah, dass er gern lächelte. Anfang vierzig, schätzte Elias. Typ Frauenschwarm mit starker Schulter. Lässig, souverän. Sicher mordsmäßig begabt, wenn es ums Thema Gruppe ging.

Frauke hauchte ihm ein Küsschen zu und sagte: »Versuch's kein zweites Mal.« Sie wies zu Elias. »Das ist übrigens Herr Schröder. Der Kollege aus Hannover, der von der Fallanalyse ...«

»Na, so was. Gut Anker geworfen, Schröder?« Der Mann streckte Elias die Linke entgegen, weil er in der Rechten die

Aktentasche trug. »Harm Oltmanns. Leiter des K1. Einfach Harm, wenn's dir recht ist. Wir werden ja in Zukunft viel miteinander zu tun haben. Sag mal, Frauke, wo steckt Ulf überhaupt?«

»Oben«, antwortete die Kollegin am Tresen.

»Wieso das denn? Ich hab ihm doch gesagt ...«

»Er meint, Herr Schröder will vielleicht erst mal mit Herrn Jensen sprechen. Aber der ist ja noch nicht da.«

Harm Oltmanns murmelte verdutzt »Soso« und schüttelte den Kopf, während er Elias die Tür aufhielt. »Dann komm mal mit rauf. Pass auf, es wird dir hier gefallen, Mann. Eigentlich sind das alles nette Leute hier.«

Sollte das heißen, dass dieser Ulf nicht zu den Netten gehörte? Wer war das überhaupt? Der Kollege, mit dem Elias künftig das Zimmer teilen würde? Er folgte Harm Oltmanns zum Treppenhaus. »Der Chef ist also nicht da?«, vergewisserte er sich.

»Jensen musste nach Osnabrück. Für heut und morgen. Geht um Strukturprobleme und so. Das hat Ulf wohl nicht mitgekriegt.«

Ulf hatte es ganz sicher mitgekriegt. Vermutlich war er ein Kotzbrocken, dem es Spaß machte, dem Neuen Reißnägel auf den Stuhl zu legen. Na schön. Durch die offenen Türen am Flur entlang sah Elias seine künftigen Kollegen. Einige hoben die Hand, als sie ihn sahen.

»Du hast also als Fallanalytiker gearbeitet?«, wollte Harm wissen.

»Ja.«

»Wow.«

»Hm.« Elias sprach nicht gern über die Fallanalyse. Wer das Wort hörte, dachte an Profiler und hatte das Bild aus den

12

amerikanischen Fernsehserien vor Augen, wo geheimnisvoll dreinschauende Kerle erklärten, dass der Verbrecher, den sie suchten, Majoran im Balkonkasten zog, als Baby auf Kermit, dem Frosch, gekaut hatte und nachts von Zahnseide träumte. Hatte natürlich nichts mit der Realität zu tun. In Wirklichkeit sammelten Fallanalytiker Fakten, puzzelten damit herum und versuchten sich mit den Kollegen von der Ermittlung und einem Psychologen oder Gerichtsmediziner bei Unmengen Kaffee gemeinsam einen Reim zu machen. Mehr war da nicht. Allerdings auch nicht weniger. Ihre Aufklärungsquote konnte sich sehen lassen.

Harm öffnete eine Tür. »Komm erst mal rein. Das hier ist mein Zimmer. Da drüben sitzt sonst Sven, aber der hat sich was am Kreuz geholt. Ist mit dem Kinderwagen 'ne Treppe hoch. Bandscheibe oder so.« Das Zimmer war hell. Auf Harms Schreibtisch stand ein gerahmtes Bild von ihm und einer hübschen, mütterlich wirkenden Blondine, die ein Holzscheit auf die Schulter gewuchtet hatte. Sah nett aus.

»Willste 'nen Tee?« Harm kramte eine Flasche unter seinem Schreibtisch hervor und goss Mineralwasser in einen Stahlkessel, der auf einer Kochplatte stand. Daneben war es dekoriert wie bei Omas Kaffeeklatsch: eine Porzellandose, eine Schale mit weißen Zuckerstückchen, eine blau geblümte Teekanne, ein paar ebenfalls geblümte Tassen.

Elias sank auf Svens Stuhl und sah zu, wie Harm den kleinen Papierstapel auf seinem Schreibtisch zu sichten begann. »Nee, was?«, brummelte sein Chef und hob eines der Papiere auf. Das Geschriebene schien ihn zu ärgern, und Elias überlegte, ob er ein kollegiales »Stress?« beisteuern sollte, aber er ließ es lieber sein. Das Teegeschirrambiente irritierte ihn genauso wie das Schiff in Öl unten im Eingangsbereich. Sehnsüchtig dachte er an sein einsames Zimmer im Dachgeschoss des LKA in Hannover zurück, wo dieser ganze Gruppenkram keine Rolle gespielt hatte. Wo ihn abseits der Sitzungen nur Menschen aufsuchten, die mit ihm irgendwelche Sachfragen diskutieren wollten. So etwas wie die Angelegenheit mit dem buckligen Männlein zum Beispiel. *Buckliges Männlein …* In welchem Zusammenhang hatte er das nur gehört?

Harm legte den Papierkram beiseite, füllte Teeblätter in die Kanne, goss Wasser hinein und stellte die Kanne auf dem Schreibtisch ab. »Weißt du, Ulf Krayenborg ist in Ordnung. Umsichtig, korrekt. Man muss ihn nur zu nehmen wissen. Er hat …«

»Kennst du den Ausdruck buckliges Männlein?«, unterbrach Elias ihn.

»Was?«

»Buckliges … egal. Ich hab nur gerade daran gedacht.«

»Der Glöckner von Notre-Dame hatte einen Buckel«, erklärte Harm hilfsbereit.

»Den mein ich nicht.«

»Ach so.« Harm wartete noch einen Moment mit halb offenem Mund. Als Elias sich nicht weiter äußerte, schloss er den Mund und fuhr seinen Computer hoch. »Wo wohnst du eigentlich?«

»Bin ich mir noch nicht sicher.«

Harm hob die Augenbrauen. »Heißt das, du hast noch keine Bleibe?«

»Wird schon noch.« Es war Elias blöd vorgekommen, sich nach einer Wohnung umzusehen, wo er doch bis zum letzten Moment gehofft hatte, dass Brotmeier es sich anders überlegen würde. War ja oft genug vorgekommen. Er hatte die

14

Formulare verschlampt, Brotmeier hatte sich aufgeregt, dann glätteten die Wogen sich wieder. Aber diesmal …

»Also, einen Überfluss an Wohnungen haben wir hier momentan gerade nicht«, sagte Harm. »Und in den Osterferien hast du's auch schwer, kurzfristig ein Zimmer zu kriegen. Da kommen nämlich die Touristen. Das kannste dir nicht vorstellen. Wie die Ameisen. Plötzlich hast du sie überall.«

»Hm.«

Harm versenkte sich in die Neuigkeiten aus seinem Computer. »Aber man hat seine Ruhe hier. Also, wenn die Touristen wieder weg sind. Dann ist es nicht so hektisch wie in Hannover«, meinte er geistesabwesend. »Hat's dir dort gefallen?«

»Ja, schon.«

Harm machte sich eine Notiz und stand dann auf, um Tassen zu holen. Er goss Tee hinein und schob Elias seine Tasse über den Schreibtisch. »Vier Minuten, okay?«

»Was?«

»Der Tee. Ich hab ihn vier Minuten ziehen lassen. Vier ist gut, um die Lebensgeister zu wecken. Ab sechs Minuten beruhigt er. Ich glaube, vier wär jetzt prima, was? Ich muss grad mal weg.«

Er verschwand im Flur, und Elias starrte in die Tasse. Zu Hause hatte es in seiner Kindheit jeden Abend Pfefferminztee gegeben, unerbittlich, wegen der Gesundheit. Kein Wunder also, dass er so was nicht mochte. Er lehnte sich zur Seite und kippte das Gebräu in einen Ficus, der in der Ecke neben Svens Schreibtisch wucherte. Ficusgewächse vertrugen bekanntlich eine Menge.

Da Harm seinen Computer hochgefahren hatte, konnte er sich auch gleich mal umsehen, was so los war in Ostfriesland.

Elias wechselte den Schreibtisch. Auf dem Bildschirm war die Aufzeichnung einer Zeugenvernehmung zu lesen. Ein Kerl namens Maik Hindemissen war belehrt worden, dass er seinen Namen und die Anschrift korrekt angeben müsse. Außerdem stand da, dass Maik freiwillig seine Telefonnummer rausgerückt und bestätigt habe, dass er kein Verhältnis zum Beschuldigten besaß, das ein Zeugnisverweigerungsrecht begründet hätte. Alles korrekt. Bestens.

Harm hatte die Kästchen gewissenhaft ausgefüllt und unter *Beruf* aufgelistet, wo Maik in den letzten drei Jahren gearbeitet hatte. Erst für eine Spedition. Dann bei einem Taxiunternehmen. Schließlich bei einer Firma namens Frugenia, wo er bei der Spargelernte ausgeholfen hatte, und zwar von Mai bis Ende August. Spargel? Im August? Elias runzelte die Stirn. Mensch, Harm!

Er öffnete ein neues Fenster und gab bei Google »buckliges Männlein« ein. Gleich das erste Ergebnis verriet ihm, dass die Formulierung aus einem Volkslied stammte.

Will ich in mein Gärtlein geh'n, will mein Zwieblein gießen, steht ein bucklig Männlein da, fängt gleich an zu niesen. Will ich in mein Küchel geh'n, will mein Süpplein kochen, steht ein bucklig Männlein da, hat mein Töpflein brochen ...

»Und da ist er schon«, tönte es von der Tür.

Elias hob den Kopf. Harm schob jemanden durch den Türrahmen. Das musste Ulf Krayenborg sein. Der Mann sah aus wie Bill Clinton, nur mit Bauch. Keinem gewaltigen. Eher eine Wohlstandswölbung. Über dem Bäuchlein trug er eine weite blaue Strickjacke.

»Hallo, Profiler«, meinte Ulf grinsend und ließ sich auf der Tischkante neben dem Kopiergerät nieder. Er verschränkte die Hände über der Brust und spitzte angriffslustig die

Lippen. Auch ohne Profiler zu sein, konnte man sich denken, was er damit ausdrücken wollte. »Schon eingewöhnt, Schröder?«

Elias zuckte mit den Schultern.

»Aber gleich an die Arbeit ran, was?«

Elias wurde bewusst, dass er am falschen Schreibtisch und am falschen Computer saß. Harm starrte mit gerunzelter Stirn auf den Ficus.

»Schon was rausgefunden über die ostfriesischen Serienkiller? Huhu…« Ulf hob die Hand und wirbelte damit kindisch durch die Luft. »Der Verdächtige rammelte eine Kuh – hat also als Kind zu viel Lebertran bekommen und würde gern der Mama den Hals umdrehen. Ha ha ha. Ich halt übrigens viel von Psychologen, ehrlich, obwohl ich mich nicht erinnern kann, dass jemals einer hier bei uns geholfen hätte, einen Fall aufzuklären.«

»Ich bin kein Psychologe«, sagte Elias.

»Also mehr 'ne Art Medium? Bin ich auch für offen. Wie teilen wir die Arbeit auf? Ich renn rum und verhöre und mache den routinemäßigen Kleinkram, der so anfällt, und der Profiler zaubert inzwischen die Lösung aus der Tasche?«

»Fallanalytiker«, sagte Elias. »Es heißt Fallanalytiker. Profiler gibt es nur im Fernsehen.«

Harms Stirn hatte sich umwölkt. Auf der dunklen Blumenerde schwamm ein Zuckerstückchen in einer bräunlichen Pfütze. Mist. Ulf ließ immer noch Dampf ab. »Ooooh, da muss ich mich ja entschuldigen. Tut mir leid, wir leben hier 'n bisschen hinterm Mond. Fallanalytiker! Hoffentlich wird's dir nicht langweilig. In Ostfriesland gibt's nämlich nicht viele Serienverbrechen. Hier wohnen schlichte, arbeitsame Menschen, die einfach in Ruhe gelassen werden wollen, und fertig. So ist das bei uns! Stimmt es eigentlich, dass sie dich in Hannover rausgeschmissen haben?«

»Jemand sollte sich um Frau Coordes und das bucklige Männlein kümmern, von dem sie redet«, sagte Elias zu Harm.

Der riss endlich seinen Blick vom Ficus los. »Was?«

Ulfs Gelächter hinderte Elias an der Antwort. »Ach nee, da legt er schon los, der Diplomprofiler! Er meint die bescheuerte Alte, Harm, die hier ständig aufkreuzt, weil ihr angeblich jemand was Böses will. Die sitzt unten bei Frauke, haste nicht gesehen? Schröder, Mensch«, meinte er von oben herab, »die ist *wirklich* plemplem. Nur brauchen wir keinen Psychologen, um das zu kapieren. Die segelt hier im Stundentakt durch und macht 'ne Anzeige, und wir nehmen's auf und versenken's im Papierkorb. Früher hat man solchen Leuten 'ne Glocke um den Hals gehängt, damit …«

»Wie wär's, wenn ihr das bei euch im Büro ausdiskutiert?«, schlug Harm vor. Er wirkte sauer.

Ich hätte ihm sagen sollen, dass ich keinen Tee mag, dachte Elias. Eine Kindheit voller Pfefferminztee. Das hätte er sicher verstanden. Aber nun war es zu spät. Er erhob sich.

»Ach«, sagte Harm zu Ulf, der zur Tür strebte. »Lässt es sich einrichten, dass wir die Urlaubswochen tauschen? Imogen will im August zur Hochzeit ihrer Cousine, aber die findet unten in Italien statt, in Bologna, und so 'ne lange Reise lohnt ja nicht, wenn man nur zwei Tage …«

»Gesetzt ist gesetzt, hast du selbst gesagt. Was gesetzt ist, wird nicht mehr geändert«, erklärte Ulf, ohne sich drum zu scheren, dass Harm in der Hierarchieleiter über ihm stand. Wahrscheinlich hatte Ulf in seinem Urlaub nichts weiter vor, als den Rasen zu wässern, aber jemandem eins reinwürgen, das tat er offenbar gern – selbst wenn es sein Chef war.

Elias wollte Ulf folgen, sah dann aber einen Tesaabroller auf Harms Schreibtisch stehen. Nach kurzem Zögern riss er einen Zettel vom Zettelblock, notierte *Spargelernte bis Ende Juni* und klebte Harm den Zettel mitten aufs Display seines Computers.

Er erwachte vom Bellen eines Hundes. Das war am nächsten Morgen, und im ersten Moment wusste er gar nicht, wo er sich befand. Der Köter hatte die Pfoten gegen die Wagentür gestemmt und kläffte die Seitenscheibe an. Elias schlug mit dem Kopf an den Spiegel, als er auffuhr. Neben der rasenden Töle erschien das Gesicht einer clownartig bemalten älteren Dame mit lila Dauerwelle, die das, was sie durch die Scheibe erspähte, offensichtlich missbilligte. Sie zerrte den Hund vom Wagen weg, als könne er sich anstecken.

Elias zog eine Grimasse, während er sich aufrichtete und seinen Hals streckte. Verdrossen kurbelte er seinen Sitz hoch. Sein alter Twingo stand am Hafen neben der Touristinformation. Ein Angestellter, der die Tür aufschloss, warf einen verstohlenen Blick zu ihm herüber und sah dann rasch zur Seite. Möglich, dass der Mann jetzt bei der Wache anrief, von wegen verdächtige Gestalt auf dem firmeneigenen Parkplatz und so.

Obwohl – in Ostfriesland gab's ja nur anständige Leute. Das hatte Ulf ihm gestern nämlich auch noch erklärt. Grundsolide Leute quer durch die Bevölkerung. Wenn es Knatsch gab, waren das garantiert Ausländer. Ulf war Kassenwart in der Partei »Wir für Ostfriesland« und damit Experte für das ostfriesische Seelenleben und alles, was davon abwich. Die Leute – also die Einheimischen – waren bodenständig, wortkarg und ehrlich. Gelegentlich tranken sie mal einen über den Durst, aber nur am Wochenende. Dann fuhr wohl auch mal einer gegen einen Gartenzaun, Gott ja. Aber richtige Kriminalität gab es erst, seit die Ausländer da waren. Da wurden ständig welche zusammengeschlagen, weil die das nämlich gar nicht anders kannten. Das sah man in seiner Partei glasklar, und da nahmen sie auch kein Blatt vor den Mund.

Elias überlegte, ob Ulf ihn ebenfalls zu den Ausländern zählte. Das Wort Landesgrenzen, das er benutzt hatte und das sich auf eine imaginäre Linie zwischen Bad Zwischenahn und Oldenburg bezog, sprach dafür. O Mann. Er legte den Kopf auf das Lenkrad. Wenn er sich nur nach einem Zimmer umgesehen hätte. Harm hatte nämlich recht behalten: In Leer und Umgebung gab es nirgends ein freies Bett. Alles von Urlaubern belegt, die Ostern an der Nordsee genießen wollten. Hatten sie hier wenigstens ein Schwimmbad? Keine Ahnung. Ein Blick in den Rückspiegel zeigte ihm, dass er aussah wie einer, den sie gerade aus einem verschütteten Bergwerkstollen gerettet hatten.

Er beugte sich zum Rücksitz und angelte den Rasierapparat und das Zahnputzzeug aus seinem Koffer. Kamm war sicher auch nicht verkehrt. Er verstaute alles im Rucksack und ging dann hinüber zur Polizeiinspektion.

Elias gestand sich ein, dass ihm vor dem Tag graute. Den vergangenen hatte er an seinem neuen Schreibtisch verbracht, während Krayenborg im Nebenzimmer versackt war und die Zeit mit Kollegen verbrachte, wobei sie Platt sprachen, ganz gemütlich, und Tee tranken. Er hätte sich dazusetzen können, aber er hatte keine Lust gehabt, wo er doch kein Wort verstand und vom Tee einen Würgereiz bekam und bei Small Talk sowieso unvermeidlich gegen die Wand fuhr.

Aber den Kopf hängen lassen half auch nichts. Den neuen Tag musste er eben intelligenter beginnen. Also holte er sich die elektronische Akte von Frau Coordes auf den Computer. Er hatte das Zimmer wieder für sich, denn Ulf war auf den

Fluren unterwegs und sammelte bei den Kollegen für einen Wal, der auf einer der Inseln angespült worden war und präpariert werden sollte.

Elias blätterte sich durch die Seiten. Er fand nichts, was Ulfs Beschreibung widersprochen hätte. Bärbel Coordes beschäftigte die Wache mit Anzeigen, die etwa im Monatstakt eingingen. Dabei litt sie an einem Mangel an Intelligenz und einem Übermaß an Zeit, was vermutlich miteinander in Zusammenhang stand und was man ihr, wie er fand, nicht vorwerfen durfte, weil der Herrgott sie halt so geliefert hatte. Gut.

Nach dem Aktenstudium ging Elias in die Innenstadt, aß ein Fischbrötchen, dort, wo er schon am Vortag eines gegessen hatte, und besorgte sich dann im Kaufhaus ein Set gelber Haftzettel, um seine Erkenntnisse zu Boris festzuhalten. Wieder im Büro, begann er zu schreiben:

Boris nervös.

Boris intelligent.

B. findet Mutter peinlich.

B. will, dass buckliges Männlein von der Polizei zur Kenntnis genommen wird.

Und, mit rotem Kuli umkreist: *Boris hat Angst.*

Aber wovor? Elias starrte auf den Zettelsalat. Wenn er wirklich Psychologe gewesen wäre, hätte er vielleicht angenommen, dass er sein eigenes Unbehagen vor dem neuen Lebensabschnitt auf den Jungen übertrug. Aber er war Fallanalytiker und betrachtete ganz einfach die Fakten. Und das waren: ein Kindergesicht mit flackernden Augen, zittrige Hände, eine Metallbox, die zu Boden schepperte. Nur, rief Elias sich zur Ordnung, war das alles ohne Bedeutung, denn es war kein Verbrechen begangen worden, außer eventuell ein Fall von Hausfriedensbruch. Frau Coordes war weder bedroht noch verletzt oder bestohlen worden.

Das Fischbrötchen rumorte im Magen, und Elias machte sich auf die Suche nach einem WC. Im Flur traf er auf einen Kollegen mit einer Fliege, den er mit einem forschen »Moin« begrüßte. So machte man das hier, und er hatte beschlossen, sich anzupassen. Es half ja nichts. Das »Moin« kannte er übrigens aus Oldenburg, wo er drei Jahre lang die Fachhochschule für Verwaltung und Rechtspflege besucht hatte. Nur dass sein Gruß hier mit einem Schwall unverständlicher Wörter beantwortet wurde. »Ich komme aus Hannover«, sagte Elias, um klarzumachen, dass man mit ihm hochdeutsch sprechen musste.

»Och wat! Der Profiler!« Der Fliegenmann legte seine Brotdose auf einem Tischchen mit Flyern ab und schüttelte ihm die Hand. »Dann mal viel Spaß bei uns. Ich bin Reinert. Zwei Zimmer weiter. Wenn du willst, kannste nachher auf einen Tee zu mir kommen.«

Im Männerklo war es ruhig. Eine behagliche Stille wie in seinem Dachstubenbüro in Hannover. Elias entsorgte das Fischbrötchen vom Vortag, dann ging er zum Waschbecken und begann sich die Zähne zu putzen. Er beugte sich vor und starrte auf sein Spiegelbild. Ein übernächtigtes Gesicht. Schwarze, dünne Krauslocken, die wie Pusteblumenfäden abstanden. Irgendwie italienisch sah er aus, das hatte man ihm schon öfter gesagt. Auch, was den üppigen Bartwuchs anging. Er passte nicht hierher, wo die Schultern breit und die Schöpfe blond waren. Um das zu kapieren, brauchte er keinen Ulf. Er spülte den Mund aus und packte sein Zahnputzzeug wieder zusammen.

Da Ulf sich auch in den nächsten beiden Stunden nicht

blicken ließ, war Elias weiter arbeitslos. Er spielte eine Weile Solitär, langweilte sich, weil er die Päckchen immer gar zu rasch auf den Stapeln hatte, und ging runter zum Empfang, um Frauke nach dem Chef zu fragen. Der war aber immer noch in Osnabrück.

Frauke sah ihn mitfühlend an. »Ulf ist nicht einfach, was? Das Blöde ist, dass *niemand* mit ihm kann. Und deshalb haben sie ihn dir aufgehalst. Weil du neu bist. Das war ganz sicher nicht bös gemeint.«

Er fand es nett, dass sie ihn tröstete. Die Welt sah nicht mehr ganz so trübe aus. »Hat Frau Coordes dir noch was Interessantes erzählt?«, fragte er. Sie schüttelte den Kopf, und er kehrte in sein Büro zurück. Dort saß er eine weitere Stunde und blickte zum Fenster hinaus. Dann ging er erneut in die Innenstadt und kaufte zur Sicherheit einen weiteren Haftzettelblock. Man konnte ja nie wissen. Als er wieder in der Polizeiinspektion war, richtete Frauke ihm aus, dass Harm ihn gern sprechen würde.

Elias machte sich gleich auf den Weg zu seinem Chef.

»Ah, prima, dass du da bist!« Harm starrte auf den Computerbildschirm und leckte mit der Zunge über die Lippe. »Nicht übel, gar nicht übel.«

»Was?« Elias ließ sich auf Svens Stuhl sinken.

»Das mit der Spargelernte. Ich hab ein bisschen rumtelefoniert, drüben in Osnabrück und beim LKA. Offenbar hat Maik Hindemissen sich ein schickes kleines Unternehmen für Versicherungsbetrug aufgebaut. Ist so 'ne Art Familienbetrieb. Die Frau, die Brüder, der Onkel ...« Harm lehnte sich zurück und lächelte. »Die haben Unfälle provoziert. Kennst du sicher. Du bringst jemanden dazu, dir reinzufahren, und dann gehst du hin und kassierst bei seiner Versicherung ab. Nur hat das Maik finanziell wohl so weich gebettet, dass er keine Lust mehr auf Arbeiten hatte. Aber weil er einen nagelneuen Astra Cabrio fuhr, dachte er wohl, er müsse uns ein paar reguläre Einnahmequellen präsentieren. Spargelernte im August, was? Einmal zu viel schlau gewesen. Den kriegen wir dran.«

Elias freute sich, dass Harm sich freute. Er beugte sich vor, nahm den Merkzettel von Harms Schreibtisch und versenkte ihn im Papierkorb.

»Läuft es gut mit dir und Ulf?«, wollte Harm wissen.

Dass es beschissen lief, war sicher ebenso durch die Büros gegangen wie die Sache mit den Luftballons. Ulf machte aus seinem Herzen ja nicht gerade eine Mördergrube. »Geht schon.«

»Willste 'nen Tee?«

Das Gebräu dampfte in Harms Tasse, und es sah so aus, als sei die blau geblümte Kanne noch voll. Elias schüttelte den Kopf, aber Harm nahm trotzdem eine zweite Tasse und goss sie voll. »Ich hab ihn sieben Minuten ziehen lassen.«

»Warum?«

»Ich sag doch, das entspannt. Mit Kluntjes?«

»Was?«

»Zucker.«

Elias starrte auf das Pöttchen mit den durchsichtigen, kieselartigen Zuckersteinchen. »Bei mir zu Hause gab's früher abends immer Pfefferminztee. Mir wird davon schlecht.«

»Pfefferminztee ist doch kein Tee. Das ist Kräuterpampe«, sagte Harm, ließ ein Steinchen in die Tasse plumpsen und setzte sie Elias mit Nachdruck auf den Tisch. »Also: Die gute Nachricht ist, dass meine Freundin Imogen sich in die Idee verrannt hat, wir müssten zur Hochzeit ihrer Cousine.«

Nach Italien, klar. Elias nickte.

»Das hat mich unter Druck gesetzt.«

»Und was ist daran gut?«

»Für mich gar nichts, aber für dich. Ich hab dich nämlich eingetauscht.«

»Hä?«

Harm grinste gut gelaunt. »Bei Ulf. Gegen den August-urlaub. Er gibt mir die beiden Wochen vom Dritten bis zum Siebzehnten. Und dafür nehm ich dich in mein Büro. Die Sache läuft allerdings nur ein paar Wochen, bis Sven zurück ist. Na ja, bis dann hast du dich sicher eingewöhnt.«

»Du hast mich getauscht?«

»Sag ich doch: Glückspilz!« Harm räkelte sich behaglich auf seinem Stuhl.

»Eingetauscht – so wie ein Sammelbild?«

»Exakt.«

»Und ich hab einen Wert von vierzehn Urlaubstagen?«

»Ich glaub, ich hätte auch drei Wochen rausschlagen kön-nen«, meinte Harm selbstzufrieden.

»Na toll!« Elias nahm seine Teetasse, zog sich den Ficus heran und goss den Tee in einem dünnen Strahl auf die Blu-menerde.

Harm sah ihm dabei zu. Sein Gesicht verdüsterte sich. Als die Tasse leer war und Elias sie auf den Schreibtisch zurück-stellte, schwieg er zunächst. Dann setzte er an, etwas zu sa-gen. Wahrscheinlich wäre das der Punkt gewesen, an dem Elias' ostfriesisches Abenteuer ein Ende genommen hätte. *Nehmt euren Querulanten zurück. Er strengt an. Er kommt nicht klar mit der ostfriesisch gemütlichen Mentalität. Lasst ihn in einem Keller Akten sortieren.*

Aber in diesem Moment kam der Anruf wegen der Explosion, und da wurde alles andere erst mal nebensächlich. In einem Dorf namens Marienchor hatte nämlich jemand eine Bombe gezündet.

»Eine Bombe?«, fragte Elias, während er hinter Harm den Flur hinunterrannte.

»Japp.«

»Marienchor?«

»Japp.«

»Und weiß man schon …«

»Nix«, sagte Harm.

Sie schnappten sich das nächste Dienstfahrzeug und rasten los. Ihr Puls war auf hundertachtzig. In Ostfriesland explodierte schließlich nicht jeden Tag eine Bombe. Doch allmählich verlor sich ihre Aufgeregtheit. Das lag vielleicht an der Landschaft. Das Wort Unendlichkeit bekam nämlich, wenn man durch Ostfriesland fuhr, eine ganz neue Bedeutung. Sobald sie die Stadt verlassen hatten, sah es aus, als führen sie über eine grüne Platte, die sich bis in die Unendlichkeit fortzusetzen schien. Elias konnte spüren, wie ihn Lethargie erfasste. So viel Garnichts. Obwohl, die Ostfriesen hatten sich Mühe gegeben, die Platte ein wenig aufzuhübschen. Sie hatten Wälle quer über die Wiesen gebaut und darauf Bäume gepflanzt. Sie hatten schiefe Kirchen errichtet, mit separaten Türmen. Es gab auch Bauernhöfe und Einfamilienhäuser, die mit Schildern nach Urlaubsgästen angelten. Aber im Grunde war alles grüne Platte.

»Nix weiß man«, sagte Harm und wich einer Katze aus, »außer dass es Tote gab.«

»Tote?«

»Sag ich doch.«

Elias musste sofort an Boris und seine Mutter denken. Es

gab keinen Hinweis darauf, dass die Explosion etwas mit den beiden zu tun hatte, aber er besaß ein Gespür. Und dieses Gespür sagte ihm, dass etwas im Busche war.

Marienchor entpuppte sich als ein Nest, das aus drei Bauernhöfen bestand. Der Schauplatz des Verbrechens war leicht auszumachen: Es hatte einen Stall erwischt. Die Bauern standen drum herum, kratzten sich die Köpfe und begutachteten den Schaden. Es herrschte keine Panik, wie Elias feststellte, aber entspannt war man auch nicht gerade. Grimmiges Schweigen, so konnte man es am besten beschreiben.

Harm parkte den Wagen neben dem Tatort. Elias stieg aus – und trat auf einen Hühnerkopf.

»Der Hühnerstall ist in die Luft gegangen, und du zermatschst gerade die Opfer«, erläuterte Harm und grinste hochzufrieden, wohl weil er fand, dass damit die Teegeschichte gerächt sei. Elias merkte, wie ihm beim Anblick all der verstreuten Kadaverreste schlecht wurde, aber er versuchte, sich nichts anmerken zu lassen. Mit flauem Magen nahm er seine Digitalkamera aus dem Rucksack, um das Elend auf dem Treckerwendeplatz und in den angrenzenden Ackerfurchen festzuhalten. Auch wenn er Hochachtung vor der Spurensicherung hatte, fotografierte er gern selbst. Man hatte ja immer einen unterschiedlichen Blick auf das, was wichtig war. Besonders gut gefiel es ihm, den Hühnermatsch an Harms Sommerschuhen abzulichten.

Sein Chef redete mit einem älteren Mann, dem der Hof offenbar gehörte und der den Verdacht hegte, dass die Nazis für das Massaker verantwortlich seien. »Ik gah de Saak up de Grund!«, schwor der Alte. Da die beiden Platt sprachen, bekam Elias den Rest leider nicht mit. Aber Harm hatte es drauf, die Leute zu beruhigen, das musste man ihm schon lassen. Die Nachbarn verkrümelten sich, und der Bauer lud sie in die Küche des Wohnhauses ein.

Blau-weiße Kacheln aus Uromas Tagen, von denen mindestens die Hälfte gesprungen war, schufen Ambiente. Der Herd wurde noch mit Kohlen beheizt. Auf einer der Platten stand eine Kanne.

»Klar mögen wir Tee, wer mag den nicht«, sagte Harm, als die rundliche Bauersfrau mit den murmeltiefen Grübchen Tassen aus dem Schrank holte. Sie goss Sahne auf das Gebräu, vergaß aber, ihnen einen Löffel zum Umrühren zu reichen.

Elias verdrückte sich mit seiner Tasse zur Fensterbank, und während Harm sein Notizbuch herauszog und auf hochdeutsch, mit offizieller Miene, die Befragung begann, stellte er den Tee diskret neben einer Hortensie ab.

»Ik murks dat Gesocks ab«, dröhnte der Bauer über den Küchentisch. »Wusstest du, dass Göring sich in Wirklichkeit gar nicht umbracht hett, sondern ein Doppelgänger dran glauben musste? Dat is belegt. Da steckte dat Militärgericht hinter. Ihn selbst hamse laufen lassen. Oberflächlich hamse nämlich entnazifiziert, die Alliierten, aber die Großen kommen immer davon. Mein Opa hamse in Engerhafe interniert. Wegen 'nem Lied, das er beim Schützenfest gesungen hat.«

»Is' wahr?«, fragte Harm. »Wann genau haben Sie denn gehört, dass Ihr Stall explodierte?«

»Aber da kümmert sich die Polizei nicht drum. Ihr kriegt euern Mors nicht hoch für die wirklich wichtigen Sachen, weil ihr nur bei den Blitzern abkassieren wollt. Du auch.«

»Nö«, sagte Harm.

»Ach, wat. Geht doch immer alles ums Geld.«

»Die Explosion war also heute Mittag«, brachte Harm ihn

wieder auf den Kern der Angelegenheit zurück. »Da bräuchte ich noch die möglichst genaue Uhr…«

»Mittags schläft der Kerl.«

»Was?«

»Wir ham hier auch ein' Nazi«, erklärte der Alte grimmig.

»Davon red ich doch. In einem der Ferienhäuser. Aber mittags schläft der immer. Ik hebb dat beobachtet. Der war's nich.«

»Gut. Dann schreib ich mal ein Uhr?« Harm begann zu kritzeln, und Elias, der merkte, dass die Bäuerin ihn beobachtete, nahm die Tasse auf, lächelte genießerisch und schob das Porzellan gegen die fest geschlossenen Zähne.

»Haben Sie das mit dem Nazi auch aufgeschrieben?«, wollte der Bauer wissen.

»Wir vertiefen diesen Punkt im Verlauf unserer Ermittlungen«, sagte Harm und klappte das Notizbuch zu.

Anschließend machten sie sich auf den Weg zu den beiden Nachbarhöfen. Von einem Düsseldorfer Rentner, der den kleinsten der Höfe gekauft und renoviert hatte, erfuhren sie, dass der Sohn von Fokko de Vries – das war der andere Nachbar ganz hinten mit dem blauen Güllefass – in letzter Zeit mit Autolack und Diesel rumgemacht hatte.

»Kann man mit Autolack einen Hühnerstall in die Luft jagen?«, erkundigte sich Elias bei seinem Chef, als sie über die Wiese mit den Kuhfladen stapften.

»Autolack, Diesel und ein Eimer Kuhpisse. Geht prima. Hast du so was früher nie gemacht? Rauchbomben gebastelt?«

»Ich hab Cello gespielt.«

»Im Ernst?«, fragte Harm. Er klang schon wieder ganz verträglich, als habe er die Sache mit dem Ficus hinter sich gelassen. Elias linste auf seine Schuhe und versuchte sie am ersten Kantstein, den sie erreichten, sauber zu putzen, aber das Zeug klebte wie verrückt. Wahrscheinlich stank er inzwischen genauso wie das Güllefass hinter dem Hof.

Es stellte sich heraus, dass der Düsseldorfer mit dem Autolack ins Schwarze getroffen hatte. Nach ein bisschen gutem Zureden zeigte ihnen ein Junge, dessen Haar mit so viel Gel verklebt war, dass es ihm wie ein Horn vom Kopf ragte, eine Kiste unter seinem Jugendbett. Dort fanden sie eine Blechdose *Standox Basislack* und eine zerkratzte Tupperdose, auf der *Dicyandiamid* stand, was, wie Harm erklärte, die Kuhpisse ersetzte. »Mensch, du Döskopp, du!«, sagte er zu dem Jungen.

Der Döskopp erwies sich als redselig. Er erklärte Elias, den die Sache interessierte, wie seine Bombe genau funktionierte, und erzählte, dass er sogar Hilfestellung in einem Internetforum gegeben habe, wo solche Fragen diskutiert wurden. Wobei er natürlich keinem Idioten, der nicht wusste, wie man sich vorsah, eine Bastelanleitung an die Hand gab. »Ich bin ja nicht verantwortungslos«, erklärte er.

Harm wies zum Fenster, hinter dem der demolierte Stall sichtbar war, und der Bombenbastler errötete. »Das war ein Versehen.«

»Du wolltest also nicht, dass was kaputtgeht«, stellte Elias fest, der für den Bombenbastler Sympathie empfand.

»Was sollte das denn eigentlich heißen – er wollte nicht?«, fragte Harm, als sie später wieder ins Auto stiegen.

»War mir einfach wichtig, es festzuhalten«, sagte Elias.

»Aber du weißt schon, dass das bescheuert ist?«

»Wieso?« Elias ließ sich in den Sitz des Polizeiautos fallen.

»Weil wir auf der Seite des Rechtsstaats stehen, und ich

will, dass das jeder im Kommissariat vor Augen hat.« Harm wedelte mit der Hand. »Hier: wir, die Guten. Da: ihr, die Bösen. Und dazwischen läuft eine eiserne Linie. Wir biedern uns nicht an.«

»Aha.«

»Ich sag nur: Luftballons.«

»So.« Elias lehnte sich im Sitz zurück und starrte auf die grün bepinselte Einöde, während Harm anfuhr. Das Auto roch penetrant nach Kuhfladen.

Zeugenvernehmung stand oben auf dem Blatt, das in Dateiform den Computerbildschirm füllte. Schön. Man musste sich einfach durcharbeiten. War gar nicht so schlimm. Machten seine Kollegen täglich. Starb man nicht dran.

Elias nahm sich einen Käsekräcker und konzentrierte sich wieder auf das Formular, in dem es einiges an Leerstellen auszufüllen galt. Elias trug als Örtlichkeit *Marienchor* ein und blätterte dann im Notizbuch, das Harm ihm überlassen hatte, um den Namen des Bauern nachzuschlagen, *Everhardus Brunke*. Aus Interesse googelte Elias, was es über Hermann Göring zu wissen gab. Nichts Schönes. Auch in Engerhafe hatte sich während des Tausendjährigen Reiches ein eher trübes Kapitel deutscher Geschichte abgespielt. Aber das hatte man sich ja denken können.

Die Tüte mit den Käsekräckern hatte sich geleert. Elias trug das schmutzige Zellophan zum entsprechenden Mülltrennbehälter auf dem nächtlichen Flur und kehrte an seinen Schreibtisch zurück. Also weiter.

Man sollte sich per Ankreuzen entscheiden, ob die Zeugenvernehmung unaufgefordert geschehen war oder nicht. Wie war das eigentlich genau gewesen? Hatte Everhardus Brunke sie gebeten zu kommen, oder hatte einer der Nachbarn die Polizei alarmiert? Und wenn sie ein Nachbar alarmiert hatte, waren sie dann unaufgefordert gekommen, weil das Formular sich ja auf Brunke bezog?

Elias starrte auf den Bildschirm. Auf jeden Fall hatte Brunke nichts dagegen gehabt, dass sie bei ihm erschienen waren. Andrerseits hatte seine Bemerkung über die Knöllchen der

Polizei angedeutet, dass er keine gute Meinung von den Ordnungshütern hatte. Vielleicht hätte er sich doch lieber selbst in der Nachbarschaft umgehorcht. Konnte sogar sein, dass er mit dem Bombenleger verwandt war, wo sie doch im selben Dorf wohnten. Spielte das eine Rolle? Quatsch. Aber warum sollte man ein Kreuz machen, wenn es unwichtig war?

Wenn ich wirklich ein Profiler wäre, dann wüsste ich, warum ich nicht einfach irgendwo ein Kreuzchen hämmere, um das Ganze möglichst schnell abzuschließen, dachte Elias. Er wandte den Blick zum Fenster seines Büros. Draußen war es dunkel. Keine Chance mehr, ein Schwimmbad aufzusuchen. Oder ein Hotelzimmer zu ergattern. Aber was half's! Er konzentrierte sich wieder auf das Bildschirmformular.

Unaufgefordert ja () Sein Zeigefinger kreiste über der Taste mit dem X. Als die Frau in der beigen Jacke ins Polizeirevier gekommen war, war das unaufgefordert geschehen, aus ihrem eigenen Antrieb. Da hatte es keinerlei Zweifel gegeben. Sie hatte ein Anliegen gehabt, von dem sie wollte, dass es ernst genommen wurde. Elias angelte sich einen der Heftklebeblocks.

Buckliges Männlein – Beobachtung eines realen visuellen Eindrucks? Assoziation, hervorgerufen durch Gerüche oder Geräusche wie Musik? Traumhafte Erinnerung an etwas gerade im Fernsehen Wahrgenommenes?

Sein Unbehagen kehrte mit Wucht zurück. Die Familie, die von dem buckligen Männlein heimgesucht worden war, machte ihm Sorgen, und die kribbelten ihm unter der Haut. Vielleicht war diese Frau Coordes wirklich Dutzende Male in der PI erschienen, um sich grundlos zu beschweren. Aber die Furcht des kleinen Bengels musste ernst genommen werden.

Elias wünschte, er hätte eine weiße Magnetwand, um seine Zettel daraufzupappen und sich einen Überblick zu verschaffen. Aber in Harms Büro gab es keine Tafeln. Ihm blieb nichts übrig, als den Zettel zu den anderen zu kleben, die er an seiner Schreibtischlampe befestigt hatte. Die sah jetzt aus wie ein Wimpel.

»Was haben Sie denn angestellt, dass man Sie hier an den Fels geschmiedet hat?«

Elias drehte sich um. Die Staatsanwältin vom vergangenen Morgen stand in der Tür. Ihr rötliches Haar war zu einem Gestrüpp geworden, als hätte sie es stundenlang zerrauft.

»Welchen Fels?«, fragte er.

Sie kam gähnend ins Zimmer. »Kennen Sie nicht diesen Burschen, den man an einen Felsblock gekettet hatte? Aus der griechischen Sage? Und der den Felsblock dann immer wieder auf den Berg hinaufschieben musste?«

»Sisyphos.«

»Den mein ich.«

»Der war aber nicht angekettet. Angekettet war ein anderer. Keine Ahnung. Ich glaube, bei dem mit der Kette handelte es sich um eine Sexgeschichte.«

Beim Wort Sex runzelte die Staatsanwältin die Stirn. Na klar. Bei Sex konnte man sich natürlich alles Mögliche denken, vor allem, wenn man sich nachts allein mit einem Kerl in einem halbdunklen Büro befand. Und wenn man tagsüber mit anderen Kerlen zu tun hatte, die beim Stichwort Sex reflexartig Mist bauten. Frau Kellermann kam trotzdem ins Zimmer und blickte ihm, einen Aktenstapel auf dem Arm, über die Schulter. Argwöhnte sie, dass er sich heimlich Pornos reinzog? Sie studierte das Formular und sagte: »O Gott.«

35

Obwohl er nicht empfindlich sein wollte, kränkte ihn die Bemerkung. »Ich bin erst am Anfang«, verteidigte er sich.

»Seit wie vielen Stunden denn schon?«

Er murmelte etwas Unverständliches.

»Und wie soll es weitergehen auf dem Blatt? Ich meine, wenn Sie das Datum und die Dienststelle eingegeben haben?« Sie beugte sich über seine Schulter. Er konnte riechen, dass sie etwas getrunken hatte. Diese Tatsache wäre eine Bemerkung auf einem gelben Zettel wert gewesen, für den Fall eines Falles, den es hier aber nun mit Sicherheit nicht gab. Auch die Uhrzeit, zu der sie arbeitete, und die Tatsache, dass sie sich in der PI in Leer aufhielt statt im Gebäude der Staatsanwaltschaft, das sich in Aurich befand, war merkwürdig. Ging ihn aber nichts an.

»Ist es die Sache mit der Selfmade-Bombe?«, fragte sie.

»Ja, Frau Kellermann, und ich glaube …«

»Olthild. Nenn mich einfach Olly.«

»Ich heiße Elias«, sagte Elias, überrumpelt von so viel Intimität.

»Wie der Prophet? Sind deine Eltern jüdisch?«

»Eher musikalisch.« Er unterdrückte einen Seufzer. »Sie haben mich nach einem Oratorium benannt.«

»Ist nicht wahr!« Olly Kellermann gluckste erheitert. »Hätte aber noch schlimmer kommen können. Stell dir vor, du wärst ein Mädchen gewesen, ich meine, dann würdest du jetzt als Eroica rumlaufen. Oder als die Neunte.«

Wider Willen musste Elias lächeln.

»Oder als Messias.«

»Der war doch männlich.«

»Bei Eltern weiß man nie. Da red ich aus Erfahrung. Komm, lass mich mal, dann tipp ich's eben rein.« Olly drängelte ihn vom Stuhl. »Am Ende landet der Krempel sowieso auf meinem Schreibtisch, und da bin ich froh, wenn ich weiß, was ich lese. Stimmt das eigentlich mit den Luftballons?«

»Das ... nee. Na ja, in etwa.« Er sprach nicht gern über den Vorfall mit den Luftballons.

Sie kicherte. »Ich hätte mich kringeln können. Du, setz dich rüber an Harms Schreibtisch, ja? Es müffelt.«

»Ich bin in einen Hühnerkopf getreten.«

»Genau so riecht es auch.«

Elias machte es sich auf Harms Stuhl bequem und sah zu, wie Olly in einem Mordstempo die Tasten bearbeitete. »Sind das hier Harms Notizen?«, wollte sie mit einem Blick auf das Notizbuch wissen.

Elias nickte und hielt ein kurzes Plädoyer zugunsten des Döskopps, der mit Dicyandiamid Ställe in die Luft jagte. Er ahnte allerdings, dass er die Staatsanwältin damit nicht milde stimmen würde. »Der Junge ist blöd, aber kein Krimineller. Er ist, differenziert betrachtet, einfach nur ... blöd.«

»Alle Menschen unter dreißig sind blöd. Die über dreißig allerdings auch.«

»Ja, nur finde ich, man sollte es berücksichtigen.«

»Wie wird man denn mit so 'nem Butterherzen Bulle?«, fragte Olly und hämmerte weiter in die Tasten. In ihrem Pferdegesicht regte sich nichts. Ein Blick auf Harms Notizen, einer auf den Bildschirm ... Profi halt. »Hast du inzwischen eine Bleibe?«

»So 'ne Art Einzimmerapartment«, murmelte Elias.

»Was denn genau?«

»Hotel«, log er.

»Aha.« Sie war Staatsanwältin und merkte, wenn man sie anschwindelte. »Autohotel, hm?«

Elias nickte.

»Geht mich ja nichts an. Jeder, wie er mag. Nur solltest du dem Harm nicht die Bude vollstinken. Das hält er nicht aus.« Ratternd kringelte sich das Formular aus dem Drucker. »Hier.« Sie wies auf die Zeile, wo er unterschreiben sollte. »Und nun nichts wie weg. Es ist Feierabend.« Sie fuhr den Computer herunter, ohne dass er protestierte.

Als sie unten bei der Wache vorbeikamen, klopfte Elias ans Glas und fragte den Kollegen, der Schicht hatte, ob eine Frau Coordes vorbeigekommen und ob überhaupt im Zusammenhang mit ihr irgendetwas geschehen sei. Der Mann durchsuchte seine Ablage, sah im Computer nach und verneinte. Elias nickte erleichtert.

Draußen auf der Straße blickte er zum Hafen hinüber, wo neben der Touristeninformation immer noch sein Twingo parkte. Olthild Kellermann, die Olly genannt werden wollte, kratzte sich den leuchtend roten Schopf. »Du schläfst im Auto? Im Ernst?«, fragte sie.

Die Frau Staatsanwältin wohnte weit ab vom Schuss und nicht ganz so edel, wie Elias es sich bei einer Beamtin der Besoldungsgruppe R3 vorgestellt hätte. Ihr Haus lag wie eine Schildkröte inmitten der weiten ostfriesischen Halbwüste. Es war ein alter Gulfhof, mit knarrenden Dielen und einem Dach, das teilweise nur einen Meter über den Boden ragte. Außerdem besaß sie einen Hahn, der ihnen entgegenflatterte, als sie die Haustür öffnete. »Sein Name ist King Kong«, erklärte Olly, während sie die Tür hinter Elias schloss. »Gewöhnlich wohnt er im Garten, aber seine Hennen sind letztens von einem Laster überfahren worden, und da päpple ich ihn ein bisschen auf. Ich glaube, er hat ein Trauma entwickelt.«

Der traumatisierte Hahn kam auf Elias zugefegt und fuhr ihm mit den Krallen ins Gesicht. Während der Angegriffene mit den Armen fuchtelte, knipste Olly diverse Lampen an. Dann fing sie King Kong ein, öffnete die Terrassentür, die über die ganze Schmalseite der Stube reichte, und warf ihn hinaus. »Revierverteidigung, so was ist ganz natürlich«, erläuterte sie, während sie flüchtig Elias' Kratzer begutachtete. King Kong flatterte von draußen gegen die Scheibe – das hatte schon etwas von *Jurassic Park*, fand Elias, der befürchtete, gerade selbst ein Trauma zu entwickeln.

»Man möchte es nicht meinen bei einem so kleinen Gehirn«, sagte Olly. »Aber an den Hennen hing sein ganzes Herz. Er trauert wie ein Mensch.« Sie führte ihren Gast hinauf in ein Zimmer, das voller Gerümpel stand, als sei sie gerade erst eingezogen. Ein Bett, immerhin mit Bettwäsche bezogen, dazu eine Kommode, von der die gelbe Farbe abblätterte, ein Stuhl und Umzugskartons in sämtlichen Größen.

»Mach's dir selbst gemütlich, ja?«

Elias nickte.

»Und noch was.« Sie kam auf ihn zu, plötzlich wieder ganz Staatsanwältin, mit dem typischen Du-kannst-mich-nicht-verscheißern-Blick. »Binnen einer Woche bist du hier wieder raus. Dann hast du dir selbst was gesucht. Sieben Tage, klar?«

Völlig.

»Das hier ist nämlich nichts als Amtshilfe, wegen der Touristensaison, weil du da kein Zimmer finden wirst und weil wir hier traditionell gastfreundlich sind. Ansonsten läuft nichts.«

»Eine Woche reicht bestimmt«, versicherte Elias.

»Gut. Das Bad ist am Ende des Flurs.« Mit diesen Worten verschwand sie in ihrer eigenen Kammer.

Es lief nicht schlecht in den nächsten Tagen.

Maik Hindemissen, der im August Spargel geerntet haben wollte, landete in dem gemütlichen kleinen Untersuchungsgefängnis in Aurich. Der Döskopp kam mit einer Ermahnung und einer väterlichen Ohrfeige davon, die ihrerseits durch eine Ermahnung an den Erzeuger – von wegen Unterschied: Gewalt in Erziehung und Erziehungsgewalt – geahndet wurde, aber ohne Formularkrieg, zum Glück. Und nach einigen Tagen hatte Elias auch die defekte Leitung in Ollys Trockenboden und einige wacklige Stühle und ihren Wasserboiler repariert, sodass er endlich warm duschen konnte.

»Ich wusste gar nicht, dass du ein Händchen fürs Praktische hast«, sagte Olly. Er hatte es selbst nicht gewusst. Seine Kenntnisse stammten ausnahmslos aus einem Heimwerkerbuch, das er in Ollys Bücherregalen entdeckt hatte. Da trat ein faszinierendes Talent zum Vorschein.

»Ist eigentlich was zwischen dir und Olly?«, fragte Harm, der hinter seinem Schreibtisch klemmte und über Facebook herauszubekommen versuchte, wohin ein dreizehnjähriges schwangeres Mädchen gezogen sein könnte, das von zu Hause abgehauen war.

»Quatsch«, sagte Elias. Das stimmte auch. Er war einmal versehentlich in Ollys Schlafzimmer gelandet, und zwar *wirklich* aus Versehen, er hatte rechts und links verwechselt, und da hatte sie ihm mit deftigen Worten klargemacht, wo genau sie die Grenze der Amtshilfe zog. Außerdem war er gar nicht der Typ für so was. Er hatte sich vor Jahren, mit vierzehn, ein einziges Mal verliebt, in eine Jacqueline Sindermann, aber die hatte ihn ausgelacht, als er mit einem Strauß geklauter Tulpen vor ihr stand. Seitdem war sein Verhältnis zum weiblichen Geschlecht angespannt.

Er tippte den ungewöhnlichen Namen des schwangeren Mädchens – *Krachzinzsky* – ins POLAS ein, das polizeiliche Auskunftssystem, und fand heraus, dass die Oma des schwangeren Kindes bereits aktenkundig geworden war, weil sie in Hamburg einen zwielichtigen Lebenswandel geführt hatte, bei dem es auch um Prostitution gegangen war. Elias griff sich den Block mit den Klebezetteln und notierte: Omas Bekanntschaften überprüfen. Man konnte ja nie wissen. Er kritzelte eine Zweitnotiz für Harm.

»Willst *du* nicht, oder will *sie* nicht?«, fragte Harm.

»Was?«

»Olly.«

»Äh … beide. Blödsinn.«

»Also *sie*.«

Elias wünschte sich, dass Ulf Krayenborg recht hätte mit seiner Behauptung, dass Ostfriesen schweigsame Kerle seien, die nur alle paar Jahre ein Wort verloren. Er reckte sich über den Schreibtisch und pappte die Zweitnotiz auf Harms Computer. Der las sie und versenkte sie im Papierkorb. »Du musst dich 'n bisschen reinhängen bei einer wie Olly. Unsere Staatsanwältin ist 'ne Festung, die erobert werden will.«

»Was redest du! Sie hat mir nur mit einem Zimmer ausgeholfen.«

Harm zuckte mit den Schultern. Gähnend blätterte er im Profil der kleinen Krachzinzsky. »Diese Mädchen sind so clever wie 'n Keks.«

»Hm?«

»Wie kann man sich nur in Playmatepose ins Netz stellen? Wie kann man so was machen? Kein Wunder, dass sie dann reihenweise verschwinden.«

»Wieso reihenweise?«

»Hä?«

»Du hast eben gesagt...«

»Ach so. Nicht weiter wichtig. Ich hatte heute Morgen 'ne Anzeige auf dem Tisch. Aber das hat sich schon erledigt.«

Elias wollte nachhaken, denn ihm gefiel es nicht, dass ausgerechnet im behäbigen Ostfriesland, wo nach Ulfs Angaben die Menschen so grundsolide waren, dass sie nur mal im Suff einen Gartenzaun rammten, offenbar gleich zwei Mädchen verschwunden waren. Aber dann vergaß er es, denn sein Smartphone klingelte. Seine Mutter war dran.

Er verzog sich vorsichtshalber in den Flur. Nach dem obligatorischen »Hallo« verstummte er – einfach deshalb, weil keine Möglichkeit bestand, Weiteres zu sagen. Seine Mutter bestritt Gespräche nämlich grundsätzlich allein, das war ihre Angewohnheit. Früher hatte er versucht, hin und wieder etwas einzuflechten, meist Andeutungen, dass er nun arbeiten müsse. Aber darauf reagierte sie nicht, und inzwischen ließ er es bleiben. »Ich muss wieder an die Arbeit«, sagte er dieses Mal trotzdem, so nach fünfzehn Minuten, in denen er der Schilderung ihrer Verdauung nach dem Konsum fetter Speisen gelauscht hatte.

Erstaunlicherweise reagierte sie. »Ach, *Arbeit!* Die Menschen sind grob, Elias, und du wirst mit deinem Schnüffeln daran nichts ändern. Wie oft habe ich dir das schon gesagt! Die Welt als Polizist verbessern zu wollen, das sind Illusionen! Wenn du Menschen zum Guten bekehren willst, musst du es über die Künste versuchen. Man muss die Leute auf der geistig-seelischen Ebene erreichen, wo der Kern ihrer geheimen Sehnsüchte liegt.«

Er hätte einwenden können, dass er nicht die Absicht habe, die Menschen zu bessern, dass er sie nur daran hindern wolle, anderen Menschen Schaden zuzufügen, aber seine Mutter war schon wieder voll in ihrem Element.

»Übst du denn wenigstens noch auf deinem Cello? Natürlich nicht. Ich kann einfach nicht begreifen, wieso du das Talent, das das Schicksal dir in die Wiege gelegt hast, so verschleuderst! Wie viel Mühe habe ich mir gegeben …«

Er ging in die kleine Küche der PI, legte das Smartphone auf dem Tisch ab und begann nach einer Kaffeepackung zu suchen, während seine Mutter aufzählte, was sie alles getan hatte, um ihm den Weg auf den Olymp der Kunst zu ebnen.

»… Er hatte dir eine Karriere als Cellist vorausgesagt. Und als ehemaliger Thomaner konnte er das auch beurteilen. Aber du warst ja immer schon stur. Übrigens veranstalten sie hier in der Seniorenresidenz gelegentlich auch Konzerte. Natürlich nicht, was unsereins darunter versteht. Keine Professionalität. Da erlaube ich mir schon ein Urteil, bei meiner Ausbildung …«

Seine Mutter war vor ewigen Zeiten Sängerin gewesen, noch vor Elias' Geburt. Er ahnte, dass sie ihm seinen ungeplanten Eintritt ins Leben verübelte. Damals waren Kind und Karriere ja kaum vereinbar gewesen. Er öffnete die oberen Schränke. Dutzende Variationen von schwarzem Tee lagerten in diversen Blechdosen, aber kein Krümelchen Kaffee.

»… habe ich ihm aber deutlich die Meinung gesagt. Er mag sich ja bemühen, der Gute, aber …«

Elias steckte das Smartphone in die Brusttasche und wanderte, vom Geräuschpegel der Stimme begleitet, ziellos durch die PI. In einer Ecke im Obergeschoss fand er eine welkende Geranie. Er trug sie zum WC, hielt sie unter den Wasserhahn und brachte sie zur Fensterbank zurück. Auf dem

Weg ins Untergeschoss wurde es in seiner Brusttasche plötzlich ruhig. Er hielt das Smartphone wieder ans Ohr. »Bitte?«

»Auf gar keinen Fall«, betonte seine Mutter.

»Ganz deiner Meinung.«

»Aber du musst es ihnen persönlich sagen.«

»Sicher, mach ich.«

»Und gib nicht wieder nach.« Sie seufzte. »*Einmal* die Woche! Das kann man doch wohl erwarten.«

Elias versenkte das Smartphone erneut in der Brusttasche und füllte beim Kopierer im unteren Flur das Papier nach. Dann ging er in den Eingangsbereich, wo heute wieder Frauke Dienst schob. »Moin«, sagte er, und sie hob fragend die Teekanne, aber er schüttelte den Kopf und fragte sie, was es Neues gebe.

»Nichts«, sagte sie und kramte im Schrank unter dem Tresen herum. Irgendwann merkte Elias, dass sein Smartphone erneut verstummt war. Er horchte, aber seine Mutter hatte aufgelegt. Also kehrte er in sein Büro zurück.

In der Mittagspause wanderte er am Hafen entlang zum Rathaus, um sich anzumelden, wie sich das für einen Neubürger gehörte. Er gab erst mal Ollys Adresse an. Sie hatte sicher nichts dagegen. Dann kaufte er eine Zeitung, blätterte im Immobilienteil, fand aber nichts Geeignetes. Der Nachmittag zog sich hin.

Abends schob er die beiden Ziegel auf Ollys Dach gerade, wo es seit Wochen hereinregnete. Sie freute sich, weil es ihr lästig war, nach jedem Regenguss den Blecheimer auf dem Dachboden zu leeren.

»Weißt du eigentlich, was es mit dem zweiten Mädchen auf sich hat, das vermisst gemeldet wurde?«, wollte er von ihr wissen.

»Welches Mädchen?«, fragte sie und ging hinaus, um King Kong zerbröselte Johanniskrauttabletten ins Futter zu mischen.

Das war am Gründonnerstag gewesen. Über die Osterfeiertage hatte Elias frei, doch am Dienstag hing ihm die Sache mit dem verschwundenen Mädchen immer noch nach. Es war, als klebe eine unsichtbare Haftnotiz an seinem Hirn.

»Was war das denn für ein Kind, das sie außer unserer Schwangeren vermisst gemeldet haben?«, fragte er Harm, der ihm gerade demonstrativ nichts von dem Tee anbot, den er sich gebrüht hatte.

»Vergiss es. Diese Verrückte war wieder hier, die immer Radau macht.«

»Frau Coordes?«

»Genau.«

»Und wer wird vermisst?«

»Frag mich ein Loch in den Bauch. Die kleine Krachzinzsky ist jedenfalls wieder zu Hause. Die hatte sich beim Bahnhof rumgetrieben. Kümmert sich jetzt das Jugendamt drum.« Harm stellte die Teetasse ab und begann zu telefonieren.

Elias nutzte die Zeit, um sich beim Kollegen im Glaskasten zu informieren. »Wissen Sie, wen Bärbel Coordes Ende letzte Woche als vermisst gemeldet hat?«

»Keine Ahnung. Ist das wichtig?« Heute hatte nicht Frauke Dienst, sondern ein älterer Mann.

»Ja«, sagte Elias. Wegen des blöden Gefühls in seinem Bauch und weil ihm immer noch das bucklige Männlein nachhing. Der Kollege kramte in einem Ablagekasten und zog ein Formular hervor. »Hier.«

»Ich dachte, ihr schmeißt das gleich in den Müll.«

»Tun wir sonst auch«, sagte der Kollege. »Aber letzten Donnerstag hatte Arthur Dienst, und der kannte die Coordes noch nicht und hat es deshalb aufbewahrt.«

Ach so.

Elias ging mit dem Formular in der Hand die Treppe hinauf. Bärbel Coordes hatte angegeben, dass ihre Tochter Stefanie verschwunden sei. Irgendwann in der Nacht. Sie war der Meinung gewesen, dass das bucklige Männlein sie geholt habe. Elias merkte, wie sich sein Magen verkrampfte. *Will ich in mein Gärtlein geh'n, will mein Zwieblein gießen, steht ein bucklig Männlein da …*

Er kehrte in sein Büro zurück. »Hast du die Durchwahl von Arthur?«, fragte er Harm.

Der griff in eine Schublade und reichte ihm ein eingeschweißtes Blatt Papier. Arthur hatte keinen Dienst, aber seine private Handynummer war in Klammern angegeben. Er hob auch gleich ab. Offenbar befand er sich gerade in einem Supermarkt, dem Lärm nach zu urteilen. Natürlich konnte er sich an Bärbel Coordes erinnern.

»Und?«

»Wie *und*?«, fragte Arthur.

»Was hattest du für einen Eindruck?«

»Keine Ahnung, da musst du den fragen, der rübergefahren ist zu dem Hof.«

»Ist denn einer hin?«

»Will ich doch hoffen. Das ist schließlich Usus, wenn jemand vermisst … Entschuldigung, *frische* Schalotten haben Sie nicht im Angebot? Die seh'n ja aus wie von vor Ostern«, beschwerte Arthur sich bei jemandem im Laden.

»Wer hatte denn Dienst?«, fragte Elias.

»Nee, die sind ganz braun in den Spitzen«, mäkelte sein Kollege. »Regelrecht matschig.«

»Mensch, Arthur!«, sagte Elias.

»Und normale Zwiebeln? Oder vielleicht rote?... Ja, genau, Käse-Sahne... Klar, Weißwein, aber nur ein Schuss...«

Die Ostfriesen kannst du nicht antreiben – damit hatte Ulf Krayenborg jedenfalls recht. Elias wartete und kaute auf seinem Bleistift herum.

»Wenn ein Mädchen vermisst wird, fährt man doch hin«, meldete Arthur sich nach einer Ewigkeit zurück. »Es ist doch jemand von euch rüber, oder?«

Elias verabschiedete sich, drückte Arthur weg und gab die Telefonnummer von Bärbel Coordes ein, die im Anzeigenformular notiert war. Es hob niemand ab. Gerade als er seine Jacke überzog, um eine Spritztour zum Hof der Familie zu unternehmen – Neermoor, das lag ganz in der Nähe –, meldete sich Frauke von unten.

Und dann standen sie auch schon bis zum Hals im Dreck.

»Nicht ernst genommen!«, schrie Gitta Coordes. »Sie haben sie einfach nicht ernst genommen! Ich fass es nicht!« Sie saß auf dem Besucherstuhl in Harms Büro, bebend vor Wut und Angst, und fixierte Harm. Der kaute auf der Lippe und versuchte, nicht ganz so betreten auszusehen, wie er sich fühlte.

»Tja, Ihre Schwester – verstehen Sie mich bitte nicht falsch – erscheint relativ häufig bei uns auf dem...«

»Jetzt ist Bärbel also auch noch selbst daran schuld!«, zischte Gitta.

Elias langte zu seinem Haftnotizblock und kritzelte: *Gitta: erregt.* Dass sie diese Erregung nicht spielte, glaubte er vor allem deshalb, weil sie gerade ein Loch in ihre Strickjacke

47

nestelte. Wenn eine Frau ihre Kleidung demolierte, musste man von tiefen inneren Emotionen ausgehen. Er musterte sie unauffällig. Gitta war etwa vierzig, mit hübschen, dunkelbraunen Augen und weniger hübschen Falten, die ihren Mund umgaben wie ein Saum aus mürrischer Laune. Sie war schlank und hatte auffällig gerötete Hände, was auf reichlich Händewaschen oder eine Allergie hindeutete. Ihre Haare hatte sie auf dem Rücken zu einem Zopf gebunden.

»Ihre Schwester hat selbstverständlich alles richtig gemacht«, wand sich Harm, »nur…« Nur wurde die blöde Bärbel Coordes von der Polizei eben nicht ernst genommen, besonders wenn sie von buckligen Männlein faselte, das musste man doch verstehen. Harm zog es vor, diesen Teil seines Satzes zu verschlucken. »Ich muss mich entschuldigen.«

»Wie hilfreich«, höhnte Gitta. »Leider kommt Steffi dadurch auch nicht zurück. Sie ist jetzt seit vier Tagen weg!« Die Frau presste die Faust vor den Mund und brach in Tränen aus. Harm reichte ihr ein Taschentuch aus der Pappbox in seiner Schreibtischschublade und schaute hilflos zu Elias. Ein Mädchen war verschwunden, die Mutter hatte Anzeige erstattet, sie hatten nicht reagiert. Er war niemand, der das einfach wegsteckte.

»Dieses bucklige Männlein…« Elias hüstelte. »Haben Sie eine Vermut…«

»Herrgott!«, fuhr Gitta ihn an. »Wollen Sie sich lustig machen? Meine Schwester ist geistig zurückgeblieben, und ich weiß selbst, dass sie manchmal rumphantasiert. Aber dass Steffi weg ist, das ist… real! Die ist wirklich weg! Scheißmännlein!« Die Tränen brachen sich erneut Bahn, und Harm spendierte weitere Taschentücher.

»Wenn Sie uns bitte genau den Hergang schildern könnten, also die Details«, bat er.

»*Ich – war – weg*!«

»Selbstverständlich, aber ...«

»Das kapiert keiner, was? Dass man Behinderte in der Familie haben kann und für sie sorgt und trotzdem gelegentlich auch mal Geld verdienen muss! O nein, wir haben ja unser Sozialsystem. Für behinderte Menschen gibt's beschissene Heime, wo sie verschwinden, damit wir sie nur ja nicht sehen müssen. Wer bürdet sich so was denn auch auf! Da ist man ja ein Trottel. Aber für mich sind Bärbel und Steffi keine Bürde, klar? Nur muss ich trotzdem manchmal weg.«

»Völlig klar.« Harm stand auf und füllte eine Tasse mit Tee. Er reichte sie Gitta, die daraufhin ein bisschen besänftigt wirkte. Sie gab zwei Kandis in den Tee.

»Es ist wegen dem verdammten Futter«, sagte sie. »Ich brauche einen neuen Futterlieferanten. Aber um zu beurteilen, ob der was taugt, muss man hinfahren und ihn sich ansehen.«

Elias notierte auf einem Haftzettel: *Grund der Abwesenheit – Futterlieferant. Geschäftsreise über Ostern?*

Gitta begann über Biofutter für Hennen zu reden, das doppelt so teuer war wie normales. Es bestand zu fünfzig Prozent aus Weizen, zu zehn Prozent aus Erbsen, dann noch aus Kartoffeleiweiß, Sojakuchen und Mais, in unterschiedlichen Anteilen, und zu einem Prozent aus Ölen. Aber nur aus mechanischen Pressverfahren.

»Verstehe«, sagte Harm.

»Warum nur mechanisch?«, wollte Elias wissen.

»Spielt das eine Rolle?«

Nein. Es hätte ihn nur interessiert.

»Sie halten mich für bescheuert, ja?«

»Wir halten Sie für eine besorgte Tante, die zu Recht bei der Polizei Hilfe anfordert«, besänftigte Harm. »Wie genau war das denn nun mit Steffi?« Er hatte jetzt einen pastoralen Ton angenommen, eine Spur dunkler, als er normalerweise sprach, und Elias merkte, wie positiv Gitta darauf reagierte. Er beschloss, sich diesen Trick für künftige Vernehmungen zu merken. Sie erfuhren, dass Gitta am Dienstagmorgen von ihrer Reise nach Hause gekommen war.

»Dann war das eine Reise von fünf Tagen, ja?«, hakte Elias nach und fing sich einen bösen Blick von Gitta ein. Er notierte: *Fünf Tage unterwegs – über Ostern – wegen Futtermittel?*

»Ja, verdammt«, schnauzte Gitta. Und dann war sie von der völlig aufgelösten Bärbel empfangen worden, die ihr von Steffis Verschwinden erzählte.

»Hat sie auch von dem buckligen… Schon gut«, sagte Elias, der Harms Blick auffing. Das konnte man auch noch später klären. Steffi war offenbar in der Nacht von Mittwoch auf Donnerstag verschwunden. Spurlos. Wie weggehext.

»Wie alt ist sie denn?«, wollte Harm wissen.

»Dreizehn.«

»Tja, das ist ein schwieriges Alter. Kenne ich selbst aus der Verwandtschaft. Gibt es vielleicht einen Jungen oder… ich meine, das ist doch das Alter…«

»Scheiße!«, brüllte Gitta.

Harm fuhr sich mit dem Daumennagel über die Lippe.

»Mensch, ist das denn immer noch nicht klar?«, flüsterte die Frau in der Strickjacke plötzlich völlig erschöpft. »Steffi ist behindert. Geistig und körperlich. Die sitzt im Rollstuhl.«

Und damit lag der Fall schlagartig völlig anders. Steffi war also nicht abgehauen und kampierte auch nicht bei Freunden, wie Kinder das manchmal machten, wenn sie zu Hause Stress hatten. Sie war ein dreizehnjähriges Mädchen mit dem Verstand einer Sechsjährigen und konnte fast gar nicht laufen. Also musste jemand in ihr Verschwinden involviert sein. Falls sie nicht verunglückt war.

Harm startete hektisch das volle Programm. Die Spusi und eine rasch gebildete Sonderkommission – die praktisch aus dem gesamten K1 bestand – fuhren nach Neermoor zum Hof von Familie Coordes. Das alte Bauerngut war unter ästhetischem Gesichtspunkt eine Augenweide. Ein reetgedecktes Haus, an das sich im hinteren Bereich ein kleineres Häuschen anschloss, das Altenteil. Gärten mit weißen Holzzäunen schmückten das Grundstück. Außerdem gab es einen kleinen Teich, blaue Bänke mit gestreiften Sitzpolstern, einen Brunnen mit grün lackiertem Pumpschwengel und ... Hühner. An denen hätte King Kong seine Freude, dachte Elias. Die Hennen flatterten in ihrem eingezäunten Revier herum und schienen so gesund und putzmunter zu sein, wie es mit Sojakuchen und Kartoffeleiweiß nur möglich war.

Bärbel Coordes kam ihnen entgegen. Sie trug immer noch die beige Steppjacke, obwohl es warm war. Ja, natürlich sei Steffi verschwunden, sagte sie. Deshalb war sie doch extra mit dem Bus nach Leer gefahren, um das zu erzählen. Sie zeigte ihnen, wo sie mit ihren Kindern wohnte. Man hatte ihr die untere Etage des Bauernhauses gegeben, in der sie ein Wohnzimmer, ein Schlafzimmer und ein Kinderzimmer für

Steffi und Boris bewohnte. Gitta lebte in der oberen Etage. Die beiden Schwestern teilten sich eine Küche. Und Oma Inse und Opa Bartel lebten im Altenteilhäuschen.

»Steffi und Boris schlafen in einem Zimmer?«, fragte Elias nach. Immerhin war Steffi schon dreizehn. Aber Bärbel fand, das mache nichts. Boris war schließlich Steffis Bruder, und außerdem gab es auch gar kein anderes Zimmer. Zudem schaute Boris nach Steffi, wenn sie nachts unruhig war, und das war praktisch, weil Bärbel einen tiefen Schlaf hatte.

Elias hatte sich mit der eingemummelten Frau auf eine der blauen Bänke gesetzt, von der aus sie gemeinsam durch die offene Haustür beobachteten, wie die Kollegen von der Spusi Planen auslegten und in ihren weißen Schutzanzügen das Terrain sicherten. Das dauerte. Neben der Bank duftete eine Forsythie. »Und das bucklige Männlein?«, fragte Elias.

Bärbel schüttelte den Kopf.

»Ist es überhaupt noch mal wiedergekommen?«

»Weiß ich nicht. Wo ist Steffi denn nur?« Sie fuhr sich mit dem Handrücken über die Nase, ein Bild des Kummers.

»Wir werden nach ihr suchen.«

»Weil sie doch Medikamente braucht.«

»Medikamente?«, fragte Elias. Warum hatte Gitta davon nichts gesagt? Vergessen? Er zog den Block mit den Haftzetteln heraus und notierte: *Steffis Arzt aufsuchen.* »Wissen Sie, bei wem sie in Behandlung ist?« Er bekam einen Namen. Ob der stimmte, musste man später bei Gitta herausfinden. »Und wo steckt Boris?«

»Ich hab auf die Kinder aufgepasst, aber ich schlaf doch so fest. Ich merk nicht, wenn einer durch mein Zimmer geht. Nachts und so.«

»Natürlich.«

Bärbel wühlte in der Tasche ihrer viel zu großen Jeans und beförderte ein blumengemustertes Plastikdöschen zutage, in dem sich mehrere Pillen befanden. Die meisten waren aus der Verpackung gelöst und purzelten bunt durcheinander. Sah aus wie eine Smartiessammlung. »Deshalb«, sagte sie und angelte ein weiß-blaues Smartie raus. »Das muss ich nehmen, damit ich zur Ruhe komme. Wenn ich das geschluckt hab, kannste mich totschießen, und ich merk nichts.«

Elias lieh sich das Döschen aus und fischte eines der noch eingeschweißten weiß-blauen Smarties heraus. Auf dem Blister stand *Flurazepam*. Er notierte sich den Namen. »Das nehmen Sie immer?«

»Muss ich, sonst kann ich ja nicht schlafen. Aber wenn ich's drin hab, kannste mich totschießen.«

Er notierte auch die anderen Medikamentennamen, soweit es möglich war. »Das bucklige Männlein haben Sie also nicht mehr gesehen?«, vergewisserte er sich noch einmal.

»Nee, zum Glück. Das war ja gruselig. Mit so 'ner Kapuze auf dem Kopf.«

»Welche Farbe hatte die denn?«

»Weiß ich nicht. War doch alles dunkel.« Bärbel lachte ihn aus, weil er nicht daran gedacht hatte.

»Und warum bucklig?«

»Weil's doch einen Buckel hatte.« Klar, auch diese Frage war blöd gewesen. »Aber den Buckel konnte man nicht sehen, wegen dem Umhang, den es drüber hatte.«

»Ach so!« Elias sah auf seine Notizen, seufzte und versenkte den Block in der Tasche. »Und wo steckt nun Boris?«

»Irgendwo«, sagte Bärbel.

Irgendwo musste außerhalb des Grundstücks liegen, denn

Elias konnte ihn einfach nicht auftreiben, obwohl er sogar den Stall absuchte. Er fand stattdessen die Oma der Familie, die in einem Winkel des Gartens das Hühnerfutter mit den mechanisch gepressten Ölen ausstreute und sich ihm als Oma Inse vorstellte. »Die Hühner brauchen auch in solchen Zeiten Futter«, sagte sie, ziemlich blass im Gesicht.

Er fragte nach ihrem Enkel.

»Boris stromert rum, das macht er gern.« Die Hühner tippelten durch das Gras. Im Hintergrund lag malerisch ihr Stall. Das gäbe ein schönes Foto für die Touristinformation, dachte Elias. Ob die hier vielleicht noch einen zusätzlichen Hahn brauchten?

»Der Junge nimmt Steffi oft mit, wenn er stromern geht. In ihrem Rollstuhl. Er ist ein braver Kerl«, sagte Oma Inse.

»Haben *Sie* eigentlich Ihre Tochter nach Leer zur Polizei geschickt, als Steffi verschwunden war?«, wollte Elias wissen.

»Hab ich doch gar nicht mitgekriegt. Ich war ja die ganzen Tage mit Bartel beschäftigt – das ist mein Mann. Der ist bettlägerig und hat gerade 'nen wunden Steiß, da nölt er rum, und ich komm nicht von ihm weg. Boris hab ich wohl gesehen, der war hier wegen Eiersuchen. War ja Ostern. Aber Steffi … Na, die sitzt doch sowieso meistens vor der Flimmerkiste.«

Und Bärbel und Boris hatten gar nicht Alarm geschlagen? Elias machte sich gedanklich eine Notiz. Er hörte, wie Ulf mit Harm diskutierte und eine Hundertschaft forderte. Harm fuhr sich durch die Haare und sah genervt aus. Was Gitta, die danebenstand, dazu meinte, konnte er nicht verstehen.

Oma Inse lud Elias in die gute Stube des Altenteilhäuschens, wo sie ihm Tee brühte. Gitta und Bärbel waren ihre einzigen Kinder, erfuhr er, während sie Teetässchen auf den Tisch stellte und Kekse aus einer Porzellanschüssel holte. Gitta war eine prächtige Deern, die schaffte ordentlich was weg und hielt den Hof am Laufen. Obwohl sie manchmal ganz schön fertig war. Aber Bärbel… »Na, das haben Sie ja selbst gesehen.« Elias hatte den Eindruck, dass Oma Inse ihre jüngere Tochter nicht besonders mochte.

»Und Steffi?«

»Die kommt nach ihrer Mutter«, sagte Oma Inse. »Die hat nicht nur das mit der Hüfte, die ist auch geistig nicht richtig fit. Nee, wirklich.« Der Tee sprudelte aus der Kanne in das Tässchen. »Außerdem ist Steffi ewig am Heulen. Aber ist ja auch klar. Immer im Rollstuhl, und nur raus, wenn einen jemand fahren will. Wenn sie Langeweile kriegt, belatschert sie Boris. Nur hat der ja auch eigene Interessen.«

Verständlich. Und Oma Inse war mit dem Garten und Opa Bartel beschäftigt, und Gitta…

»An Gitta blieb am Ende alles hängen. Aber sie hat auch nur die Kraft von einem Menschen, obwohl sie rackert wie verrückt.«

»Klar«, sagte Elias und starrte auf den Tee, in dem bunte Kringel schwammen, als sei was vom Spülmittel in der Kanne geblieben. Er fragte sich, ob das den Geschmack eventuell verbesserte.

»Man schafft nur, was man schafft«, fuhr Oma Inse fort.

»Und Ihr Mann liegt die ganze Zeit im Bett?«

»Ist so. Schlaganfall mit fünfzig und komplett aus dem Verkehr gezogen. Da macht man was mit, sag ich Ihnen.«

Elias zog die Haftzettel raus und notierte sich alles, was er bis jetzt gehört hatte. Es war beunruhigend, wie schnell diese Dinge aus dem Gedächtnis verschwanden.

»Boris ist aber ein feiner Junge. Der ist blitzgescheit und willig«, sagte Oma Inse. »Der wird vielleicht mal den Hof übernehmen, in ein paar Jahren. Erst mal Gitta helfen, damit er lernt, wie's geht, und dann macht er es selbst. Er hat ein Händchen für die Landwirtschaft. Woll'n Sie den Tee gar nicht trinken?«

Nein, aber Elias tat's trotzdem. Das Spülmittel hatte den Geschmack erwartungsgemäß nicht verbessert. Als Oma Inse sich umdrehte, entsorgte er den Rest in den Fressnapf der Katze, der neben einem Ostfriesensofa stand. Dann ging er wieder hinaus. Harm telefonierte gerade mit dem Chef wegen der Hundertschaft, die das weitere Gelände absuchen sollte. Er forderte außerdem die Spurensuchhunde an, über die Aurich glücklicherweise verfügte. Auch den Leichenspürhund. Elias nickte beklommen.

Ulf kam zu ihm gestapft und wies mit einer weiten Geste über den Hof. »Siehste, das ist Ostfriesland. Hier biste noch auf Du und Du mit der Natur«, erklärte er mit einem gönnerhaften Grinsen, als habe er höchstpersönlich den Misthaufen angelegt und die Hühnerküken aus den Eiern gepellt. Dass in seinem echten und urwüchsigen Ostfriesland gerade ein junges Mädchen verschwunden war, konnte seine Zufriedenheit nicht stören.

Kurz vor Feierabend trafen sie sich im Leeraner Konferenzraum mit dem langen Tisch und dem Whiteboard quer über die Längsseite, besprachen ihre Erkenntnisse und verteilten die Aufgaben. Elias wollte sich Boris vorknöpfen.

»Warum denn gerade den Jungen?«, fragte Reinert, der Kollege mit der Fliege.

»Nur so«, sagte Elias. Die Sache mit dem buckligen Männlein war zu kompliziert, um sie zu später Stunde im großen Kreis zu erläutern, und vielleicht war ja auch gar nichts dran. Wahrscheinlich sogar, wenn man bedachte, dass Bärbel gar keinen Buckel gesehen hatte. Er hätte nur trotzdem gern noch einmal mit Boris darüber gesprochen.

Nachdem klar war, wer sich mit welchem Aspekt des Falls zu befassen hatte, ging Elias ins Büro und schrieb auf ungefähr vier Dutzend Haftnotizzetteln nieder, was seine Kollegen seiner Meinung nach bei ihren Untersuchungen bedenken sollten, und verteilte die kleinen gelben Aufkleber in den Büros der Kollegen.

»Schreckliche Geschichte«, sagte Olly, als sie abends auf der gepflasterten Terrasse saßen, die wie eine Mole ins Nichts der ostfriesischen Landschaft ragte, und über den Fall nachdachten. Olly war in der Vermisstensache zur leitenden Staatsanwältin ernannt worden, und das gefiel ihr, weil sie gern mit Harm zusammenarbeitete. Sie legte ihre Füße auf einem rostigen Schemel ab. Versonnen, in Feierabendstimmung, nahm sie einen Schluck von dem Wein, den Elias von Edeka mitgebracht hatte. In dem verwilderten Garten flatterte King Kong an einem Pfahl. Olly hatte ihn mit einer langen Leine festgebunden, damit er ihrem Untermieter nicht weiter Hände und Gesicht zerhackte. »Und diese Gitta ist mit der Situation auf dem Hof überfordert?«, fragte sie.

»Hört sich jedenfalls so an, nach dem, was Oma Inse sagt. Ob's nun stimmt ...«

»Jedenfalls ist es richtig, dass Harm ihr Alibi überprüfen lässt. Überforderung ist ein Mordmotiv.« Es klang schrecklich, aber Olly hatte natürlich recht. »Armes Mädchen, diese Steffi. Stell dir das vor, du sitzt den ganzen Tag auf dem Sofa vor dem Fernseher und kannst nur raus, wenn dich einer freundlichst mitnimmt, wozu aber keiner Zeit oder Lust hat.«

Elias nickte. Sie schwiegen. King Kong tobte um den Pfahl, Möwen krächzten über die Wiesen, ansonsten herrschte Stille. Elias merkte, wie seine Anspannung allmählich von ihm abbröckelte. Bei Olly lebte es sich nicht schlecht, so viel stand fest.

Seine Vermieterin wedelte einen Schmetterling fort, der sich auf ihrer Zehe niedergelassen hatte. »Weißt du, dass ich mal als Richterin gearbeitet hab? In Düsseldorf?«

»Und warum bist du dann nach Ostfriesland gekommen?«, wollte Elias wissen, dem beim besten Willen kein Grund dafür einfiel.

»Weil ich's hier schön finde.« Olly wies mit ihrem Fuß auf die Stoppelwiesen, die bis zum Horizont reichten. »Ich bin in dieser Gegend geboren und finde es schön, dass hier nix passiert. Diese absolute Ruhe. In Düsseldorf sind sogar die Pflastersteine hektisch.« Sie hielt die Weinflasche gegen das Abendlicht und goss sich das letzte Schlückchen ins Glas. »Ich hab dort beim Sozialgericht gearbeitet. Dachte mir, ich rette mal eben die Welt. So ist man ja, wenn man jung ist, hundert Prozent Idealist. Irgendwo zwischen Nelson Mandela und Che Guevara.«

»Und dann?«

»Hartz IV rund um die Uhr.«

»Ich hätte gedacht, da wäre man als Idealist gerade richtig.«

»Spinner«, sagte Olly.

»Und dann bist du wieder zurückgekommen.«

King Kong tobte um seinen Pfahl und würgte sich den schönen bunten Federhals. Einen Moment hatte Elias die Vision eines Brathähnchens. Er lächelte. Olly räkelte sich neben ihm, auf ihr Pferdegesicht schien die rote Abendsonne. Elias mochte das Wort Idylle nicht. Es klang nach Kitsch, und Kitsch erinnerte ihn an überzuckerten Mandelpudding. Aber ihm fiel kein anderes Wort ein, um die Stimmung zu beschreiben. Es war idyllisch bei Olly, ganz ohne Zweifel.

»Du weißt aber schon, dass dein Auszug hier überfällig ist, oder?«, gähnte Olly.

»Ich arbeite dran«, versicherte er ihr.

Am nächsten Morgen fuhr er von seinem vorübergehenden Zuhause bei Olly direkt nach Neermoor auf den Hof der Familie Coordes. Es war gegen neun Uhr. Ulf Krayenborg hatte sich bereits eingefunden und redete mit einer Reporterin. Hinter ihm fuhrwerkte ein Fernsehteam mit Kameras herum. Verschwundene Kinder waren für die Medien, was die Schatztruhe für den Piraten, da durfte man sich nichts vormachen. Elias machte einen Bogen um den Pulk. Er sah, dass die umliegenden Felder von der Hundertschaft abgesucht wurden, die Harm angefordert hatte. Emsige Tätigkeit überall. Als er Oma Inse, die mit fassungsloser Miene den Hof fegte, nach Boris fragte, erklärte sie ihm, dass der Junge wieder herumstromerte. »Sind doch Osterferien«, meinte sie. »Was wollen denn all die Leute hier?«

»Steffi finden.«

»Warum denn so viele?«

»Damit es schneller geht.« Einer der Kameramänner wollte Oma Inse in Großaufnahme vor die Linse bekommen. Elias drängte die alte Frau ins Haus. »Wo genau stromert Boris denn?«

»Überall. Vielleicht am Bach.« Oma Inse griff nach dem Wasserkessel, so automatisch wie ein Junkie nach der Nadel. »Ein Tee?«

Elias lehnte ab und erklärte ihr, dass Boris nach Leer kommen müsse. Irgendwann am Nachmittag. Die Uhrzeit war ihm egal. Er kritzelte Oma Inse seinen Namen und sicherheitshalber auch die Adresse der PI – Georgstraße irgendwas – auf einen Serviettenrand.

In ihrem Büro saß Harm auf der Kante des Schreibtisches und telefonierte. Er sah nicht besonders glücklich aus. »Macht die Presse Stress?«, fragte Elias.

Harm schüttelte den Kopf und sprach weiter ins Smartphone. Er sagte vor allem »Ja« und »Nein«. Und einmal: »So 'n Schiet aver ok!« Als er fertig war, meinte er: »Quatsch. Was glaubst du denn? Unsere Journalisten sind doch nicht bescheuert. Hier gibt's keinen Pressestress. Denen ist klar, dass wir tun, was wir können.«

»Ja, aber wir haben's über Ostern ganz schön verbockt«, wandte Elias ein.

Harm nahm grimmig wieder auf seinem Schreibtischstuhl Platz. »Wie weit bist du mit Boris?«

»Der stromert rum.«

»Hör mal …«

»Aber heute Nachmittag ist er hier. Hoffe ich.«

»In Ordnung, nur … was ich sagen will: Du kannst unsere Büros nicht mit Zetteln zupflastern.« Er zeigte mit genervter

Geste auf die gelben Papierchen, die die Kante seines Schreibtischs säumten. »Elias, das ist erst mal sowieso idiotisch, weil wir nämlich miteinander reden können. Wir hocken hier Zimmer an Zimmer wie die Spatzen auf der Leitung. Und zwischenmenschlich ist das auch ein bescheuertes Signal. Du legst den Kollegen Zettel hin, als würdest du denken, die sind zu blöd, um zu wissen, was sie zu tun haben. Die spucken Gift und Galle!«

Elias nickte. Er hatte sich so was schon gedacht. In Hannover hatte es auch gedauert, bis man sich mit seinem System anfreunden konnte.

»Profiler finden sie sowieso beknackt.«

»Ich bin Fallanalytiker.«

»Ja, die auch.« Harm holte sich ein Salamibrötchen aus einer Tupperdose. Er kaute, während Elias sich im Internet Adressen von biologischen Futtermittellieferanten auf den Schirm holte. Viele gab's davon nicht. Elias bekam ungefähr fünf ans Smartphone, und die fanden es ganz schön sonderbar, dass man glaubte, sie würden über Ostern arbeiten. Da hatte man doch anderes vor, oder?

»Gitta Coordes ist überlastet«, mischte sich Harm in sein Telefongespräch. »Der Hof, der bettlägerige Papa, die verrückte Schwester, die Nichte im Rollstuhl … Da kann man schon mal durchdrehen.«

Hm, das hatte Olly ja auch schon gemeint. Elias verabschiedete sich von dem Lieferanten, der ihm gerade was vom Gämsenbeobachten in den Pyrenäen vorschwärmte, und sagte: »Das gefällt mir nicht.«

»Denkst du etwa, mir? Ich finde es auch prima, wie sie sich kümmert. Aber da hilft nix. Wir ermitteln nur. Die Urteile fällen die Gerichte. Also pass auf: Du fährst nach Neermoor und holst dir die Adressen der angeblichen Lieferanten. Wir knacken ihr Alibi … und wumm.«

»Was ist mit dem buckligen Männlein?«, fragte Elias.

»Mensch, mach mich tot!«

»Bärbel sagt, sie hat den Buckel gar nicht gesehen.«

»Wie erhellend!«

Auf Elias' Schreibtisch lag ein Wust zusammengeknüllter Haftklebenotizen, den ein Kollege wohl dort abgeladen hatte. Harm sammelte die Zettel ab, die auf seinem Bildschirmrand, der Untertasse und dem Rahmen vom Foto seiner Freundin hingen, und warf sie zu den anderen.

Elias zog sich die zerknüllten Notizen heran, strich eine nach der anderen glatt und pappte sie an einen Blumentopf. Einige musste er mit einem Klebestreifen zusätzlich fixieren. Schließlich drehte er den Blumentopf so, dass sein Chef alles lesen konnte.

Harm beobachtete ihn. Als Elias fertig war, stand er auf und goss sich einen Tee ein. Dann setzte er sich wieder. »Also gut – reden wir jetzt mal von Mensch zu Mensch. Ist was zwischen uns verkehrt, Kollege? Gibt es atmosphärische Störungen? Sollten wir was klären?«

»Nö«, sagte Elias. »Weißt du, was ich mich frag? Wie viel der Opa in seinem Bett wohl mitkriegen mag. Bettlägerig heißt ja nicht taub oder blind.«

»Hast du vielleicht einen Groll auf die Leeraner PI, weil man dich strafversetzt hat?«

»Andererseits hatte Opa Bartel einen Schlaganfall. Man müsste mal sehen, wo der reingehauen hat. Das Hirn hat ja viele Regionen.«

»Reinert ist bei ihm gewesen. Der Mann ist komplett jenseits von Gut und Böse.«

»Ich hab keinen Groll, überhaupt nicht«, sagte Elias, was inzwischen auch stimmte, sonderbarerweise. Er schrieb auf einen Zettel: *Opa geistig noch fit? Nur Sprachzentrum gestört?* Hoffen konnte man ja. Der Zettel kam ebenfalls an den Blumentopf. Er drehte den Topf weiter, damit Harm auch diesen Gedanken aufnehmen konnte.

Sein Chef nippte am Tee, eine ganze Weile. Dann sagte er: »Gott ja, rede mit seinem Arzt. Aber vor allem besorgst du dir die Adressen von diesen Lieferanten.«

Boris kam leider doch nicht, und um halb acht, nach einem phantastischen Essen am Hafen in den *Schönen Aussichten,* fuhr Elias erneut nach Neermoor. Die Hundertschaft und der Hundetrupp waren wieder abgezogen, der Bauernhof lag in abendlicher Stille. Kein Mensch war zu sehen. Elias ging um das Gebäude herum zum Altenteilhäuschen und klopfte bei Oma Inse an der Dielentür. Sie hatte sich eine Schürze umgebunden und briet gerade Kartoffeln für Opa Bartel, der in der Stube lag und fernsah, was er eigentlich den ganzen Tag machte. Er konnte ja nicht weg.

Elias trat zu ihm ans Bett. Die Stube hatte drei Fensterchen, die in den Garten und auf den dahinter liegenden Hof zeigten. Opa Bartel konnte also Tulpen, Narzissen, Spatzen und, wenn er den Kopf ein bisschen drehte, die Hausbewohner beobachten. Einen kleinen Hühnerstall hatte er auch im Blickfeld. Als Elias den Bretterverschlag bemerkte, bekam seine gute Stimmung einen Dämpfer. King Kong, das verdammte Vieh, konnte ihn nicht leiden – egal, was Olly sagte. Als sie das Biest vor dem Zubettgehen losgebunden hatte, war es sofort wieder auf ihn zugeschossen. Aber das spielte jetzt keine Rolle.

Er wandte sich zum Bett, das mit seiner modernen, funktionalen Buchenoptik nicht so recht zu dem Bauernschrank, der Fransenlampe und dem Ohrensessel passen wollte – da hatte man wohl Kompromisse eingehen müssen. Ein bewegliches Seitengitter sorgte dafür, dass Opa Bartel nicht hinausfiel, und ein Bettgalgen, der über dem Kopfende baumelte, gab ihm die Möglichkeit, sich aufzurichten.

»Moin«, grüßte Elias und zog sich einen Schemel heran. Er wartete darauf, dass der Kranke sich ihm zuwandte, aber Opa Bartel starrte weiter auf den Fernseher. Gerade begann ein *Tatort*. Die Augen, die Beine, die über das nasse Pflaster flitzten – so wie man es kannte.

»Ich würde Sie gern was fragen«, sagte Elias.

Keine Reaktion.

»Wegen Steffi.«

Keine Reaktion.

»Die ist verschwunden.«

Keine Reaktion.

Elias verrückte seinen Schemel ein Stück und lehnte sich darauf so weit zurück, dass er in etwa demselben Winkel wie Opa Bartel aus den Fenstern guckte. Man musste sich schließlich Gewissheit verschaffen, was der alte Mann sehen konnte, während er den Tag verbummelte. Doch die Position erwies sich als verzwickt. Elias hing mit dem linken Arm am Kopfteil des Bettes und stützte sich mit der rechten Hand auf den Dielenboden der Schlafkammer. Wacklige Angelegenheit.

Opa Bartel lachte.

»Haben Sie gelacht?«, fragte Elias und richtete sich wieder auf. Nee, wahrscheinlich doch nicht. Opa Bartel beobachtete, wie auf dem Bildschirm gerade jemand einen Gewehrlauf aus einem Autofenster schob. Elias brachte sich noch einmal in die Schemelposition und behielt Opa Bartel dabei im Auge, aber er lachte wirklich nicht.

»Was machen Sie denn da?«, fragte Oma Inse, die den Teller mit den Bratkartoffeln hereintrug.

»Ermittlungsarbeit«, erklärte Elias und stand auf, damit die Oma das Essenstablett auf dem Schemel abstellen konnte.

Eine rötlich gefärbte Katze strich um seine Beine, als er das Altenteilhäuschen verließ. Er nahm nicht den gepflasterten Weg, der vom Häuschen zur Straße führte, sondern ging stattdessen durch den Garten in den Innenhof und von dort zum Haupthaus. So hatte er einen Einblick in die Zimmer, die der jüngere Teil der Familie bewohnte. Er entdeckte Bärbel, die mit dem Rücken zu ihm auf einem Sofa saß und ebenfalls zum Fernseher starrte. Von Boris war nichts zu sehen, denn in seinem Zimmer war das Rollo heruntergelassen.

Elias klopfte an die dunkelgrüne Eingangstür und öffnete sie, als sich niemand rührte. Aha. Offenbar schien jedermann ungesehen ins Haus zu kommen – das musste man sich merken, wegen des buckligen Männleins. Im Flur war es schon düster, weil er auf der Ostseite des Hauses lag, und Elias schlug mit dem Knie gegen etwas, das sich als bemalte Milchkanne herausstellte, in der die hauseigenen Regenschirme standen.

Er öffnete die Wohnzimmertür. Bärbel, die in einem unförmigen Jogginganzug auf dem Sofa kauerte, weinte bitterlich. Hm. Elias stand ein Weilchen da, dann hüstelte er, um sich bemerkbar zu machen. Die Frau hievte sich schwerfällig aus dem Sitzmöbel, kam zu ihm, schlang die Arme um seinen Hals und weinte weiter. Er brachte sie mit schildkröten-

65

artigen Bewegungen zu ihrem Sessel zurück, weil er Scheu hatte, sich gewaltsam von ihr loszumachen. Leider ließ sie sich auch dort nicht dazu bewegen, von ihm abzulassen. Also hielt er sie schließlich fest und wartete.

»Ich vermisse sie so«, schluchzte Bärbel.

Elias seufzte.

»Ich bin die Mama, sagt Gitta. Die Mama muss sich kümmern. Aber Steffi ist immer so bockig. Und die will sowieso nur mit Gitta. Gitta hat sie leiden können. Bei mir hat sie immer nur gebockt. Das ist doch auch nicht richtig.«

»Und dann?«

»Wieso?«

»Was ist dann passier?«

»Weiß ich doch nicht.« Bärbel ließ ihn los. »Erst heul ich, weil sie immer da ist und rumbockt, und nun heul ich, weil sie weg ist. Ist doch komisch, oder?«

Sie sah aus, als warte sie auf eine Antwort, aber Elias fiel keine ein. Da verkrümelte sie sich wieder auf ihr Sofa, steckte die Daumenspitze in den Mund und zappte durch die Kanäle. Der *Tatort* interessierte sie offenbar nicht. Eigentlich hatte sie für gar nichts Interesse. Sie kriegte nicht mal mit, als nur noch Schnee über den Bildschirm rieselte. *Bärbel völlig aufgelöst*, notierte Elias sich gedanklich. Aber das sagte natürlich nichts aus. Man konnte seine Tochter umbringen und trotzdem bekümmert sein.

Sein Blick ging zur Tür auf der anderen Seite des Zimmers. Hatte das bucklige Männlein an der gleichen Stelle wie er gestanden und hinübergestarrt? Wieso war es überhaupt zur Steffi gegangen?

»Ich müsste mal mit Boris sprechen«, sagte Elias.

Bärbel schwieg. Er fasste das als Zustimmung auf.

Boris lag in seinem Bett, ein kleiner Bengel, die Decke bis zu den Ohren gezogen, sodass nur sein glatter, blonder Haarschopf zu sehen war. Er hatte die Augen geschlossen und schnarchte leise. Na gut, dachte Elias. Morgen ist auch noch ein Tag.

Und der begann mit einer Teamsitzung. Die komplette Sonderkommission hatte sich versammelt. Harm saß oben am Tisch, neben ihm Olly. Beide äußerst professionell. Nur eine Psychologin gab es in Leer leider nicht. In Hannover hatte immer Edith mit am Tisch gesessen und ihnen Einblicke in Motive und Tatverhalten gegeben. Gut, man konnte nicht alles haben.

Zuerst fassten sie ihre Ermittlungsergebnisse zusammen. Stefanie Coordes – ihr Bild hing inzwischen an der Wand – war dreizehn Jahre alt und von Geburt an geistig und körperlich behindert. Intelligenzmäßig befand sie sich auf dem Stand einer Sechsjährigen, außerdem hatte sie Rheuma und war deswegen an einen Rollstuhl gefesselt. Der Besuch eines Kindergartens oder einer Schule war nicht möglich gewesen, weil sie sich verweigert hatte. Aber die Familie hatte sich vorbildlich um sie gekümmert.

Sarkastischer Einwurf von Olly: »Sagt die Familie.«

»Und die Nachbarn!«, bemerkte Krayenborg, der das alles herausgefunden hatte, in scharfem Ton. Offenbar mochte er die Coordes-Leute.

Harm nickte und zeigte mit seinem Laserpointer auf das Foto von Bärbel. Die war, wie sie ja wussten, geistig ebenfalls nicht ganz auf der Höhe, hatte allerdings zwischendurch immer mal wieder gearbeitet.

Boris – der Pointer wanderte weiter auf das schmale, etwas verschlafen aussehende Gesicht des Jungen – war ein normal entwickeltes Kind. Gitta bewirtschaftete mit der Oma und Bärbel zusammen den Biobauernhof. Sie verkauften Eier und Gemüse, und im Sommer vermieteten sie auch mal die Scheune an Heu-Urlauber. War eine Menge Arbeit, die offenbar vor allem an Gitta hängen blieb.

»Aber die Frau gibt nicht auf. Das ist ostfriesische Zähigkeit. Damit ist dieses Land groß geworden«, sagte Ulf.

»Wie sieht es mit den Futterlieferanten von Gitta aus?«, wollte Harm wissen.

Alle schwiegen.

»Elias?«

»Bitte?« Elias sah überrascht auf. Er hatte gerade darüber nachgedacht, wie sich die ostfriesische Zähigkeit auswirkte, wenn man Biogemüse beackern und Heu-Urlaubern – was war das überhaupt? – Frühstück servieren musste und dann die bockige Steffi vor die Füße bekam. Wurde das Mädchen hin und her geschubst zwischen Mutter und Tante? Angebrüllt? Genervt an Boris oder die Oma abgeschoben? Alles möglich.

»Die Futterlieferanten«, sagte Harm. »Du wolltest Gittas Alibi überprüfen.«

Verdammt, das hatte er verschwitzt. »Ich setz mich dran«, versprach er.

Reinert, der neben ihm saß, kritzelte etwas auf einen Zeitungsrand, riss den Schnipsel ab und steckte ihm das Ding zu. Er hatte einen Haftnotizblock gezeichnet und auf das oberste Blatt *Gittas Alibi* geschrieben.

Na gut. Elias versenkte den Schnipsel in seiner Hosentasche. »Die Tür steht übrigens offen«, sagte er.

Sämtliche Blicke wanderten zur Tür des Konferenzzimmers. Missverständnis. »Die Tür im Wohnhaus von Familie Coordes«, erklärte Elias. »Sie schließen nicht ab. Obwohl das bucklige Männlein reingekommen und Steffi aus dem Haus

69

verschwunden ist, schließen sie die Tür nicht ab. Das finde ich komisch.«

»In Ostfriesland werden Türen traditionell nicht abgeschlossen«, erklärte Krayenborg von oben herab. »Zumindest auf dem Land. Das ist gute Sitte. Bei uns hat man nichts zu verbergen.«

»Aber vielleicht zu schützen«, meinte Elias. Er holte den Schnipsel wieder heraus, lieh sich von Reinert den Kuli und notierte auf der Rückseite: *Tür unverschlossen – keine Angst?*

Dann erklärte Koort-Eike, ein junger Mann mit Pausbacken, stämmigen Schultern und einer schwarzen Hornbrille, dass die Hunde nichts gefunden hatten und die Hundertschaft auch nicht, außer auf einem Feldweg eine Puppe, die der kleinen Steffi gehörte. Aber die war völlig verdreckt und lag schon lange da. Schuss in den Ofen also.

»Gitta Coordes ruft im Stundentakt hier an«, erklärte eine ältere Kommissarin, die Hedda hieß und einen gewaltigen Busen hatte. »Entweder macht die sich echt Sorgen, oder sie spielt prima Theater.«

Tja, und genau das war die Frage.

Die Besprechung dauerte, deshalb konnte Elias erst gegen Mittag los nach Neermoor. Da war Gitta aber gerade beim Einkaufen. Die Leute auf dem Hof waren ja praktisch Selbstversorger. »Aber Klopapier kannste dir nicht häkeln, und deshalb muss Gitta einmal die Woche doch in den Supermarkt«, erklärte Oma Inse, die in der Küche Heringe ausnahm. Boris saß bei ihr, und Elias nutzte die Gelegenheit für das überfällige Verhör. »Erzähl mir mal vom buckligen Männlein«, forderte er den Jungen auf.

Boris hatte eine weiße Flasche vor sich auf dem Küchentisch stehen und außerdem eine Plastikschale, eine Pinzette und einen blauen Stein. Auf seiner Nase saß eine Schutzbrille, die er nur aufbehalten konnte, weil er die Nase krauszog. »Ich züchte 'nen Kristall«, sagte er.

»Warum?«

»Ist doch toll.« Er versuchte einen Faden um den blauen Stein zu wickeln, was ganz schön kniffelig war.

Oma Inse lächelte ihren Besucher über die Brille hinweg an. »Er ist klug, unser Boris, der kommt nach Gitta. Wenn er nicht den Hof übernimmt, wird er vielleicht mal Wissenschaftler.«

»Das is'n Impfkristall«, erläuterte Boris. »Daraus züchte ich jetzt 'nen Riesenkristall, einen blauen Kupfersulfat. Den nenne ich *Smaragd von Samarkand*.«

»Aha.« Beeindruckt sah Elias zu, wie Boris am anderen Ende des Fadens einen Holzspatel befestigte, dann eine Flüssigkeit in einen von Omas Messbechern goss und den Stein hineinhängte. Er sprach erst wieder, als Boris seinen Becher mit dem baumelnden Kristall auf der Fensterbank verstaut und die Schutzbrille abgenommen hatte. »Und wie war das nun mit dem buckligen Männlein?«

»Das ist doch ein Quatsch, den Bärbel sich ausgedacht hat«, sagte Oma Inse.

Elias wollte aber Boris' Meinung hören, und so schaute er ihm in die Augen und wartete. Boris ruckte nervös auf dem Küchenstuhl.

»Sag einfach, wie es war.«

»Ich kann mich nicht erinnern.«

»Na ja, das Männlein war erst in der Stube, wo deine Mama ferngesehen hat, und dann ist es rüber zu euch ins Zimmer. Zu dir und Steffi. Und bei Steffi am Bett ...«

»Sie haben's aber drauf, dem Jungen Angst zu machen, was?«, meinte Oma Inse mit deutlichem Missfallen. Da hatte sie recht. Steffi war verschwunden, natürlich musste ihr Bruder sich fürchten. Vielleicht würde er ja ebenfalls verschwinden, irgendwie. Sollte er nicht voller Panik sein? War er auch. Elias las es in seinen Augen.

»Hast du *irgendetwas* gesehen, was uns helfen könnte zu verstehen, wohin Steffi verschwunden ist?«

Boris schüttelte den Kopf.

Elias seufzte, bewunderte noch einmal den Kristall und ging dann zu Gitta. Sie war oben in ihrer eigenen Etage. Auch dort sah es gemütlich aus, aber nicht verwohnt gemütlich wie bei Oma Inse und Opa Bartel, oder so stresslos gemütlich wie bei Bärbel, sondern gestylt gemütlich. Wahrscheinlich hatte sie *Landlust* abonniert, oder wie diese Hochglanzzeitschrift hieß.

»Wieso schließen Sie eigentlich abends nicht die Haustür ab?«, wollte Elias wissen.

»Auch Ihnen einen schönen Tag«, erwiderte Gitta spitz und erhob sich von ihrem blumengemusterten Sofa, um ihm einen Stuhl anzubieten. »Und ich schließe *natürlich* ab, aber leider ist es so, dass meine Schwester die Tür ebenfalls benutzt und nicht sehr aufmerksam ist, was das Abschließen angeht!«

Schön, das konnte man sich vorstellen. Wahrscheinlich war das Abschließen eines dieser ewigen Themen, die es in jeder Familie gibt. Gitta hatte verheulte Augen und ordentlich Wut im Bauch. Sie ging hinüber in die Küche, und er sah, wie sie in einem Emaillekessel Wasser aufsetzte.

Er folgte ihr. »Es ist so«, sagte er, »dass wir Ihnen die Sache mit dem Besuch bei den Futtermittellieferanten nicht glauben. Über Ostern arbeitet niemand aus der Branche.«

Gitta nahm sich eine Keramikdose und schüttete Blüten in ein Sieb. Ihre Hände zitterten.

»Sie müssten uns schon ein bisschen genauer erklären, bei wem sie von Donnerstag bis Montag ...«

»Scheiße!«, schrie sie und ließ das Sieb fallen, sodass die vertrockneten Blüten über die Tischplatte kullerten. »Denken Sie etwa, dass *ich* die Steffi habe verschwinden lassen? Denken Sie, *ich* hab ihr was angetan?«

Elias zeigte eine undurchdringliche Miene.

»Das ist doch unglaublich! Sie ... Sie verschwenden Ihre Zeit mit absurden Verdächtigungen, während ...« Gitta brach in Tränen aus. »Gott, ist Ihnen das gar nicht klar? Ein Mensch löst sich nicht einfach in Luft auf. In diesem Moment, gerade jetzt, wo wir hier stehen, ist Steffi irgendwo. Und zwar ganz real!« Sie fuchtelte mit der Faust vor seinen Augen. »Das hier ist die Hand von Steffi, mit ihren angekauten Fingernägeln, die sie verdammt noch mal nie sauber halten konnte. Und diese Hand ist vielleicht nur hundert Meter weg. Oder zehn Kilometer. Oder tausend Kilometer. Aber irgendwo ist sie. Und auch Steffis Haare mit den bescheuerten Spangen. Und ihre verdammte rote Jeans und der Elefant, an dem sie immer kaut. Irgendwo sind diese Sachen. Und Steffi mit ihnen. Ganz real! Es geht nicht nur um einen Fall. Ich glaube, das kapiert ihr gar nicht!«

Sie wandte sich mit einer verzweifelten Drehung ab, wischte die Blüten vom Tisch in ihre Hand, schüttete sie ins Sieb zurück und goss Wasser darüber. Dann kehrten sie in die Stube zurück, wo Gitta zierliche Tassen aus einem Schrank holte und auf dem Tisch verteilte. Ein Kännchen mit Sahne. Die Zuckerstückchen. Das Übliche. Sie schenkte ihm ein.

»Ich weiß, dass Steffi irgendwo ist«, sagte Elias.

»Ja, und Sie müssen mich natürlich nach meinem Alibi fragen«, sagte Gitta müde, während sie sich aufs Sofa setzte und die Beine anzog. »Mögen Sie den Tee nicht?«

»Doch«, log er.

»Kennen Sie *Herzpartner*?«

Er schüttelte den Kopf.

»Das ist ein Internetportal, in dem man Leute kennenlernt.«

»Hab ich von gehört, ja.«

»Ich hab mir das mal angesehen. Was soll's. Hier auf dem Land ist es ja fast unmöglich, jemandem einfach so zu begegnen.«

In der Stadt auch, hätte Elias gern gesagt, behielt es aber für sich.

»Hartmut ist wirklich Futtermittellieferant.«

»Sie haben ihn also bei diesem Herzdings gefunden und aufgesucht?«

Gitta nickte. »Eigentlich habe ich gedacht: Ist doch alles Mist. Blödes Mannsvolk, immer auf dem Sprung in die Kiste ... egal. Ich hatte mich ja auch schon abgefunden, dass ich allein bleib. Aber mit Hartmut bin ich übers Portal ins Gespräch gekommen, und er war ganz anders als gedacht, und irgendwie hat es ausgesehen ... Wir hatten die gleichen Interessen und so ...« Sie starrte vor sich hin, blass, mit roten Flecken im Gesicht. »Dann hat er mich über Ostern eingeladen, und ich hab gedacht: Verdammt, so was muss doch mal drin sein. Einmal in meinem Leben muss ich doch für ein paar Tage fortkönnen, ohne dass gleich die Welt untergeht. Vielleicht ist es die Chance meines Lebens, hab ich gedacht. Vielleicht ändert sich alles und wird gut und ... Aber das verstehen Sie natürlich nicht.«

Doch, irgendwie schon.

»Also habe ich meiner Familie gesagt, ich muss einen Lieferanten aufsuchen.«

»Warum sind Sie nicht einfach mit der Wahrheit rausgerückt?«, fragte Elias.

Gitta lachte bitter auf, und er dachte an seine Mutter und fand seine Frage selbst dämlich.

Sie holte sich ihre Tasse heran, umfasste sie mit beiden Händen und nippte am Tee. »Wenn Sie zu Hartmut gehen und ihn verhören, ist alles kaputt.«

»Warum?«

»Würden Sie mit jemandem eine Beziehung anfangen, für den sich die Polizei interessiert?«

Tja. Gitta besaß sein Mitgefühl, aber leider hatte ihre Aussage nur unterstrichen, was sich schon vorher angedeutet hatte – dass sie nämlich ein Motiv par excellence besaß: die Einschränkung des eigenen Lebens durch die Familie. Da konnte es schon mal zu einer Kurzschlusshandlung kommen. Und gerade deshalb war es wichtig, sie so rasch wie möglich aus dem Kreis der Verdächtigen auszuschließen. »Ich werde mit Fingerspitzengefühl vorgehen«, versprach er.

Gitta brach in Gelächter aus.

Der Futtermittellieferant hieß Hartmut Galgenvogel – Nomen muss nicht Omen sein, dachte sich Elias – und wohnte in Bremen. Wie erwartet war er einigermaßen erstaunt über den Besuch von der Polizei. Er ließ sich von Elias den Ausweis zeigen, tat, als würde er ihn prüfen, und bat ihn dann in ein vollgequalmtes Wohnzimmer. Hatte Gitta etwas angestellt?

»Nein«, sagte Elias und brachte die üblichen Sätze von wegen »nur eine Zeugin« vor, die niemand glaubte, weil man ja aus dem Fernsehen wusste, was in Wirklichkeit ablief.

Tja, sagte der Galgenvogel, Gitta sei bei ihm gewesen, das stimme. Über Ostern. Von Donnerstag bis Montag. Sei auch nett gewesen. Obwohl er sich was Jüngeres vorgestellt hatte, nach dem Foto zu urteilen. Aber da wurde wohl immer geflunkert. Er selbst ja auch. Hartmut Galgenvogel lachte dröhnend und schlug sich auf die Schenkel. Er hatte kleine, blitzende Schweinsäuglein, und Elias wünschte plötzlich, dass Gitta sich die Sache mit ihm noch einmal überlegen würde. Nicht dass es ihn etwas anging.

»Könnte sie während dieser Tage womöglich mal ein paar Stunden fort gewesen sein?«, wollte er wissen.

»Dann steht sie also doch unter Verdacht?« Der Galgenvogel drohte Elias schelmisch mit dem Finger. »Nee, Gitta war die ganze Zeit hier. Wir haben zum Einstand, also zum Lockerwerden, was gebechert. Richtig satt sogar. Ich hab gemerkt, dass sie gehemmt war. Und bei der Sache sollte schließlich für alle Beteiligten was rausspringen, versteh'n Sie schon, was?« Der Galgenvogel blinzelte ihm zu. »Aber danach war'n wir so breit, da ging erst mal gar nichts.«

»War Frau Coordes auch breit?«

»Klar. Also, das können Sie sich in die Akte tippen: Wir waren den ganzen Donnerstagabend zusammen zwecks Auflockerung, und Karfreitag ham wir erst mal von Alka-Seltzer gelebt, da ist sie auch nicht weg. Und ansonsten… Sie war von Donnerstag bis Montagabend hier.«

Aber an die Nacht auf Freitag konnte der Galgenvogel sich so genau nicht mehr erinnern. An den Vormittag eigentlich auch nicht, wenn er drüber nachdachte. Elias musste es notieren, und er tat es ungern.

Als er wieder im Auto saß, dachte er, dass es für Gitta, vorausgesetzt, sie hatte mit Steffis Tod nichts zu tun, ein Riesenglück sei, wenn es mit dem Galgenvogel nichts würde. Nur würde sie das sicher anders sehen. Er startete den Anlasser.

»Glaubst du, sie würde von einem Rendezvous losdüsen – angeschickert und voller bester Hoffnungen –, um ihre Nichte um die Ecke zu bringen?«, fragte Elias, als er abends bei Olly in der Küche saß. Das machte doch keinen Sinn. Vor allem, da sie den Galgenvogel offenbar ins Herz geschlossen hatte und mit leuchtenden Augen in eine strahlende Zukunft blickte.

Olly holte die lauwarmen Hamburger, die sie für sie beide zum Abendessen besorgt hatte, aus der Tüte. »Die menschliche Seele ist ein Abgrund, und irgendeine Leiche hat jeder von uns im Keller«, philosophierte sie. Sie deckte den Tisch, weil sie fand, dass man auch Fast Food manierlich zu sich nehmen sollte. Vielleicht dachte sie auch, es sei dann bekömmlicher.

Als Elias gerade zwei Gläser zu den Tellern stellte, kam mit einem mordslauten Gegacker der Hahn durch die offene Terrassentür geflattert. Das Vieh hatte die Attacke minutiös geplant. Unter den Tisch hindurch, in die Senkrechte hinauf und dann im Sturzflug auf Elias hinab. Alles innerhalb von Sekunden. Er verfing sich in den dünnen Locken seines Opfers, und Elias spürte die Krallen durch seine Kopfhaut pflügen. Hektisch packte er das Vieh am Hals …

»Nicht doch, nicht doch«, besänftigte Olly und befreite King Kong aus seinen Händen. Beruhigend strich sie über die bunten Federn. »Weißt du, er hat sich halt noch nicht an dich gewöhnt. Du solltest ihm ein Weilchen das Futter streuen, damit er Vertrauen zu dir fasst.«

Vertrauen. Ha! »Du musst dich entscheiden – er oder ich!«, hätte Elias am liebsten empört ausgerufen. Nur weil er nicht sicher war, wie die Wahl ausfallen würde, ließ er es bleiben. Olly trug King Kong ins Freie und schloss die Glastür hinter ihm.

»Lass mal sehen.« Sie versorgte die Kratzer auf seinem Kopf, indem sie etwas Brennendes auftrug. Ihr Busen – sie hatte einen hübschen Busen, nicht zu klein, aber auch nicht überquellend – drückte gegen seine Nase. Dieser Busen sah nicht nur gut aus, er roch auch verdammt gut. Elias spürte, wie sein Ärger verflog. »Und du?«, fragte sie. »Wo liegt deine Leiche im Keller?«

Er stammelte überrascht etwas Unverständliches.

»Was?« Sie entließ ihn aus ihrem Busen und schraubte die Teufelstinktur wieder zu.

»Meine Mutter. Ich hab seit Ewigkeiten meine Mutter nicht besucht«, platzte er heraus.

Olly lächelte. »Das wird sie schon verstehen. Jetzt, mitten in einer so heißen Ermittlung, kannst du halt keinen Urlaub nehmen«, meinte sie. Und damit hatte sie natürlich recht.

Am nächsten Morgen sortierte Elias seine Klebezettel und konstatierte, dass er nicht weiterkam. Einen Moment stellte er sich vor, dass der Galgenvogel die kleine Steffi gekidnappt hätte. Man würde sie befreien und den Galgenvogel hinter Gitter sperren … Aber das war natürlich Quatsch. Nur dass ihm die Alternativen, was den Täter anging, allesamt nicht gefielen. Gitta, die die Familie über Wasser hielt, Oma Inse mit ihrem gemütlichen Küchentisch, der Steine züchtende

Boris, die arme Bärbel, die sich vor buckligen Männlein graulte … Er hätte gar nicht entscheiden können, wen er am wenigsten gern hinter Gitter gebracht hätte.

Und wenn das Mädchen einen Unfall gehabt hatte? Nein, dann hätte man sie gefunden.

Und wenn sie plötzlich wiederauftauchte? Unwahrscheinlich, sehr unwahrscheinlich. Sie war auf dem geistigen Stand einer Sechsjährigen und auf den Rollstuhl angewiesen. Nein, irgendjemand hatte sie gepackt. Und vermutlich war es ein Familienmitglied gewesen.

Auf einem seiner Haftklebezettel stand immer noch *Steffis Arzt aufsuchen*, und weil die Sonne schien und um sich aus der pessimistischen Laune herauszuarbeiten, beschloss er, dem Doktor einen Besuch abzustatten. Diese Landärzte wussten doch praktisch alles über ihre Patienten. Wer konnte wissen, welche Erkenntnisse ihm dieser Vormittag bringen würde?

»Hier in Neermoor gibt's keinen Arzt«, erklärte ihm Gitta, die er wenig später darauf ansprach. »Die können auf dem Land gar nicht überleben. Wir haben uns einen in Leer gesucht.«

Na schön. Er ließ sich die Adresse geben. Der Familiendoktor hatte seine Praxis in der Fußgängerzone. Elias bahnte sich den Weg durch einen Wochenmarkt und betrat eine Altbauwohnung mit hohen Decken und echten Dielen.

»Wer?«, fragte Dr. van Breucheling, nachdem Elias endlich in sein Sprechzimmer vorgedrungen war. Der Arzt war alt, sicher schon über siebzig. Unter seiner Liege stand ein verstaubter Aktenkoffer, und im Regal, neben zwei medizinischen Büchern, saß eine Schwarzwaldpuppe in einem gehäkelten Kleid.

Als Elias sein Anliegen vorgetragen hatte, schob der Arzt die Ärmel seiner Strickjacke hoch, setzte eine wichtige Miene auf und begann mit einem Finger auf einer Laptoptastatur zu tippen. Als er nicht fündig wurde, ließ er sich von seiner Sprechstundenhilfe die Krankenakten der Familie Coordes aus dem Karteikasten bringen. »Dürfen Sie sich das denn einfach ansehen?«, wollte er wissen.

»Ach, so viel will ich ja gar nicht wissen«, meinte Elias.

»Wie ist diese Familie denn so – nach Ihrem privaten Eindruck?«

»Nett.«

»Und weiter?«

»Keine Ahnung.«

So viel also zum Thema Landarzt, dachte Elias.

Der Doktor blätterte in einem der Pappordner. »Stefanie Coordes. Ah ja … War zum letzten Mal vor einem Dreivierteljahr hier. Rheuma in der Hüfte. Armes Mädchen, wo sie doch sowieso schon so geschlagen ist.«

»Braucht sie regelmäßig Medikamente?«

»Natürlich.« Der Doktor schob ihm ein Karteiblatt über den Tisch. »Mucosolvan ist gegen Schleim in den Bronchien«, erläuterte er. »Foradil ist ein Mittel gegen Asthma. Hat die Kleine aber nur ein einziges Mal verordnet bekommen. War wohl falscher Alarm. Das hier können Sie ganz vergessen, ist homöopathisch. Hab ich nur wegen ihrer Tante verordnet, die steht auf Öko und so. Nein, das Wichtige ist Methotrexat, das Rheumamittel. Wenn Steffi das nicht kriegt, ist sie arm dran. Dann hat sie richtig üble Schmerzen.«

Gewissenhaft notierte Elias sämtliche Medikamente. »Und Bärbel?«

»Also, darf ich Ihnen wirklich so einfach Auskunft geben?«

»Na ja«, sagte Elias.

Der Doktor verdrehte die Augen und erklärte: »Ich muss gerade mal raus. Bin aber in fünf Minuten zurück.« Mit einer unmissverständlichen Geste schob er die Unterlagen auf Elias' Seite des Tisches. Elias wartete, bis er die Tür geschlossen hatte, dann suchte er sich Bärbels Akte heraus und anschließend die vom Rest der Familie.

Danach war er auch nicht schlauer. Außer dass er wusste, dass Bärbel tatsächlich regelmäßig ihr Knock-out-Medikament verschrieben bekam, damit sie schlafen konnte. Allerdings stand da nicht, ob sie es auch einnahm. Und wann. Das musste man bedenken.

Als er auf dem Weg zurück in die PI war, rief seine Mutter an. Elias klemmte sich das Smartphone zwischen Ohr und Schulter, während er einer Gruppe angeheiterter Touristinnen auswich, die ihm auf dem Promenadenweg am Hafen entgegenkamen und einen Kanon über einen Frosch sangen. »Nee, Mama, du störst gar nicht«, sagte er. »Was? Ich hör dich nicht … Nö, nee, die sind total nett, hab ich dir doch schon gesagt …«

Eine der Sorgen seiner Mutter bestand darin, dass seine Kollegen rüpelhaft zu ihm sein könnten. Was genau sie befürchtete, wusste er nicht, aber fest stand, dass sie nicht viel von Kriminalbeamten hielt. Alles verkappte Ganoven, die sich nicht trauten, selbst zu klauen, fand sie, und deshalb war sie auch nicht sonderlich begeistert über seine Berufswahl gewesen. Auch deshalb, weil sie seinetwegen ihre Karriere als Sängerin drangegeben hatte. Das war 1976 gewesen. Sie hatte in Braunschweig gerade am Staatstheater ihr erstes Solo gesungen, den Hirtenknaben aus *Tosca*, und hatte womöglich die *Turandot* in Aussicht gehabt. Und da war er mit seiner beginnenden Existenz richtig blöd hereingeplatzt. Seitdem, also sozusagen von Anfang an, hatte ihre Beziehung etwas Kompliziertes gehabt. Wenn er Cellist geworden wäre, hätte sie ihm das vielleicht vergeben. Jetzt wollte sie wissen, wie das Wetter in Hannover sei.

»Gut«, sagte Elias.

»Und warst du auch in dem Konzert von diesem David Garrett?«

»Hmm.«

»Und wie hat er gespielt? Er ist zu jung, finde ich, für echte Präzision. Ziemlich hochgejubelt von der Presse. War er sauber in den unteren …?«

»Mama, ich hör dich kaum.«

»Ich frage, ob er in den unteren Passagen …«

»Mama? Hallo, Mama?«

»In der Tiefe. Ob er in der Tiefe den vollen Klang …«

Mitten im Satz drückte er sie weg. Vielleicht war das gemein, aber er hatte sich noch nicht überlegt, wie er seiner Mutter den Umzug ins Ostfriesische erklären sollte. Und sie hatte sich eh schon daran gewöhnt, dass sein Smartphone einen schlechten Empfang hatte. Wahrscheinlich war er daran schuld, dass sie sich selbst noch keines zugelegt hatte.

Egal. Er musste jetzt erst mal überlegen, was er als Nächstes unternehmen wollte. Aber da war er schon bei der PI. Und von da an ging alles drunter und drüber.

Es fing damit an, dass er in sein Büro kam und Harm ihn anschnauzte, wo er denn bitte gewesen sei. Und warum bei einem Arzt? Und was, Himmelherrgott, half es weiter, wenn man wusste, was für Pillen die Kleine schluckte, wo sie doch vermutlich weitaus größere Probleme hatte und ihre Pillen, verflucht noch mal, wahrscheinlich gar nicht mehr brauchte! Und ob Elias sich vielleicht mal die Termine für die Teambesprechungen merken könne. Sie hatten nämlich vor zwei Stunden eine gehabt! »Und wenn du schon jemanden verhörst, dann will ich das protokolliert haben, damit ich drauf zurückgreifen kann!«

Er war also mächtig angefressen. Das war normal bei solchen Ermittlungen, keine große Sache. Weitaus blöder war, dass er Elias ein Protokoll von vor drei Tagen auf den Tisch knallte, auf dem nichts als Gitta Coordes' Name und ein riesiges Fragezeichen eingetragen waren.

»Weißt du, was mir durch den Kopf geht?«, meinte Elias grüblerisch. »Ob Boris nicht doch mehr von dem buckligen Männlein weiß, als er uns verraten will.« Er zuckte zusammen, als Harms Faust auf den Tisch sauste – punktgenau auf das Protokoll. Das sollte wohl eine Botschaft sein. Na schön.

Elias fuhr seinen Computer hoch und suchte sich den Ordner mit den Formularen heraus. Als Harm aus dem Zimmer war, schrieb er noch rasch seine Überlegungen auf die gelben Klebezettel: sein Argwohn, ob Gitta vielleicht schon am Donnerstagabend gemerkt hatte, wes Geistes Kind ihr Galgenvogel war, und ob sie dann total frustriert nach Hause gefahren war und Steffi, ihren Klotz am Bein … was auch immer sie getan haben könnte. Anschließend war sie nach Bremen zurückgekehrt, weil ihr plötzlich klar geworden war, dass sie ein Alibi brauchte … Wenn Menschen in Bedrängnis kamen, handelten sie ja so.

Erst dann machte er sich an die Formulare. Er suchte sich das mit der Bezeichnung *Vernehmung eines Zeugen* heraus und trug unter *Angaben zur Person* den Namen von Dr. van Breucheling ein. Den Vornamen wusste er nicht, würde er aber sicher gleich per Internet herausfinden. Den Geburtsnamen … Manchmal übernahmen Männer nach der Heirat den Namen ihrer Frau. Hatte van Breucheling vielleicht bei seiner Geburt anders geheißen? Ähnlich unglücklich wie der Galgenvogel? Das wäre ein Grund, sich später an den Namen der Ehefrau zu halten. Aber gab es die überhaupt? Das hätte er den Arzt fragen sollen, als er ihn aufsuchte. Nur hätte der ihm dann wohl kaum noch die Krankenakten über den Schreibtisch geschoben. Elias hatte die Formulare schon wieder richtig satt.

Er klickte auf die zweite Seite und notierte als Ergebnis der Vernehmung die Bezeichnungen der Medikamente, die die Familienmitglieder einnahmen. Dann druckte er beide Seiten aus und legte sie auf Harms Tisch. Dabei fiel ihm ein, dass Gitta – falls sie wirklich in der Nacht, in der Steffi verschwunden war, betrunken von Bremen nach Neermoor gefahren war – geblitzt oder angehalten worden sein könnte. Nicht sehr wahrscheinlich, aber immerhin. Er schrieb eine entsprechende Notiz für Reinert, weil der erstklassig mit den Kollegen auf den anderen Dienststellen verdrahtet war und die Sache sicher mit einem einzigen Anruf klären konnte. Reinert war allerdings nicht da – also legte er ihm den Zettel auf den Schreibtisch.

Am Ende des Tages fuhr er wie immer zu Olly. Er aß mit

ihr zusammen kalte Pizza und streute dem angeketteten King Kong Körner aus, weil Olly das für hilfreich hielt, damit sich ihr Verhältnis zueinander besserte. Danach ging er zu Bett und schlief den Schlaf des Gerechten.

Während er schlummerte, wurden Oma Inses Katze und sieben von ihren Hühnern an die Wand des Hühnerstalls genagelt.

»Eine Katze?«, fragte Olly, die in ihrem Auto sofort von der Staatsanwaltschaft rübergesaust kam, als die Neuigkeit aus Neermoor sie erreichte.

»Und sieben Hühner – eine verdammte Schweinerei!«, erwiderte Harm, noch immer wie benommen von der Neuigkeit. Sie hatten sich im Konferenzraum eingefunden wie die Passagiere eines sinkenden Schiffes auf dem Oberdeck. Obwohl Harm wahnsinnig aufgebracht war, funktionierte er professionell. Er hatte einen Beamer organisiert, damit sie alle das Bild vor Augen hatten. Jeder sollte sich einen eigenen Eindruck verschaffen. »Schön, dass du rübergekommen bist«, sagte er zu Olly.

»Und wie nett, dass Sie mich dabeihaben wollen, Herr Kriminalhauptkommissar«, erwiderte Olly honigsüß. »Darf ich mir was wünschen? Vielleicht, dass ich immer noch die Leitung über dieses Ermittlungsverfahren habe?«

»Das und alles andere, Frau Staatsanwältin«, sagte Harm und grinste mit rotem Kopf. Er wusste, wann er sich vergaloppiert hatte. Deshalb kam er ja meistens mit allen gut klar.

Wenig später standen sie auf dem Neermoorer Hof. Die Spurensicherung war schon am Werk, die hatte Harm gleich als Erstes auf die Reise geschickt, und deshalb war der Tatort durch ein rotes Flatterband abgesperrt. Das übrige Team

musste sich die Scheußlichkeit aus einiger Entfernung ansehen, was Elias ganz recht war. Einen empfindlichen Magen
wird man ja nicht los.

Es war also so: Irgendjemand hatte die Katze von Oma
Inse, die rötliche, die jetzt aber wegen des geronnenen Blutes
fast schwarz aussah, mit einem rostigen Riesennagel durch
den Hals an die Wand vom Hühnerstall genagelt. Ob sie da
noch gelebt hatte ... keine Ahnung. Außerdem hatte es sechs
Hennen und den hofeigenen Hahn erwischt. Alle durch den
Hals an die Wand. Blutige Rinnsale an der Wand und einge-
trocknete Pfützen auf dem Boden kündeten vom Ausgang
des Dramas.

Elias hob seine Digitalkamera, zoomte die Kadaver heran
und begann Fotos zu schießen. Auch eines von Gitta, die
kreidebleich in einer Hofecke stand und lautlos Worte murmelte. Und von Bärbel, die ebenfalls kreidebleich war, aber
grimmig die Lippen zusammenpresste.

»Wo ist denn eigentlich Boris?«, fragte er Harm, der sich
gerade mit dem Chef der Spurensicherung unterhalten
hatte.

»Keine Ahnung.« Sein Chef war auf dem Weg zu den Journalisten, die sich wie durch Zauberhand auf dem Hof eingefunden hatten und ebenfalls fotografierten. Klar, dass ihm
das nicht gefiel. Wenn man die ließ, latschten sie über sämtliche Spuren. Elias ging ums Haus herum zur Altenteilwoh-
nung, um nach Oma Inse und Opa Bartel zu schauen.

Oma Inse formte gerade mit nassen Händen Klöße. Dafür
hatte er Verständnis. Wenn die Welt aus den Fugen geht, ist
es gut, auf Bewährtes zurückzugreifen, sich zu erden, würde Olly sagen. Die Klöße würden allerdings salziger als sonst
werden, denn Oma Inses Tränen tropften in den Teig.

Elias begrüßte sie und ging weiter zu Opa Bartel. Der lag in seinem Bett und sah fern. Ganz leer im Kopf konnte er aber doch nicht sein, denn auch in seinen Augen standen Tränen, obwohl im Fernseher *Two and a Half Men* lief. Aus seiner Nase rann der Schnodder.

Elias räusperte sich, zog dann eine Packung Taschentücher aus der Hosentasche und putzte dem alten Mann die Nase. Das Tuch entsorgte er in einem Abfalleimer neben dem Bett. »Sie werden eine neue Katze brauchen«, sagte er, um zu testen, wie weit Opa Bartel etwas von den Ereignissen draußen mitbekommen hatte. Opa Bartel schaute sich an, wie Charlie Sheen seinem Neffen die Welt erklärte, und schwieg. Elias putzte ihm noch einmal seine Nase und gab dann ein weiteres Taschentuch an Oma Inse ab, die ins Zimmer kam und sich in den Ohrensessel setzte. »Schlimm«, sagte er.

Oma Inse wischte sich mit der runzligen Hand übers Gesicht. »Warum ausgerechnet Murmeli? Es ist so grausam.« Murmeli hatte die Katze geheißen, weil sie so murmelige Augen gehabt hatte, erklärte sie. Und immer anschmiegsam, gar nicht katzenartig. Der Hahn hatte auch einen Namen gehabt. Kurt. Kurt war schon alt gewesen, hatte seit zwölf Jahren auf dem Hof gelebt, fast so lang wie Steffi. Oma Inse hatte es nie übers Herz gebracht, ihn zu schlachten. Vielleicht weil er so an Murmeli hing und die an ihm, erstaunlicherweise. Tierfreundschaft. Gab es eigentlich gar nicht, aber zwischen Murmeli und Kurt doch. Der stand fast mehr auf das Kätzchen als auf seine Hennen. Wenn sie den Kurt geschlachtet hätte, was hätte Murmeli denn dann von Oma Inse gedacht, nicht wahr?

Elias überlegte, ob er etwas Tröstendes sagen sollte, dass die beiden sich freuen würden, nun gemeinsam im Tierhimmel zu sein, aber das kam ihm dann doch zu idiotisch vor.

Stattdessen nahm er seine Kamera und machte ein Foto von Opa Bartel und dann eines von Oma Inse, die verlegen und traurig abwinkte.

Hedda kam herein, in einem dünnen, karierten Sommermantel, der sie wie ein Zelt umgab und ihr etwas Mütterliches verlieh. »Ach, Elias! Du hast schon mit den Herrschaften gesprochen?«

Er nickte, und sie wandte sich an Oma Inse: »Gibt es noch irgendetwas, das Sie uns zu dem da draußen sagen könnten, also was von Belang?«

Oma Inse nahm wohl an, dass Murmelis Freundschaft mit Kurt belanglos sei, denn sie schüttelte den Kopf. Und nachdem sie erklärt hatte, dass sie in der Nacht nichts Auffälliges wahrgenommen habe, und nachdem sie auch noch ihren Geburtsnamen und ihr Geburtsdatum angegeben und Heddas Protokoll unterschrieben hatte, gingen Hedda und Elias wieder zu den anderen.

»Sie nach dem Geburtsdatum zu fragen, da hätte ich jetzt nicht dran gedacht«, meinte Elias.

Hedda klopfte ihm aufmunternd auf die Schulter. »Sag mal, auf meinem Tisch liegt so ein gelber Zettel, auf dem steht: *Gitta und Galgenvogel – Sympathie?* Ist das irgendwie 'ne Botschaft für mich?«

»Nö, nur ein Gedanke. Der Galgenvogel ist nämlich ein ganz schmieriges …«

»Arschloch?«, half Hedda aus.

»So ungefähr. Und da frage ich mich: Würde Gitta wirklich eine Nacht mit ihm verbringen, nachdem sie gemerkt hat, dass der Kerl nur mit ihr in die Kiste will?«

»War das denn so?«

»Sonnenklar. Jedenfalls für mich. Aber in Gitta kann ich

mich nicht reinfühlen. Einmal überhaupt nicht, und dann auch … Wie man so was empfindet, aus weiblicher Sicht.«

»Und du glaubst, ich wäre schlauer, was die weibliche Sicht angeht?«

Elias nickte.

»Mensch«, sagte Hedda, »verschon mich mit Zetteln, ja?« Sie blieb stehen. Ulf hatte sich zu den Journalisten begeben, die eifrig schrieben, während er ihnen etwas diktierte.

»Hast du Boris gesehen?«, fragte Elias.

»Ist das der Lüttje? Nee.« Hedda schüttelte den Kopf über Ulf, der mit einer weiten Armbewegung über den Hof und den Rest von Ostfriesland wies und zweifellos etwas Grundsätzliches zum Wesen des Ostfriesen von sich gab.

Elias ließ sie stehen und ging hinauf in Gittas Stube. Gitta saß dort zusammen mit Olly, Harm und Reinert. »Weiß jemand, wo Boris steckt?«, fragte Elias durch die offene Tür, bekam aber keine Antwort.

Also machte er sich auf die Suche. Zunächst auf dem Hofgelände, inklusive Garten, und dann auf dem Feld dahinter. Er ging bis zum Friedhof an der Hauptstraße. Dort lief er zwischen den Grabsteinen zu der pyramidenhaften Kapelle. Aber Boris war nicht zu finden. Doch während Elias auf den schlichten Steinaltar mit der bodenlangen Decke starrte, ging ihm plötzlich auf, wohin der Junge sich verkrochen haben könnte.

Bärbel saß in ihrer eigenen Stube und wurde von Koort-Eike verhört. »Meine Steffi ist weg. Ich will nicht über blöde Hühner reden«, sagte sie. Koort-Eike nickte und sah müde aus, wahrscheinlich weil das Gespräch sich schon die ganze Zeit um diesen Punkt drehte. Elias schlich sich hinter ihnen vorbei in Boris' Zimmer. Er schloss die Tür und legte sich bäuchlings auf den Boden. Boris hatte sich unter seinem Bett verkrochen, natürlich. Er lag dicht an der Wand.

»Kommst du raus?«, fragte Elias.

Boris rührte sich nicht, also machte Elias sich auf den Weg zu ihm. Unter Betten sieht es immer gleich aus: Oben der Lattenrost, durch den sich die Matratze drückt, und unten die Staubmäuse. Da Boris nicht wegkonnte, lagen sie erst einmal friedlich nebeneinander.

»Wieso haben sie dich eigentlich Boris genannt?«, fragte Elias schließlich.

»Wegen Boris Becker.«

»Und Steffi heißt nach Steffi Graf?« Elias nahm an, dass Boris nickte, hören konnte er nichts. Es roch nach Staub, dass man kaum Luft kriegte. Zu Boris' Füßen lag eine zusammengeknüllte Unterhose. Durch die geschlossene Tür hörten sie die geduldige Stimme von Koort-Eike, der immer noch bei Bärbel nachbohrte wie ein Ingenieur in der Wüste nach Wasser.

»Boris und Steffi – weil deine Mama Tennis mag?«, fragte Elias.

Schweigen.

»Ich kann nicht Tennis spielen. Ist mir zu hektisch«, sagte Elias.

»Ich spiel mit der Wii«, sagte Boris. »Am liebsten Mario Kart. Kennen Sie das?«

»Nee.« Elias hatte eine vage Vorstellung von einem italienischen Mechaniker, der über Brücken hüpfte.

»Ich habe auch das Batman-Spiel, aber das darf ich noch nicht, weil es erst ab zwölf ist.«

»Da passt wohl Gitta auf, was?«

»Die ist ja oft weg.« Boris kicherte, verstummte aber sofort wieder. Draußen hing Murmeli an der Stallwand. Das wurde man so schnell nicht los. Eine Weile geschah gar nichts. Dann schob Boris seine Hand in die von Elias. Der erstarrte. Was tat man mit so einer Hand? Festhalten? Drücken? Ignorieren? Ging da jetzt gerade was in Richtung Gruppe ab? Gedanklich notierte er: *Boris klammert sich fest. Zeichen für große Not?* Aber die kleine Hand in der eigenen zu fühlen, mitsamt der Not, war so beklemmend, dass er plötzlich keine Lust mehr hatte, sich etwas zu notieren – nicht mal in Gedanken.

Koort-Eike verstummte. Stattdessen hörten sie durch die Tür jetzt Harms Stimme. Er fragte nach Boris und bekam keine Antwort. Ungeduldig riss er die Zimmertür auf. »Boris?«

Boris hielt den Mund. Elias auch. Aus unbestimmter Komplizenschaft und weil er sich plötzlich fehl am Platz fühlte, hier unterm Bett, zwischen den Staubmäusen, als Kriminaloberkommissar. »Wo kann der Junge denn stecken?«, hörten sie Harm fragen, während er die Tür wieder schloss. Koort-Eike tat seine Meinung kund, die sie aber nicht verstanden. Dann wurde es still.

»Hat das bucklige Männlein Steffi geholt?«, fragte Elias, nachdem eine Ewigkeit verstrichen war.

Boris schwieg.

»Deine Schwester braucht Medikamente. Gegen ihr Rheuma. Weil sie sonst Schmerzen hat. Deshalb müssen wir sie finden, das ist ganz wichtig.«

Boris zog seine Hand zurück. Er begriff das Problem. Das auf jeden Fall.

»Weißt du, wo sie ist?«

Schweigen.

»Kennst du das bucklige Männlein?«

»Bist du ein Zauberer?«, wollte Boris statt einer Antwort wissen.

»Wie kommst du darauf?«

»Weil du wie einer aussiehst. Wie der Zauberer in … weiß ich nicht mehr. Hab ich mal im Fernsehen gesehen. Die Haare und so.«

Elias stellte sich vor, dass seine quirligen, lockigen, nicht zu bändigenden und ewig zu langen Haare sich mittlerweile mit den Staubmäusen liiert hatten und dass es auf seinem Kopf aussah wie in einem schwarz-grauen Dschungel. »Ich bin kein Zauberer«, sagte er.

»Zauberer gibt's auch gar nicht.«

Durch das Fenster hörten sie, wie jetzt auch Gitta nach Boris rief. Ihre Stimme klang panisch. Kein Wunder, nachdem Steffi einfach so verschwunden war. Weiß der Himmel, was sie sich gerade ausmalte.

»Kennst du denn nun das bucklige Männlein?«, fragte Elias.

»Ich muss zu Gitta«, sagte Boris.

Gitta schnauzte Boris gehörig an, als sie ihn endlich am Wickel hatte, aber der Junge machte sich nichts daraus. Er schlängelte sich in ihren Arm und wurde unter Vorwürfen gedrückt und gequetscht und mit Küssen bedeckt. Schöne, gesunde Tanten-Neffen-Beziehung, dachte Elias und fragte sich, warum Bärbel sich keine Sorgen gemacht hatte, als man ihren Filius suchte. Weil sie gewusst hatte, wo er steckte? Oder war sie sicher gewesen, dass sie sich keine Sorgen machen musste, weil sie Steffis Entführer kannte?

Der Abend brach an, und sie fuhren gemeinsam im Polizeibus nach Leer zurück.

»Ich habe versucht, den Journalisten den richtigen Eindruck zu vermitteln«, erklärte Ulf, der am Steuer saß, seinen Kollegen.

»Wovon denn?«, fragte Harm zerstreut.

»Na, davon, wie die Verbrechen eingeordnet werden müssen, soziologisch, mit dem Wissen um die ostfriesische Seele.«

»Wie denn?«, fragte Harm.

»Der Ostfriese ist ehrlich und treu.« Ulf schnaufte ärgerlich, weil Hedda zu lachen begann. Vielleicht konnte er im Rückspiegel auch sehen, wie Koort-Eike mit den Augen rollte.

»Wir haben einen Pressesprecher. Der wird dafür bezahlt, dass er mit der Presse redet«, sagte Harm.

»Bitte schön, kann mir ja egal sein, was man morgen über uns in der Zeitung liest«, meinte Ulf beleidigt. Dann waren sie auf dem Parkplatz der PI. Und weil Olly auch gerade mit ihrem roten Volvo auf den Hof kam, meinte Harm – nur zu ihr, nicht zu den anderen –, dass er gern mal über die hingemetzelte Katze nachdenken würde, in aller Ruhe, am liebsten bei der Frau Staatsanwältin zu Hause und mit einem guten, starken Tee, wenn es möglich wäre.

»Genau was ich mir am Feierabend wünsche«, grummelte Olly, sagte ihm dann aber doch zu, und so saßen sie schließlich zu dritt auf ihrer Terrasse – eine steinerne Insel der Zivilisation inmitten der ostfriesischen Wildnis. Kühe säumten den Horizont. Irgendwo ratterte ein Trecker. Es sah aus, als wolle es bald nieseln.

»Erste Frage: Hängt diese beschissene Tiermetzelei mit dem Verschwinden von Stefanie Coordes zusammen?«, wollte Harm wissen, der schlückchenweise seinen zu heißen, zu süßen Tee trank.

»Keine Ahnung«, sagte Olly. »Wie lautet die zweite Frage?«

»Die gibt's nicht.«

»Die gibt's doch«, meinte sie. »Zum Beispiel: Was mach ich mit den Tierschützern? Die haben nämlich bei mir im Büro angerufen und sich beschwert. Was wollen die denn? Dass ich ein Statement übers Annageln von Tieren an Stallwänden abgebe? Ich find's auch total beschissen, habe ich durch Saskia weitergeben lassen.« Saskia war ihre Sekretärin.

»Ich würde dir vorschlagen…«

»Nee«, sagte Olly.

Harm verzichtete also auf seinen Vorschlag, ein bisschen diplomatischer mit der Öffentlichkeit umzugehen. Dafür riet er Elias, sich nun endlich mit den gelben Zetteln am Riemen zu reißen. »Es ist ja, wenn man mal den vernünftigen Menschenverstand einschaltet, nicht gerade wahrscheinlich, dass ein Geschwindigkeitsmesser oder eine Streife ausgerechnet

Gitta Coordes erwischt haben soll, während sie mit Mordplänen zwischen Bremen und Neermoor hin- und herdüste. Mit solchen schrägen Einfällen machst du die Kollegen kirre. Schon gar, wenn du sie ihnen auf die Lampen pappst.«

»Mag sein«, meinte Elias. »Aber wissen kann man nie.«

Sie brüteten auf ihren Terrassenstühlen, während um sie herum winzige Unkrautsamen durch die Luft segelten, als wollte die Natur die Terrasse zurückerobern, was ihr sicher auch gelingen würde, so wie Olly ihren Garten behandelte.

Harm nahm einen weiteren Schluck aus seiner Teetasse. »Steffi braucht ihre Rheumamedikamente, weil sie ohne Behandlung Schmerzen kriegt. Aber ihr droht ohne das Zeug nicht unmittelbar Lebensgefahr, oder?«

Elias nickte.

»Ist doch scheißegal. Sie ist tot«, sagte Olly, was zynisch geklungen hätte, wäre ihr Tonfall nicht so bitter gewesen.

»Das wissen wir nicht«, widersprach Harm. »Die Hunde haben nicht angeschlagen.«

»Aber die sind nicht Sherlock Holmes. Die können sich irren.«

»Wir wissen es nicht!«, wiederholte Harm in scharfem Ton. Es war offensichtlich, dass auch ihm das Verschwinden des Mädchens naheging.

»In jedem Fall ist das Ganze eine Familiengeschichte«, sagte Olly. »Und für mich ist Gitta die Hauptverdächtige.«

»Warum?«, fragte Harm.

»Weil sie das stärkste Motiv hat. Alle anderen auf dem Hof leben fröhlich vor sich hin, aber Gitta muss es packen. Und ihr Privatleben ist ein Desaster, zumindest in ihren Augen. Insofern lag Elias schon richtig mit den Blitzern. Gitta brennt die Sicherung durch, als sie merkt, was der Galgenvogel für einer ist, und sie brettert mit Tempo zweihundert nach Ostfriesland, um endlich die Teller durch die Küche zu schmeißen.«

»Aber sie ist zum Galgenvogel zurückgekehrt. Wäre sie denn nach dem Mord an ihrer Nichte kühl genug, um für ein Alibi zu sorgen? Und warum ist sie dann bis Montag in Bremen geblieben?«, wandte Elias ein.

»Was weiß ich – keine Ahnung! Jedenfalls haben sie in der Einrichtung, die Steffi für ein paar Wochen besucht hat, gemeint, dass die Lüttje nervig war wie nur was.«

»Das haben sie dir gesagt – über ein verschwundenes Kind?«, wunderte sich Harm.

»Natürlich nicht mit diesen Worten, aber ich bin ja nicht blöd. Steffi war arm dran und trotzdem 'ne Nervensäge. So was ist möglich, da darf man sich nichts vormachen.«

Elias nickte. »Und dann ist da natürlich auch noch die Sache mit dem …«

»Das bucklige Männlein lassen wir jetzt mal außen vor«, knurrte Harm.

»Weil Märchenfiguren eher selten Verbrechen begehen«, ergänzte Olly.

»Das bucklige Männlein stammt aus einem Lied«, sagte Elias. »Aus einem Kinderlied.«

King Kong, der unter dem einzigen Baum in Gittas Garten die Regenwürmer am Kragen packte und aus ihren Unterschlüpfen zerrte, hob den Kopf. Er warf Elias einen scharfen Blick zu, als habe er sich gerade erinnert, dass es zwischen ihnen noch etwas Unerledigtes gab.

»Willste ihm nicht noch mal Futter streuen, von wegen Stabilisierung des harmonischen Klimas unter den Hausbewohnern?«, fragte Olly, der als Staatsanwältin nichts entging, und schon gar nicht, wenn Elias harmlos einen Stein nach ihrem Geflügel warf.

»Wir kommen aus verschiedenen Welten«, erwiderte Elias.

Harm lehnte sich in seinem Stuhl zurück, verschränkte die Arme hinter dem Hals und ließ gemächlich die Wirbelsäulenknöchelchen knacken. Dann sagte er: »Olly, ich will die Neermoorer Seen absuchen lassen.«

Ollys Zunge fuhr über ihre kirschrot bemalten Lippen.

»Den Badesee, aber auch die anderen Teiche«, fuhr er fort.

»Das wird kosten.«

»Irgendwo steckt dieses Mädchen«, sagte Harm. Elias musste an Gittas Faust denken und daran, wie sie von Steffis angekauten Fingernägeln gesprochen und genau das Gleiche gemeint hatte. Ja, irgendwo befand sich Steffi in diesem Moment. Und sie waren die Menschen, die die Aufgabe hatten, sie zu finden. Und sei es auf dem Grund der Neermoorer Seen.

»Übrigens kommt Sven bald zurück«, sagte Harm, als er sich ein Stündchen später an seinem Auto von Elias verabschiedete.

»Prima.«

»Den können wir jetzt brauchen. Er hat gehört, unter welchem Druck wir stehen, und will sich früher wieder einklinken. Morgen schon.«

»Das ist schön.«

»Dann musst du natürlich wieder zu Ulf ins Zimmer.«

»Klar«, sagte Elias.

»Also … seht zu, dass ihr miteinander klarkommt. Wir sind schließlich alle Kollegen.«

»Ich und Ulf – das passt schon«, meinte Elias.

Und so war es auch.

Am Tag eins nach Svens Rückkehr hatte Elias eine Magengrippe, da konnte gar nichts schiefgehen. Am Tag zwei transportierte er seinen Kram von Harms Zimmer in das von Ulf. War auch perfekt. Er verteilte seine Stifte in die freie Schublade seines neuen Schreibtisches, verstaute die Haftklebezettelblöcke in eine zweite und erklärte, dass er nach Bremen müsse.

»Wieso Bremen?«, wollte Ulf wissen.

»Weil mich das mit Gitta beunruhigt. Ich will den Galgenvogel noch mal ausquetschen.« Elias hob die Topfpflanze, die er aus Harms Büro geklaut hatte, vom Fußboden auf den Schreibtisch und zupfte die welken Blätter ab.

»Du denkst doch nicht etwa, Gitta Coordes hat was mit dem Verschwinden des Mädchens zu tun?«

»Weiß man ja nie.«

»Klookschieter!«, sagte Ulf. »Wenn du Menschenkenntnis hättest, würdest du merken, wie die Leute hier sind. Und Gitta ist schwer in Ordnung. Ihr Profiler füllt Listen aus und macht Tortendiagramme, aber raus kommt dabei nix. Wenn du was über die Menschen erfahren willst, musst du ihnen in die Augen sehen, Elias. Gerade hier in Ostfriesland.«

»Gute Idee«, sagte Elias.

Der Galgenvogel war dieses Mal nicht zu Hause, sondern in seinem Büro, das im selben Gebäude lag, aber einen separaten Eingang hatte. *Futtermittel aus biologischem Anbau* stand oben auf einer Holztafel, die wohl den Anspruch des Biologischen unterstreichen sollte.

»Natürlich war Gitta die ganze Nacht hier«, brummelte er, sortierte dabei Papiere auf dem Schreibtisch und hatte ein rabenschwarzes Gewissen – das konnte man erkennen, auch ohne Spezialist für Augen zu sein. »Also wenn Gitta irgendwas Ungesetzliches getan hat…«

»Hat sie nicht«, sagte Elias.

»Ist echt scheiße, sich mit Weibern einzulassen, die man nicht kennt. Aber die kennste ja nie«, meinte der Galgenvogel vertraulich. »Ich dachte, Gitta ist zu Hause angebunden, und manchmal kommt sie eben her… Das Leben ist zum Poppen da, oder? Wir hätten's nett miteinander gehabt.«

»Und?«, fragte Elias und nahm sich einen Zettel aus dem Notizblockkästchen, das auf dem Schreibtisch stand.

»Und was?«

»Die Nacht von Donnerstag auf Freitag – bitte mit Uhrzeiten.«

»Also gut, einmal bin ich wach geworden«, räumte der Galgenvogel ein, »ich denke, so gegen drei, keine Ahnung. Da war sie halt mal weg, aber ich dachte, zum Pinkeln. Was soll man denn auch sonst glauben, vor allem, wo sie am nächsten Morgen selig neben mir geschlummert hat. Und wahrscheinlich war sie wirklich zum Pinkeln und ist gleich wieder zu mir unter die Decke gehuscht. Ich sag das nur. Ich weiß gar nichts. Aber im Ernst, wenn ich geahnt hätte…«

Elias notierte die Aussage. Dann fragte er den Galgenvogel nach dem Geburtsnamen (ebenfalls Galgenvogel) und Geburtsdatum (Heiligabend 1962 – »Ist 'n Ding, was?«) und ließ ihn schließlich in der Ecke des Zettels unterschreiben. *Aufenthaltsort von Gitta Coordes in einem Teil der Mordnacht (ab 22:30 Uhr bis circa 11:00 Uhr am Freitag) ungewiss.* Wenn er den Zettel an das entsprechende Formular heftete, ging das vielleicht auch offiziell durch.

Wohlgemut machte er sich auf die Rückreise. Ulf war

schon nach Hause gegangen. Alles lief prima. Keine Ahnung, warum Harm sich Sorgen machte, dass er mit dem Kollegen Probleme haben könne.

Der dritte Tag nach Svens Rückkehr war ein Samstag, also frei. Am vierten Tag hatten sie eigentlich auch frei, trafen sich aber trotzdem, weil Harm wieder eine Teamsitzung einberufen hatte. Der Chef des Zentralen Kriminaldienstes, Jens Jensen, war ebenfalls dabei. Er musterte mit undurchsichtiger Miene seine Mordkommission und hörte zu, während Harm die Entwicklungen der letzten Tage zusammenfasste.

Der Neermoorer Badeteich war von Tauchern abgesucht worden, und die beiden anliegenden Teiche ebenfalls. Hatte aber alles nichts gebracht, außer Kosten natürlich. »Wir haben als Verdächtige erstens die Mutter Bärbel mit unsicherem Motiv, zweitens die Tante Gitta – wegen Überlastung ...«

»Ich bin auch überlastet«, erklärte Jens Jensen milde und schaute sie der Reihe nach an, als überlege er, wie weit ihn selbst seine Überlastung treiben könne, was seine KI-ler anging.

»Gitta hat für die Tatzeit ein Alibi«, sagte Harm. Da fiel Elias ein, dass er den Zettel vom Galgenvogel und die dazugehörigen Erkenntnisse noch nicht weitergereicht hatte. Er suchte in seiner Hosentasche und übergab Harm das provisorische Protokoll. Harm las es sich durch und sagte so leise, dass man merkte, wie sauer er war: »Das hätte ich vielleicht auch früher haben können?«

»Vergessen«, sagte Elias. »Aber ich fahre gleich nachher zu Gitta und verhöre sie in der Sache.«

»O nein. Hedda wird fahren. Dann kriege ich vielleicht

einen ordentlichen Bericht in dieser nicht ganz unwichtigen Angelegenheit.«

Ulf grinste, und Harm klopfte mit der Hand auf den Tisch, weil ihn das Grinsen ärgerte. »Die Aussage von Herrn Galgenvogel ist vage – das muss man also erst mal untersuchen, und wir lassen es deshalb außen vor. Um noch einmal auf die Verdächtigen aus der Familie zurückzukommen … Drittens wären da die Großeltern, aber die schließen wir aus.«

»Warum?«, wollte der ZKD-Chef wissen.

»Den Opa, weil er wegen Bettlägerigkeit nicht kann. Und die Oma wegen der Katze und der Hühner. Ich verwette mein Hemd drauf, dass der Tiermord und Steffis Verschwinden zusammenhängen. Aber die Oma hätte wohl kaum ihre eigenen Viecher an die Wand gepinnt.«

»Nicht Kurt und Murmeli«, hörte Elias sich murmeln.

»Dann wäre da noch der Junge«, sagte Harm widerstrebend. Einen Knirps wie Boris haute man nicht gern in die Pfanne.

»Wie alt ist er?«, fragte Jensen.

»Er wird im Mai elf.«

Olly wiederholte noch einmal, dass Boris es hasste, seine Schwester im Rollstuhl umherzuschieben. Manchmal habe ihn das ganz schön geärgert, hatte eine der Nachbarinnen zu Protokoll gegeben. Da hatte es auch schon mal eine Klopperei und Geschrei gegeben. Geschwister halt. Aber sie hatten ja jetzt die Seen absuchen lassen, wo Boris mit Steffi möglicherweise spazieren gegangen war und wo sie, halb aus Versehen, auch mal hätte hineinrutschen können. Außerdem war das Mädchen mitten in der Nacht verschwunden.

»Und der Rollstuhl ist noch da. Der steht unter der Treppe«, erinnerte Sven. Er hatte zu Hause einjährige Drillinge und deshalb daumenbreite schwarze Ringe um die Augen, die ihm Ähnlichkeit mit Koort-Eike und seiner Hornbrille verliehen.

»Hm«, brummelte Jensen. »Verdächtige von außen?«

»Bis jetzt keinen Anhaltspunkt«, sagte Harm, aber Elias sah, wie Ulf plötzlich leuchtende Augen bekam. Klar, dass es ihm gefiel, wenn die Bösen, sagen wir mal, aus der Verbrecherhochburg Oldenburg kamen. Oder vielleicht sogar aus den Niederlanden.

Elias räusperte sich. »Außerdem wäre da noch das bucklige Männlein.«

»Och nee, hör doch mal auf mit dem Scheiß«, unterbrach ihn Harm. Doch der Chef wollte wissen, was es mit diesem buckligen Männlein auf sich habe, und Elias erklärte es ihm.

»Ein Männlein also, von dem wir wissen, dass es entweder einen Buckel hatte oder keinen und vielleicht auch nur die Ausgeburt eines versoffenen Abends war«, witzelte Ulf.

Ganz unrecht hatte er nicht. Außer wenn man bedachte, wie der kleine, clevere Boris reagierte, sobald man ihn nach dem Männlein fragte …

Jens Jensen trommelte mit seinem Kugelschreiber auf den Tisch. Er war ein zierlicher Mann um die sechzig, und man hätte ihn sich mit seinem Pullunder gut in einem Hörsaal vorstellen können – hochmittelalterliche Dichtung oder so. »Herr Schröder«, sagte er nachdenklich zu Elias, »Sie haben in Hannover in nahezu achtzig Prozent der Fälle maßgeblich zur Aufklärung beigetragen. Das ist eine ordentliche Leistung, außerordentlich sogar, ganz ohne Zweifel. Wenn Sie sich nicht den Knaller mit den Luftballons geleistet hätten, wären Sie dort was geworden.«

»Eher nicht«, meinte Elias klarsichtig.

»Woher hatten Sie die eigentlich? Die Luftballons?«

»Das ist eine lange Geschichte.«

»Lauter rote?«

»Nein, nein, das hat sich die Presse ausgedacht.«

»Natürlich«, sagte Jens Jensen.

Damit waren sie entlassen, und weil Hedda ein netter Kerl war und einen Kollegen nicht ausbootete, wenn der Chef sauer auf ihn war, nahm sie Elias mit nach Neermoor.

Dort trafen sie Gitta leider nicht an. Sie war auf einem Spaziergang und hatte vorher einen Stapel Teller die Treppe hinabgeworfen und damit Oma Inse erschreckt. Außerdem hatte sie das Haus zusammengebrüllt und ihrer Familie erklärt, dass sie Sören umbringen würde.

Sören war ihr Nachbar. Er hieß mit Nachnamen van Doom – das setzte ihnen Oma Inse auseinander, als sie versuchten, ein bisschen Klarheit in die Angelegenheit zu bringen. Und natürlich war das mit dem Umbringen nur so eine Redensart gewesen. Kein Mensch brachte jemanden um. Schon gar nicht Gitta. Schon gar nicht einen Nachbarn.

»Ich hätte ihn ganz sicher umgebracht, wenn er zu Hause gewesen wäre. Wenn ich den Scheißkerl nur erwischt hätte«, sagte Gitta, die ihnen atemlos vor Wut auf dem Feldweg zwischen den beiden Grundstücken entgegenkam. Sie begann zu weinen, und Elias war heilfroh, dass Hedda bei ihm war, denn mit ihrem Rock und dem riesigen Busen und der mütterlichen Bluse war sie genau der richtige Mensch in dieser Situation.

Sie setzten sich auf die Bank im Garten, wo die Familie ein Beet umgegraben und neben den Furchen Kartoffeln zum Einbuddeln parat gelegt hatte, und dann rückte Gitta mit der

103

ganzen Sache raus. Dass Sören van Doom, ihr Nachbar, sie nämlich fertigmachen wollte.

»Jetzt ist mir alles glasklar«, sagte sie und stocherte mit der Turnschuhspitze in der festgetrampelten Erde des Weges, der den Garten wie ein Mondkanal durchzog. »Sören ist nämlich eiskalt. Und damit meine ich: richtig eiskalt. Wie die Mafia. Ohne jedes menschliche Empfinden. Dem kann man alles zutrauen.«

Elias blickte nach Westen, wo ein altes Bauernhaus lag. Es wirkte bei Weitem nicht so gemütlich wie der Coordes-Hof. Auf dem Dach fehlten mehrere Ziegel, wodurch die Dachbalken wie Knochen in einer Wunde staken. Die Fenster waren blind und zum Teil eingeschlagen.

»Nee, Sören wohnt da nicht mehr«, erklärte ihnen Gitta. »Er ist nur noch dem Namen nach unser Nachbar. Früher hat er da gewohnt, aber dann ist er in die Stadt, nach *Emden*«, betonte sie, als wäre das ein Zeichen moralischer Verkommenheit. »Und da hat er eine Firma aufgemacht. Er verdient Kohle wie nix, aber das reicht ihm nicht. Vor drei Jahren, als sein Vater gestorben ist, hat er das Grundstück geerbt, und jetzt will er damit auch Kohle machen. Der ist unersättlich, wie dieser König, der sich gewünscht hat, dass alles, was er anfasst, zu Gold wird, und nachher hatte er nichts mehr zu essen.«

»So sind die Menschen«, sagte Hedda und schaute auf die Uhr. Das mit dem Umbringen hielt sie jetzt, wo Gitta sich abgeregt hatte, für heiße Luft. Sie hätte lieber nach dem Alibi gestochert. Aber Gitta musste sich erst alles von der Seele reden.

»Sören ist vor ein paar Monaten zu mir gekommen: ob ich ihm nicht meinen Hof verkaufen will und so. Weil das Land von seinem Vater im Westen und im Osten liegt und wir dazwischen. Diese kleinen Grundstücke sind kein Problem, wenn man Gemüse und Kartoffeln anbaut, aber Sören will Mais aussäen. Im großen Stil. Für eine Biogasanlage, die er direkt hinter seinem Haus errichtet. Doch, die steht schon halb, das kann man nur von hier aus nicht sehen.«

Elias hatte keine Ahnung von Biogasanlagen, aber die Kombination von Bio und Gas in einer Anlage löste in seinem Kopf die Vorstellung eines gewaltigen Gestanks aus. Er fragte nach: »Stinkt das nicht?«

Gitta nickte. »Aber das ist nicht der Punkt.« Sie hielt ihnen einen Vortrag über Biogasanlagen. Man brauchte, damit so eine Anlage sich rechnete, riesige Felder, auf denen der Mais als Rohstoff angebaut werden konnte, denn die Sache rentierte sich nur, wenn man mit richtig großen Maschinen arbeitete. Allein das war schon Mist, weil ja dort, wo Mais angebaut wurde, keine gewöhnlichen Nahrungsmittel mehr wuchsen. Ökologisch also furchtbar. Aber außerdem führten die Monokulturen und das häufige Abernten der Felder zu einem Artensterben. »Alles geht kaputt«, sagte sie, und weil sie merkte, dass ihre Zuhörer nicht die rechte Empörung aufbrachten, wiederholte sie es noch einmal.

»Schlimm«, meinte Hedda. »Andererseits – Biogasanlage hin oder her … Umbringen ist nicht das Mittel der Wahl, in einem Rechts…«

»Es geht mir doch gar nicht um die Biogasanlage!«, fiel Gitta ihr wütend ins Wort. »Die kotzt mich nur an. Aber kapieren Sie das nicht? Es steht Geld auf dem Spiel. Und zwar ganz viel Geld. Sören stand Ende letzten Jahres fast täglich bei mir auf der Matte und hat mit seinen beschissenen Euroscheinen rumgewedelt. Und dann, als ich nicht wollte, hat er

105

mir mit dem Gewerbeaufsichtsamt und dem Finanzamt gedroht, was ein Dreck war, weil ich Ordnung in meinen Büchern habe. Im März hat er mir den Zuweg zum Dorf streitig machen wollen, weil der über sein Grundstück führt, aber da gibt es ein altes Wegerechtsabkommen, das schon ewig gilt, und ohne einen Gerichtsbeschluss kann er mir gar nichts, hab ich ihm gesagt. Da ist er also nicht weitergekommen, und… Der war das mit der Katze und den Hühnern. Da bin ich mir sicher.«

Hedda zog einen Taschenspiegel raus und zog ihre Lippen nach, um Zeit zum Nachdenken zu gewinnen. Dann vergewisserte sie sich: »Sie glauben, Sören hat die Katze angenagelt?«

Gitta nickte mit Nachdruck.

»Ist das beweistechnisch belastbar?«

»Er hat es doch schon angedeutet, im letzten März: ›Irgendwann wirst du nachgeben‹, hat er gesagt. Mit einem Blick wie diese Typen von der Mafia. Er kriegt mich schon ran, hat er gesagt. Und…« Sie schluckte. »Das Viehzeug ist mir egal. Aber ich will wissen, wo Steffi steckt!«

Doch erst einmal musste sie Auskunft über ihr Alibi geben, da half nichts. »Die Zeit zwischen Donnerstag um zweiundzwanzig Uhr dreißig und Freitagmorgen um elf Uhr«, sagte Hedda. Gitta zierte sich ein bisschen, rückte aber schließlich damit raus, dass sie sich davongemacht hatte, aus dem Bett des Galgenvogels und auch aus seiner Wohnung, wegen einer unvermittelten Panik. Sie war in eine Kneipe gegangen, die hieß… An den Namen konnte sie sich nicht mehr erinnern, aber sie lag an einer Hauptstraße ganz in der Nähe des Hauses, in dem der Galgenvogel wohnte. Morgens um sechs sei sie zurück gewesen. Da hatte sich die Kuckucksuhr gemeldet, die der Hartmut von einem Onkel aus dem Schwarzwald geerbt hatte.

»Wahrheit oder Lüge?«, fragte Hedda, als sie in ihrem Auto weiter nach Bremen fuhren, um die Aussage zu überprüfen.

»Lüge«, tippte Elias.

Glücklicherweise hatte er unrecht. Im *Eisen* am Sielwall, nur ein paar Meter von der Wohnung des Galgenvogels entfernt, bestätigte ihnen ein unausgeschlafener Mann mit nacktem Oberkörper und Pyjamahose, dass er sich an die Frau auf dem Foto, das Elias ihm zeigte, erinnern könne. Total besoffen sei sie hereingekommen und habe stundenlang auf die Theke gestarrt und mit den falschen Kommentaren zum Werder-Spiel genervt. Wäre sie ein Mann gewesen, hätte sie sich womöglich eine gefangen.

»Und wann genau war sie da?«, fragte Hedda.

»Also irgendwas nach Mitternacht. Die ziehen sich ja keinen Parkschein, wenn sie sich an meine Theke setzen«, sagte Gotthelf – das war der Name des Mannes.

Elias ließ sich den Platz zeigen, wo Gitta gesessen hatte, ließ sich auf dem Stuhl nieder und starrte ebenfalls auf die Theke.

»Was machste denn da?«, wollte Hedda wissen.

»Ich versuche die Stimmung zu erfassen.«

»Ach ja?« Hedda zündete sich eine Zigarette an, während Gotthelf zu fegen begann.

»Und?«, fragte Hedda, nachdem sie ihre Zigarette zu Ende geraucht hatte.

»Was hat sie denn zu dem Werder-Spiel gesagt?«

»Keine Ahnung«, meinte Gotthelf. »Diesen typischen Weiberkram. Warum zwanzig Männer hinter einem Ball herrennen und so.«

»Es rennen doch zweiundzwanzig, also dreiundzwanzig mit dem Schiedsrichter, oder?«, fragte Elias.

Gotthelf nickte, und Hedda erkundigte sich ironisch, ob sie das notieren solle. Sie sah aus, als hätte sie gern wenigstens am Ende des Tages noch ein bisschen frei.

»Wie war denn nun die Stimmung?«, fragte sie, als sie wieder im Auto saßen und sich auf den Heimweg machten.

»Deprimierend. Eher so, dass es einen auf dem Boden festnagelt«, meinte Elias. »Ich glaube nicht, dass Gitta noch rüber nach Neermoor ist.«

»Dann wäre sie also aus dem Schneider, was Steffi angeht?«

»Wer weiß das schon«, sagte er.

Hedda setzte ihn, weil es inzwischen schon auf den Abend zuging, direkt bei Olly ab. Das war für sie ein Umweg, aber sie fuhr gern Auto. »Was ist denn das eigentlich zwischen dir und unserer Staatsanwältin?«, fragte sie, als er ausgestiegen war und sich noch einmal zu ihr reinbeugte, um sich zu bedanken.

»Ich wohn hier halt«, sagte er. »Aber ich zieh bald um.«

Es war inzwischen sechs Uhr, aber Olly war noch immer nicht zu Hause. Sie hatte keine Nachricht hinterlassen, und so schmierte Elias sich in der kleinen Küche mit dem klapprigen Küchentisch und den gepolsterten Schemeln ein Leberwurstbrot und überlegte, dass er wieder mal einkaufen gehen müsste, denn Olly war nicht sonderlich gut organisiert. Bis auf die Leberwurst war der Kühlschrank leer. Nach dem kargen Mahl stieg er die Treppe hinauf und betrat sein Zimmer.

Wie hat das Mistvieh die Tür aufgekriegt?, war sein erster Gedanke. Danach dachte er gar nichts mehr, weil er vollauf damit beschäftigt war, zu überleben. King Kong hatte sich in einer Ecke hinter der gelben Kommode versteckt gehalten. Sein Angriff enthielt mehrere Stufen der Eskalation:

1. frontaler Überraschungsangriff mit einem bösartigen Krähen und Flügelschlagen zum Zwecke der Einschüchterung.

2. Rückzug auf die geblümte Bettwäsche, wo er provokant etwas Weiß-Gekringeltes aus dem Darm drückte.

3. Zweiter Frontalangriff, dieses Mal mit körperlicher Attacke, was bedeutete, dass die Krallen quer über Elias' Gesicht fuhren. (Daran hätte er glatt erblinden können!)

4. Weiterer Frontalangriff.

5. Weiterer Frontalangriff.

Dabei bin ich doch ein Gemütsmensch, zürnte Elias, während er den schlanken Hals unter dem machetenartigen Schnabel zu packen versuchte.

6. Weiterer Frontalangriff, gepaart mit einem schadenfrohen Kikeriki und Rückzug auf die Gardinenstange.

Ich bin ein Gemütsmensch, dachte Elias und wischte sich das Blut von der Wange, aber irgendwann ist Schluss. Für einen Moment verwandelte sich seine Zimmerwand in Oma Inses Stallwand, und er konnte nicht behaupten, dass ihm das Bild missfallen hätte. »Komm gagaga ...«, lockte er den Vogel mit falscher Freundlichkeit.

7. Weiterer Frontalangriff.

Dieses Mal hast du dich geschnitten, du Miststück! Elias riss den Bauernkleiderschrank auf, den Olly ihm zur Verfügung gestellt hatte, zog sich zur Zimmertür zurück, erwiderte King Kongs Attacke mit einer windmühlenartigen Bewegung seiner Arme – und drängte das verdammte Federvieh zwischen seine Jeans und den Stapel mit den Unterhosen. Himmel, mein Lieber, war das Biest blöd! Die Schranktür flog zu, und King Kong saß fest. Elias ging vor dem Schrank in die Knie und beantwortete das »Kikeriki!« aus dem Inneren mit einem höhnischen Bellen.

Als Olly kam, hatte er schon wieder alles in Ordnung gebracht. Die Kratzer im Gesicht waren verarztet, das Bettzeug abgezogen, ausgewaschen und zwecks gründlicher Reinigung zu Ollys Waschmaschine getragen, sein kaputtes Hemd durch ein heiles ersetzt. Er hatte im Internet nach Tollwut und Hahn gegoogelt, aber nichts gefunden.

»Und? Habt ihr irgendwas aus Gitta rausbekommen?«, fragte Olly, während sie hundemüde in ihren Lieblingssessel plumpste und die Füße mit den engen Stiefeln auf den Wohnzimmertisch legte.

Elias erstattete Bericht.

Olly rieb sich die Augen und gähnte. Sie musste ihre Haare frisch gefärbt haben, denn die Strähnen sahen jetzt eher grünlich aus. »Wo steckt denn King Kong?«, fragte sie, weil ihr natürlich aufgefallen war, dass Elias' Gesicht von mehreren Pflastern geschmückt wurde.

»Denkst du, sein Harem hat sich vielleicht vorsätzlich vor den Laster gestürzt? In einem kollektiven Anfall von Lebensüberdruss?«

»Hm.« Olly schloss die Augen, öffnete sie wieder und murmelte: »Ich wüsste jetzt aber wirklich gern, wo King Kong abgeblieben ist.«

»Wenn's dich beruhigt, sehe ich mich vor dem Schlafengehen noch mal nach ihm um«, versprach Elias.

Es ätzte ihn an, dass er seinen fedrigen Erzfeind wieder freilassen musste. Bevor er ihn, bewaffnet mit einem Badetuch, aus dem Schrank holte und in den Garten zurücktrug, schilderte er ihm noch ausführlich das Schicksal eines Brathähnchens.

King Kong schleuderte ihm rasend vor Zorn sein Kikeriki hinterher, nachdem er ihn in die Hundehütte gesperrt hatte, die Olly ihrem Haustier spendiert hatte. Elias zeigte ihm den Stinkefinger.

Anschließend war erst einmal Katastrophe angesagt. Nicht wegen King Kong, sondern in der PI. Losgetreten wurde die Sache von Sven, den seine Drillinge die vierte Nacht in Folge wach gehalten hatten und der wohl auch den Kreuzbandriss noch nicht verkraftet hatte, denn er kam mit einem dicken, frischen Verband zur Arbeit. Weil es bei Harm so schwierig war, schlechte Laune loszuwerden, humpelte er rüber zu Ulf und Elias ins Büro.

»Kennt ihr den? Trifft ein Ostfriese seinen Nachbarn und sagt: Ich hab mein Fahrrad jetzt mit einem Zahlenschloss gesichert. Viermal eine Sieben. Aber ich sag euch nicht, in welcher Reihenfolge.«

Elias lachte pflichtschuldig, Ulf nicht. Sein Kollege bekam einen knallroten Kopf und rannte aus dem Zimmer. »Ist das vielleicht ein Döskopp?«, meinte Sven und kehrte mit einem zufriedenen Grinsen und in viel besserer Stimmung in sein eigenes Büro zurück, während Elias beschloss, in Ulfs Gegenwart auf keinen Fall Ostfriesenwitze zu erzählen. Er kannte allerdings auch keine.

So weit, so gut. Die Katastrophe, wenn man sie mit einer Lawine vergleichen wollte, war zwar losgetreten worden, aber noch rutschten nur einige Schneeflocken über einen weißen Abhang.

Ulf kehrte zurück. Er machte seinen Kram und erkundigte sich dabei geistesabwesend nach den Kratzern in Elias' Gesicht.

»Mir ist ein Hahn reingeflogen«, erklärte Elias. Ulf schaute ein bisschen sparsam, hielt aber ansonsten den Mund. Und

Elias war blind dafür, dass sich die Schneeflocken zu apfelsinengroßen Bällen verdichteten und an Geschwindigkeit zunahmen.

Kurz darauf war Teamsitzung. Sie besprachen die Sache mit Sören van Doom, maßen ihr jedoch keinerlei Bedeutung zu, denn Gitta war bekanntermaßen ein Ökofreak. »Da musst du auch mal weghören können«, meinte Harm.

»Dass dieser Sören groß in die Biogasanlagengeschichte einsteigen will, stimmt aber«, erzählte ihnen Koort-Eike, dessen Onkel eine junge Frau aus Neermoor geheiratet hatte. Einen Fermenter hatte der Coordes-Nachbar schon in der Nähe von Wiefelstede stehen, nun wollte er auch noch auf dem ererbten Boden einen hinsetzen. Und bis auf Gitta fand man das in der Gegend auch in Ordnung, denn die Bauern mussten schließlich mit der Zeit gehen, besonders wo der Milchpreis jetzt so niedrig war. »Da rennt Gitta schon lange gegen eine Mauer.«

Ulf begann über die Lage der ostfriesischen Bauern im Kontext der Weltwirtschaft zu schwadronieren, was aber niemanden interessierte, weshalb ihm auch keiner zuhörte. Und dann sagte Sven: »Apropos Weltwirtschaft – wisst ihr, warum die Ostfriesen keine U-Boot-Flotte mehr haben?« Blick in die Runde. »Die ist ihnen am Tag der offenen Tür verloren gegangen. Hahaha …«

»Also weißt du!«, rief Ulf empört in den Raum und wollte deutlich machen, was er als »Wir für Ostfriesland«-Kassenwart von Witzbolden wie Sven hielt, am liebsten handgreiflich. Sven, übernächtigt von seinen drei Schreihälsen, sah triumphierend in die Runde.

Aber in diesem Moment piepste Harms Smartphone. Er klemmte es zwischen Ohr und Schulter, und während er zuhörte und genervt die Handflächen ausstreckte – eine gegen Sven und eine gegen Ulf –, entglitten ihm die Gesichtszüge. Er sagte laut: »Scheiße!«, steckte das Smartphone ein, wollte, dass sich, verdammt noch mal, alle wieder hinsetzten, und erklärte ihnen die Sache mit der Schubkarre.

Da schluckten sie erst mal.

Man hatte die Karre im Uferbereich des Sauteler Kanals entdeckt. Gefunden hatte sie der pensionierte Besitzer eines Ferienhauses, das auf den Namen Angelika getauft war und ein Stück nördlich vom Kanal an ein Feld grenzte.

Der Pensionär war einer von den Naturmenschen, die im Winter ein Loch ins Eis schlagen und ohne Badehose ins angefrorene Wasser hüpfen, und er hatte auch den Aprilmorgen für ein Bad genutzt, obwohl ihn das bei einer Wassertemperatur von wohligen zehn Grad schon fast anödete. Aber dann war er auf etwas getreten, hatte sich eine klaffende Wunde am Fuß zugezogen und, nachdem er den Unrat wütend geborgen hatte, entdeckt, dass es sich um eine Schubkarre handelte. Zwischen dem Griff und der Wanne der Karre war eine Strickjacke eingeklemmt gewesen, und diese Jacke gehörte zur Kleidung der vermissten Steffi. Das wusste er, weil er die Jacke herausgerissen und voller böser Ahnung zu Gitta getragen hatte. Harm hatte sie, während ihn der Jackenfinder informierte, im Hintergrund kreischen hören, wo sie verlangte, dass man Sören van Doom festnahm.

Elias bekam den Auftrag, die Staatsanwaltschaft und die Spurensicherung zu informieren. Der Rest der Truppe machte sich auf den Weg nach Neermoor, um zu verhindern, dass der Nacktbader, der Depp, noch weitere Spuren vernichtete und dass Gitta Sören an die Kehle fuhr. Denn der war offen-

114

bar der Besitzer der Schubkarre, was sich beweisen ließ, weil er sein Eigentum mit einem metallenen Namensschild an einem der Griffe kenntlich gemacht hatte.

»Ist doch idiotisch, wenn man ein Entführungs- oder gar Mordopfer mit einem Ding fortschafft, das sozusagen signiert ist«, meinte Olly, als sie sich kurz vor Mitternacht wieder im Konferenzraum zusammenfanden. »Ich kann mir nicht helfen, das leuchtet mir nicht ein. Der Kerl hätte zumindest die Jacke rausfriemeln können, bevor er die Karre im Kanal versenkte.«

»Wahrscheinlich hat er sie nicht bemerkt«, meinte Koort-Eike. Und Harm wies zum hundertsten Mal darauf hin, dass man noch gar keine Leiche gefunden habe. Er hoffte wohl immer noch, dass die kleine Steffi lebte, obwohl er Erster Kriminalhauptkommissar war und die Schattenseiten des Lebens aus dem Effeff kannte.

»Nee, eine Leiche haben wir wirklich nicht, und das ist sonderbar, weil der Kanal keine Strömung besitzt«, meinte Reinert.

»Aber Gitta hat schon letztens, als es um die angenagelten Tiere ging, Sören van Doom erwähnt, und da ist es komisch, dass sich Steffis Jacke mit seiner Karre im Kanal befindet. Das lässt diesen van Doom ganz schlecht aussehen«, fand Hedda.

Elias nickte. Entweder van Doom war der Täter, den sie suchten – oder Gitta, die möglicherweise Angst bekommen hatte, weil sie in den Fokus der Ermittlungen geraten war, und ihnen einen anderen Verdächtigen herbeizaubern wollte.

»Weck doch mal einer den Sven, dass er nach Hause geht und sich hinlegt«, brummelte Olly, denn Sven hatte den Kopf auf den Tisch gelegt und schnarchte und störte damit die Konzentration.

Aber als Reinert ihn anstieß, wollte er nicht heim, wegen der Drillinge. »Ich hab seit Wochen nicht durchgeschlafen, das hält man nicht aus«, murmelte er. Und war schon wieder weg.

»Ich werde morgen diesen van Doom vernehmen – ohne Vorankündigung, weil ich sein Gesicht sehen will. Glaubst du, die Jacke in der Schubkarre reicht für einen Haftbefehl aus? Verdunklungsgefahr und so?«, wollte Harm von Olly wissen.

»Besorg ich dir.«

»Gut.« Harms Blick glitt zu Sven, dem im Schlaf der Unterkiefer runtergeklappt war, was sein harmloses Naturell unterstrich, seinen blitzgescheiten Verstand aber weniger hervorhob. »Ich nehme Elias mit«, beschloss er.

»Wie hast du dich denn nun so eingelebt?«, fragte Harm, als sie früh am nächsten Morgen von Leer nach Emden düsten. Er hatte nicht die Autobahn gewählt, die schnellste Verbindung, sondern den Weg an der Ems entlang. Regen pladderte gegen die Windschutzscheibe.

»Prima«, sagte Elias.

»Hm.« Harm überholte einen Trecker und eine alte Dame, die mit ihrem Rollator die Mitte der Straße belegte, weil sie einer Kuhfladenspur auswich. »Was hast du eigentlich genau gemacht in Bremen, als du im *Eisen* an der Theke gesessen hast? Nachgedacht?«

»Die Atmosphäre auf mich wirken lassen.«

»Und?«

»Tja, also meine Meinung ist: Wenn du dort am Tresen sitzt und Werder guckst, fährst du nicht mehr nach Ostfriesland. Dann kriechst du ins nächste Bett, und wenn es dem Galgenvogel gehört. Ist natürlich nur mein Gefühl.«

»Verstehe.« Harm stellte den Scheibenwischer schneller. »Und was wolltest du Hedda sagen, als du ihr den gelben Zettel hingelegt hast: *Opa Bartel – Fenster?*«

»Das ist auch etwas, was mir keine Ruhe lässt. Opa Bartel schaut *Tatort*.«

»Und?«

»Wenn jemand so wirr im Kopf ist, dass er nichts mehr mitkriegt, dann würde man doch denken, dass er sich Tierfilme ansieht oder Nachrichten, also etwas, bei dem man nicht denken muss. Aber Bartel guckt 'nen Krimi. Außerdem lacht er.«

»Tatsächlich!«

»Und zwar an den richtigen Stellen. Ich denke, er begreift mehr, als man glaubt. Vielleicht hat er aus dem Fenster gesehen, als Steffi verschwunden ist.«

»Hast du versucht, mit ihm darüber zu sprechen?«

»Reagiert er nicht drauf.«

Sie fuhren am Siel- und Schöpfwerk vorbei, dort, wo der Kanal, in dem die Schubkarre gefunden worden war, in die Ems mündete.

»Es wäre hilfreicher, wenn du Hedda solche Gedanken erläutern würdest, statt ihr einen Zettel hinzukleben. So von Angesicht zu Angesicht kommt vieles klarer rüber«, sagte Harm.

Elias nickte. »Ich fürchte, ich bin nicht gut in diesen Kommunikationsgeschichten. Zettel liegen mir mehr.«

»Hm«, machte Harm und beschleunigte wieder. Wasser spritzte aus den Pfützen. »Du packst das schon, Elias. Pinn dir einfach einen Zettel an deinen Blumentopf, dass du immer, wenn du einen Zettel wo ankleben willst, stattdessen mal rasch ein Wort wechselst.«

»Kann ich machen.«

»Und wie war das nun mit diesem Hahn?«

»Was?« So langsam konnte man das Gefühl bekommen, dass Harm eine Beschwerdeliste abarbeitete.

»Dein Gesicht. Ulf hat sich ein bisschen über das gewundert, was du zu ihm gesagt hast – über einen Hahn oder so.«

»Ich hatte eine Auseinandersetzung mit King Kong, mit Ollys Gockel. Mehr war da nicht.«

»Mit dem Gockel.«

»Wahrscheinlich hätte ich das ein bisschen ausführlicher erklären sollen«, zeigte Elias Einsicht.

Harm wich einem Güllewagen aus, der von einer Weide auf die Straße rollte. »Erklären ist eine gute Idee. Ja, erklären wäre wunderbar«, meinte er, während er einen Gang raufschaltete. »Reden, Elias, ein bisschen Redundanz und gelegentlich ein Tässchen Tee.«

»Kein Tee«, sagte Elias. Und so verblieben sie, auch weil sie allmählich auf Emden zusteuerten und sich auf Sören van Doom konzentrieren mussten, der dort sein Büro hatte.

Mit dem Mann war es ein Kreuz. Nichts von wegen Geständnis und Erklärung, wo die arme Steffi abgeblieben war, wie sie gehofft hatten. Stattdessen ein Frontalangriff auf Gitta. Die habe sie ja nicht mehr alle, mit ihrem Ökoscheiß, mit dem sie kaum über die Runden komme. Und dass er ihr ein Angebot gemacht habe, wirklich großzügig, von Ostfriese zu Ostfriese, und ein Jammer, dass sie nicht kapiert habe, wie er ihr damit entgegengekommen sei. Und die Schubkarre …

»Natürlich hab ich den Verlust nicht gemeldet«, sagte Sören. »Einmal, weil ich gar nicht gemerkt habe, dass sie weg ist, ich hock ja nicht ständig auf meinem Hof und beackere den Boden und so. Und zum andern ... Wenn's mir aufgefallen wäre, hätte ich sofort vermutet, dass Gitta dahintersteckt. Die versucht doch die ganze Zeit, mir mit kleinen Gemeinheiten das Leben schwer zu machen!«

»Ein entführtes Kind ist keine Kleinigkeit«, sagte Harm.

»Und? Was hab ich damit zu tun?« Sören war ein Kerl wie aus einer Businesswerbung. Um die vierzig, dunkler Anzug mit lila Hemd, am Garderobenhaken ein schicker schwarzer Wollmantel. Dazu eine Sekretärin mit kurzem Rock und langen Beinen, eine Espressomaschine in Großkantinendimension, und durch das Bürofenster hatte er einen freien Blick über die City – was in Emden allerdings nicht viel hermachte, von wegen Niedrigbebauung und so. Größtenteils sah man auf das Flachdach einer Garage, das von den Vögeln der Umgebung als Klo benutzt wurde.

Harm fragte nach dem Alibi für die Nacht, in der Steffi verschwunden war, aber da stellte der Mann sich stur. Er habe sich nichts zuschulden kommen lassen, und da könne ja jeder kommen, und man lebe schließlich in einem Rechtsstaat ...

Harm holte provozierend langsam einen Block hervor und notierte, dass der Befragte die Aussage betreffs seines Alibis verweigere. Zweimal fragte er nach, ob Sören es sich nicht noch einmal überlegen wolle, aber der Biogasanlagenbauer blickte hochnäsig auf das Vogelklo. Dann wollte Harm wissen, wo er die Schubkarre normalerweise aufbewahre. Sören pampte ihn an, dass er nicht über den Aufbewahrungsort jedes einzelnen Gartengeräts Protokoll führe, und Himmel, er bewohne den Hof doch gar nicht mehr, auch privat nicht. Er sei Geschäftsmann, und seine Ambitionen ein bisschen weiter gespannt als bis zum nächsten Misthaufen.

Harm ging in den Flur zum Telefonieren. Elias ahnte, dass er bei Olly anrief, weil ihn die Sache mit dem Alibi störte. Wenn jemand einen Menschen entführt oder gar umbringt, dann sorgt er ja in der Regel dafür, dass er eines hat, und wenn er keines hat, dann überlegt er sich vorher, wie er das glaubhaft machen kann. Wenn also ein Verdächtiger einfach nicht mit der Sprache rausrücken will, obwohl er Zeit zum Nachdenken hatte, macht das einen Kripomenschen stutzig. Es könnte ein ekliger kleiner Hinweis auf Unschuld sein. Und Harm wollte sein Pulver natürlich nicht frühzeitig verschießen.

»Warum haben Sie denn die Katze und die Hühner an die Stallwand genagelt?«, fragte Elias.

»Ach, das soll auch ich gewesen sein? Herrgott, die Zicke leidet ja unter Verfolgungswahn! Die ist so gaga … die gehört in eine Anstalt! Im Übrigen hätte ihre komische Nichte da auch hingemusst. War ja ekelhaft, das ständige Geplärre. Nicht, dass ich was gegen Behinderte habe, aber man muss das doch nicht so zur Schau stellen. Da gibt's schließlich Heime! Aber das geht alles in die gleiche Richtung bei Gitta Coordes. Der Ökoscheiß, das Mädchen …« Sören redete und fuchtelte mit den Händen.

Er war nun schon der zweite Mann, der Gitta Coordes auf mieseste Art niedermachte, und Elias merkte, wie ihn das allmählich aufzuregen begann. Gut, er musste natürlich trotzdem kühl bleiben. Alles notieren, ansonsten schweigen und sich auf keinen Fall provozieren lassen, hätte Harm gemeint. Dafür war er Profi.

»Wenn ich Sie reden höre«, erklärte er, »könnte mir glatt das Kotzen kommen.«

Harm erklärte später im Auto, menschlich gesehen habe er mit diesem Kommentar den Nagel auf den Kopf getroffen und er solle sich wegen der Konsequenzen, die Sören ihm angedroht hatte, keine Gedanken machen, nur vielleicht in Zukunft die Stopplinie im Kopf beachten.

»Kommunikation ist nicht mein Ding«, sagte Elias.

»Hm«, meinte Harm. Er hatte mit der Staatsanwaltschaft, also mit Olly, abgemacht, dass sie Sören van Doom gründlich unter die Lupe nehmen würden, bevor sie ihn festsetzten. Sie würden ihm ganz professionell das Leben auf den Kopf stellen: die Verwandtschaft und die Sekretärin vernehmen, Hausdurchsuchung – das volle Programm. Und dann würde man schon sehen, wo Sören die Nacht zugebracht hatte, in der Steffi verschwunden war.

Im Eingangsbereich der PI trafen sie auf Reinert, Ulf und Hedda, die sich bereits illegal ein bisschen den Hof von Sören angesehen, aber nichts gefunden hatten, was darauf hindeuten könnte, dass Steffi dort gewesen sei.

»Gitta ist völlig außer sich«, erklärte Hedda, »und Oma Inse weint die ganze Zeit. Diese verdammte Strickjacke! Steffi hat sie an dem Tag getragen, als sie verschwunden ist. Das hat uns Bärbel erzählt.«

»Was aber nichts heißt«, meinte Reinert. »Das schreckliche Weib hat ja nicht mal mitgekriegt, wann genau die Lüttje fort ist. Vielleicht hat sie sich nur was zusammengefaselt?« Aber sie dachten trotzdem alle dasselbe: Das Mädchen ist tot.

Um sich aufzumuntern, beschlossen sie, ihr Mittagessen gemeinsam in den *Schönen Aussichten* einzunehmen, wo die Fischgerichte phantastisch waren.

»Ich bring erst noch meine Tasche hoch«, sagte Hedda. Und während die Männer ihr nachstarrten – sie hatte einen breiten Po, aber gar nicht hässlich in dem engen Rock –, begann so eine Art Small Talk.

Elias, dessen Blick auf das sturmumtoste Schiff fiel, das in dem goldenen Rahmen vor ihm an der Wand prangte, fiel ein, dass er sich auch mal ein bisschen einbringen müsste, und murmelte: »Warum hat man eigentlich so einen hässlichen Ölschinken hier hingehängt?«

Sie mussten dann ohne Ulf zu den *Schönen Aussichten* gehen, denn die Bemerkung über das Bild hatte aus den apfelsinengroßen Schneebällen eine Lawine gemacht. Aber Donnerwetter, was für eine! Ulf hatte das Bild vom Haken gerissen, dass der Putz rieselte, und rumgebrüllt und ...

Na ja.

Als sie später am Tisch mit dem obligatorischen Blumensträußchen saßen, meinte Hedda, dass Elias taktmäßig vielleicht danebengelegen habe mit seiner Äußerung über den Ölschinken, vom Kunstverstand her aber voll ins Schwarze getroffen habe. Gischt und Sturm! So was malte Ulf, seit man denken konnte, und jeder von ihnen hatte schon eines der Gemälde zum Geburtstag bekommen. Nur gut, wenn wenigstens die PI wieder clean war.

Koort-Eike wollte von Elias wissen, ob sie die Szene noch mal nachspielen könnten, weil er sie gern bei YouTube reingestellt hätte, er selbst würde auch die Rolle von Ulf übernehmen und ...

»Halt die Klappe«, sagte Harm.

»Ist das privat gemeint oder eine Dienstanweisung?«, feixte Koort-Eike.

Hedda grinste, und Harm rieb sich erschöpft die Augen. Saublöde Bande! Nur Sven machte ihm keinen Ärger. Der schlief schon wieder und musste für den Backfisch und das Dessert jeweils separat geweckt werden.

»Ich würde gern versuchen, noch mal mit ihm zu reden«, sagte Elias, während er seine rote Grütze löffelte.

Hedda runzelte die Stirn. »Mit Ulf? Bloß das nicht. Wenn der draufkommt, dass du ein schlechtes Gewissen hast ...«

»Nee, mit Opa Bartel«, sagte Elias. »Und vielleicht auch mit Boris.«

So saß er am Nachmittag bei Gitta in der Wohnstube. Zu Oma Inse wollte sie ihn nicht lassen, weil die alte Dame einen Nervenzusammenbruch erlitten hatte, als sie das mit der Schubkarre und Steffis Jacke erfahren hatte. »Ich habe ihr literweise Baldrian reingekippt, damit sie schlafen kann«, sagte Gitta und schenkte Elias einen Tee ein. Wo Boris steckte, wusste sie nicht. Wahrscheinlich stromerte der wieder rum.

»Man glaubt ja gar nicht, dass ein Mensch fähig ist, einem anderen Menschen etwas richtig Grausames anzutun, hier bei uns, wo wir im Herbst mit Blumenzwiebeln Muster in den Vorgarten setzen und über Zahnseide mit oder ohne Wachs diskutieren«, sagte sie seltsam ruhig, als hätte sie ebenfalls literweise Baldrian intus. »Aber die Tiere waren *wirklich* an die Wand genagelt. Und Steffi ist auch *wirklich* verschwunden. In Italien ist das wohl gang und gäbe. Ich hab gelesen, die Mafia hat dort den kleinen Sohn eines Konkurrenten umgebracht und einbetoniert. Man muss sich wohl damit abfinden, dass auch Ostfriesland kein Hort der Seligkeit ist. In Wahrheit leben wir in einer Hölle. Alles nur übertüncht von angelernter Höflichkeit. Aber brüchig. Wie Eis. Wie sehr dünnes Eis ...«

»Legen Sie sich einen Moment hin«, schlug Elias vor, der befürchtete, dass sie vielleicht nicht völlig danebenliege mit ihrer Annahme. Er ging ins Erdgeschoss, um nach Opa Bartel zu sehen. Der lag auch ohne Baldrian in seinem Bett und starrte in den Garten. Er hielt die Fernbedienung in der Hand und schien den Fernseher selbst ausgeschaltet zu haben. Elias machte das Gerät wieder an, um zu sehen, was passierte. Opa Bartel schaltete den Fernseher erneut aus und blickte Elias fuchsig an. Irgendwas an Verstand war also vorhanden.

»Herr Coordes«, sagte Elias, nachdem er sich einen Stuhl ans Bett gerückt hatte, »wir beide müssen uns unterhalten.«

Opa Bartel wandte den Blick wieder zum Fenster. Elias bückte sich und schaute ebenfalls durch die quadratische, hübsch blank geputzte Scheibe. Opa Bartel hatte den Hühnerstall im Blick. Die Katze und der Hahn und das übrige Federvieh waren allerdings an der Rückseite des Stalls festgenagelt worden und deshalb von hier aus nicht zu sehen gewesen. Glück für Opa Bartel, aber Pech für die Kripo, für die er sonst womöglich ein Zeuge gewesen wäre.

»Wenn ich Sie hier so liegen sehe«, sagte Elias, »dann wüsste ich doch gern, was Sie mir erzählen könnten von dem, was dort draußen und hier im Haus in den letzten Tagen geschehen ist.«

»Für Bartel ist jeder Tag gleich«, sagte Oma Inse, die trotz Baldrian und Nervenzusammenbruch wieder auf den Füßen war und zur Tür hereinkam. »Wenn die Sonne aufgeht, dann sieht er, wie sich die Wand dort rosa färbt. Mittags leuchten die Blumen. Nur abends wird dies Eckchen leider schon früh dunkel. Das mag er nicht.«

»Kann er denn reden?«

»Kein Wort. Das Sprachzentrum«, erläuterte Oma Inse und deutete auf seinen Kopf.

»Versteht er, was man ihm sagt?«

Sie zuckte mit den Schultern. »Was weiß man schon?«

»Könnten Sie mal nicken, wenn Sie mich verstehen?«, bat Elias den alten Mann, doch der rührte sich nicht. Hm. Alles schwer einzuschätzen. Elias drehte sich wieder zu Oma Inse. »Was glauben eigentlich Sie? Hat Sören van Doom Steffi verschleppt?«

»Aber nein, warum sollte er das denn tun?«, fragte Oma Inse erstaunt.

»Aber Gitta ist der Meinung ...«

»Ach, Gitta. Die denkt auch, er war das mit Murmeli und Kurt.«

»Aber das trauen Sie ihm auch nicht zu?«

»Sören? Der ist 'n büschen überkandidelt, aber der tut niemand weh. Ich kenn den, da hat er noch in die Windeln geschissen«, sagte Oma Inse, als hätten ihr die beschissenen Windeln einen umfassenden Einblick in Sörens Charakter gewährt. »Außerdem hat es schon vorher einen Anschlag auf Murmeli gegeben. Das kann doch nicht alles Sören gewesen sein.«

»Vorher?«, fragte Elias interessiert.

»Ja, da hat ihr jemand was in den Wassernapf gegossen. Es war gelb, sah aus wie ...«

Wie Tee, dachte Elias mit schlechtem Gewissen.

»Wie wenn da jemand reingepinkelt hätte.« Oma Inse seufzte. »Wissen Sie, was ich gern täte? Sterben. Doch, wirklich«, sagte sie und hob den Kopf, weil sie Elias nur bis zum Kinn reichte. »Ich glaube, junge Leute unterschätzen den Nutzen davon. Wenn man tot ist, hat man keine Plackerei mehr im Garten ... der Staub in der Stube ist egal ... den Kessel musst du auch nicht mehr entkalken ... Das ist wie schla-

125

fen gehen ohne Wecker. Alle Sorgen weg. Auch wenn man nicht ans Paradies glaubt, hört sich das doch schön an.«

Plötzlich begann sie zu weinen. Unversehens lag sie ihm an der Brust. Er merkte, wie sein Hemd nass wurde, und wünschte sich, Hedda wäre da. Dabei fiel sein Blick auf Opa Bartel. Der hatte die Stirn gefurcht und sah ziemlich aufgebracht aus. Was Oma Inse zum Thema Sterben von sich gegeben hatte, missfiel ihm, eindeutig. Und damit war klar, dass er wirklich kapierte, was gesprochen wurde.

»Ihr Mann hat jedes Wort gehört, das Sie gesagt haben«, meinte Elias zu Oma Inse, die sich daraufhin aus seinen Armen schälte.

»Nee«, sagte sie, »der ist nur eifersüchtig, wenn mich jemand anfasst. Das kann ich ihm einfach nicht abgewöhnen.«

Dass Boris wieder am Stromern war, bot für sie keine Überraschung. »Der Junge rennt sich seinen Kummer wegen Steffi ab«, erklärte sie, als sie Elias zur Tür brachte. »Der hatte seine Schwester lieb, auch wenn sie ihn oft ärgerte.«

Elias ging trotzdem noch mal in Bärbels Wohnung, unten im Haupthaus. Bärbel saß wieder auf dem Sofa und sah fern, während sich vor ihr auf dem Tisch neben einem Colaglas leere Süßigkeitentüten türmten. Offensichtlich hatte sie eine Vorliebe für Lakritze.

Elias fragte, ob er Platz nehmen dürfe, und weil sie nichts dagegen einwandte, räumte er einen Stapel frischer Unterwäsche von dem einzigen Sessel, legte ihn neben den Tüten ab und setzte sich. »Was denken denn *Sie*? Hat Sören etwas mit Steffis Verschwinden zu tun?«, fragte er.

Bärbel schaute konzentriert an ihm vorbei. Im Fernsehen lief ein Kommentar zur chronischen Unterfinanzierung der Sozialsysteme – das war's wohl eher nicht, was sie fesselte.

»Und sonst? Ist Ihnen sonst noch was eingefallen?«, fragte Elias.

Bärbel schob eine Salzlakritzbrezel in den Mund. Das Zellophan raschelte, als sie nachsah, ob es noch ein zweites in der Tüte gab.

»Hallo«, tönte es von der Kinderzimmertür. Boris stromerte also doch nicht. Elias stand auf und winkte ihn hinaus, wogegen Bärbel auch nichts einzuwenden hatte. Es war gegen sechs und eine gute Zeit für einen Spaziergang. Sie verließen das Hofgelände. Beide schwiegen, und Elias fand, dass Stromern nicht das Schlechteste bei emotionaler Verwirrung war. Schade, dass seine Mutter ihn früher nie hatte stromern lassen. Er war gelegentlich auch ganz schön verwirrt gewesen.

Sie umrundeten den Badesee, liefen eine Straße hinauf und dann über die Bahngleise zur Bundesstraße und zum Kiosk. Elias spendierte Boris ein Eis, in der Hoffnung, sein Vertrauen zu erkaufen. Dass Geschenke das Gefälligsein fördern, hatte man ja schon bis in die Spitzen der deutschen Politik erkannt. Auch bei Boris tat es seine Wirkung. Er rückte ein bisschen an Elias heran, sodass sein Ellbogen beim Laufen an Elias' Hüfte rumpelte.

»Jetzt erzähl mal alles«, sagte Elias. »Du hast was gesehen, oder?«

Und da ließ Boris die Bombe platzen.

»Er hat das tatsächlich gesehen? Mit eigenen Augen? Und es war nicht nur so 'n Kinderblabla von ihm, um Aufmerksamkeit zu erregen?«, fragte Harm.

»Er hat's gesehen!«

Es war halb neun. Keiner vom Team arbeitete mehr, selbst Harm hatte er noch gerade eben so auf dem Parkplatz erwischt. Sein Chef hatte ihn zu sich ins Auto geholt, und nun düsten sie mit Tempo weitübererlaubt zu Ollys Haus, das sich autistisch in das ostfriesische Plattland schmiegte.

Olly war nicht da.

Dachten sie jedenfalls, bis sie sie hinterm Haus auf dem eingezäunten Stück Land entdeckten, das sie euphemistisch als ihren Garten bezeichnete. Sie trug eine an den Knien abgeschnittene Jeans und ein dreckiges, viel zu großes T-Shirt mit einer Guy-Fawkes-Maske drauf und buddelte, was das Zeug hielt. Ihr Haar hatte sie zu einem Zopf gebunden, der ihr wie ein leuchtender Pinsel vom Kopf stand.

Elias verspürte plötzlich ein heftiges, zärtliches Gefühl. Olly würde den Garten niemals in Ordnung bekommen, ganz einfach, weil sie keine Ahnung von Pflanzen hatte. Von Hausreparaturen verstand sie auch nichts. Umso mehr rührte es ihn, wie tapfer sie sich den Widrigkeiten stellte, die der Besitz ihr aufbürdete.

Sie trugen die Gartenstühle auf die Wiese, und Olly deutete auf den Abendhimmel und sagte, wie schön dieser Anblick sei, gerade nach der Zeit in Düsseldorf.

»Wieso? Sind doch nix als Regenwolken«, wunderte sich Harm.

»Das meine ich ja. Pflanzen brauchen Wasser. Als Landmensch haste einen besonderen Blick auf die Natur, Harm. Regen ist Leben. Sonnenschein ist dir eher was wie ein natürlicher Feind.«

Sie setzten sich auf die Gartenstühle und besprachen das Unglaubliche. Ja, Boris hatte gesehen, wie Steffi entführt wurde.

»Er hat's gesehen«, echote Olly so glücklich, wie es nur ein Staatsanwalt sein kann, dem man unerwartet einen Zeugen präsentiert. »Was genau?«

Elias zog seinen Haftnotizblock heraus, den er mit Stichworten bekritzelt hatte, bevor er den coordesschen Hof verlassen hatte. Nur keine Details vergessen! »Also, es war abends. Ziemlich spät schon. Auf jeden Fall dunkel.«

»Dann so gegen elf?«

»Könnte hinkommen. Boris hatte mit Bärbel einen Trickfilm gesehen und dann in seinem Zimmer ein Buch gelesen.«

»Ein Buch?«, unterbrach Olly ihn.

Elias schaute nach. »*Die drei Fragezeichen und der verschollene Pilot.*«

»Quatsch«, sagte Olly. »Kinder lesen heutzutage keine Bücher mehr. Die spielen mit einer Wiiiiie, oder wie die Dinger heißen, Soldaten killen. Ich weiß Bescheid. Die Käsköppe haben zu Dutzenden bei mir im Gericht gesessen.«

»Olly«, sagte Harm, »dein Beruf tut dir nicht gut. Er beschert dir eine negative Weltsicht.«

»Weltsicht hin oder her: Wenn ich 'nen Zeugen hab, dann soll er mich nicht auf den Arm nehmen.«

Elias versprach, sich in das Buch einzulesen und nachzuhaken, ob Boris den Inhalt kannte, und da wurde Olly wieder ruhiger. »Wir müssen argwöhnisch sein«, meinte sie. »Und was weiter?«

»Boris hat also gelesen und seine Mutter wohl ferngesehen, das konnte er nicht mit Gewissheit sagen. Jedenfalls ist die Flimmerkiste gelaufen. Aber ...«, Elias blickte auf einen weiteren Haftklebezettel, »... die läuft sowieso immer, die Flimmerkiste. Boris steht auf und blickt in den finsteren Hof, warum, weiß er selbst nicht, und plötzlich wird die Schubkarre um die Ecke geschoben. Er kann nicht genau erkennen, was drin ist, aber für ihn sieht es aus wie ein Mensch. Er hat Beine raushängen sehen. Und da hat er sich schnell weggedreht, weil er es mit der Angst zu tun gekriegt hat.«

»Hat er nicht an Steffi gedacht?«

»Nee«, sagte Elias.

»Oder seine Mutter gerufen?«

»Wenn Bärbel nicht merkt, dass ihre Tochter noch nicht im Bett ist, dann heißt das wohl, dass sie nicht die erste Anlaufstelle für Probleme ist. Und Gitta war ja fort. Und die Großeltern wahrscheinlich schlafen. Außerdem wundert man sich als Kind nicht, wenn Erwachsene sonderbare Dinge tun«, sagte Elias, um Boris zu verteidigen.

Olly lehnte sich zurück und blickte auf einen Grenzstein, der nicht weit entfernt von ihren Gartenstühlen aus der Wiese ragte. King Kong war aus seiner Hundehütte gekommen und stolzierte provokant zum Stein, um sie von dort aus zu beäugen. Er gab ein hämisches Geräusch von sich, das todsicher für Elias bestimmt war.

»Und wer hat die Karre nun geschoben?«, fragte Olly. »Das bucklige Männlein?«

Elias zögerte mit der Antwort, weil er tatsächlich damit gerechnet hatte, dass Boris genau das berichten würde. Aber der Junge hatte Sören van Doom gesehen. So einfach war das. Und zugleich so kompliziert. Denn diese Zeugenaussage wog schwer. Aber das Motiv, das Gitta Sören unterstellte, war lächerlich und würde vor keinem Gericht standhalten. Man entführte doch kein Kind oder brachte es um, nur weil es mit einem Grundstückskauf nicht klappte! Andrerseits war da die Jacke in Sörens Karre und die Sache mit dem verweigerten Alibi.

Elias rückte mit Sörens Namen heraus, und Olly sagte, wie er erwartet hatte: »Scheiße.«

An diesem Abend kam sie, als sie ihren Schlummertrunk holen wollte, in einem Pyjama in die Küche. Was sie beim Kauf dieses Pyjamas nicht bedacht hatte: Der Stoff war… na, nicht gerade durchsichtig. Aber auch keine solide Baumwolle. Nee, wirklich nicht…

Elias hatte sich gerade ein Brot mit Leberwurst bestrichen und mit Radieschen belegt und wollte hineinbeißen. Als er Olly erblickte, blieb ihm die Hand vor dem Mund stehen.

»Was starrst du?«, fragte Olly und errötete, bückte sich aber trotzdem zum Kühlschrank, sodass ihr Hintern die Pyjamahose ausbeulte und ihr Vorderbau das Pyjamaoberteil. Mann! Elias beschwor sich, mit dem Starren aufzuhören, schaffte es aber nicht. Das Radieschen kullerte von der Leberwurst.

Olly stand auf, ohne etwas in der Hand zu halten. »Keine Chance auf Schlaf in diesen schwülen Nächten«, seufzte sie und gähnte und räkelte sich ein bisschen, wobei das Pyjamaoberteil verrutschte und einen Teil ihres Bauches freigab, der flach und braun war.

»Was?«, sagte Elias. Und dann: »Äh.« Ihm wurde heiß.

Aber dann geschah plötzlich etwas Sonderbares. Ollys nettes Pferdegesicht begann zu verrutschen und nahm die Form von Jacqueline Sindermanns Gesicht an. Herzförmig, sommersprossig, niedlich. Das Gesicht von Jacqueline, die seine Tulpen verschmäht und ihn ausgelacht hatte. Es war in der ganzen Eisdiele zu hören gewesen, und Jürgen, der immer »Nasenpopler!« zu Elias gesagt hatte, war ebenfalls in Gelächter ausgebrochen, und dabei war ihm Schokoeis übers Kinn geronnen …

Elias blinzelte und versuchte, die Erinnerung zu verscheuchen. Es gelang ihm auch weitgehend. Nur ihr Gelächter, das kriegte er nicht aus dem Kopf.

»Ich geh dann mal«, sagte er, bückte sich nach dem Radieschen und floh in sein Zimmer.

Harm hatte sein Team umsortiert. Ulf habe sich ein Zimmer mit Aussicht auf den Innenhof gewünscht, erklärte er, und deshalb habe er ihn zu sich ins Büro geholt. Dafür wechselte Sven hinüber zu Elias.

Der neue Kollege nahm Ulfs Schreibtisch in Besitz, brühte sich einen Tee, gähnte herzhaft und erzählte, dass seine drei kleinen Mädchen Keuchhusten hätten. Lena und Sina nicht so schlimm, aber Dorothee – »die heißt so nach meiner Mutter, das musste eben sein« – kriegte sich kaum ein, trotz der Medizin und der feuchten Lappen, die überall auf den Heizungen verdunsteten. Sven legte sein Bein hoch, weil es wieder schmerzte, und starrte anschließend in die Luft. Boris hatte den Eindruck, dass er mittlerweile die Kunst beherrschte, mit offenen Augen zu schlafen. Er sprach ihn probeweise an, und als Sven nicht reagierte, ließ er ihn in Ruhe. Er weckte ihn auch nicht, als Harm sie in den Besprechungsraum rief.

Ulf setzte sich demonstrativ auf den Stuhl, der dem von

Elias diagonal gegenüberlag. Elias hätte ihm gern erklärt, dass er das mit dem Bild nicht persönlich gemeint hatte. Aber Hedda boxte ihn in die Rippen. »Zieh den Schwanz ein, und du wirst auf ewig sein Prügelknabe sein«, warnte sie. Sie roch angenehm nach einem frischen Limettenparfüm. Olly hatte auch gut gerochen, an dem Abend in der Küche. Aber eher zimtartig. O Mann…

Jetzt kam sie gerade mit Harm und Jens Jensen ins Besprechungszimmer, würdigte ihn aber keines Blickes, was sich mit ihrem Verhalten am Morgen deckte, als sie sich in der Stube begegnet waren und sie ihn wie Luft behandelt hatte.

Elias konzentrierte sich und erzählte noch einmal vor versammelter Mannschaft, was Boris ihm mit dem kleckernden Eis in der Hand erzählt hatte. Danach wurde es hektisch: Gitta wurde mit Boris in die PI geladen, und der Junge musste seine Aussage vor Harm und Olly wiederholen, wo sie auch ordentlich protokolliert wurde. Boris war dabei weiß wie Wachs. Gitta verlangte von der Staatsanwältin, dass sie ihre Leute endlich auf Trab brachte und dafür sorgte, dass sie sich den Kerl, den Kindermörder, krallten.

»Sachte, sachte«, sagte Olly, »da muss jetzt erst mal einiges gecheckt werden.« Aber sie war schon halb auf dem Sprung, den Haftbefehl anzufordern. Und Harm wäre am liebsten im selben Augenblick losgerannt, um ihn zu vollstrecken.

Doch sie wurden mitten im Schwung ausgebremst. Fast das komplette Team wurde nämlich von einer plötzlichen Krankheitsattacke gepackt, die sich in Erbrechen und ausgedehnten Sitzungen auf dem Klo mit schmerzhaften Darmkoliken äußerte. Jemand musste den Virus ins Kommissariat getragen und mit seinem Händedruck ruck, zuck über die

133

gesamte Abteilung verteilt haben. Ein Turbovirus mit zehn Sekunden Inkubationszeit.

»Kein Mensch kann denken, wenn er dermaßen die Scheißerei hat«, sagte Harm und schickte seine Leute im Viertelstundentakt nach Hause, bis es ihn auch selbst erwischte. Nur Sven und Elias blieben wie durch ein Wunder verschont. Sven vielleicht, weil die Bakterien nicht begriffen, dass in seiner bewegungslosen Hülle ein lebendiges Wesen steckte, und Elias wurde sowieso nie krank. Er hatte als Kind täglich Lebertran trinken müssen.

Harm dirigierte die beiden Resistenten von zu Hause aus, denn sie waren ja nun mal gerade in einer intensiven Phase, und irgendjemand musste aus Sören das Alibi rauskitzeln und es am besten gleich zertrümmern. »Ihr fahrt hin und verhört ihn«, ordnete er mit matter Stimme an, während im Hintergrund die Klospülung rauschte.

»Und wie steht's mit dem Verhaften? Von wegen Verdunklungsgefahr?«, fragte Elias.

»Ich weiß nicht, ich habe da ein mulmiges Gefühl. Ich muss nochmal nachdenken«, sagte Harm und brach die Verbindung abrupt ab. Elias dankte dem Lebertran seiner Kindheit, packte sich Sven, und sie machten sich gemeinsam auf den Weg.

Auf der Fahrt nach Emden klingelte Elias' Smartphone. Er langte danach, aber Sven, obwohl in einem komaähnlichen Zustand, reagierte wie ein professioneller Bulle, indem er es an sich riss und routiniert Elias' Hand abwehrte.

»Hm?«, meldete er sich. Ohne die Augen zu öffnen, gab er noch weitere Hms von sich und ließ das Smartphone schließlich zwischen seine Oberschenkel gleiten. Elias fischte es wieder hervor, doch der Anrufer hatte bereits aufgelegt. Nach dreißig Sekunden klingelte es erneut.

»Ja, Mama?«, fragte Elias.

Er musste sich einiges anhören, von wegen wann er verlernt habe, wie man am Telefon ordentlich grüßt. Da seine Mutter Redepausen zwecks Beantwortung ihrer Fragen ja nicht schätzte, beschränkte Elias sich darauf, zu lauschen und all die Kriecher zu überholen, die ihm den Weg zu seinem Hauptverdächtigen versperrten.

»Und könntest du mich bei Gelegenheit wissen lassen, wann du deine Mutter endlich wieder einmal zu besuchen gedenkst?« Jetzt machte sie doch eine Pause.

»Du weißt schon, die Arbeit«, murmelte Elias, während ein Vogel an seiner Windschutzscheibe vorbeisauste.

»Ach, deine ungeheuer wichtige Arbeit lässt dir also kein Stündchen, um bei deiner Mama hineinzuschauen«, erkundigte seine Mutter sich spitz.

»Na, da kommt ja noch der Weg zu. Der frisst die meiste Zeit.« Elias stellte das Smartphone auf Mittellaut, legte es auf der Konsole ab und konzentrierte sich auf den Verkehr. Als seine Mutter verstummte, hob er es wieder ans Ohr. »Bitte? Das Letzte hab ich nicht richtig mitgekriegt.«

»Ich sagte«, erklärte seine Mutter gereizt, »dass ich verstehen kann, wenn du auf Günther eifersüchtig bist.«

Günther?

»Aber dein Papa ist jetzt seit acht Jahren tot, und ich führe schließlich auch noch ein eigenes Leben, was Kinder ja gern vergessen. Vierunddreißig Jahre, die besten meines Lebens, habe ich dir und deiner Erziehung gewidmet …«

»Weiß schon, Mama«, sagte Elias, plötzlich ganz konzentrierte Aufmerksamkeit. Wer war Günther?

»Aber irgendwann muss ich auch an mich denken. Alle Kinder sind eifersüchtig, wenn ihre verwitweten Eltern schicksalhaft auf einen neuen Lebensgefährten treffen.«

Donnerwetter – gab es da jemanden, der seiner Mama den Lebensabend verschönern wollte?

»Mir ist klar, mit welch tiefen Gefühlen du an deinem Papa gehangen hast, und das wundert mich nicht, denn er war ein wunderbarer Mensch«, erklärte seine Mutter.

Eigentlich hatte Elias seinen Vater nicht besonders gemocht, vielleicht wegen seiner immer verschwitzten Hände, mit denen er ihn durchs Leben geführt hatte. Nur in der Konfirmandenzeit, als sie die Zehn Gebote durchnahmen und er ein Referat über das vierte Gebot – Du sollst deinen Vater und deine Mutter ehren – halten musste, hatte er sich mehrere Tage lang zu positiven Gefühlen durchringen können.

»Wenn du nur glücklich bist, Mama«, schob er hastig in eine Atempause hinein.

»Jedenfalls solltest du ihn dir ansehen, bevor du ihn verdammst. Das ist doch kindisch!«

»Klar. Du, Mama…«

»Sag nicht, das Netz bricht schon wieder zusammen.«

»Nee, aber ich hab jetzt 'nen wichtigen Einsatz. Tschüss. Und ich komm vorbei, sobald ich kann.« Das Wunderbare an einem Smartphone ist: Du klickst auf den roten Hörer, und augenblicklich herrscht Ruhe. Mensch, wenn seine Mutter wirklich ein spätes Glück gefunden hatte! Elias malte sich Wochenenden ohne schlechtes Gewissen aus, ja ganze Urlaube…

»Was willst du denn am Hafen?«, fragte Sven, der gähnend ein Augenlid gehoben hatte.

Verdammt! Elias wendete bei der nächsten Abfahrt.

Kurz darauf standen sie wieder vor Sörens Bürogebäude. Die Sekretärin trug gerade Puder auf. Erst als Elias ihr die Puderdose aus der Hand schnappte, verriet sie ihnen schmollend, dass Sören unterwegs sei. Nach Hamburg. Oder Berlin. Oder so. Entweder hatte Sören keine genauen Angaben hinterlassen, oder das Mädchen hatte nur eine verschwommene Vorstellung davon, was jenseits von Oldenburg lag. Elias hielt beides für möglich.

Für den dritten Fall, dass sich Sörens Hamburg oder Berlin nur wenige Schritt entfernt befand, schaute Elias in sein Büro und in zwei weitere Zimmer und kontrollierte, da er schon dabei war, auch das Klo, aber Sören war wirklich nicht im Haus.

»Komm«, sagte Elias und zog Sven aus dem Besuchersessel im Büro der Sekretärin. Sein Kollege trottete verschlafen hinter ihm her. Eigentlich war er ein angenehmer Mitarbeiter, still und unkompliziert. Elias hoffte, dass Ulf sich bei Harm im Büro gut einlebte.

Auf der Fahrt zu Sörens Hof – Elias wollte seinen Verdächtigen auch dort suchen – wurde Sven munter und begann von seinen Drillingen zu erzählen. »So was is'n Wunder«, erklärte er. »Zuerst mal: Wie ähnlich die einander sind, obwohl nur zwei von ihnen eineiig, aber eines zweieiig ist. Tanja schafft es, sie auseinanderzuhalten, aber sonst niemand. Man weiß noch nicht mal, ob Lena später die Sina von der Dorothee unterscheiden kann oder umgekehrt. Die haben auch am selben Tag laufen gelernt. Und reden eine ganz eigene Sprache, mit der sie sich untereinander verständigen, wobei das ja noch keine Sprache ist, aber trotzdem. Man müsste das mal wissenschaftlich untersuchen, ob da irgendwelche mentalen Ströme fließen, die bei der Zellteilung entstanden sind. Kapierste? Weil ja am Anfang ein einziges Spermium mit einem einzigen Ei zu einer einzigen Zelle verschmolzen ist.«

»Ich dachte, die sind zum Teil zweieiig«, sagte Elias, während sie an der Emder Polizeiinspektion und einem Wasserturm vorbeidüsten und ihm auffiel, dass der Dienstwagen aufgetankt werden musste.

»Ja schon – aber nicht komplett. Nur zu einem Drittel und zwei Dritteln, falls du bei Bruchrechnung aufgepasst hast. Man könnte vielleicht sogar nachmessen, ob die mentalen Ströme zwischen Sina und Dorothee stärker fließen als zwischen Lena … ich meine zwischen Lena und Sina … und den beiden anderen … oder so.«

»Falls es das wirklich gibt.«

»Klar, ich erleb's doch jeden Tag. Die Mädchen stimmen sich beispielsweise ab, in welchem Rhythmus sie schlafen. Das ist ein Vierstundenrhythmus. Also pro Person. Und während eine schreit, sammeln die beiden anderen ihre Kräfte. Und wenn die, die schreit, einschläft, steht die Nächste parat. Das ist schon toll.«

»Nur nicht für dich und Tanja«, meinte Elias mitleidig.

»Ach Quatsch. Ich steck das weg«, meinte Sven grinsend und gab schon wieder einen leichten Schnarchton von sich, so geübt war er mittlerweile mit dem raschen Nickerchen zwischendurch.

Zwanzig Minuten später waren sie bei Sörens Hof, parkten das Auto auf dem Grünstreifen und öffneten das Tor zum Grundstück.

Und dann wären sie fast gestorben.

Ein Hund kam auf sie zugerast. Fünfzig Kilo Muskelmasse und ein Kilo messerscharfe Zähne. Gebündelte Aggression.

Eine Kampfmaschine. Es war genau so, wie man es immer schildert. Er schoss in Riesensätzen auf sie zu, und sie waren wie gelähmt, während ihr Leben als Film vor ihnen ablief. Bei Elias war es allerdings nur ein Trailer. Ein Ausschnitt aus einem Trailer. Der Moment des vergangenen Abends, an dem Olly sich mit ihrem durchsichtigen Pyjama in die Küche verirrt hatte und sich zum Kühlschrank bückte. Sie hatte einen so verdammt hübschen Hintern …

Der Hund kam näher. Ein pechschwarzes Vieh, zu dem einem spontan der Begriff Rottweiler einfiel. Es stellte sich heraus, dass er blöderweise auch noch einen Bruder hatte, der hinter einem Gebüsch hervorwetzte. Beide freuten sich wie närrisch, endlich einmal wieder die Zähne in etwas vergraben zu können. Aber die Jungs mussten das gesamte Gelände überqueren. Und das gab Sven die Gelegenheit, seine Knarre rauszuholen.

Einfach war das nicht. Er zerrte an seinem Anorakreißverschluss, er langte unter die Jacke, er tastete links nach dem Halfter, er tastete rechts nach dem Halfter … Alles zielführend. Nur wahnsinnig langsam. Lena, Sina und Dorothee steckten ihm in den Knochen.

Die Rottweiler überwanden einen kleinen Zaun und hechteten in Riesensätzen über den gepflasterten Hof. »Beeil dich«, rief Elias. Die Rottweiler setzten zu den letzten Sprüngen an. Sven hielt endlich die Knarre in der Hand und entsicherte sie … Und starrte auf die Viecher. Himmel, Arsch … Lena, Sina und Dorothee wollten wahrscheinlich wissen, was los war, und hatten sich – mental – in Papas Verstand eingehackt. Jedenfalls kriegte Sven die Knarre nicht hoch.

Elias entriss ihm die Waffe. Sein letztes Schießtraining hatte er absolviert, als die Amphibien die Ozeane verließen. Die Schüsse zerrissen die Luft …

Wenn man Hunde erschießt, ist das eine kolossal dreckige und ernüchternde Angelegenheit. Sie waren auch nicht sofort tot. Wenigstens der eine nicht. Elias musste noch mal nachsetzen, bis endlich Ruhe war. Er hatte einen Moment das Gefühl, dass ihn nun doch noch die Kotzerei aus der PI erwischt hatte, aber das war natürlich der Schock. Neben ihm plumpste Sven auf das Mäuerchen.

Dann kam Oma Inse, die die Knallerei gehört hatte, angerannt. »Ogottogott, die armen Kleinen«, sagte sie und bückte sich zu den Kötern, als wolle sie ihnen den Puls fühlen. Sie war wirklich tierlieb, da gab's nichts dran zu rütteln. Aber weil sie auch praktisch veranlagt war, wollte sie anschließend einen Spaten holen, um die Viecher zu vergraben.

Elias erklärte ihr, dass zunächst alles fein säuberlich fotografiert und protokolliert werden müsse, damit sich Sören hinterher nicht beschweren konnte, weil die Hunde ja einen materiellen Wert darstellten und sein Eigentum waren. Und dass es zudem nicht erlaubt sei, größere Tiere einfach zu verbuddeln. Also lieh Oma Inse ihnen ein Mülleimertransportgerät, mit dem sie die Hunde in Sörens Wohnhaus brachten, in die Diele, in der Wind und Regen ihr Zerstörungswerk begonnen hatten.

Als sie wieder im Freien waren, fragte Sven: »Ist es das?« Er deutete auf einen riesigen, halb fertigen, runden Betonbau neben der Scheune, aus dem Eisengitter ragten. Es sah aus wie ein von oben aufgespießtes C.

»Ja«, sagte Oma Inse, »das wird der Fermenter von der Biogasanlage. Und da drüben, wo jetzt noch die Scheune steht, wollen sie ein Haus bauen, in dem sie das Zeug lagern, das da gären soll. Aber momentan hat Sören alle Arbeiten unterbrochen, weil Gitta ja den Hof nicht verkaufen will, und da weiß er nicht, ob sich das Weitermachen lohnt.«

Elias fragte sich, wie viele Kosten Sören für die Anlage schon hatte schultern müssen, denn immerhin stand da ein monumentales, halb fertiges Bauwerk, und wahrscheinlich gab es Verträge mit der Herstellungsfirma der Biogasanlage, die erfüllt werden mussten. Allmählich begriff er, was Gitta meinte, wenn sie von Sörens Mordswut sprach. Elias schnupperte. Obwohl sich die Biogasanlage noch im Rohbau befand, stank es bereits erbärmlich.

»Wer wohnt denn eigentlich dahinten?«, fragte Sven und zeigte auf ein Einfamilienhaus mit Walmdach und einem akuraten Garten, das durch einen wehrlos aussehenden Jägerzaun gegen die Biogasanlage, das verfallende Bauernhaus und die unordentliche Natur abgegrenzt wurde.

»Franz Büttner. Unser Kindergärtner. Er arbeitet in der *Arche* hier im Ort. Gibt schon Komisches, was? Ein Mann, der beruflich auf Kinder aufpasst. Als hätte er nichts Besseres zu tun. Aber sonst ist er ein netter Nachbar. Seine Frau auch. Die ist beim Finanzamt«, sagte Oma Inse und richtete mit den Händen ihre prächtige silbrige Queen-Elizabeth-Dauerwellenfrisur, die ein bisschen außer Fasson geraten war. »Wollen Sie sehen, wo ich Murmeli und Kurt begraben habe?«

Es war in ihrem eigenen Garten geschehen, und sie hatte damit ebenfalls gegen das Gesetz verstoßen, aber man hatte im Moment ja andere Sorgen, und so lobten Sven und Elias das hübsche Kreuz, das die beiden Tiere bekommen hatten. Oma Inse hatte mit blauer Farbe ihre Namen und eine liegende Acht darauf gemalt, als wären sie verheiratet gewesen. »Dass man so grausam sein kann«, meinte sie und wischte eine Träne aus dem Augenwinkel. Dann verabschiedeten sie sich.

Auf der Fahrt zurück nach Emden bekam Sven Kopfschmerzen, was von dem Stress und dem Schlafmangel herrührte, ihm aber nichts ausmachte, weil er dagegen stark wirksame Tabletten besaß. Leider halfen die nicht. Sie machten ihn nur schläfrig, weshalb Elias ihn im Auto ließ, als er noch einmal nachsah, ob Sören mittlerweile eingetrudelt war. War er aber nicht. Also hinterließ er bei der Sekretärin die Nachricht, dass Sören gefälligst nach Leer kommen solle.

Zurück in der PI schrieb Elias a) ein Protokoll, auf das er stolz war, weil es ihm das Gefühl gab, allmählich Teil des Kollegenteams zu werden, und b) Haftnotizen. Er klebte alle gelben Zettel auf das Fenster, das zum Glück Richtung Norden zeigte, sodass die Sonne nicht blendete, und vertiefte sich in die Details ihrer Ermittlungen. Er war froh, dass er endlich Ruhe hatte, jetzt, wo seine Kollegen zu Hause über ihren Klos hingen. Die Atmosphäre in dem roten Klinkergebäude war fast so inspirierend wie in seinem Dachkammerbüro in Hannover.

Verdächtig waren also: Gitta, deren Alibi wackelte und die vielleicht ein Motiv hatte, die arme Steffi zum Teufel zu wünschen – andererseits aber durch Boris entlastet wurde, der Sören mit der Schubkarre am späten Abend oder vielleicht in der frühen Nacht, vielleicht aber auch schlaftrunken in der späten Nacht gesehen hatte, der aber vielleicht auch gar nicht Sören gesehen hatte, sondern sich das nur einbildete, weil Gitta ja ständig über ihren Nachbarn lamentierte. Eventuell hatte er auch Gitta schützen wollen.

Gut. Außerdem war Bärbel verdächtig, von der sie nur

wussten, dass sie verstört war. Kein schöner Gedanke, sich vorzustellen, dass eine Mutter ihrem eigenen Kind was angetan hatte, aber andererseits standen Mütter statistisch gesehen ganz oben auf der Liste. Gleich hinter den Vätern. Wut auf das nörgelnde Kind, vielleicht ein Gefühl der Überforderung... Ja, doch. Man musste bei Bärbel gründlich nachschauen. Nur hätte sie sicher nicht die arme Murmeli an die Scheunenwand geheftet. Das machte ja keinen Sinn.

Auch Oma Inse war verdächtig, grundsätzlich. Aber sie hätte, wie Bärbel, sicher in keinem Fall ihre Tiere an die Wand genagelt. Und Opa Bartel war ans Bett gefesselt. Der schob weder Schubkarren durch den Hof, noch brachte er den Lieblingshahn seiner Inse um, nicht mal aus Eifersucht.

Und Boris? Elias wurde das Herz schwer. Boris stromerte herum, er verkroch sich unter seinem Kinderbett, und er erzählte sonderbare Dinge von Schubkarren. War das alles verdächtig? Ja, irgendwie schon.

Aber da war schließlich auch noch Sören, den womöglich Geldsorgen umtrieben, weil die lästige Nachbarin ihm nicht den Hof verkaufen wollte, und der deshalb... Elias schüttelte den Kopf. Wegen Geldsorgen ließ man doch kein Kind verschwinden! Er beschrieb einen Zettel mit fetter, roter Schrift: *Sören – Motiv?* Am liebsten hätte er sämtliche Sören-Zettel wieder von der Fensterscheibe entfernt, weil er den Eindruck hatte, dass sie ihm den Blick auf das Wesentliche versperrten. Nur hatte Boris diesen Mann gesehen, mit einer Schubkarre, aus der ein Paar Beine ragten und die später im Kanal lag, samt Steffis Jacke zwischen Griff und Wangen. Kinder galten als zuverlässige Zeugen, weil sie aufmerksamer waren und sich nicht ablenken ließen.

Elias hängte die Zettel, die Boris und Sören betrafen, nebeneinander und sicherte sie mit Tesastreifen. Nach einigem Nachdenken markierte er den Zettel *Sören – Alibi?* mit einem neonroten Strich. Außerdem beschrieb er einen weiteren Haftzettel mit den Worten *Biogasanlage – Recherche.* Den brachte er hinüber in Koort-Eikes Büro, wo er ihn mittig auf der Schreibtischunterlage befestigte.

Dann kehrte er an sein Fenster zurück. In der linken Ecke, wo es nicht auffiel, befestigte er den Zettel mit der Aufschrift *Buckliges Männlein.* Mit diesem Männlein hatte alles angefangen. Es hatte an Steffis Bett gestanden, kurz bevor sie gestorben war. Durfte man nicht aus den Augen verlieren, fand er. Das bucklige Männlein war wie ein nerviger Ton in seinem Kopf, der nicht verstummen wollte. Ein Rauchmelder. Bärbel hatte das bucklige Männlein gesehen, und Boris hatte sich seinetwegen Sorgen gemacht – und wich Fragen über das Männlein aus, obwohl er sonst gern plauderte.

Elias komplettierte den Zettel mit den Bemerkungen: *Ein Unbekannter? Ein Außenstehender?* Die Möglichkeit, dass ein Außenstehender die arme kleine Steffi mitgenommen hatte, durfte man im Zeitalter der Pornografie auch nicht aus den Augen lassen. Das Mädchen hatte das Haus verlassen, war allein im Garten oder einer abgelegenen Ecke herumgeschwirrt, aus Gründen, die man wohl nie erfahren würde, und da hatte jemand die Gelegenheit genutzt und sie gepackt …

Schließlich beschrieb er einen letzten Zettel mit der Erinnerung: *Sörens Alibi niederschmettern.* Das hatten sie heute ja nicht geschafft. Sven, der ihm gefolgt war und jetzt am Schreibtisch schlief, bekam ihn auf die Stirn gepappt. Dort würde er ihn finden, wenn er erwachte.

»Boris hat den Kerl gesehen, und Sören gehört die Karre, in der Steffis Jacke klemmte. Er ist unser Hauptverdächtiger. Wieso findet ihr ihn nicht? Wieso«, schrie Olly, als sie sich abends in der Küche begegneten, »könnt ihr Kriminalen nicht mal einfach tun, was euer Job ist?«

»Hm?«, fragte Elias, abgelenkt durch ihren Hintern, obwohl sie jetzt eine blickdichte Jeanshose trug.

»Ich knall euch morgen früh einen Haftbefehl hin, und dann wird der Dreckskerl eingesackt!«

Olly war sauer. Sie leitete die Ermittlungen, sie trug die Verantwortung. Ein Mädchen war verschwunden, seit elf Tagen, und sie konnte immer noch niemanden in Handschellen vorzeigen. Das war schon bitter.

»Sind dir die Journalisten auf den Fersen?«, fragte er mitfühlend.

»Bin ich der Bundespräsident?«, schnauzte sie ihn an. »Hier in Ostfriesland hat die Presse Verstand. Außerdem hab ich den Saukerlen verklickert, dass ich sie bei der nächsten blöden Frage aus meinem Büro schmeiße.«

Ja, der Olly ging's nicht gut. Elias erinnerte sich, wie ihn die Presse bei der Luftballongeschichte gehetzt und ihr Teil dazu beigetragen hatte, dass er aus seinem Dachkammerbüro geflogen war. Da war ihm ähnlich zumute gewesen. Er ging in den Garten und pflückte ein paar Margeriten, die auf einem Zivilisationsinselchen beim Zaun die Köpfchen in die Luft reckten.

»Mensch, Elias. Weißt du, dass du gerade die Arbeit eines ganzen Frühjahrs zunichtegemacht hast?«, schrie Olly, als er ihr den Blumenstrauß in die Hand drückte. Aber irgendwie war sie hinterher doch besserer Laune.

Viel Aufwand erforderte das Einsacken des Dreckskerls zum Glück nicht, denn er saß bereits in Harms Büro. Elias beorderte Olly, die auf dem Weg zur Staatsanwaltschaft nach Aurich war, per Smartphone nach Leer, und dann nahmen sie Sören zu dritt in die Mangel.

Dabei sagte er aus: a) Er habe keine Ahnung, wie Steffis Strickjacke an seine Schubkarre geraten sei. Das habe er doch schon gesagt. Und b) habe er der Steffi auch nichts angetan. Er habe sie nicht mal gesehen. Seit Ewigkeiten. Bestimmt seit einem Monat. Oder so. Und c) habe er auch keine Tiere an die Wand genagelt. d) Herrgott noch mal!

Dass er ohne seinen Anwalt nichts mehr sagen werde, fiel ihm erst später ein. Wahrscheinlich sah er wenig fern, und wenn, dann nur die Börsennachrichten.

»Soso«, meinte Harm, der immer noch kränklich wirkte. Er schrie seine Verdächtigen nicht an. Das ging ihm gegen's Naturell. Aber er ließ sich auch nicht für dumm verkaufen. »Und wie steht es mit Ihrem Alibi, Herr van Doom?«

»Denn wenn Sie uns keines nennen, werden Sie wegen Verdunklungsgefahr festgesetzt, eingekerkert, an die Wand geschmiedet. Ich mach Sie fertig!«, schnauzte Olly, die weniger vornehm war. Ihr nettes Pferdegesicht blickte kompromisslos. Irgendwie komisch, wie sie sich allesamt wünschten, es wäre Sören, den sie dingfest machen könnten.

Aber so leicht ging das nicht, denn Sören präsentierte ihnen mit einem genussvollen Lächeln eine Entlastungszeugin. Seine Sekretärin. Die beiden hatten nach seinen Angaben zarte Bande miteinander geknüpft und die fragliche Nacht und auch die Stunden vorher und nachher und sowieso die gesamten vierundzwanzig Stunden, die möglicherweise als Tatzeit infrage kämen, gemeinsam verbracht, was die Dame auch jederzeit bestätigen würde.

»Und warum erfahren wir das erst jetzt?«, wollte Harm wissen.

»Ist doch früh genug«, meinte Sören frech. Dann wollte er gehen, und Harm winkte ihn raus, obwohl Olly lieber den Henker mit den Daumenschrauben und dem Nagelstuhl an die Arbeit gelassen hätte.

»So«, sagte Harm, als der Kerl fort war. »Der Personalbestand ist momentan ja eher übersichtlich. Koort-Eike ist bei der Kriminaltechnik in Hannover, wegen beschleunigter Auskunft über Steffis Jacke und den Kram. Olly und ich müssen zu einer Pressekonferenz. Die anderen sind noch krank. Bleiben also nur Sven und du, Elias, um das Alibi von Sören …«

»… zu zerdeppern«, murmelte Elias.

»Zu überprüfen«, korrigierte Harm.

»Ich zerdepper es«, sagte Elias, »weil der Kerl lügt wie gedruckt. Darauf verwette ich mein Hemd.«

Mit diesem Vorsatz machte er sich zum dritten Mal auf den Weg nach Emden, wo Frau Charlotte Schmitz, die angeblich Sören van Dooms Liebste war, im Büro gerade mit einem Stift die Kontur ihrer Lippen nachzeichnete.

»Wir wissen alles«, bluffte Elias, »und Sie sollten in Ihrem eigenen Interesse ausspucken, wo Sie wirklich gewesen sind, in der Nacht, in der Stefanie Coordes verschwunden ist. Denn sonst hängen Sie ebenfalls mit drin.«

»Und zwar so was von!«, unterstützte ihn Sven.

Charlotte Schmitz klemmte weiter die Lippen nach innen, um sich mit dem lila Stift ja nicht zu vermalen. Sven signalisierte Elias mit einem Hochziehen der Augenbrauen, dass hier nur Geduld weiterhalf. Er war verheiratet und musste es wissen. Na schön.

»Sören war aber wirklich bei mir«, sagte Charlotte, als sie fertig gezeichnet und mit einem Lippenstift die leeren Flächen ausgefüllt hatte.

»Was genau haben Sie denn miteinander unternommen?«, erkundigte sich Elias. Die Frage war eine Falle, denn er hatte bereits recherchiert, dass Charlotte mit einem Forstwirt verheiratet war, der Donnerstag vor Ostern ab siebzehn Uhr freigehabt hatte, und da konnte man ja annehmen, dass das Ehepaar die Feiertage gemeinsam verbracht hatte.

»Erst waren wir essen. Und dann bei Sören zu Hause.« Charlotte sortierte Mal- und Lippenstifte in ein Nylontäschchen und bequemte sich zu Details. »Also, um fünf habe ich hier Schluss gemacht. Dann sind wir was essen gegangen. Bei *McDonald's* ... Was gucken Sie? Wir sind da nicht so elitär ...«

Wer's glaubt, dachte Elias, denn Männer, die lila Hemden zu schwarzen Wollmänteln trugen, führten ihre Liebste nicht in einen Fast-Food-Tempel, das war so sicher wie der Pups nach dem Kohltopf.

»Und dann sind wir zu Sören. Und da haben wir ...« Charlotte lächelte kokett und plinkerte mit ihren extrem langen schwarzen Wimpern, um anzudeuten, wie lasterhaft ihr Treiben gewesen sei.

»Gut, das überprüfen wir. Wir bräuchten Ihre Adresse und müssten wissen, um welche *McDonald's*-Filiale es sich handelt.« Noch ein Bluff. Charlottes Adresse hatten sie sowieso schon, und bei *McDonald's* erinnerte sich garantiert niemand mehr an einen Gast, dessen Besuch an der Kasse länger als dreißig Sekunden zurücklag. Charlotte zierte sich ein bisschen, schrieb dann aber auf, wo sie wohnte, und gab den *McDonald's* in der Auricher Straße an. Alles korrekt, wie Elias sich überzeugte.

Er und Sven machten sich auf den Weg nach Hinte, wo Charlotte mit ihrem Forstwirt lebte. Glücklicherweise war der zu Hause, weil man ihn nämlich am Tag zuvor rausgeschmissen hatte. Übermäßiger Alkoholkonsum. Den hatte er seitdem auch noch nicht in den Griff bekommen. Weinschwaden trieben durch die Zimmer, in denen es aussah wie in einer Messiewohnung von RTL. »Was weiß ich, wo die Charlotte ihre Zeit verbringt«, nuschelte er. Auf dem Tisch lagen aufgeschlagen und vom vielen Lesen abgegrabbelt Goethes *Wahlverwandtschaften*.

»Dann können Sie die Angaben Ihrer Ehefrau also weder bestätigen noch widerlegen?«, vergewisserte sich Elias und holte ein Protokollformular aus der Tasche.

Der Forstwirt starrte zum Fenster hinaus. Sven, der sich neben ihn aufs Sofa gesetzt hatte, stieß ihn in die Rippen. »Hat Ihre Charlotte was mit Sören van Doom?«

»Weiß nicht«, nuschelte der Forstwirt.

Na gut.

Als sie die Wohnung verließen, wären sie fast über einen sehr dürren, sehr korrekt aussehenden Herrn gestolpert, der in der Wohnung gegenüber wohnte und offenkundig mehr über den Besuch seines Nachbarn erfahren wollte. Natürlich fragten sie ihn umgehend aus. Er erzählte, dass er der Freund von Forstwirt Freddy sei. Und dass er es habe kommen sehen. Charlotte war nämlich ein Luder, aber Donner-

149

wetter, was für eins! Und natürlich hatte sie was mit ihrem Chef! Der brachte sie ja sogar ohne jede Diskretion abends nach Hause! Bis vor die Tür! Nicht das geringste Schamgefühl!

»Auch am Donnerstag vor Ostern?«, wollte Elias wissen.

»Nö, da nicht.«

Sven wurde sofort hellwach. Da hatten sie ihn also endlich – den Zipfel, an dem sie das Lügengebilde aus der Dunkelheit zerren konnten. »Woher wissen Sie das denn so genau?«

»Weil sie da bei mir war«, erklärte der Nachbar mit einem genüsslichen Lächeln.

Elias war so begeistert, dass er die gesamte Fahrt quasseln musste. Das falsche Alibi war zerdeppert. Und zusammen mit der Schubkarre und Steffis Jacke würden ihre Erkenntnisse ausreichen, damit die Staatsanwaltschaft beim Gericht Anklage erhob.

»Mensch, ja«, sagte Sven, als sie am Autobahndreieck Richtung Groningen abbogen. »Aber jetzt musst du auch mal den Mund halten, kapiert?«

»Müde?«

»Müde … müde …«, äffte Sven ihn nach. »Du weißt ja gar nicht, wovon du redest!« Er rieb sich die Augen, die knallrot und gereizt aussahen.

»Was ist denn?«

Elias erfuhr, dass Lena und Dorothee neben dem Keuchhusten auch noch diesen Magen-Darm-Virus erwischt hatten, obwohl Sven ja selbst gar nicht krank geworden war und sich zu Hause nach eigener Aussage hundertmal die Hände desinfiziert hatte. »Jedenfalls hat Tanja gesagt, ich muss den Wickeldienst für anderthalb Kinder übernehmen, weil sie sonst überschnappt. Und wenn zwei Kinder alle halbe Stunde in die Windel kacken ... Die haben zarte Popöter. Das muss man gleich wegmachen. Auch um drei Uhr morgens. Und um drei Uhr dreiundzwanzig ... und um drei Uhr achtundvierzig ... Verstehste?«

»Aber wenn nur zwei den Dünnpfiff haben, warum musst du dann anderthalb ...?«

»Weil die Sina eben auch 'ne Verdauung hat. Mensch, du hast echt *gar* keine Ahnung! Die Kleinen schlafen inzwischen bei uns im Bett, weil wir es nicht mehr schaffen aufzustehen. Mein erster Schritt heute Morgen war direkt in den Eimer mit den bekackten Windeln.«

Oje. Elias ließ ihn die letzten Kilometer bis zur PI etwas Schlaf nachholen.

Natürlich machte ihr Bericht Harm und Olly glücklich. Olly spendierte eine Flasche Holderbeerensaft, den sie im letzten Jahr eingekocht und am Morgen mit Sprudel aufgefüllt hatte. »Hier, trinkt! Das hat einen Wahnsinnseinfluss auf das Immunsystem! Mann, ich wusste, dass der Idiot uns die Hucke volllügt!«

Dann riefen sie Jens Jensen an, und er kam vorbei und nahm ebenfalls ein Glas und erklärte ihnen, wie erleichtert er sei, dass der Fall Steffi Coordes endlich vorankam – besonders nach der Pressekonferenz, die wohl eine ziemliche Schinderei gewesen war. »Festnehmen und durch die Mangel drehen«, schlug er vor, was sie sowieso planten. »War da wirklich eine Handgranate mit im Spiel? Also, ich meine jetzt in Hannover – diese Geschichte mit den Luftballons?«, wollte er von Elias wissen.

»Ach, Quatsch. Bis auf die eine natürlich. Aber da wurde ja niemand verletzt.«

»Dann mal hopp, ihr Lieben«, ordnete Jensen an. Und so fuhren sie erneut nach Emden, dieses Mal zu dritt, obwohl Harm mit seiner Verdauung immer noch nicht auf festem Grund stand.

Sörens Büro war geschlossen. Also fuhren sie weiter nach Hinte. Dort fanden sie immerhin Charlotte. Sie saß bei ihrem Forstwirt in der Küche, und offenbar wurden gerade die Konflikte ihrer Beziehung aufgearbeitet, dem Lärm nach zu urteilen. Da störte man ungern, aber was half's. Zuerst nahmen sie das Klo in Beschlag, dann musste Charlotte ihnen bestätigen, dass sie bei dem Alibi geflunkert hatte. Tat sie auch. Sie war völlig erschöpft von der Ehedebatte. »Der Chef hat mich drum gebeten. Da muss man ihm doch auch mal einen Gefallen tun … bei der Lage auf dem Arbeitsmarkt … und wo Freddy es nicht mal bis zum Frühstück schafft, nüchtern zu bleiben …«

Freddy zuckte zusammen und warf eine Kopfschmerztablette ein.

Auf dem Rückweg, als sie noch einmal Sörens Büro in Emden überprüften, hatten sie ihn dann doch am Wickel. Er telefonierte gerade mit Australien, wie er ihnen wichtig zuflüsterte, musste das aber unterbrechen, denn eine Festnahme ist eine Festnahme. Die Vernehmung mussten sie allerdings auf den nächsten Morgen verschieben, weil nun Olly vom Magen-Darm-Virus ereilt wurde.

Nachdem Elias sie nach Hause gefahren hatte, flitzte er noch einmal in sein Büro. Dort lag ein ordentlich gestapelter Haufen Papier auf seinem Schreibtisch. Koort-Eike hatte ihm alles ausgedruckt, was sich über Biogasanlagen im Internet finden ließ. Oben auf dem Stapel klebte Elias' gelbe Haftnotiz, mit der er um die Information gebeten hatte. Darunter hatte Koort-Eike gekritzelt: *Leck mich, du Arsch.*

Elias lächelte. Er hatte gar nicht damit gerechnet, dass der Kollege ihm helfen würde.

Sören van Doom erwies sich als harter Hund. Er leugnete, was das Zeug hielt. Inzwischen hatte er einen Anwalt engagiert, und der mischte sich ständig ins Gespräch ein und verlangte, dass sein Mandant die Aussage verweigerte. Alles also, wie man es kannte.

Harm erklärte, dass sie vor allem wissen wollten, wohin Sören die kleine Steffi gebracht habe.

»Wenn Sie da jetzt nicht mit der Sprache rausrücken«, sagte Olly, »dann sorg ich dafür, dass Ihnen bei der Gerichtsverhandlung die Scheiße um die Ohren fliegt.« Ihre Verdauungsprobleme plagten sie immer noch, und ihre Metaphern schöpfte sie deshalb verständlicherweise aus dieser inneren Not. Der Anwalt verbat sich trotzdem den Ton.

»Mensch, ich hab ihr doch gar nichts getan«, brach es aus Sören heraus. »Im Gegenteil, ich bin ein Opfer der Justiz. Ihr habt meine Hunde abgeschlachtet – an denen hab ich gehangen!« Danach fing er an zu heulen. Sein Anwalt hatte kein Taschentuch dabei, und so gab ihm Elias eines. Sören schnäuzte sich heftig die Nase und wurde wieder etwas ruhiger. »Ich kann ja sagen, was ich will, hier glaubt mir doch keiner«, beschwerte er sich. »Ihr habt euer Urteil längst gefällt. Dabei müsstet ihr einfach mal den Coordes-Hof umkrempeln, von oben nach unten. Ist doch klar, dass bei solchen Geschichten der Täter immer aus der Familie ...«

»Das bringt doch nichts«, unterbrach ihn Harm. Aber

mehr konnten sie aus ihrem Verdächtigen einfach nicht raus-kriegen. Die Nacht, in der Steffi verschwunden war, hatte er angeblich allein zu Hause in seinem Bett verbracht, und dafür gab es naturgemäß keine Zeugen, weil eben niemand Zeugen hat, wenn er einfach so schläft.

Allerdings log er, das war für Elias sonnenklar. Edith, die Psychologin bei der Hannoveraner Polizei, hatte ihm mal er-klärt, worauf er achten müsse, wenn er jemanden verhörte. Dabei hatte er erfahren, dass das angebliche »nicht offen in die Augen sehen können« oder das »verräterische Blinzeln« alles Quatsch war. Man musste auf die Beine gucken, ob die sich bewegten, und da ging bei Sören die Post ab. Der lief un-term Tisch Marathon, füßelte mit dem Tischbein und kratz-te sich die Waden.

Noch verdächtiger war aber, was er sagte. Lügner, hatte Edith erklärt, Lügner werden weitschweifig. Dabei vermei-den sie jedoch Details. Außerdem machen sie sinnlose Be-merkungen. Sie reden ständig von dem Misstrauen, das ihnen entgegengebracht wird. Und vor allem: Sie schaffen Distanz zum Hörer, indem sie um das Personalpronomen *ich* einen Bogen machen.

Sören redete wie ein Buch. Die Hälfte davon war Blöd-sinn oder belanglos. Ins Detail ging er überhaupt nicht. Fest stand auch, dass er ihnen kein Vertrauen entgegenbrachte. Das beteuerte er ja unentwegt. Dass sie überhaupt keine Mo-tivation hätten, richtig zu ermitteln, und voreingenommen seien und so.

Olly sagte: »Ist das ein Scheiß!«

Aber Elias kam plötzlich ins Grübeln.

Denn da war ja auch noch die Sache mit der Biogasanlage. Die Biogasanlage füllte in Form eines gelben Haftnotizzettels und Koort-Eikes Internetrecherche seinen Schreibtisch, und Elias hatte das dringliche Gefühl, dass er sich mit ihr befassen sollte.

Koort-Eike hatte tadellos gearbeitet, also Wichtiges von Unwichtigem getrennt und exakt die Internetseiten aufgerufen, die den Leser klüger machten. Von der Fülle, durch die Elias sich nun arbeiten musste, blieben ihm zwei Erkenntnisse.

a) Biogasanlagen wurden mit tierischen Exkrementen, also Gülle und Mist, befüllt. Außerdem mit Mais, Gräsern, Getreideschlempe (was zum Teufel war das?), Zuckerrüben und ähnlichem Kram. Man konnte allerdings auch Schlachtabfälle hineinschmeißen. Nur war das im Ammerland verboten, wegen der Seuchengefahr und weil die Feuerwehr im Unglücksfall damit rechnen musste, dass Schwefelwasserstoff austrat. Das mal zuerst.

b) Es hatte auf Sörens Hof reichlich gestunken, als sie das letzte Mal dort gewesen waren. Und zwar nach Verwesung, wie Elias im Nachhinein befand.

Und c) besaß die Scheune von Sören eine Zwischenwand, was sie damals, als sie den Hof durchsuchten, zur Kenntnis genommen hatten, ohne allerdings die Tür zu öffnen, um zu sehen, was sich auf der anderen Seite der Wand befand.

Es gibt sogar ein d), dachte Elias, als er nach dem Mittagessen Sörens Hof in Neermoor aufsuchte, nämlich den Umstand, dass ihr Verdächtiger seinen verfallenen Hof von zwei Kampfhunden hatte bewachen lassen. Mann, war er behämmert gewesen, dass ihn das nicht sofort misstrauisch gemacht hatte.

Da die Kampfhunde inzwischen erledigt waren, eilte er

entschlossen auf die Scheune zu. Das Wetter war gut, die Sonne leuchtete – alles wunderbar, wenn nur die Scheune nicht gewesen wäre, aus der es bestialisch stank, sobald man nämlich die Tür in der Zwischenwand öffnete. Elias erblickte sauber ausgekehrte Schweineboxen, in denen ein gutes Dutzend Bleichwannen standen. Er schaute in die erste hinein, und ihm drehte sich der Magen um. Sobald er den Stall wieder verlassen hatte, lehnte er sich gegen den Zaun und übergab sich. Dann rief er Harm an.

Der sorgte dafür, dass umgehend die Spurensicherung ausrückte und außerdem jemand von der Seuchenbekämpfung, denn Dutzende Wannen voller Schlachtabfälle – dazwischen komplette Rinder- und Schweinekadaver – ließen natürlich sämtliche Alarmglocken schrillen. Sie standen im Hof, während die Fachleute arbeiteten, und versuchten, flach zu atmen.

Gitta kam vom Nachbarhof und erklärte ihnen, dass sie es schon immer gewusst habe. Sören sei einer vom Stamme Nimm. Gierig bis zum Ende jeden Anstands. »Aber wenn man jetzt Steffi tot in einer der Wannen findet …« Sie brach in Tränen aus, und Oma Inse und Bärbel führten sie ins Haus zurück. Oma Inse kochte Tee, das geschah ganz automatisch. Sie brachte die Kanne zu Sörens Hof, doch dieses Mal schlugen ihn alle aus, bis auf einen von der Spurensuche, der sich was auf seinen Magen einbildete und den man wegen seines rheinischen Humors nicht leiden konnte.

Am Ende fanden sie nichts als tote Tiere, und da weinte Gitta noch einmal, jetzt aus Erleichterung. Ihr fiel so rasch gar nicht ein, dass es ja auch noch die Biogasanlagen bei Wiefelstede gab, dass man also keineswegs Entwarnung geben durfte.

»Ich glaube aber, wir sind damit auf dem Holzweg«, sagte
Elias.

»Warum?«, fragte Harm.

Elias erklärte ihm seine Theorie.

»Mann, das könnte sein!«, sagte Harm und sah wieder ein
bisschen fröhlicher aus.

Um zu sehen, ob Elias mit seiner Vermutung richtiglag, fuhren sie zum Untersuchungsgefängnis, um Sören erneut zu
verhören. »Es ist ja so«, erklärte Harm ihrem mitgenommen
aussehenden Verdächtigen, »dass es unterschiedlich schwere
Delikte gibt. Für die einen wandert man ein paar Monate ins
Gefängnis oder auch gar nicht, wenn es bei einer Geldstrafe
bleibt. Aber die anderen brechen einem das Genick. Ich sage
nur: lebenslänglich.« Er ließ das Wort im Raum stehen und
gab ihm – ganz erfahrener Bulle – Zeit, in Sörens Bewusstsein seine unheilvolle Wirkung zu entfalten.

Sören saß auf der Bettkante und blickte störrisch bis ver-
zweifelt. »Aber man kann mir doch nichts vorwerfen, wenn
ich einfach nur allein in meinem Bett …«

»Bett ist menschlich in Ordnung«, erklärte Elias, »aber vor
Gericht blöd, weil nicht beweisbar. Da hätten Sie besser ein
Alibi, an dem es nichts zu ruckeln gibt.« Er ließ den Satz
ebenfalls im Raum stehen. War immer gut, wenn man sich
bei den Kollegen was abguckte.

»Schiet ok!«, fluchte Sören und packte aus.

Natürlich war er sich keiner Schuld bewusst. Gut, er verarbeitete Schlachtabfälle. Aber die wurden ja alle erhitzt, Krank-
heitserreger also zuverlässig abgetötet, und er konnte doch
nichts dafür, wenn man bei den Behörden in Wiefelstede

so engstirnig dachte. Aber damit die ihm nicht dahinterkamen, was er da alles in seinen Fermentern ausbrütete, hatte er seine Schlachtabfälle – woher die kamen, verschwieg er grimmig, würde man aber leicht rauskriegen, bei Durchsuchung des Büros... Er hatte also seine Schlachtabfälle in Neermoor zwischengelagert und nachts nach Wiefelstede zur Biogasanlage gebracht. Nichts Verwerfliches, außer dass es verboten war. Im Grundsatz rettete er sogar die Umwelt, weil die Viecher ja sowieso entsorgt werden mussten und er sie in den natürlichen Kreislauf des Lebens einführte, wo sie zusätzlich wertvolle Energie lieferten... Da hörte er sich an wie Gitta. Nur mit anderem Standpunkt.

»Und wer hat Ihnen bei der Sauerei geholfen?«, holte Harm ihn in die Wirklichkeit der Zelle zurück.

»Ist doch egal«, brummelte Sören bockig. Doch das Lebenslänglich hing ihm nach, und schließlich spuckte er den Namen aus. »Aber der wusste nicht, dass das Ganze illegal war.«

»Wie sollte man auch draufkommen, wenn man nachts Wannen voller Gammelfleisch möglichst geräuschlos durch die Gegend transportiert«, meinte Harm ironisch.

»Eben!«, sagte Sören.

Sein Helfershelfer wohnte auf dem Nachbargrundstück mit dem Walmdachhäuschen, dem superakkuraten Blumengarten und dem Jägerzaun. Der Mann selbst wirkte allerdings nicht sonderlich akkurat. Ein Kerl mit Rauschebart und Pferdeschwanz, der aussah wie ein Waldschrat oder ein Achtundsechziger. Aber ein jung gebliebener. Nicht älter als dreißig, schätzte Elias.

Als sie ihn auszufragen begannen, gab er sofort alles zu.

Dass er dem Sören eben geholfen habe, in der Nacht, in der Steffi verschwunden sei. Nee, nicht wegen der Nachbarschaft oder aus Freundschaft, sondern wegen der Kohle. Und weil er echt nicht erkennen könne, was daran verkehrt sein sollte, wenn man tote Viecher zu Gas und Dünger verarbeitete, statt sie zu verbrennen. »Die Erde geht ja doch den Bach runter«, philosophierte er.

Franz Büttner kam aus Bayern. Man hörte ihm das beim Sprechen an und sah es auch, wenn man seinen Balkon anschaute. Der war wie direkt beim Alm-Öhi abgebaut und unter das ostfriesische Walmdach genagelt. Schnitzerei ohne Ende, vor allem Herzen. Ulf hätte ihm daraus vielleicht einen Strick gedreht, dem Ausländer, der sich nicht an die karge ostfriesische Kultur anpassen wollte, aber Harm und Elias blieben gelassen. Sie sagten ihm, dass er Ärger kriegen werde, und damit basta. Am nächsten Tag sollte er aufs Revier kommen, um seine Aussage zu unterschreiben.

Es war schon abends gegen neun und Elias hundemüde, als er mit seinem Twingo auf Ollys Grundstück fuhr. Sie hatten sie gleich beim Fund der Schlachtabfälle informiert, aber Olly hatte nicht selbst nach Neermoor kommen wollen, weil sie immer noch unter Bauchgrimmen litt und außerdem schon eine Milliarde Überstunden aufgetürmt hatte. Irgendwann musste man ja auch mal zur Ruhe kommen.

Sie empfing ihren Mitbewohner in denkbar mieser Stimmung. »Er ist also aus dem Schneider? Toll, Elias! Mann, da bedanke ich mich ja! Sören war unser bester Verdächtiger. Wachsen die etwa auf Bäumen? Soll ich mir einen neuen Verdächtigen häkeln? Ich hatte schon komplett im Kopf, wie ich ihn fertigmache. Die gesamte Dramaturgie …«

»Wenn er ein Alibi hat für die Zeit, in der Steffi verschwunden ist, dann war er es eben nicht«, wandte Elias ein.

»Saublöde Argumentation. Typisch Bulle!« Olly kehrte ihm auf der Gartenliege, die sie sich gekauft hatte, den Rücken zu, und er ging in die Küche und schmierte sich sein Leberwurstbrot. Olly hatte beim Leberwursteinkaufen ein gutes Gespür, das musste man ihr lassen. Pistazienleberwurst, lecker. Nach dem Abendessen suchte er das Bad auf.

In dem kleinen Dachkämmerchen standen eine alte Badewanne auf eisernen Füßen und eine Kommode, auf der Olly eine Porzellanschale voller Seifenstückchen deponiert hatte. Elias stieg auf den Klodeckel und blickte aus dem Fenster, das zur Rückseite des Hauses wies.

Olly lag immer noch im Garten. Es wurde schon dunkel, aber er konnte deutlich ihre wohlgeformte Figur erkennen. Den Hintern natürlich nicht, auf dem lag sie ja. Dafür ihr Haar. Donnerwetter, wie das leuchtete. Ihm wurde warm ums Herz. Er war so versunken in ihren Anblick, dass er das Krähen in seinem Rücken kaum wahrnahm. Wenn man auf einem Klo durch ein Dachfenster lugt, dann denkt man ja auch nicht daran, dass einem ein Hahn auf den Fersen sein könnte.

King Kong, der sich über den Flur angeschlichen hatte, nutzte seine Arglosigkeit aus und startete aus dem Stand durch. Er hätte sein Opfer fast aus dem Fenster befördert. Elias sprang vom Klodeckel, drehte sich um die eigene Achse und bückte sich, sodass der nächste Angriff ins Leere lief. Dann packte er zu.

Oh, es tat gut, die Hände um den schlanken Hals des Gockels zu legen. Das zarte Beben unter den Fingern… was war das für eine Wonne.

Irgendwann zwischen zwei und drei Uhr morgens stürmte Olly in sein Zimmer. In ihrem Temperament ähnelte sie dabei King Kong. Sie sprang auf sein Bett, packte ihn am Kragen seines Baumwollpyjamas, schüttelte ihn durch und krächzte heiser: »Wo steckt er?«

Zum Glück war Elias geistesgegenwärtig genug, ein argloses »Wer?« hervorzustoßen.

»King Kong natürlich. Sag schon!«

Als typischer Bulle ließ er sie im Ungewissen und fragte: »Soll ich ihn suchen?«

»Ich rat's dir«, zischte sie.

Er bat sie hinaus, tat ein bisschen beleidigt, um sie weiter zu verwirren, und stieg in seine Klamotten. Den Weg nach draußen nahm er durch das Fenster und ein Rankgitter hinab, denn Olly war misstrauisch wie der Teufel, und er wollte sie auf keinen Fall noch mehr verärgern.

Hastig stieg er ins Auto und drehte den Zündschlüssel. Er musste sich natürlich beeilen, denn Olly ging sicher nicht schlafen, bevor er ihr ein Ergebnis geliefert hatte. So raste er über die Landstraße, über die A 31, wieder über eine Landstraße, dann über einen Feldweg, um den Weg abzukürzen … Kurz vor Neermoor, er fuhr etwa hundertsiebzig, blitzte es am Straßenrand grell auf. *Mist!*

In rekordverdächtiger Zeit erreichte er zum zweiten Mal in dieser Nacht den Hof der Familie Coordes. Er stieg in die Bremsen, raffte den Sack an sich, der immer noch hinten auf der Rückbank lag, und schlich gebückt wie ein Partisan durch die Dunkelheit. Das Walmdachhaus des Bayern, das er dabei passierte, lag in idyllischer Ruhe. Sörens Scheune ebenfalls. Der Wind hatte den Gestank nach Gammelfleisch vertrieben.

Elias erreichte Oma Inses Garten. Er öffnete das Gartentürchen und näherte sich dem Hühnerstall, dessen Türchen weit offen stand. »Komm her, du kleiner Dreckskerl… tock tock tock tock tock…«, lockte er mit schmeichelnder Knusperhäuschenhexenstimme das verdammte Mistvieh, das er doch gerade erst losgeworden war.

Er wunderte sich nicht, als alles still blieb. King Kong war ja kein Anfänger, was den Guerillakrieg betraf. Geräuschlos arbeitete Elias sich voran. Es konnte sein, dass der Hahn gemütlich auf einer Stange im Stall schlief, aber daran glaubte er nicht. Misstrauisch äugte er hinter die Felsblöcke, die Oma Inse dekorativ an der Mauer verteilt hatte. Er stocherte mit einem Ast in einem aus Latten zusammengezimmerten Kompostbehälter. Er lugte hinter Büsche und bog hochwüchsige Pflanzen auseinander. Und das alles mit klopfendem Herzen, weil er förmlich fühlte, dass das hinterhältige Biest irgendwo lauerte und ihn beobachtete. »Komm, King Kong… tock tock tock… Komm, du Filzlausträger… du fettes, feines Chicken McNugget… tock tock tock…«

Ihm war, als bohrten sich plötzlich Blicke tief in seinen Rücken hinein. Er fuhr herum, das Gesicht durch die Hände geschützt. Nichts.

Oder doch?

Lautlos pirschte er Schritt für Schritt voran, bis er Opa Bartels Fenster erreichte. Dort richtete er sich auf, drückte die Nase an der Scheibe platt, und… o Himmel, o gütige Jungfrau… Opa Bartel starrte ihn an. Sein Kopf lag, mit dem Gesicht zum Fenster, auf dem Kissen. Seine Augen leuchteten weiß wie in einem Horrorfilm von Stephen King, was ja eigentlich gar nicht sein konnte, denn das Zimmer lag im Dunkeln, und lichttechnisch war es komplett unmöglich, dass er

Opa Bartel sehen konnte, aber trotzdem glitzerten ihn die Augen an.

Elias ließ sich auf den Boden plumpsen, dann machte er, dass er aus dem Garten kam. Natürlich fragte er sich, ob der alte Herr ihn erkannt hatte, und wenn ja, wie es *tatsächlich* um Opa Bartels Fähigkeit stand, sich mitzuteilen. Falls sie besser als gedacht war, wie ließe sich dann sein eigener Aufenthalt in diesem Garten erklären, nachts um vier?

Er zog das Gartentürchen hinter sich zu. Was nun? Nach Hause fahren und Olly beichten, dass ihm bei King Kong die Nerven durchgegangen waren? Mildernde Umstände geltend machen? Auf ihr gutes Herz hoffen?

Aber dann war das alles plötzlich gar nicht mehr wichtig. Denn es würde sie umhauen, wenn er ihr das andere erzählte, was er gerade eben im Hof beobachtete, wie versteinert, weil er es einfach nicht fassen konnte: Auf den Pflastersteinen, im Licht des weißen Mondes, stand das bucklige Männlein.

Ich denke an nichts, Olly, schoss es ihm durch den Kopf, während sein Herz wild an seine Rippen schlug, außer dass ich dich hätte fragen sollen, bevor ich King Kong ein glückliches Hühnerleben inmitten eines neuen Harems verschaffe, weil mir der kleine Racker eben doch am Herzen liegt … und dann … Olly, sehe ich es. Ich schwör's dir. Mit eigenen Augen. Fürs Protokoll: Es war etwa eins siebzig groß, mit einer Kapuze auf dem Kopf wie die sieben Reiter im *Herrn der Ringe*, was eine konkrete Angabe zur Haarfarbe ausschließt. Und *natürlich* hatte es einen Buckel. Der hob sich deutlich gegen das Mondlicht ab. Nein, das Gesicht konnte ich leider nicht erkennen. Aber da könnte uns Bärbel aushelfen. Denn die stand ihm gegenüber und hat mit ihm gesprochen. Heimliches Treffen zu nächtlicher Stunde …

Aber das war Quatsch. Er würde sich das bucklige Männlein natürlich selbst ansehen. Hinrennen und ihm die Kapuze vom Kopf reißen. Auf der Stelle, genau jetzt.

Nur wurde daraus nichts. King Kong hatte den günstigen Moment abgepasst, flatterte Elias vor die Füße und brachte ihn zu Fall. Es wurde kein simpler Sturz, sondern ein grandioses Holterdipolter. Ein Blumentopf ging dabei zu Bruch. Ein Ball kullerte davon. Ein Regenabflussrohr, nach dem Elias erschrocken griff, schepperte auf die Pflastersteine …

Elias rappelte sich auf, so rasch er konnte. Doch das bucklige Männlein war fort. Bärbel ebenfalls. Na, großartig. In seinem Kopf leuchteten in grellen Bildern Ideen auf, wie Steffi verschwunden sein musste. Bärbel hatte sie aus unergründlichen Motiven ins Freie gelockt, wo das bucklige Männlein wartete. Bärbel hatte sich mit ihm zusammengetan, um … Um was? Na gut, das musste er noch mal überdenken. Jetzt erst mal rein zu Bärbel, um sie auszuquetschen.

Elias war schon halb auf dem Weg, da hörte er Oma Inses verschlafene Stimme. »Wer ist denn da?« Im Altenteilhaus ging das Licht an. »Kikeriki«, versuchte King Kong auf sich aufmerksam zu machen und flatterte von links nach rechts wie ein Balletttänzer oder wie ein Schiffbrüchiger, der ein Segel am Horizont auftauchen sieht. Das erzgemeine Vieh hatte natürlich sofort durchschaut, wie dämlich sich alles anhören würde, was Elias Oma Inse über seine Anwesenheit auf dem Bauernhof erklären könnte, um vier Uhr morgens. Peinlich hoch vier!

Gut, dachte Elias. Die Sache mit dem buckligen Männlein ließ sich ja auch noch in ein paar Stunden klären. Dann würde er Bärbel höchstpersönlich in die Mangel nehmen.

Als er frustriert zurück zum Wagen ging, dachte er an Brathähnchen, gefüllt mit Maronen, eingerieben mit Salz, Pfeffer, Rosenpaprika und extrascharfer Chilisauce …

King Kong schlüpfte an ihm vorbei auf den Beifahrersitz.

Kikeriki …

»Los, aufstehen!«, brüllte Olly am nächsten Morgen und schüttelte ihn durch.

»Was?« Angestrengt versuchte er, von Komatiefschlaf auf Blitzwach umzuschwenken.

»Bärbel!«, brüllte sie. »Bärbel!« Sie riss ihm die Decke weg und zerrte an ihm, bis er aufstand. Er hatte zu niedrigen Blutdruck. Eigentlich saß er immer erst eine Minute auf der Bettkante, um einigermaßen zu sich zu kommen, aber das ging jetzt nicht. Olly schleifte ihn in die Küche, nötigte ihm einen siedend heißen Kaffee auf, an dem er sich die Zunge verbrannte, und erklärte ihm, dass er in zweieinhalb Minuten neben ihr im Auto sitzen müsse.

Das schaffte er nicht. Drei Minuten und vierzig Sekunden, weil er noch eiskaltes Wasser gegen die Verbrennung durch den Mund spülen musste. Die Schlafanzughose, die er wegen des knappen Zeitfensters nicht mehr hatte ausziehen können, beulte seine Jeans aus. »Was …?«, gurgelte er und knöpfte sein Hemd zu, während Olly die Landstraße entlangraste.

»Bärbel Coordes ist verschwunden. Heute Nacht. Spurlos. Gitta hat es entdeckt. Und nun mischt sie das K1 auf. Außerdem belagern die Journalisten, diese Schinnerknaaks, das Revier. Alles große Kacke.«

Elias verschluckte sich an dem Wasser in seinem Mund, weil Olly ihren Weg über einen Bürgersteig verkürzte. Er hustete und fragte: »Was ist ein Schinnerknaak?«

»Das seh ich schon, die Schlagzeile: Familie wird ausgelöscht – die Justiz bleibt tatenlos«, schimpfte Olly. Die Starenkästen auf dem Weg nach Leer blinkten wie die Lämpchen beim Einarmigen Banditen. Zum Glück verdiente Olly gut.

Und dann waren sie auch schon in der PI.

Die Journalisten hatten sich vor dem Konferenzraum versammelt. Es waren zwei – ein kleiner Blonder mit einer karierten Mütze und ein Großer mit einem Seidenschal und einer Schnupfnase. »Mensch, wir müssen unsere Blätter auch füllen«, versuchte der Blonde Harm gerade eine Erklärung abzuschwatzen, aber der KI-Chef erblickte Olly und schickte die Zeitungsleute fort mit der Beschwichtigung, dass Frauke ihnen unten einen Tee brühen würde. Er schloss die Tür, wartete, bis sich alle gesetzt hatten, und bat dann Gitta, die blass und verheult auf einem Stuhl saß, zusammenzufassen, was sie wisse, damit das gesamte Team einen authentischen Eindruck gewinne.

Gitta wusste gar nichts. Nur dass Boris heute Morgen völlig erschrocken zu ihr gelaufen war, weil er seine Mama nicht finden konnte, und dass sie gemeinsam überall gesucht hatten, aber keine Spur von ihr entdecken konnten, auf dem ganzen Hof nicht, und dass sie deshalb jetzt hier saß. Ja, bei der Zeitung hatte sie auch angerufen. Man konnte sich ja denken, dass sonst nichts unternommen würde.

»Soso«, sagte Harm und versuchte so zu tun, als wäre er von ihrer letzten Bemerkung nicht angepisst.

»Und wenn sie nur mal 'nen Morgenspaziergang unternommen hat?«, wandte Hedda ein.

»Im Schlafanzug?«, fragte Gitta sarkastisch, und da zeigte sich, dass sie ihnen doch nicht alles gesagt hatte, was wichtig war. Typisch Zeuge. Ja, sagte Gitta, als sie nachhakten, die Anziehsachen ihrer Schwester hätten noch auf dem Stuhl neben ihrem Bett gelegen. Außerdem war das Bettzeug korrekt gefaltet gewesen, aber sicher nicht von Bärbel, weil die das nämlich nie tat. Ergo war sie gar nicht schlafen gegangen. Ihre Lieblingsschuhe hatten draußen auf der Fußmatte gestanden. Sie war also mitten in der Nacht im Schlafanzug und barfuß fort. Aber todsicher nicht zu einem Spaziergang. Genauso wenig wie die arme Steffi. Verdammt, kapierte das denn niemand?

»Wir rufen eine Hundertschaft«, bestimmte Olly.

»Schon wieder?« Harm sah nicht gerade glücklich aus. Das kostete ja, und er musste es rechtfertigen und ...

»Ich will das nicht am Hacken haben, wenn sie irgendwo liegt, und wir finden sie erst nächstes Jahr, weil wir unseren Arsch nicht hochkriegen«, sagte Olly.

Gitta brach bei diesen Worten in Tränen aus, und Olly guckte betreten und entschuldigte sich. Hedda suchte nach einem Taschentuch, fand aber keines, weshalb Elias wieder aushelfen musste.

Die Stimmung war hektisch. Schließlich rief Harm Jens Jensen an – zu Hause, weil Sonntag war –, und der wiederum kontaktierte Alfred Ippen, den obersten Chef der PI, und der sagte, sie sollten sich erst mal umschauen und den Vormittag abwarten, ob Bärbel Coordes nicht doch wieder auftauche. Und dann würde eben doch die Hundertschaft ausrücken müssen.

Abwarten war Gitta alles andere als recht. Also stürmte sie runter zu den Journalisten, und die freuten sich, dass für sie zusätzlich zum Tee nun doch noch Stoff für eine feine Story heraussprang.

»Was ist ein Schinnerknaak?«, erkundigte Elias sich bei dem Journalisten mit der Erkältung.

»Ein Leuteschinder. Wieso?«

»Ach, nicht wichtig«, sagte Elias. So ähnlich hatte er sich das ja auch gedacht.

Da sie wegen des Sonntags nur in kleiner Besetzung im K1 waren und Harm ja wusste, dass seine Abteilung im Moment enorme Kosten verursachte, fuhren sie alle bei der Staatsanwältin mit, als es im Auto nach Neermoor ging. Harm saß vorn und hörte Olly zu, die ihm eine Statistik über den Zusammenhang zwischen Work-Life-Balance und Burn-out interpretierte. Elias hockte eingequetscht zwischen Hedda und Ulf und machte sich darüber Gedanken, wie er seinen Kollegen seine Erkenntnisse bezüglich des buckligen Männleins, das mit Bärbel gesprochen hatte, nahebringen konnte, ohne dass es sich gar zu merkwürdig anhörte.

»Ich habe heute Nacht Bärbel gesehen«, sagte er und hoffte, mit dieser schlichten Feststellung Nachfragen zu entgehen.

»Merkst du eigentlich, dass du mich unterbrichst?«, schimpfte Olly über die Schulter. »Ich rede hier nicht über Wellnessmüll, sondern über eine sozialökonomisch bedeutsame… Wieso *gesehen*?«

»Sie hat sich gegen vier Uhr in der Früh mit dem buckligen Männlein unterhalten.«

»Bärbel Coordes?«, fragte Olly verdattert. »Wo denn?«

»Auf dem Hof ihrer Eltern.«

»Was hast du gestern Nacht um vier…?«

»Es war ein Instinkt«, versuchte Elias die Sache hinzubiegen. »Ich dachte: Sieh doch mal nach, was auf dem Hof so vor sich geht, bei den Coordes', und da habe ich Bärbel gesehen. Ich wollte das Männlein dingfest machen, nur gab es ein… unvorhergesehenes Hindernis…«

Die Kollegen hatten sich ihm alle zugewandt. »Hauch mich mal an«, verlangte Ulf. Hedda kicherte. Harm schnallte sich ab, drehte sich um und sah ihm prüfend in die Augen.

169

»Bärbel hat sich nachts um vier heimlichtuerisch mit dem buckligen Männlein unterhalten, das sie zuvor schon bei uns in der PI zur Anzeige gebracht hatte«, erklärte Elias. »Und jetzt ist sie fort. Und wir sollten deshalb das Männlein in unsere Ermittlungen mit einbeziehen.«

Olly trommelte mit den Fingern auf ihrem Lenkrad. Um drei hatte sie Elias wegen King Kong aufgeweckt. Anschließend war er zum Coordes-Hof gefahren. Da zählte sie natürlich eins und eins zusammen. »Also hast du meinen Hahn …«

»Moment mal«, fiel Harm ihr ins Wort. »Du willst uns gerade klarmachen, dass das beschissene Männlein wirklich existiert?«

Elias nickte.

»Du hast also«, führte Olly ihren Satz weiter, »meinen Hahn kaltschnäuzig …«

»Ja.«

»Schiet«, sagten Olly und Harm wie aus einem Mund.

Bei Familie Coordes versuchten sie der Sache mit dem Männlein auf den Grund zu gehen. Zunächst wurde Oma Inse verhört. Sie war nicht bleich, sondern regelrecht farblos, fast durchsichtig. Beim Teekochen zitterte sie so heftig, dass sie das Teesieb fallen ließ. Der schwarze Krümelmatsch verteilte sich auf den Fliesen.

»Boris ist sicher stromern, was?«, fragte Elias, um sie zu beruhigen. Er bückte sich und reichte ihr das Teesieb.

Oma Inse ließ sich auf einen Stuhl fallen. »Nee, in der Schule.«

»Sind Sie da sicher?«, fragte Ulf listig, weil ja Sonntag war und er die Oma damit bei einer Falschaussage ertappt hatte.

»Ist er doch immer um die Zeit«, sagte Oma Inse geistesabwesend. Als Elias sie auf den Wochentag aufmerksam machte, meinte sie, dann sei er wohl doch stromern. Gut.

»Und Sie selbst? Haben Sie in der Nacht etwas Verdächtiges gehört oder gesehen?«, wollte Harm wissen.

Oma Inse nickte. Sie hatte ein Geräusch gehört, und als sie rausgegangen war, hatte sie jemanden hinten in Richtung Garten stehen sehen, aber der war gleich wieder weg gewesen.

»Circa eins fünfundsiebzig groß, spilleriges schwarzes Haar, unterdurchschnittlich intelligenter Gesichtsausdruck, möglicherweise in Begleitung eines Federviehs?«, wollte Olly wissen, aber dazu konnte Oma Inse nichts sagen, weil es zu dunkel gewesen war.

»Eine weitere Person ist Ihnen aber nicht aufgefallen?«, fragte Harm. »Jemand, mit dem sich Bärbel unterhalten haben könnte?«

»Vielleicht ist sie ja zu ihrer Patentante«, meinte Oma Inse, und ihre Miene heiterte sich plötzlich auf. »Da geht sie manchmal hin, zu Besuch, die beiden verstehen sich nämlich prima. Das könnte doch sein.«

»Würde sie denn im Schlafanzug gehen?«, fragte Ulf so sarkastisch wie vorher Gitta.

»Denken Sie etwa, dass ich sie so erzogen hab?«, fragte Oma Inse pikiert. »*Natürlich* hat sie sich erst angezogen!« Um es ihnen zu beweisen, nahm sie sie alle mit in Bärbels Wohnung, damit sie noch einmal deren Sachen durchschauten. Nur Elias blieb zurück. Er ging nach hinten in die Kammer, in der Opa Bartel mit seinem mächtigen weißhaarigen Schädel im Bett lag. Dort holte er sich einen Schemel, setzte sich zu ihm und sagte: »Manche sehen mehr, und manche sehen weniger, was?«

171

Opa Bartel starrte auf den Fernseher. Es lief gerade eine Sendung über die Auswirkungen der Griechenlandkrise auf die privaten Lebens- und Rentenversicherungen in Deutschland. Elias nahm ihm die Fernbedienung weg und schaltete weiter, auf eine Sendung, in der ein paar Leute versuchten, sechsundsechzig Menschen aufzutreiben, die einen Dudelsack besaßen und darauf *Ein bisschen Frieden* spielen konnten. Einige standen schon bei der Moderatorin und bliesen mit dicken Backen ins Mundstück.

Opa Bartel holte sich die Fernbedienung zurück und schaltete wieder zu Griechenland und den Rentenversicherungen. Elias wartete einen Moment, dann krallte er sich das Ding erneut. Und so ging es hin und her. Dudelsack… Griechenland… Dudelsack… Griechenland… Dudel…

»Mensch, was machst du denn da?«, wollte Harm wissen, der plötzlich in der Tür stand. Er hielt sein Smartphone ans Ohr, weil er offenbar gerade versuchte, jemanden zu erreichen.

Elias legte die Fernbedienung auf die Bettdecke. Er zog seinen gelben Haftklebezettelblock heraus und notierte Opa Bartels Namen und ein Ausrufezeichen. Das Ausrufezeichen sollte ihn daran erinnern, dass der Opa mehr Verstand und vor allem Willen besaß, als er glauben machen wollte.

»Was soll das?«, fragte Harm, der ihm über die Schulter blickte und las, was er geschrieben hatte.

»Opa Bartel ist mir suspekt.«

»Na schön, aber lass ihm seine Fernbedienung, bevor wir eine Anklage wegen Drangsalierung hilfloser Personen … Ja, na endlich!« Am anderen Ende meldete sich Arthur, der gerade den Dienst im Glaskasten versah. Harm erfragte von ihm die aktuelle Adresse einer Beefke Sommer, der Patentante von Bärbel Coordes, weil sie vielleicht etwas über deren Verbleib wusste.

»Bärbel hat sich nämlich doch etwas angezogen, und zwar ein geblümtes Sommerkleid, das Gitta noch nicht kennt, hat Oma Inse gesagt. Und dazu Pumps, die sie sich vor einer Woche von Oma Inse geborgt hat«, flüsterte Harm Elias zu, während Arthur sich schlaumachte. »Womit wieder mal bewiesen wäre, dass du dich auf keinen Zeugen verlassen darfst. Oma Inse sagt, wenn Bärbel sich die Pumps angezogen hat, dann um einen Ausflug zu unternehmen. Aber weil sie nur diese Beefke Sommer kennt, ist sie mit Sicherheit bei ihr. Sag mal, warum hackt denn Olly die ganze Zeit auf dir rum?«

»Keine Ahnung«, sagte Elias und beugte sich noch einmal über Opa Bartel, um ihm tief in die Augen zu schauen. Die Rentenversicherungen würden das Griechenlanddebakel zu spüren bekommen, glaubte die Frau im Fernsehen. Opa Bartel verrenkte den Hals, um sich die Statistik anzusehen, die das untermauern sollte. »Ich trau dir nicht«, wisperte Elias dem alten Mann zu.

Sie aßen in einem Imbiss zu Mittag, Currywurst mit Pommes und holländischer Mayonnaise, bis auf Olly, die schlecht gelaunt an einem Salat kaute.

»Das Schlimme an dieser Coordes-Familie ist, dass sie auf ihre Kinder nicht achtgeben«, nörgelte Ulf, der nur zu gern den kleinen Boris durch die Mangel gedreht hätte, weil er ja gelogen hatte, was die Sache mit der Schubkarre anging. Nach Franz Büttners Aussage stand fest, dass Boris Sören gar nicht gesehen haben konnte.

»Mensch, lass doch das Kind. Die haben eben 'ne mächtige Phantasie«, wiegelte Hedda ab.

Sie waren alle ziemlich fertig. Obwohl sie hofften, dass Bärbel bei ihrer Tante gelandet wäre, war ihnen mulmig zumute. Einer ihrer Kommissare hatte die Verschwundene immerhin zu nachtschlafender Zeit im Gespräch mit einer verdächtigen Person gesehen. Was, wenn Oma Inse sich mit dem Kleid irrte oder sich nur selbst beruhigen wollte? Wenn das bucklige Männlein sich auch die Bärbel gekrallt hatte? Sie hätten dieser Spur schon viel früher nachgehen müssen. Da hatten sie geschlampt, und das nagte an ihnen.

»Dieses Gekritzel ist doch keine Kunst – das sieht ja aus, als habe man einen Hühnerstall über die Leinwand gescheucht«, kritisierte Ulf ein Bild, das an der Wand über dem Gefrierschrank hing. Dazu sagten sie lieber nichts.

Als Hedda, Ulf und Olly das diskrete Örtchen besuchten, horchte Harm Elias noch einmal über die vergangene Nacht aus. Elias erklärte ihm die Sache mit King Kong, und Harm nickte verständnisvoll. Klar, das mit Ollys Hahn war ein Kreuz. »Aber du musst dir immer klarmachen, dass dieses Tier nur ein lumpiges Federvieh ohne Verstand ist«, riet er seinem Kollegen. »Dabei fällt mir noch etwas ein: Ich will das Team umstellen. Sven fühlt sich momentan etwas überfordert, wegen der Drillinge und dem Schlafmangel. Ich denke also, dass ich ihn wieder zu mir mit ins Büro nehme, und Ulf geht mit Reinert in sein altes Büro zurück, und du rutschst zu Hedda rüber. Ich glaube, ihr zwei habt einen guten Draht zueinander, nicht wahr?«

»Ist es wegen des Haftklebezettels?«, fragte Elias, der sich erinnerte, dass Sven sich über den Zettel aufgeregt hatte, den er ihm auf die Stirn geklebt hatte.

Harm wiegte den Kopf. »Sven ist müde. Und bei dir kommt er nicht richtig zur Ruhe, sagt er. Das ist nichts Persönliches.

Obwohl es schon hilfreich wäre, wenn du dich mit dieser Zettelgeschichte am Riemen reißen könntest. Das haben wir ja schon besprochen.« Er hob die Hand, als Elias etwas einwenden wollte. »Ich glaube, mit Hedda wird es prima laufen.«

Na ja, vielleicht hatte er recht.

Und da sie ab sofort enger zusammenarbeiteten, fuhren Hedda und Elias, nachdem sie bei der PI Heddas Wagen geholt hatten, gleich los, um Bärbels Patentante aufzusuchen. Die lebte in Emden in einem Seniorenheim, und das lag für Hedda sozusagen auf dem Weg.

Beefke Sommer freute sich über den unverhofften Besuch. Sie lud die Beamten in einen hübschen weiß-blauen Salon, den sie mit mehreren älteren Herrschaften teilte, schenkte Tee ein und begann von ihrer Tochter zu erzählen. Elke war Ärztin und hatte als eine der ersten Frauen in Deutschland Medizin studiert. Das musste ungefähr hundert Jahre her sein, nach dem, was Frau Sommer berichtete, denn Elke war mit dem Traktor zur Uni gefahren – wie auch immer man sich das vorstellen sollte. Oder nee, zum Bahnhof. Und von dort mit dem Zug zur Uni. Oder so.

»Und Bärbel Coordes …«, versuchte Hedda auf ihr Anliegen zu kommen.

»Ja, das ist eine traurige Geschichte.« Frau Sommer seufzte und rührte in ihrem Tee.

»Ganz traurig«, nickte Hedda.

»Weil Ärztinnen schließlich gebraucht werden, nicht wahr? Ich jedenfalls lass keinen Mann an meine intimsten Stellen ran. Ich hab da was in der Achselhöhle …« Frau Sommer zog ihre Strickjacke und dann ihre Bluse aus, was ein Mädchen in einem weißen Kittel gern unterbunden hätte, aber da gab Frau Sommer sich nicht so einfach geschlagen. Die Betreuerin bekam einen Klaps auf die Finger, und weil jemand etwas umschüttete, konnte sie den Kampf auch nicht weiter ausfechten. Frau Sommer hatte unter der Achsel einen Ausschlag, der fürchterlich juckte. Elias und Hedda begutachteten das Unglück.

»Ist denn Bärbel Coordes heute hier gewesen?«, fragte Hedda, als ihre Zeugin sich wieder eingemummelt hatte.

»So was Intimes zeig ich doch keinem Mann. Da will ich eine Ärztin.«

»Klar«, stimmte Hedda zu. »Und Bärbel …«

»Himmeldonnerwetter, wir brauchen jetzt mal eine Aussage. Wir sind nämlich von der Polizei, und das hier ist ein Ermittlungsfall«, entfuhr es Elias.

Frau Sommer zuckte bei dem energischen Tonfall zusammen, und er legte ihr reuevoll die Hand auf den Arm. »Sie müssen jetzt bitte mal überlegen, weil es enorm wichtig ist. Punkt a: Ist Bärbel Coordes, Ihr Patenkind, heute bei Ihnen zu Besuch gewesen?«

»Sie hat doch den Marmorkuchen mitgebracht. Den haben wir zusammen gegessen«, erklärte Frau Sommer eingeschüchtert.

»Gut. Punkt b: Hat sie etwas gesagt? Über heute Nacht vielleicht?«

»Dass sie nicht schlafen konnte?«, brachte Frau Sommer in fragendem Ton hervor.

»Und sonst? Über ein Männlein? Hat sie etwas gesehen, worüber sie mit Ihnen sprechen wollte?«

»Natürlich.«

»Was denn?«

»Ein Männlein.«

»Ein buckliges?«

Frau Sommer nickte.

»Hat sie Genaueres von dem Männlein erzählt? Was es von ihr wollte oder so?«, fragte Elias gespannt.

Frau Sommer schüttelte den Kopf.

Hedda mischte sich ein. »Und wo wollte Bärbel Coordes hin, nachdem sie mit Ihnen Tee getrunken hatte?«, erkundigte sie sich.

Frau Sommer überlegte. »Ich glaube, nach Hause.«

»Sie wollte nach Neermoor zurück?«

»Das sag ich doch.« Frau Sommer war ein bisschen beleidigt, weil man ihr nicht richtig zuhörte.

»Und das bucklige Männlein?«, hakte Elias nach.

»Vor dem hatte sie Angst.« Ihre Zeugin beugte sich vertraulich zu ihm vor. »Deshalb ist sie ja zu mir gekommen. Sie hat die ganze Zeit geheult, die Arme! Das glaubst du nicht, dieses Männlein … Gezittert hat sie!«

Na also! Elias zog eines der Zeugenvernehmungsformulare aus der Tasche und notierte Beefke Sommers Aussagen bezüglich des Besuches ihres Patenkindes Bärbel Coordes. Frau Sommer las alles durch und unterzeichnete mit einem Krakel. Dann wollte sie endlich ihre Ruhe haben.

Die junge Frau in dem weißen Kittel brachte Hedda und Elias zur Haustür, die abgeschlossen war, damit keiner der Bewohner verloren ging, wenn ihn der Bewegungsdrang packte. Hedda erkundigte sich, ob die Pflegerin schon den ganzen Tag Dienst gehabt habe, und erfreulicherweise nickte sie.

»Ist Ihnen bei Frau Sommers Besucherin etwas Besonderes aufgefallen? Wirkte sie hektisch oder ängstlich?«, fragte Elias.

»Nö, ganz normal«, sagte die Pflegerin und ließ sie heraus.

Als sie fast schon wieder auf dem Gehweg waren, kam sie ihnen nachgelaufen. »Nur noch mal zur Sicherheit: Meinten Sie jetzt Frau Sammers oder Frau Sommer? Sie haben eben mit Frau Sammers gesprochen, das ist Ihnen doch klar, oder?«

»Nicht mit Beefke Sommer?«, fragte Hedda verwirrt.

»Nee, die saß hinten in der Ecke, bei dem Klavier. Aber bei der war niemand. Die hatte schon seit Monaten keinen Besuch mehr.«

Sie standen vor Heddas Auto. »Es lohnt nicht, Frau Sommer auszuquetschen, wenn sie eh keinen Besuch hatte«, befand Hedda mürrisch.

Elias zuckte mit den Schultern.

»Ich treffe mich sonntags um achtzehn Uhr immer mit meinen Freundinnen zur türkischen Sauna. Ich hab keinen Bock mehr auf Arbeit.«

Klar. Hatte er auch nicht.

Hedda blickte sehnsüchtig die Straße hinab, die schnurgerade von Emden nach Aurich führte, wahrscheinlich direkt in die Sauna.

»Wo steckt Bärbel?«, fragte Elias.

»Hier jedenfalls nicht.«

»Alles hat mit dem buckligen Männlein angefangen. Bärbel sieht es, und Boris auch. Sie kommen in die PI und erstatten Anzeige, aber sie denken sich nichts Böses. Sie fühlen sich einfach nur gestört. Vielleicht sind sie ein bisschen erschrocken, weil sich jemand auf dem Hof rumtreibt, aber mehr nicht. Und dann verschwindet Steffi, und die Tiere werden an die Scheunenwand genagelt ...«

»Das weiß ich doch alles«, muffelte Hedda.

»Und dann taucht das Männlein erneut auf, und Bärbel spricht mit ihm. Mitten in der Nacht. Was geht zwischen den beiden vor? Stellt sie den Mann zur Rede? Wird sie von ihm bedroht?«

Hedda seufzte.

»Warum nagelt jemand Tiere an eine Wand? Als Warnung? Ist es Psychoterror? Will er sagen: So ergeht es dir, wenn du redest?« Elias fuhr sich mit beiden Händen durch das Haar. »Man stelle sich das vor: Bärbel weiß, wer ihre Tochter entführt hat, aber der Mann setzt sie so sehr unter Druck, dass sie den Mund hält. Vielleicht droht er damit, auch Boris etwas anzutun. Als Bärbel keinen Ausweg mehr sieht, haut sie ab.«

»Könnte sein.«

»Wenn es so wäre, bestünde eine Möglichkeit, dass Steffi noch lebt.«

»Und sich in der Hand eines Psychopathen befindet?« Hedda schien interessiert, ließ die Straße aber trotzdem nicht aus den Augen.

»Oder sie ist tot, und der Mörder will verhindern, dass Bärbel ihn verrät.«

»Warum hat er Bärbel dann nicht ebenfalls umgebracht, dein Psychopath, in der Nacht, in der er … Was hattest du da eigentlich zu suchen, Elias?«

»Was?«

»Auf dem Hof.«

»Nichts. War einfach nur ein Instinkt.«

»Ach nee, was?« Hedda wartete kurz, dann ging sie um das Auto herum. »Ist nicht meine Sache, was du in deiner Freizeit treibst«, sagte sie, »aber ich finde es schon gut, wenn man sich unter Kollegen vertraut. Wenn du was weißt, und du rückst damit nicht raus, gefällt mir das nicht.«

»Klar.«

»Es gibt mir ein beschissenes Gefühl.« Wieder wartete sie. Dann stieg sie ein.

Elias blickte ihr nach, als sie auf die Straße rausfuhr und die Leute beiseitehupte.

Hedda mochte recht haben, was Frau Sommer anging, aber ihm ließ die Sache trotzdem keine Ruhe, und so klingelte er ein weiteres Mal beim Seniorenheim. Die Pflegerin brachte ihn zu Bärbels Patentante. Dieses Mal direkt zum Stuhl, damit er sich nicht wieder irrte. Frau Sommer trug eine sportliche Frisur, war nett und bestens bei Verstand und erzählte Elias, weil Bärbel sie ja nicht besucht hatte, von ihrem Leben. Das war interessant, weil sie in einem Zoo das Raubtiergehege betreut hatte. Frau Sammers kam hinzu, und sie spielten ein paar Runden *Mensch ärgere Dich nicht*, wobei die Pflegerin, die Inka hieß, mitmachte. Elias hoffte die ganze Zeit, dass Bärbel plötzlich ins Zimmer platzen würde, aber sie ließ sich nicht blicken, und schließlich verabschiedete er sich.

»Bärbel ist nicht verkehrt«, sagte Frau Sommer, als sie ihm beim Abschied die Hand schüttelte. »In ihrem Kopf geht es drunter und drüber, aber sie hat ein gutes Herz. Nur schade, dass sie sich damals mit Hartmut eingelassen hat. Ich habe ihr gesagt: Bärbelchen, der ist nichts für dich – der nutzt dich aus. Aber sie hat sich nichts raten lassen wollen. Verliebt bis über beide Ohren. Und dann hat dieser Hartmut ihr Steffi angedreht, aber mit einer Beziehung wurde es natürlich trotzdem nichts. Ganze vier Tage hat die Geschichte gehalten.

Oder vielmehr: Vier Nächte. Als er ging, hat das arme Mädchen sich die Augen aus dem Kopf geheult.«

»Herrgott, was sind wir für Idioten.«

»In der Liebe immer«, meinte Frau Sommer und nickte vielsagend.

»Nein, ich meine jetzt mich und meine Kollegen«, sagte Elias, während sich vor seinem inneren Auge Puzzleteilchen zusammenfügten. »Wir haben nicht aufgepasst!«

»So was kommt ja öfter vor«, erwiderte Frau Sommer höflich und begann die Spielsteinchen einzusortieren.

»Sie wissen nicht zufällig, wo dieser Hartmut wohnt und wie er mit Nachnamen heißt?«

»Ich hab ihn gar nicht kennengelernt. Nur durch das, was mir Bärbel erzählt hat, und das war wenig genug. Wahrscheinlich hat der Kerl ihr eingebläut, dass sie diskret sein soll, weil er sich denken konnte, was man allgemein von ihm halten würde, wenn das mit Bärbel rauskäme«, sagte Frau Sommer. »Er hatte ja nur ein einziges Interesse.«

Ein einziges Interesse – mochte sein! Aber es war trotzdem nachlässig gewesen, dass sie sich nie gefragt hatten, wer Steffis Vater war. Sie hatten Bärbel behandelt wie die Jungfrau Maria. Da spiegelte sich wohl das gesellschaftliche Denken wider: Väter existierten nicht, wenn sie mit der Mutter ihres Kindes nicht verheiratet waren und sich auch noch verdünnisiert hatten.

Schön, wahrscheinlich spielte Steffis Vater in diesem Fall tatsächlich keine Rolle, aber andererseits konnte man nicht wissen, was für ein Herz in seiner Brust schlug. Hatte er vielleicht weiche Gefühle bei sich entdeckt? Hatte er deshalb an Steffis Bett gestanden? Und sie zu sich holen wollen? Und

Bärbel, der aufging, wer sich hinter dem buckligen Männlein versteckte – hatte sie ihm gedroht, dass sie der Polizei erzählen würde, wer ihre Tochter entführt hatte? Und dann hatte der Vater die Tiere an die Wand genagelt, um Bärbel unter Druck zu setzen … Na ja, alles noch ein bisschen kraus, aber man durfte den Vater keinesfalls ignorieren.

Elias zog, während er Richtung Innenstadt zum Busbahnhof wanderte, seinen Haftnotizblock heraus und notierte *Vater*. Und überlegte sich, dass Boris den Vater von Steffi womöglich erkannt hatte, unter der Kapuze des buckligen Männleins, vielleicht schon beim ersten Auftauchen, dass er ihn aber nicht hatte verraten wollen. Dann war aber sein Verhalten auf der PI, als er sich so sehr wünschte, die Polizei würde daraufkommen, wer an Steffis Bett gestanden hatte, bedenklich. Denn es bedeutete, dass er sich vor diesem Vater fürchtete. Und dann musste man wohl das Schlimmste annehmen.

Es war nicht einfach, sich im innerostfriesischen Busverkehr zurechtzufinden, und nachdem Elias eine aufreibende Stunde damit zugebracht hatte herauszufinden, wie man sonntagnachmittags von Emden nach Neermoor kam – nämlich überhaupt nicht –, nahm er sich ein Taxi.

Ausnahmsweise stromerte Boris bei diesem Besuch einmal nicht, sondern saß in Gittas Wohnung und löffelte Eis. »Wir haben abgemacht, dass er so viel essen darf, wie er kann«, sagte Gitta, und Boris wollte beweisen, dass er mehr konnte als jeder andere Mensch auf der Welt. Dreizehn Kugeln hatte er schon verputzt. Elias sah ihm von der vierzehnten bis zur zweiundzwanzigsten zu, weil ihn die Sache interessierte. Dann half er Boris im Klo beim Kotzen. Anschließend nahm er sich den Burschen vor, wobei es ihm ganz recht war, dass Gitta mittlerweile draußen den Garten wässerte.

Er fragte ihn erst mal nach seinem eigenen Vater.

»Der ist Seeräuber«, erklärte Boris. Elias erfuhr, dass der Seeräuber-Joe eine ganze Flotte anführte und dass eines der Boote eine Funktion besaß, mit der es sich unsichtbar machen konnte, für den Fall, dass es von somalischen Piraten angegriffen wurde, die mit ihnen in Konkurrenz standen und wirklich böse waren.

Elias nickte bedächtig. »Und hast du den Vater von Steffi in letzter Zeit gesehen?«

Boris schüttelte den Kopf. »Den kenn ich doch gar nicht.«

»Und wer ist das bucklige Männlein?«

»Weiß ich nicht.« Boris sah käsig aus, aber das konnte auch noch eine Folge seines rekordverdächtigen Eiskonsums sein.

»Und wo steckt deine Mama?«

Boris zuckte mit den Schultern.

»Bist du traurig, dass sie weg ist?«

Oh, da blitzte etwas auf in den glockenblumenblauen Kinderaugen. Scham, aber auch Erleichterung meinte Elias zu erkennen. Zum ersten Mal fiel ihm auf, wie gemütlich Gittas Küche wirkte. Am Fenster hing ein Dinosauriermobile aus buntem Karton, das todsicher von Boris gebastelt worden war. Auf der Arbeitsplatte standen zwei Kinderkuchenformen. Ein Trecker, aufgemotzt durch zwei martialisch aussehende Roboter, parkte neben dem Toaster.

Und wenn sie völlig falschlagen? Wenn Gitta zwar Himmel und Hölle in Bewegung setzte, weil ihre Schwester verschwunden war, aber in Wirklichkeit wunderbare, völlig entspannte, durch keine schrullige Schwester gestörte, also regelrecht paradiesische Jahre vor sich liegen sah, in denen sie einen netten kleinen Jungen großziehen konnte? Es war friedlich auf dem Hof geworden, seit Bärbel fort war. Sogar Elias meinte das zu fühlen. Oma Inse hörte mit ihrem Radio NDR, während sie auf der Terrasse den Sonnenuntergang genoss. Opa Bartel lauschte dem Sender durch das offene Fenster. Gitta stand im Blumenbeet und goss die Pflanzen.

Einen Moment lang hatte Elias die schreckliche Vision einer Familie, die sich in furchtbarer Einigkeit ihrer schwierigen Familienmitglieder entledigte, um endlich das Leben genießen zu können.

Boris zupfte ihn am Ärmel. »Kommen Steffi und Mama denn wieder?«

Nein, schalt Elias sich: So etwas Entsetzliches hatte es nicht einmal in Hannover gegeben. »Wir wissen nicht, wo sie sind.«

»Ich glaube, dass sie wiederkommen. Gitta glaubt das auch«, sagte Boris und holte sich den Trecker mit den Robotern heran. Er schob Elias vertraulich einen der Plastikkämpfer zu. Elias nahm die Figur verlegen auf. Wollte Boris ihn erneut zu einem Mitglied seiner Gruppe machen? Oberbegriff: Freunde? Hatte diese Gruppenbildung vielleicht sogar schon stattgefunden? Er fühlte sich unbehaglich. Da lief etwas schief. Polizei und Verdächtige machten sich nicht gemein.

»Du bist der rote Rächer«, sagte Boris.

»Tut mir leid, geht jetzt leider nicht.« Mit einer überhasteten Verabschiedung machte Elias sich davon.

Er wollte nach Hause. Er brauchte Olly, um sich von ihr überzeugen zu lassen, dass er mit seinem Argwohn falschlag. Sie hatte den Durchblick, einen analytischen Verstand, die nötige Objektivität, einen wunderbaren Hintern … Sie würde ihm klarmachen, dass er sich verrannt hatte. Jemand wie die Coordes-Familie verbündete sich nicht gegen ihre schwachen Mitglieder. Schon gar nicht unter Zuhilfenahme von Mord.

Als ein weiteres Taxi ihn abends heim zu Olly fuhr, musste er feststellen, dass seine Wirtin ihn rausgeschmissen hatte. Denn was sonst konnte es bedeuten, wenn seine Reisetasche vor der Haustür stand und ein Zettel darauf lag, mit dem Hinweis: *Mir langt's!*

Versuchsweise probierte er seinen Hausschlüssel aus, aber Olly hatte von innen den Schlüssel ins Schloss gesteckt. Er erwog, Steinchen an die Scheibe ihres Schlafzimmers zu werfen, hatte aber Angst, das Glas zu zerbrechen. Oder dass sie zurückwerfen könnte. Ein Blick auf das Rankgitter, an dem er letztens hinabgeklettert war, ließ ihn schaudern.

Es war kein guter Tag, wirklich nicht. Er trug die Reisetasche zu seinem Auto.

12

Im K1 machte sich der Glaube breit, dass Bärbel Coordes mit ihrem Verschwinden so etwas wie ein Schuldeingeständnis abgelegt habe. »Weil man bei diesen Bekloppten doch nie weiß«, erklärte Ulf, also nicht aus Grundsatz, da hatte er keine Vorurteile, aber so allgemein. Nach dem Empfinden und der Erfahrung.

Hedda meinte, dass er ein Arschloch sei, und wenn nicht gerade Harm hereingekommen wäre, um die Teamsitzung zu eröffnen, wäre Ulf wohl rausgestürmt. Aber so blieb er und beharrte auf seiner Idee, und nach und nach kam man zu dem Schluss, dass sie so ganz unausgegoren doch nicht war. Man konnte sich das ja vorstellen: Bärbel hatte ihr Kind aus unergründlichen Motiven umgebracht und nun voller Schuldgefühle das Weite gesucht oder sich, der Himmel möge es verhüten, etwas angetan, in ihrem schönsten Sommerkleid und den geliehenen orangefarbenen Pumps.

»Und was ist mit dem buckligen Männlein?«, wandte Elias ein.

»Du gehst mir auf den Geist«, fauchte Hedda, die sauer war, weil das Arschloch bei den anderen mit seiner Meinung durchgekommen war.

»Wir lassen dieses Männlein erst mal außen vor, weil wir da keinen Ansatzpunkt haben, solange Bärbel nicht wiederaufgetaucht ist«, erklärte Harm, was Elias für einen Fehler hielt, aber das behielt er lieber für sich. Die Atmosphäre war aufgeladen, wie so oft, wenn die Ermittler auf der Stelle traten.

Harm ging zum Whiteboard, und sie erarbeiteten eine To-do-Liste:

a) Sörens Biogasanlage in der Nähe von Wiefelstede untersuchen, um auszuschließen, dass dort die arme Steffi vermoderte. (Das glaubten sie zwar nicht, aber der Pressesprecher hatte es für eine gute Idee gehalten, weil es zeigte, wie aktiv die Behörden waren, und die Kosten liefen ja eh schon aus dem Ruder.)

b) Weitere Neermoorer Seen absuchen. (Gleicher Grund, und die Polizeitaucher machten das auch gern jetzt im Frühling und waren andernorts gerade nicht gefragt.)

c) Öffentlichkeit mittels Medien (Zeitung / Radio / Internetauftritt der PI) an der Suche nach Bärbel und Steffi beteiligen.

»Steffis Vater«, warf Elias rasch ein, ehe der Punkt untergehen konnte.

»Soll der dein buckliges Männlein sein?«, fragte Ulf ironisch. »Manchmal hab ich den Eindruck, ich arbeite mit den Gebrüdern Grimm zusammen.«

Sven hob den Kopf und setzte ein breites Grinsen auf. »Übrigens, kennt ihr den … Ein ostfriesischer Rechenkünstler ist in eine Show eingeladen. Fragt ihn der Moderator …«

Ulf bekam prompt eine rote Birne und begann herumzuröcheln, und Harm drohte, sie allesamt rauszuschmeißen und den Kram allein zu erledigen, wenn sie sich nicht endlich zusammenrissen. Explosive Stimmung. Typisch, wie gesagt, wenn der Fall nicht vorankam.

Elias bekam den Auftrag, sich um Steffis Vater zu kümmern. Hedda sagte, dass sie aber noch eine andere Idee habe, die sie lieber weiterverfolgen wolle als das mit Steffis Vater. Na schön, sagte Harm, dann müssten sie eben getrennt ermitteln.

Am Ende der Sitzung erklärte er noch, dass Olly Stress

mit dem Oberstaatsanwalt habe, weil sie nicht richtig vorankamen, und schon wegen Olly müssten sie jetzt Dampf machen. Sie nickten, denn ihre Staatsanwältin mochten sie alle gern.

Als die anderen schon hinausgegangen waren, wandte Harm sich an Elias. »Sag mal, ich habe gesehen, dass im Männerklo eine Zahnbürste und ein Rasierapparat rumliegen. Läuft was schief zwischen dir und Olly?«

»Nö«, sagte Elias.

Harm setzte sich auf die Tischkante, verschränkte die Arme über der Brust und schlug seinen väterlichen Ton an: »Nun red schon! Raus damit.«

»Es kann sein, dass sie mir immer noch die Sache mit King Kong übel nimmt.«

Harm seufzte.

»Ich habe schon daran gedacht, für King Kong ein paar Hennen zu besorgen. Wenn er anderweitig beschäftigt ist, dann ist er vielleicht nicht mehr so höllisch eifersüchtig auf mich – kann ja sein, dass die ganze Sache sich dann ein bisschen entkrampft.«

»Hennen!«, sagte Harm. Und dann: »Elias, Olly ist eine unkonventionelle Frau, aber nicht bescheuert. Überleg mal, ob da vielleicht noch etwas anderes schiefgelaufen ist. Irgendein Stress, der sie auf die Palme gebracht haben könnte. Manchmal ist das Offensichtliche ja nur der Auslöser, aber die Ursache steckt ganz woanders. Verstehst du, wie ich das meine?«

Jetzt war es an Elias zu nicken. Er dachte an Olly, wie sie mit dem durchsichtigen Pyjama in der Küche gestanden hatte. Wo sie doch sonst immer nur Baumwolle trug. Und wie sie ihm den Hintern entgegengereckt hatte …

»Jedenfalls musst du deinen Rasierapparat und die Zahnbürste wegräumen«, erklärte Harm energisch. »Dies hier ist keine Jugendherberge, sondern eine Polizeiinspektion.«

Na gut. Elias holte seine Hygieneartikel vom Klo und verstaute sie in der untersten Schreibtischschublade. War ja auch kein Umstand.

Dann machte er sich auf die Suche nach Steffis Vater. Zunächst einmal nahm er sich den polizeiinternen Computer vor, gab das aber nach einer Minute wieder auf und trug stattdessen Koort-Eike eine Notiz ins Büro. Er saß kaum wieder an seinem Schreibtisch, da kam der Kollege zu ihm und legte den Zettel auf seinen Tisch zurück, mit dem Kommentar versehen: *Ich kann nicht sehen, nur hören!*

»Ich brauche den Namen und die Adresse von Boris' Vater, falls der irgendwo registriert ist«, erklärte Elias.

»Aber gern doch!« Koort-Eike streckte die Finger zum Victory-Zeichen und machte sich an die Arbeit. Nach einer guten Stunde, in der Elias gegen die unerquickliche Vorstellung ankämpfte, dass auch eine sehr nette Familie gegen die Polizei zusammenhalten könnte, wenn nämlich beispielsweise ein kleiner Junge etwas wirklich Schreckliches angestellt hatte, kehrte er zurück.

»Boris' Vater ist nicht bekannt. Bärbel Coordes hat nach der Geburt seinen Namen nicht angeben wollen. Vielleicht hat sie ihn auch nicht gekannt. Jedenfalls konnte er offiziell nicht festgestellt werden.« Koort-Eike klopfte mit der Faust auf den Tisch und machte sich wieder davon.

Gut, dann war jetzt akribisches Klinkenputzen angesagt.

Ganz so schlimm war das nicht, denn die Sonne schien, und es herrschte Frühlingsstimmung, hervorgerufen durch Vogelzwitschern und Güllegeruch. Da machte es fast Freude, die Neermoorer Haushalte abzuklappern. Elias klopfte und klingelte und zeigte bestimmt vierzig- oder fünfzigmal seinen Polizeiausweis vor. Da das Wetter die Menschen zum Plaudern verleitete, bekam er auch allerhand zu hören. Er notierte gewissenhaft:

a) Die Familie Coordes ist nett und immer hilfsbereit, vor allem Gitta. Von einem Hartmut weiß man nichts.

b) Die Familie Coordes ist ein bisschen komisch, Gitta besonders, an die kommt man gar nicht ran. Hartmut? Nie gehört.

c) Stimmt es, dass Bärbel verschwunden ist? Aber der Hartmut hätte sich bestimmt nicht mit ihr eingelassen ... Ach, es geht gar nicht um den Bohlen-Hartmut?

d) Boris? Den hat Bärbel sich von einem Touristen andrehen lassen, aber die machen ja sowieso alle, was sie wollen ... Was für ein Hartmut?

»Was für ein Hartmut?«, fragte auch der ältere Herr, der sich ein Trimmrad in den Garten gestellt hatte und während der Befragung strampelte, als ginge es ums gelbe Trikot.

»Warum fahren Sie bei diesem schönen Wetter nicht mit einem richtigen Fahrrad?«, wunderte sich Elias.

»Zu ungenau für Streckenvergleiche«, erklärte ihm der Mann. Er erinnerte an Helmut Kohl, vor allem vom Bauch und der Statur her. Sein Name war Horst-Berthold Klaasen, und weil er merkte, dass Elias sich tatsächlich für sein Trimmrad interessierte, stieg er vom Sattel und zeigte ihm ein ziehharmonikaartig gefaltetes Blatt im DIN-A2-Format, auf dem er eingetragen hatte, an welchem Tag bei welcher Temperatur er seine genormte Strecke mit welcher Geschwindigkeit gefahren war. Darunter Blutdruck und Ruhe- und Belastungspuls, farblich abgesetzt. Alles sehr interessant.

Man konnte sehen, dass er sich gesteigert hatte. »Hartmut…
Hartmut…?«, murmelte er.

Seine Frau trug eine Kanne Tee in den Garten. Es war
mittlerweile gegen halb fünf und immer noch schön sonnig.
»So schmeckt der Tee am besten«, erklärte sie mit einem zufriedenen Blick zum Himmel und schaute Elias so lange auf
den Mund, bis er einen Schluck nahm und das Gebräu he-
runterwürgte.

»Lecker«, sagte er. Und ergänzte, weil sie immer noch lauerte: »Irgendwie abgerundet… blumig… rassig… Lecker,
ja.« Er sah sich verstohlen nach einem Katzennapf oder
einem Terrassenentwässerungsgraben um, aber die Klaasen
behielt ihn streng im Auge. Da trank er auch den Rest noch
aus. »Lecker!«

»Hartmut?«, murmelte Klaasen, der sich eine Zigarette angezündet hatte. »Ich weiß nicht…« Er tat sein Bestes, konnte sich aber partout an keinen Hartmut erinnern, der den
Weg von Bärbel gekreuzt haben könnte. »Weißt du, wer der
Vater von Steffi Coordes war?«, fragte er seine Frau, die gerade nachsah, ob sich in der Teekanne noch genügend Nach-
schub befand.

»Der Russe«, erwiderte sie prompt.

Klaasen seufzte wie ein Mensch, der mit seiner Frau schon
viel ausgestanden hat. »Ich erinnere mich, Gerda, du meinst
den, der bei Klotterkamps während der Kirschernte ausgeholfen hat. Aber das war ein *Pole*. Verstehst du? Nicht jeder, der aus dem Osten kommt, ist deshalb gleich ein Russe.
Da gibt es viele Völker. Und außerdem…«

»Ich weiß, was der Unterschied zwischen einem Polen und
einem Russen ist. Ich bin doch nicht bekloppt«, unterbrach
Gerda ihn fünsch.

191

»Natürlich nicht, aber der Pole …«

»Obwohl sie ja im Grunde alle gleich sind. Das ist doch nur willkürlich, also politisch, wo im Osten die Grenzen verlaufen«, meinte Gerda zu Elias.

»Keineswegs«, widersprach Klaasen. »Es mag da, historisch gesehen, Verwerfungen gegeben haben, aber blutsmäßig …«

Elias, der merkte, dass er unversehens in ein eheliches Minenfeld geraten war, stand auf, um sich zu verdrücken.

»Warten Sie, ich bringe Sie zur Tür«, rief Gerda und folgte ihm in die Diele. Sie klaubte einen Fussel von seinem Ärmel und legte ihn sorgsam zur späteren Entfernung auf einer Kommode ab. »Ich hab das übrigens eben durcheinandergebracht. Man muss ja korrekt sein bei der Polizei. Der Russe also – es war nämlich wirklich ein Russe – das war der Vater von Boris. Deshalb hat der Kleine auch diesen komischen Namen bekommen. Der Vater von Steffi war ein Vertreter. So ein schleimiger Kerl, der hier in Neermoor über die Höfe ging, um den Leuten irgendwelches Biofutter anzudrehen. Bei meiner Schwiegermutter ist der auch gewesen. Unangenehm!, hat sie gesagt. So was von aufdringlich. Und dann ist er rüber zu den Coordes', und meine Schwiegermutter hat Bärbel in den nächsten Tagen mit ihm auf der Wiese liegen sehen. Wie ein verliebtes Pärchen, hat sie gesagt, obwohl Bärbel doch nun eindeutig bekloppt ist, und da darf man das ja gar nicht.«

»Biofutter?«, vergewisserte sich Elias.

»Halt ich nichts von. Ist doch nur wieder eine neue Art, wie die EU uns das Geld aus den Knochen dreht. Kein Wunder, wo die Grünen überall an der Macht sind.«

»Steffis Vater war also ein Vertreter für Biofutter?«

Und er heißt Hartmut, jubilierte Elias in Gedanken, als er in seinen Twingo stieg. Er hatte also recht behalten mit seinem Instinkt. Mann, endlich kamen sie voran!

Genau das sagte er auch zu Olly, die er noch vor Harm aufsuchte, obwohl das nicht kollegial war, aber er freute sich eben so. Blumen brachte er ihr auch mit.

Olly saß in ihrem Auricher Büro. Durch die beiden offenen Fenster drang der Lärm des Feierabendverkehrs. Brütend stand sie davor und stellte sich die Fragen, die sie alle beschäftigten: Wer hat was getan? Und warum? Und überhaupt.

»Biofutter«, sagte Elias, nachdem er die Tür geschlossen hatte. »Und der Kerl, der das Zeug vertickt hat, heißt Hartmut.«

Olly drehte sich zu ihm um und fixierte ihn. »Ich komm da jetzt nur ansatzweise mit. Reden wir von Drogen, oder was?«

Also begann er zu erzählen. Dass er bei den Klaasens gewesen war und von Gerda erfahren hatte, dass Steffis Vater ein Biofuttermittellieferant sei. Und dass Bärbels Patentante, Frau Sommer, gesagt hatte, dass Steffis Vater Hartmut heiße. Und der Galgenvogel, mit dem Gitta zu Ostern rumgeschwirrt war, trug den Namen Hartmut Galgenvogel und verdiente seinen Lebensunterhalt mit Biofuttermitteln. »Peng!«

Olly setzte sich an ihren Schreibtisch und runzelte die Stirn. Sie begann Figuren auf einen Block zu kritzeln. Es herrschte Schweigen im Raum. Ihr nettes Pferdegesicht zeigte keinerlei Regung. Staatsanwältische Abneigung gegen zu viel Euphorie, bevor die Sache sicher war. Völlig verständlich. Schließlich sagte sie: »Elias, vielleicht hast du doch diesen bescheuerten Profilerinstinkt, von dem sie immer reden.« In ihr Gesicht trat ein Leuchten. Dann machten sie sich gemeinsam auf den Weg zur PI.

Die Blumen drückte sie einer Dame in die Hände, die im Flur auf einem Uraltgerät Kopien zog.

»Und wie sollen wir das nun konkret einordnen?«, fragte Harm, als sie eine halbe Stunde später in seinem Büro saßen.

Olly brachte seine skeptische Miene in Wallung. »Gitta Coordes macht mit dem Kerl rum, der früher mit ihrer Schwester Bärbel zusammen war und sie geschwängert hat und der der Vater von Steffi ist. Mann, tu doch nicht so, als wäre das egal«, fauchte sie ihn an. »Die Täter sind bei solchen Verbrechen fast immer in der Familie zu finden. Darüber gibt's Statistiken. Schon gar, wenn zwei Familienmitglieder nacheinander Opfer werden.«

»Trotzdem reden wir erst mal nur über Gerüchte.«

»Dann machen wir eben 'nen DNA-Abgleich.«

»Und wenn wir den haben, und der Galgenvogel ist wirklich der Vater von Steffi ... Habt ihr irgendeine Erklärung, wie sich alles abgespielt haben könnte? Schiet ok – ich krieg Kopfschmerzen davon. Warum führen die Leute kein geordnetes Leben?«, stöhnte er.

»Man kann sich das ja so denken«, schlug Elias vor. »Gitta Coordes lernt über das Internetforum den Galgenvogel kennen. Sie verliebt sich Hals über Kopf in ihn, wegen einer ähnlichen Leidenschaft in Sachen Bio und so. Sie fährt zu ihm – und stellt fest, dass Hartmut Galgenvogel identisch mit dem Kerl ist, der früher um ihre Schwester rumgeschwirrt ist.«

»Warum sieht sie das nicht schon vorher auf einem der Fotos, die diese Leute immer in die Foren setzen?«, wollte Harm wissen.

»Weil Menschen sich auf Fotos nicht ähneln. Und bei Partnerschaftsbörsen sieht ja ohnehin jeder aus wie der Klon von George Clooney.«

»Sie fährt also zu ihm«, spann Olly den Faden weiter, »und dann erkennt sie ihn ...«

»Und bringt den Mistkerl um? Falsche Leiche, Olly«, kommentierte Harm ironisch.

Da saßen sie wieder fest. Wenn doch nur der Galgenvogel tot wäre und Steffi munter in ihrem Rollstuhl auf dem coordesschen Hof rumdüsen würde, dachte Elias. Ihm fiel auf, wie parteiisch er war, und zwar immer in Richtung der coordesschen Familie. Da musste er sich hüten. Denn Olly hatte natürlich recht: Nach der Statistik würde der Täter – wobei sie noch immer nicht wussten, welches Verbrechen überhaupt begangen worden war – aus dem Kreis der Familie stammen.

»Gitta bringt den Galgenvogel also *nicht* um, aber sie ist wütend und ...« Olly kam auch nicht weiter.

»... und sie fährt nach Neermoor zurück, heimlich und mitten in der Nacht, nach dem Besuch im *Eisen*«, sagte Elias. »Sie will mit ihrer Schwester sprechen, Bärbel schläft aber, und da geht sie in Steffis Zimmer ...«

»... und schafft sie fort, weil sie es einfach nicht erträgt, das Gesicht des Galgenvogels, der sie so bitter enttäuscht hat, täglich in Steffis Zügen wiederzuerkennen. Hat vielleicht jemand eine noch idiotischere Idee?«, fragte Harm spöttisch.

Nee, hatten sie nicht. Aber auf den DNA-Abgleich bestand Olly trotzdem, und Elias erhielt den Auftrag, am nächsten Morgen pünktlich zur Schicht anzutreten, weil Harm gemeinsam mit ihm Gitta Coordes mal richtig in die Mangel nehmen wollte.

»Mensch, was machst du denn da?«, fragte Harm, als er Stunden später das Licht in sämtlichen Büros löschte und dabei Elias auf dem Fußboden zwischen den beiden Schreibtischen und den Fenstern entdeckte.

Elias erwachte aus Träumen, in denen Olly und ihr durchsichtiger Pyjama eine ebenso zentrale Rolle gespielt hatten wie er selbst. Es war ihm einigermaßen peinlich, vor allem, weil er Schwierigkeiten hatte, seine Decke so rasch über den Körperteil zu ziehen, der sich als Actionheld des Traums hervorgetan hatte. In seinem eigenen Büro war das Licht natürlich ausgeschaltet gewesen, keine Ahnung, wieso Harm seine Nase reinsteckte. Aber nun machte er die Festbeleuchtung an und ließ sich auf Heddas Schreibtischstuhl plumpsen.

»Das geht so nicht, Elias«, stöhnte er. »Wir sind kein Campingplatz. Du musst das einsehen.«

Elias rappelte sich auf. In Hannover hatte er oft in seinem Dachgeschossbüro übernachtet. Er vermisste es schmerzlich. Nicht einmal die Putzfrauen hatten ihn dort gestört. Ein eigenes Reich, in dem er handeln konnte, wie er wollte. Ein Stück Freiheit. Er schob sich und seinen kleinen Helden, dessen Übermut glücklicherweise bereits erschlaffte, traurig hinter den Schreibtisch.

Harm machte ein strenges Gesicht. »Ich schätze deine Arbeit, ehrlich«, begann er.

Elias' Mut sank. Niemand betont, dass er es ehrlich meint, wenn er es ehrlich meint. Offenbar war bei Harm eine Grenze erreicht. Sie schwiegen einander an. Harm lenkte den Blick zum Fenster. Es war tiefste Nacht. Die Stimmung ähnelte der beim letzten Gespräch mit Brotmeier.

Elias fasste sich ein Herz. »Es läuft nicht gut?«

»Na ja …«

»Hedda würde das Büro gern mit jemand anderem teilen?«

»Quatsch, so auch wieder nicht.«

»Ich bin kein Gruppenmensch«, gestand Elias ein, was offensichtlich war.

»Ach was.« Harm seufzte. »Du kannst nur hier nicht übernachten. Wenn du so weitermachst, landest du noch auf den Inseln.«

In Elias' Phantasie blitzte ein Eiland auf, Robinson-Crusoe-Ambiente, viel Sand, wenig Bäume, schroffer Fels, einige Affen und Touristen und mitten auf dem Strand ein Plastikklappstuhl und eine Fahne mit der Aufschrift *POLIZEI*. Er seufzte ebenfalls. »Ich suche mir ein Zimmer.«

»Heute Nacht findest du aber keins mehr.«

Am Ende luden sie Elias' Reisetasche in Harms Auto und fuhren nach Greetsiel an die Küste, wo Harm wohnte. Elias erfuhr, dass sein Chef aus einer Fischerfamilie stammte. Krabbenfischer. Sein Vater war einer, sein Großvater ebenfalls und sein Urgroßvater, als er noch lebte … na ja. Ging bis auf Störtebeker zurück, angeblich. Schöne, traditionsreiche Geschichte. Aber ziemlich öde, wenn man sich nichts aus Krabben machte. So hatte Harm sich beizeiten losgesagt und bei der Polizei angefangen.

Imogen, seine Lebensgefährtin, stammte ebenfalls aus Greetsiel und war das Beste, was ihm in seinem Leben widerfahren war. Sie wollten heiraten, irgendwann. Kinder hatten sie schon, weil Imogen zwei mit in die Beziehung gebracht hatte. »Letztes Jahr habe ich mit meinen Cousins zusammen für uns ein kleines Häuschen gebaut – kriegt man alles hin, so ein geregeltes privates Glück, wenn man nur zupackt und auf Linie bleibt«, erklärte Harm, während draußen Bauerngehöfte vorbeitrieben wie Schiffe auf dem einsamen Ozean.

»Frauen sind gar nicht so kompliziert, wie man denkt, Elias. Nimm zum Beispiel unsere Staatsanwältin, Olly. Die will einfach immer geradeheraus wissen, was Sache ist. Also muss man offen mit ihr sein. Und sie mag es nicht, wenn Menschen sich nicht festlegen. Sie mag es schon gar nicht, wenn man ihre Gefühle nicht ernst nimmt, kapierst du?«

»Sie hatte einen durchsichtigen Pyjama an«, sagte Elias.

Harm nickte. »Das meine ich. Olly scheint was an dir gefunden zu haben. Nun will sie mehr. Und da ist der Punkt, an dem du noch mal nachhaken müsstest. In dir selbst, meine ich. Du musst deine eigenen Gefühle erforschen.«

Elias nickte. Er fühlte sich mit einem Mal seltsam beschwingt. Es tat gut, sich mit jemandem auszusprechen. Gruppe, dachte er, und das Wort bekam plötzlich einen anderen Klang. Er und Harm. Zwei Kameraden, die einander verstanden.

Sie schwiegen, bis sie Greetsiel erreichten. Es war ein netter, kleiner Ort mit einigen Mühlen, einem Bootsverleih, der obligatorisch schiefen Kirche, Souvenirläden und einem Hafen mit etlichen Kuttern, deren Masten in den blauschwarzen Himmel stießen. Zwei davon gehörten Harms Familie. Auf der anderen Seite des Hafenbeckens dümpelten die kleinen Jachten. Harm steuerte auf eine davon zu. Sie hieß *Sünnerklaas*, was Nikolaus bedeutete.

Harm stieg mit Elias, der seine Reisetasche schleppte, hinunter in die Kajüte. Unten gab es zwei Betten, eines rechts vom Gang, das mit zerknüddeltem Bettzeug belegt war, und eines links. Harm klappte es aus.

»Man liegt gut drauf«, sagte er und reichte Elias aus einem eingebauten Schränkchen eine Wolldecke und ein herzförmiges Samtkissen. Elias pellte sich aus der Jeans, stieg in seinen Schlafanzug und streckte sich auf dem Klappbett aus. Sehr bequem, vielleicht ein bisschen schmal, aber… nee, konnte man gut aushalten.

Harm hatte es sich ebenfalls gemütlich gemacht. Er löschte das Licht. Sie starrten beide ins Dunkel. Das Boot schaukelte sacht. »Wie ich schon sagte«, murmelte Harm, »es ist gar nicht schwer, sich in einer Zweisamkeit einzurichten. Guter Wille, ein bisschen Einfühlungsvermögen, eine Idee davon, wie alles sein sollte… Aber das heißt natürlich nicht, dass es keine Schwierigkeiten gibt. So spielt das Leben nicht. Sogar in einer erstklassigen Beziehung stürmt es mal.«

»Klar«, sagte Elias. Wenn es anders wäre, dann würde Harm wahrscheinlich nicht auf einer siebzig Zentimeter breiten Pritsche schlafen, während ganz in der Nähe das Haus stand, das er mit seinen Cousins errichtet hatte.

»Aber nächste Woche suchst du dir wirklich was Eigenes.«

»Mach ich«, versprach Elias.

13

Gitta machte es ihnen nicht gerade leicht. Sie hatte Sonja Lindenberg, einer Journalistin, sozusagen in den Laptop diktiert, wie man die Arbeit der Polizei einzuschätzen habe. Und am nächsten Morgen konnte man in der Zeitung lesen, dass in der PI Leer offenbar lauter Idioten rumschwirrten, die von nichts keine Ahnung hatten. Gitta fand, dass endlich mal jemand die Wiefelsteder Biogasanlage überprüfen müsse – was auch gerade geschah, nur dass jetzt der schöne Presseeffekt wegfiel – und dass es ungeheuerlich sei, wie gleichgültig mit dem Verschwinden zweier Personen umgegangen werde, nur weil sie intellektuell nicht in die gewünschte Norm passten.

Sonja Lindenberg hatte das hilfsbereit in feinstes Journalistendeutsch übersetzt, mit einer fetten Schlagzeile: *Behinderte – eine Last der Gesellschaft?* Da war die Laune in der PI schon mal auf dem Tiefpunkt.

Dann nervte auch noch Ulf, der mit seiner Partei »Wir für Ostfriesland« dauertelefonierte, um herauszufinden, ob man gegen diesen volksverhetzenden Artikel nichts unternehmen könne, denn es würden ja immer die unterbezahlten Ordnungshüter fertiggemacht, wenn die Arbeit sich als schwierig erwies. Und von denen gebe es zu wenige, um effektiv arbeiten zu können. Könne man das bitte auch mal erwähnen?

Als hätte das noch nicht gereicht, beleidigte Olly den Oberstaatsanwalt, was nur deshalb keine bösen Folgen hatte, weil sie ihn sowieso immerzu beleidigte und er sich daran gewöhnt hatte.

»Das hält man ja nicht aus«, sagte Harm, und sie waren

beide erleichtert, gleich wieder ins Auto steigen zu können, um nach Neermoor zu fahren.

Gitta Coordes war natürlich nicht da. Wenn die Öffentlichkeit wüsste, dachte Elias, wie umtriebig der durchschnittliche Verdächtige ist, dann würden sie nicht ständig auf rasche Ermittlungsergebnisse pochen. Aber der Frühling tat immer noch, was er konnte, und so hatten sie wenigstens schönes Wetter, als sie zur Wohnung von Oma Inse gingen.

»Wo steckt eigentlich Boris?«, wollte Harm wissen, weil er als Chef ja immer die Kosten im Blick haben musste, und nun waren sie schon hier, und der Aspekt Boris war noch nicht erschöpfend behandelt worden.

»Stromert er?«, fragte Elias.

Nein, erklärte ihnen Oma Inse. Boris ließ seinen Drachen steigen. Hinten auf der Wiese. Als sie nachsahen, entdeckten sie, dass er dabei Gesellschaft hatte. Franz Büttner von nebenan hatte sich zu dem Jungen gesellt und zeigte ihm Kniffe, wie man den Drachen bis in die Wolken bekam.

»Ich hol ein Flugzeug runter«, erklärte Boris Elias mit roten Wangen. »Das geht. Wenn so ein Drachen beim Flugzeug in den Propeller reinfliegt ...«

»Und was ist mit den ganzen armen Passagieren?«, wollte Franz wissen. Er musste wohl fragen, schließlich war er Erzieher.

»Im Flugzeug sind keine Passagiere«, klärte Boris ihn auf. »Nur chinesische Spione und Verbrecher. Der Pilot ist auch ein Verbrecher. Ein chinesischer Verbrecher.«

Gut. Damit konnte auch Franz leben.

»Jetzt hol das Ding aber runter. Wir müssen uns unterhalten«, sagte Harm, und dieses Mal gab es für Boris kein

Entrinnen. Mit der Oma hatten sie auch einen Erziehungsberechtigten an Bord, und so legte Harm los, sobald sie wieder in Oma Inses Küche waren.

»Was Sören angeht, euren Nachbarn, der angeblich die Schubkarre mit Steffi über den Hof geschoben hat – da hast du gelogen.«

»Nicht gelogen, ich habe mich geirrt«, stellte Boris klar und hob seine lichten, blauen Kinderaugen zur Oma, die ihm lächelnd über den Kopf strich.

Harm nahm die Haarspalterei vorerst hin. »Dann erzähl mal genau. Woran erinnerst du dich wirklich?«

Boris kaute auf der Lippe. So was kannte Elias. Nun sag mal, wie lange du *wirklich* geübt hast, hatte seine Mutter gern gefragt, wenn er aus dem Musikzimmer in sein Kinderzimmer schlüpfen wollte. Da war ihm nie etwas Glaubwürdiges eingefallen, und wenn einem nichts einfällt, kaut man auf der Lippe, klar. »Hab ich doch schon alles gesagt«, brachte Boris schließlich heraus.

»Dann wiederhol's noch mal«, befahl Harm.

Boris legte los. Er habe gelesen.

»Was?«

»*Die drei Fragezeichen und der verschollene Pilot*«, rutschte es Elias raus, als Boris wieder nur Lippe kaute. »Erzähl mal was vom Inhalt«, fuhr er fort, obwohl er vergessen hatte, das Buch zu lesen. Boris gab eine verwirrende Zusammenfassung, in der von einem Pick-up die Rede war, von einem Hotel und von einem gruseligen Wrack in waberndem Nebel.

»Schön, schön«, unterbrach ihn Harm. »Was hast du gesehen, als du aus deinem Fenster geschaut hast?«

»Sören, wie er jemanden mit der Schubkarre weggebracht hat.«

Harm setzte ein drohendes Gesicht auf. »Sören van Doom war aber gar nicht da in dieser Nacht. Der hat tote Tiere in seine Biogasanlage gefahren.«

»Echt?«

»Echt«, sagte Harm.

Wieder zeigte sich, dass Boris was im Köpfchen hatte. Er überlegte, wie er alles zusammenbringen könne, und erklärte dann: »Ich habe jemanden gesehen, der so *ausgesehen* hat, als sei es Sören, auch wenn es nicht Sören gewesen ist.«

»Irgendeine Person«, half Oma Inse aus.

»Die ihn von der Statur her aber an Sören erinnert hat«, soufflierte Elias.

»Verdammt«, sagte Harm.

Boris begann mit seinem Finger die Kringel auf der Wachstuchdecke nachzufahren. Man merkte, wie wenig ihm die Situation behagte. Elias wollte gerade etwas Weiteres zu seinen Gunsten sagen, als er jemanden am Fenster vorbeihuschen sah. Einen Schatten vor der hellen Sonne. Ein buckliges Männlein, fuhr es ihm durch den Kopf. Der Schatten war aber sofort wieder weg, und wahrscheinlich hatte er ihn sich auch nur eingebildet. »War es vielleicht das bucklige Männlein, das du gesehen hast?«, fragte er.

Boris schüttelte den Kopf.

»Es ist vernünftiger, wenn wir uns an Gitta halten«, meinte Harm und stand auf.

»Das geht aber nicht. Die ist doch nach Bremen gefahren«, sagte Boris, und damit trug er am Ende doch noch seinen Teil zu ihrer Ermittlungstätigkeit bei.

»In einer verfänglichen Situation ertappen und mit der Wahrheit konfrontieren – so hab ich es am liebsten«, sagte Harm, als sie über die Autobahn Richtung Bremen düsten. Aber so rasch kamen sie dann doch nicht zum Galgenvogel, denn mittendrin rief die Staatsanwältin an und wollte wissen, wo sie gerade steckten.

»Lasst Gitta beiseite«, ordnete sie an, »und kommt rüber nach Wiefelstede. Zur Biogasanlage.« Sie legte auf, ohne ihnen die Möglichkeit zu geben, sich genauer zu erkundigen. So war sie ja, die Olly.

»Also hat Boris doch diesen Sören van Doom gesehen, in der Nacht, als Steffi verschwunden ist. Dieser Scheißkerl – der kam mir immer zu glatt vor«, fluchte Harm. »Der hat sich das Mädchen gekrallt und es in Wiefelstede abgeladen.« Er nahm mit kreischenden Bremsen die Abfahrt Hude, donnerte auf die Landstraße und hielt mit quietschenden Reifen am Fahrbahnrand, um das Navi einzustellen. »Aber er hat's nicht wegen des blöden Grundstücks getan, das glaub ich einfach nicht, sondern… keine Ahnung. Vielleicht ist der Kerl pervers. Oder die Kleine hat ihn beobachtet, wie er mit dem Tiermüll zugange war, und sie quäkt rum, dass sie das weitersagt, und er hat sie ruhigstellen wollen, und sie hat nicht gewollt, und… frag mir doch kein Loch in 'n Bauch!« Er tippte wild in die Tasten.

»Bitte fahren Sie geradeaus«, verlangte das Navi. Harm hatte sich eine Frauenstimme ausgesucht, die klang, als hieße ihre Besitzerin Chérise-Chimène und würde als Nebenerwerb im Softpornogewerbe synchronisieren, und so gehorchte er, typisch Mann, ganz automatisch.

»Warum hat Franz Büttner Sören denn dann ein Alibi gegeben?«, wandte Elias ein.

»Wissen wir, ob es wasserdicht ist? Haben wir Büttner nach jeder *Minute* dieser fraglichen Nacht…?«

»Bitte wenden, wenn möglich«, zwitscherte Chérise-Chi-mène.

Harm wollte gleich wieder in die Bremsen gehen, merkte aber zum Glück, dass hinter ihnen ein Lkw heranbrauste. Er sah sich hektisch um und meinte, während er auf einen Ackerweg auf der gegenüberliegenden Straßenseite zog: »Vielleicht hat Sören Steffi innerhalb von fünf Minuten um die Ecke gebracht. Und Büttner hat es überhaupt nicht bemerkt, weil er völlig darauf konzentriert war, die Tierabfäl-le…«

»Bitte wenden, wenn möglich«, insistierte Chérise-Chi-mène.

»Mach ich doch gerade!«

Das schien Chérise-Chimène zu besänftigen, denn sie hielt den Mund, während Harm mit durchdrehenden Rädern die satte, norddeutsche Ackererde durchpflügte. Einige Kühe hoben die Köpfe und starrten zu ihnen herüber. Ein Radfahrer auf einem Feldweg in der Nähe starrte ebenfalls. Harm schaffte es schließlich zurück auf die Landstraße.

»Fahren Sie bitte geradeaus.«

»Ja!« Harm kreiste mit den Schultern, um sich zu entspannen. »Büttner hat also die Abwesenheit von Sören gar nicht bemerkt, und Sören hat sich die Karre geschnappt und Steffi draufge…«

»Nehmen Sie bitte in sechshundert Metern die Auffahrt rechts auf die A 28.«

»… und Steffi draufgepackt, wobei sie die Jacke verloren hat, und dann hat er sie irgendwie nach Wiefelstede gebracht.«

Endlich hatte Harm die Autobahn erreicht und fädelte sich in den Verkehr ein. Er lauerte darauf, dass Chérise-Chimène ihm weitere ungebetene Ratschläge erteilte, aber glücklicherweise schwieg sie.

»Es wäre doch möglich, oder?«

»Kann sein«, stimmte Elias zu.

»Vielleicht ist dieser Büttner auch ein ganz Durchtriebener und steckt mit Sören unter einer Decke. Er hat doch schon angedeutet, dass er für Geld fast alles machen würde.«

»Möglich.«

»Und Sören hat ja auch schon versucht, seine Sekretärin zu einem falschen Alibi zu verleiten. Da erkennen wir ein periodisch wiederkehrendes Element im Täterverhalten.«

»Stimmt.«

»Ist dir doch geläufig aus deiner Tätigkeit als Fallanalytiker, oder?«

»Klar.«

»Mann, mich macht das immer so traurig, wenn eine Personensuche auf diese Weise endet. Gerade wenn es sich…«

»Fahren Sie bitte auf der Autobahn weiter«, stöhnte Chérise-Chimène lasziv.

»… wenn es sich um ein Kind…«

»Fahren Sie bitte weiter geradeaus.«

»Was wäre denn wohl die Alternative?«, brüllte Harm in Richtung Navi.

»Fahren Sie bitte noch zweihundertfünfzig Meter geradeaus.«

»Und dann? Lös ich mich in Luft auf?«

»Achten Sie bitte auf die Geschwindigkeit… Achten Sie bitte…« Am Straßenrand blitzte es grell auf – ein Starenkasten. »Achten Sie bitte auf die Geschwindig…«

Harm rammte seine Faust aufs Navi, und Chérise-Chimène starb eines raschen, splitternden Todes. »Wenn sich rausstellt, dass jemand tatsächlich umgebracht wurde, und dann ist es auch noch ein Kind – das macht mich komplett fertig«, gestand Harm, während Elias den Elektroschrott vom Fahrzeugboden sammelte.

Die Biogasanlage bestand aus einem großen und einem kleinem Fermenter, einer Halle, aus der es erbärmlich stank, einer weiteren Halle, durch deren Fenster man technische Geräte sehen konnte, und einem Wohnwagen, in dem übergangsweise der Mann lebte, der die Anlage beaufsichtigte, weil seine Wohnung durch einen Küchenbrand Schaden genommen hatte, wie er ihnen erklärte, während er sie zu Olly brachte.

Die Staatsanwältin sah aus wie ein ostfriesisches Unwetter. Ihr gefärbtes Haar leuchtete und wehte im Wind, ihr Gesicht drückte unnachgiebige Härte aus. Es fehlte nur noch, dass sie eine Knarre in der Hand hielt. »Du musst Beweisfotos machen«, verlangte sie von Harm.

»Was?«

»Weil dieser Dös… der Zeuge hier … weil der nicht kooperieren will und ständig auf der Lauer liegt, Sören van Doom anzurufen.«

»Sie hat mir mein Handy weggenommen«, beschwerte sich der Wohnwagenmann. »Dabei weiß ich gar nicht, wer sie überhaupt ist. Die anderen von der Mannschaft heute Vormittag sind in Polizeiwagen gekommen und haben Uniform getragen und sich anständig ausgewiesen, so wie sich das gehört. Aber *die* hier ist einfach reingeschneit und hat mir wie die Mafia das Handy …«

Harm zückte seine Polizeimarke, um die Geschichte abzukürzen. Der Mann beäugte sie. »Ich bin hier nur angestellt, um dafür zu sorgen, dass keiner was klaut«, baute er vor, für den Fall, dass man ihm ein Verbrechen anhängen wollte. Wobei er sich gar nicht vorstellen konnte, dass überhaupt eines verübt worden sein könnte. War doch alles nur Dreck, was hier angeliefert und zu Gas umgearbeitet wurde. Tote Tiere natürlich auch. Aber die Sache mit dem Tierschutz fand er sowieso übertrieben. Und wenn die Viecher eh schon tot waren…

»Nun kommt endlich, ich zeig's euch«, drängelte Olly. Sie machten sich auf zu der stinkenden Halle. Im Innern befand sich das Sammelbecken für die Bioabfälle, und dass man es nicht in die freie Natur gebaut hatte, leuchtete ein. Schon aus der Ferne hatte es ja bestialisch gestunken, aber der Geruch, der ihnen entgegenschlug, als sie die Tür öffneten, reichte aus, einen Menschen glatt in Ohnmacht fallen zu lassen.

»Macht Fotos. Und ich will eine schriftliche Aussage von euch, dass ihr das alles hier gesehen habt.«

Das alles hier war eine Art Schwimmbecken, in dem gelblich schimmernde Gülle mit Fleischabfällen und gärendem Grünzeug vermischt worden war und durch riesige Walzen bewegt wurde. Auch eine Schweinehälfte und ein paar tote Hühner trieben durch die Brühe. Es war schweißtreibend heiß. Harm machte ein paar Aufnahmen, dann flüchteten sie wieder ins Freie.

»Was haben die Kollegen von der Spurensicherung denn festgestellt?«, fragte Harm, der gegen einen Würgereiz kämpfte.

»Gar nichts. Die sind hergekommen, haben gesehen, dass sie hundert Jahre brauchen, um das hier zu durchforsten, und haben dann den Ippen angerufen. Ippen wiederum hat beim Oberstaatsanwalt durchgeklingelt, und der hat gesagt, dass sie auf einen so schwachen Verdacht hin nicht alles umkrempeln sollten, weil ja wahrscheinlich eh nichts dabei rauskommt, weil … hast du ja gesehen. Eine Anlage wie die hier ist perfekt, um ein Mordopfer verschwinden zu lassen. Von Steffi Coordes wäre gar nichts mehr übrig, wenn sie tatsächlich hier gelandet sein sollte. Scheiße! Ich hasse es, wenn sie so was sagen, über meinen Kopf weg, und auch noch recht haben.«

»Warum hast du uns denn dann hierher gerufen?«, fragte Harm verständnislos.

»Weil es mir auf den Geist geht – Sören und seine verdammte Rumlügerei. Weil ich den drankriegen will, auch wenn es nur um die Verwertung von Tierkadavern geht, was seuchentechnisch riskant und hier in Wiefelstede auch verboten ist. Hast du das mitgekriegt? Verboten! Dieser ganze Schietkram ist illegal!«

Harm wartete, bis der Wohnwagenmann in seinem Wohnwagen verschwunden war, bevor er Olly erklärte, dass sie ihm ebenfalls auf die Nerven gehe. Aber da er die Fotos nun schon mal gemacht hatte und weil sie wusste, dass er ihr auch helfen würde, alles für die Einleitung eines Verfahrens zusammenzukriegen, kümmerte sie das nicht weiter.

Gitta Coordes bekamen sie dann trotz des Zeitverlustes noch zu fassen. Sie lag mit dem Galgenvogel im Bett, weil sie sich ihr Leben nicht schon wieder von ihrer schwierigen Familie kaputt machen lassen wollte, und hatte alle Mühe, sich in den wenigen Minuten, in denen ihr Schatz mit der Polizei palaverte, in einen reputierlichen Zustand zu versetzen. Dann stand sie vor ihnen, in engen Röhrenjeans, mit einem Strickpullover und ohne BH.

Beim Verhör notierte sich Elias folgende Aussagen:

a) Der Galgenvogel hat keine Ahnung, dass Bärbel Coordes (O-Ton: »Wer ist das überhaupt?«) mit Gitta in einer verwandtschaftlichen Beziehung steht.

b) Gitta weiß, dass der Galgenvogel was mit Bärbel gehabt hat und der Vater von Steffi ist, besteht aber darauf, dass das keine Rolle spiele, weil er von ihrer Schwester verführt worden sei.

c) Der Galgenvogel besteht darauf, dass man ihn überhaupt nicht verführen könne.

d) Gitta will wissen, was ihr Privatleben mit dem Verschwinden ihrer Nichte und ihrer Schwester zu tun habe.

e) Der Galgenvogel will klarstellen, dass er niemals mit einer Behinderten Sex gehabt habe, und wenn doch, dass er darauf achten würde, dass verhütet wird, und wenn das nicht geschehen sei, er trotzdem keine Alimente zahlen würde, weil er das nämlich gar nicht einsehe.

An diesem Punkt begann Gitta zu heulen und wollte nach Hause. Da sie offensichtlich außerstande war, selbst zu fahren, übernahm Elias ihr Auto. Auf der Heimfahrt erfuhr er noch, dass Gitta niemals wieder einem Mann trauen würde. Sie sei dazu verdammt, ein unglückliches Leben zu führen, sagte sie, weil das Schicksal einfach nicht gerecht sei, und sie wünsche sich, sie hätte dem Galgenvogel, als sich die Möglichkeit bot, die Eier zu Brei gematscht. Keine Alimente, was für ein Arsch!

»Sex wird sowieso überschätzt, ist doch alles nur anstrengende Fummelei, und außerdem stinken Männer. Gut, dass ich es hinter mir hab«, sagte sie noch, als Elias aus dem Auto stieg und ihr die Schlüssel zurückgab. Dieses Letzte notierte er nicht mehr. Er war schon ganz erschöpft von Gittas Seelenzustand.

Und da stand er nun und begriff, während er sich nach seinem Auto umsah, dass sein fahrbarer Untersatz in Leer stand. Er überschlug, wie lange man wohl von Neermoor nach Leer zu Fuß laufen müsse, und beschloss, sich den Marsch, auch zwecks Gedankenklärung, zuzutrauen.

Auf dem Weg zur Straße kam er an Oma Inses Küchenfenster vorbei, und da fiel ihm wieder der Schatten ein, den er möglicherweise gesehen hatte, als er Boris verhörte. Er blieb vor dem Fenster stehen. Drinnen füllte Oma Inse zusammen mit ihrem Enkel Kuchenteig in Papierförmchen. Ein schönes, harmonisches Bild. Man merkte, dass sich die beiden mochten und das Geklecker genossen. In Zeiten, in denen Katzen und Hühner an eine Stallwand genagelt werden, dachte Elias, ist es ja auch wichtig, dass man zusammenhält und einander beweist, dass das Leben im Großen und Ganzen etwas Wunderbares ist.

Er duckte sich unter dem Fenster und verdrehte dabei den Hals, um herauszufinden, wie tief sich jemand von seiner Statur bücken musste, damit man drinnen seinen Kopf und seine Brust als Schattenriss wahrnahm. Boris hätte für diesen Effekt kerzengerade am Fenster vorbeilaufen können. Elias hingegen musste gehörig die Knie einfahren.

In diesem Moment entdeckte ihn Oma Inse, und er winkte ihr zu. Wenn er sich nur ein bisschen krumm machte, gerade so, dass er sich noch wohlfühlte, dann war er von der Küche aus bis zur Taille sichtbar. Er nahm deshalb an, dass die Person, die er glaubte gesehen zu haben, ungefähr einen Kopf kleiner war als er selbst.

Oma Inse öffnete das Fenster. »Was machen Sie denn da?«, fragte sie neugierig.

»Ermittlungsarbeit.«

Sie nickte und schloss das Fenster wieder. Er pochte dagegen, und sie öffnete erneut.

»Noch nichts von Bärbel gehört?«, fragte er.

»Rein gar nichts«, sagte Oma Inse. Plötzlich stand ihr wieder die Sorge ins Gesicht geschrieben, und Elias ärgerte sich, dass er sie an das Unglück erinnert hatte, wo sie es doch beim Kuchenbacken gerade vergessen hatte.

Es hatte keinen Sinn, länger zu bleiben. Er wollte sich nur noch einmal in Bärbels Wohnung umsehen. Die Kollegen hatten zwar schon alles auf den Kopf gestellt, aber man konnte nie wissen. Also ging er ins Haupthaus, dessen Tür sonderbarerweise immer noch unverschlossen war, obwohl schon zwei Bewohner verschwunden waren. Von oben hörte er eine Frauenstimme Kommandos geben. »Eins-und-hoch-und-zwei-und-fertig… Eins-und-hoch-und-zwei- …« Gitta trainierte ihren Galgenvogelfrust wohl mithilfe einer Sport-DVD ab.

In Bärbels Stube herrschte Dämmerlicht, weil die Jalousien halb heruntergelassen waren. Der Fernseher lief. Vielleicht dachte Oma Inse, wenn sie ihrer Tochter das Nest warmhielt, würde sie sich wieder einfinden.

Elias ging weiter in Boris' Zimmer. Er fand in einem Regal *Die drei Fragezeichen und der verschollene Pilot* und überzeugte sich mittels Klappentext und Querlesen, dass Boris über die Lektüre die Wahrheit gesagt hatte, was natürlich überhaupt nichts bedeutete.

In Bärbels Schlafzimmer herrschte Unordnung. Nicht die eines Menschen, der gerade beim Kofferpacken ist oder so, sondern das gemütvolle Chaos eines Lebenskünstlers. Solange man die Dinge wiederfindet: Warum seine Lebenszeit mit Aufräumen verschwenden? In dieser Art. Bärbel hatte offenbar ein Faible für den *Kleinen Prinzen* von Antoine de Saint-Exupéry, für Arztromane und für Telefonbücher. Sie hortete Süßigkeiten, aber nur solche, in denen Lakritz enthalten war, und hatte in einem Schreibheft für Schulanfänger in krakeligen Buchstaben notiert: *Mein Name ist Bärbel. Bärbel hat einen Hund. Der Hund heißt ...* Weiter war sie nicht gekommen. Wahrscheinlich hatte sie sich gedacht, dass sie Gitta ohnehin nicht überflügeln konnte, wenn es um Bleistift und Papier ging.

Elias überlegte, ob sie stolz auf ihren Sohn war, der von ihrer Familie ja als kleiner Schatz betrachtet wurde. Immerhin hatte sie ihn zur Welt gebracht. Ihr Fleisch und Blut. Und war sie auch auf Steffi stolz gewesen? Oder hatte sie in der Tochter einen kränkenden Nachweis gesehen, dass bei ihr halt doch immer nur alles Murks wurde? Man wusste es nicht. Er bückte sich nach dem Schreibheft, um es bis zum Ende durchzublättern, sicherheitshalber.

Und in diesem Moment wurde er niedergeschlagen.

Normalerweise kommen solche Sachen ja nur im Fernsehen vor. Man wundert sich dann über die Idioten, die arglos an Tatorten herumschnüffeln und sich überhaupt nicht vorstellen können, dass sie selbst irgendeiner Gefahr ausgesetzt sein könnten. »Ich hätte nicht im Traum daran gedacht«, sagte Elias später zu Hedda, die ihn mit Aspirin und Eisbeuteln versorgte. »Ich habe mich nur über das Geräusch hinter mir gewundert – und da knallte es auch schon.«

Hedda hatte ein mordsschlechtes Gewissen. Eigentlich bildeten sie und Elias ja ein Team, und wenn sie ihn begleitet hätte, wäre das Ganze vielleicht gar nicht passiert. Das war natürlich kompletter Quatsch, aber sie saß trotzdem im ersten Polizeiauto, das mit kreischenden Bremsen auf dem coordesschen Hof hielt, und stand der Notärztin im Weg, die Elias' Blutdruck messen wollte.

Oma Inse hielt eine Packung Hansaplast parat, für alle Fälle. Gitta rang die Hände. Und Boris flutschte zwischen den Erwachsenen durch und reichte Elias einen angenuckelten Teddybären. Die Gruppe hielt zusammen.

Natürlich war auch Harm an Ort und Stelle. Während er seiner Imogen am Telefon versicherte, dass er auf alle Fälle pünktlich zum Kino zu Hause sein würde – was völlig unmöglich war, es sei denn, sie wollten in die Drei-Uhr-Früh-vorstellung –, gestikulierte er wild mit den Händen, um Hedda klarzumachen, dass sie die Spurensicherung holen sollte. Wenn ein Kollege zu Schaden kam, setzte man natürlich sämtliche Hebel in Bewegung.

Aber Elias bremste ihn aus. Sie brauchten keine Spusi, um herauszufinden, wer ihn niedergeschlagen hatte. Er hatte Bärbel Coordes einwandfrei erkannt, als sie wegrannte.

»Warum tut sie so was? Warum greift Bärbel einen Beamten der Kriminalpolizei an?«, grübelte Harm, als er vor ihnen in seinem Büro stand, wo sich außer Hedda noch zwei Kollegen vom Betrugsdezernat und einer vom Polizeilichen Staatsschutz und außerdem die Putzfrau, die nachts immer sauber machte, versammelt hatten. Also alle, die noch im Gebäude waren. Nur die Kollegin unten in der Wache hatte ihr Glaskabäuschen nicht verlassen dürfen.

Es ging ihnen nahe, dass jemand aus den eigenen Reihen Opfer einer Gewalttat geworden war. Sie klopften Elias auf die Schulter, und die Putzfrau reichte Schokolinsen herum, was sie dankbar annahmen, weil sie sich alle erst mal beruhigen mussten.

»Warum tut Bärbel so was?«, wiederholte Harm.

Elias war das völlig klar, aber sein Schädel brummte zu sehr, als dass er der übermüdeten Kollegenschar seine Theorie hätte erläutern mögen. Viel wichtiger kam ihm auch die Frage vor, warum Bärbel den Hof überhaupt verlassen hatte. Dazu hatte er ebenfalls eine Idee, aber die machte ihn todtraurig, und so verschob er das Problem auf den nächsten Tag.

Sie schliefen wieder in Harms Boot. Vielmehr, Elias schlief, während Harm offenbar den Rest der Nacht mit Imogen telefonierte. Elias fand ihn morgens zusammengesunken auf der Bank der kleinen eingebauten Essecke, wo er mit dem Smartphone in der Hand lautstark schnarchte.

Im Büro ging es dann hektisch zu. Die Fahndung nach

Bärbel lief jetzt mit dem Zusatz *Täterin* und *Vorsicht, gefähr-
lich, bitte nicht ansprechen, sondern die nächste Polizeidienststelle
informieren oder über 110 anrufen.*

Dieses Getue war Elias unangenehm, schließlich ging es
nur um Bärbel Coordes, die ihn in ihrer Wohnung überrascht
und in einer Gefühlsaufwallung mit ihrer Blumenvase zu-
geschlagen hatte – denn so beurteilte er den Anschlag auf seine Person. Sie betrat ihre Wohnung, entdeckte einen fremden Kerl, der in ihren Sachen schnüffelte, und kriegte es mit
der Angst zu tun. Vielleicht hatte sie ihn auch erkannt und
instinktiv als Feind eingestuft, der ihr und ihrer Familie etwas
Böses wollte. Er fühlte sich ein bisschen schuldig.

Sonja Lindenberg, die Journalistin, rief an und wollte Material haben, um die Polizei in die Tonne klopfen zu können,
frei nach dem Motto: Jetzt wird das Opfer zur Täterin gemacht. Aber als Harm ihr auseinandersetzte, was geschehen
war, sah sie ein, dass die Fakten keinen ordentlichen Verriss
hergaben.

Elias stellte sich vor seine gelben Zettel. Er betrachtete das
Papier, auf dem stand: *Opa geistig noch fit?* und musste daran
denken, was Dr. van Breucheling ihm über Steffi erzählt hatte, die ohne ihr Rheumamittel leiden würde, wenn sie denn
noch lebte, woran sie sich ja alle klammerten. Und dann, wie
dumm es gewesen war, dass er den Arzt nicht näher nach
Opa Bartels geistigem Zustand ausgefragt hatte, als er schon
bei ihm gewesen war. Auf Bartels Karteikarte hatte ja leider
nicht allzu viel gestanden, und das wenige war auf Latei-
nisch gewesen, also komplett unverständlich, wenn man in
der Schule schon an Caesar gescheitert war.

Gedankenverloren zog er seinen Haftnotizblock aus der
Hosentasche. Er war schon fast aufgebraucht, aber einen

Zettel konnte er noch beschriften. Er notierte: *Dr. van Breu-cheling fragen, was Opa Bartel alles mitbekommt* und klebte ihn an Heddas große, rote Lederhandtasche.

Sie nahm das gelbe Papierchen ab, las es, warf es zerknüllt in eine Ecke und ging aus dem Zimmer. Na ja, wenn sie keine Lust hatte, sich darum zu kümmern, musste er es eben selbst tun. Aber erst einmal gab es noch etwas anderes zu erledigen.

»Willst du jetzt zu diesem Arzt?«, fragte Hedda, als er ihr auf dem Flur begegnete. Er schüttelte den Kopf. In Gedanken war er schon in Neermoor.

Während er im Auto an den glückskleegrünen Wiesen vorbeifuhr, Trecker überholte, Wallhecken passierte und für die Radler hielt, die planlos wie Lemminge die Straße überquerten, dachte er darüber nach, dass es gar nicht so schlecht war, aktiv in die Ermittlungen einzusteigen. In Hannover hatte er die Fälle ja nur theoretisch in seinem Dachgeschossbüro und unten bei den Teamsitzungen bearbeitet. Jetzt konnte er die Ermittlungen spontan selbst lenken – das hatte etwas. Man kriegte mehr mit und kam besser voran.

Gitta verkaufte auf einem Holztisch in ihrem Hof Eier und Blumen, aber die Kunden rannten ihr nicht gerade die Bude ein. Genau genommen saß sie einfach auf einem Schemel und las ein Buch. »Der Idiot ist es nicht wert gewesen – Sie haben völlig recht«, sagte sie und meinte natürlich den Galgenvogel.

Er stimmte ihr zu, obwohl er sich gar nicht entsinnen konnte, einen Kommentar zu seinen menschlichen Qualitäten abgegeben zu haben.

»Was für ein Zweitquartier?«, fragte sie, als er rauszukriegen versuchte, wohin Bärbel sich eventuell verkrochen haben könnte.

»Eine Wohnung irgendwo, die Ihrer Familie gehört, ein Ferienhaus, ein Wohnboot, ein Wohn*wagen* vielleicht…«, konkretisierte Elias.

»Nee«, sagte Gitta, »außerdem haben Ihre Kollegen das auch schon gefragt.«

Dann vielleicht ein Grundstück, das den Coordes' gehörte, das aber nie genutzt wurde?

Er schaute genau hin, und deshalb bemerkte er, wie Gitta stutzte. Es war eine Angelegenheit von wenigen Sekunden, dann schüttelte sie heftig den Kopf.

»Wo liegt denn dieses Grundstück?«, bohrte er nach.

»Es gibt keins. Und außerdem halten Sie mich von der Arbeit ab«, sagte Gitta und fing an, die Eier in den Pappbehältern umzusortieren.

Elias biss sich nicht fest, sondern ging hinüber zu Oma Inse, die im Garten arbeitete und für Opa Bartel das Fenster geöffnet hatte, damit er wieder Frühlingsluft atmen und mit ihr bei NDR 1 Entenraten spielen konnte.

»Ein Grundstück, auf dem Bärbel sich versteckt haben könnte?«, fragte Oma Inse erstaunt. »Nein, da ist rein gar nichts. Wir haben doch nur diesen Hof und natürlich die Äcker drum rum. Aber da sieht man doch, dass sie da nicht ist. Was macht denn Ihr Kopf?«

Er hämmerte. Aber das sagte er Oma Inse nicht, weil er wusste, wie sie sich die Untat ihrer Tochter zu Herzen nahm. Boris kam an und zeigte Elias eine Kröte, die er gefangen hatte, und dann brachte er ihn zu einem Bach, den er zum Teil eingezäunt und mit einem Netz abgedeckt hatte. Ein kleines Krötengefängnis.

»Nein, eine Krötenzuchtstation«, korrigierte Boris Elias. »Die leben dort sehr gern, weil sie dann sicher sind vor den Libellenlarven. Also nicht die Kröten, sondern ihre Kinder. Die sind erst Laich und dann Kaulquappen.«

Die Kröten quakten glücklich.

»Ein paar Kaulquappen sind auch schon geschlüpft.« Der Laich bestand aus langen, durchsichtigen Fäden, in denen sich schwarze Punkte befanden. Die Kaulquappen sahen aus wie Haselnüsse mit einem langen Schwanz hinten dran. Alles sehr interessant. Es tat Elias leid, dass er auf das Thema Bärbel zu sprechen kommen musste.

»Nein«, sagte Boris. »Wir haben kein Ferienhaus. Wir machen ja auch nie Ferien, außer hier. Und Tante Gitta sagt, das reicht, weil viele Leute eine Menge Geld ausgeben, damit sie auf einem Bauernhof Ferien machen können, und wir dürfen einfach die ganze Zeit hier leben.«

»Klar«, sagte Elias. »Glückspilz. Und hast du eine Ahnung, wo deine Mama wohl hingegangen sein mag?«

Boris schüttelte den Kopf, rührte mit dem Finger den Fischlaich um und machte ein Gesicht wie ein hartgesottener Verbrecher, der unschuldig wirken will. Elias suchte nach Formulierungen, um die Wahrheit aus ihm rauszukriegen, brachte es dann aber nicht über sich, ihn zu bedrängen. Bärbel war ja schließlich seine Mutter. Vielleicht hatte sie ihm bei der Einrichtung der Zuchtstation geholfen. Jedenfalls war es ausgeschlossen, ihn in die Klemme zu bringen.

Da war es doch besser, sich an die Klaasens zu halten, die gerade beide im Garten herumbuddelten, was offenbar alle Menschen in Ostfriesland machten, wenn sie nicht anderweitig beschäftigt waren. Gerda Klaasen lud ihn zu einem Tee ein, und Horst-Berthold zeigte ihm seinen Rhododendron, der einmal in Wiesmoor irgendeinen Preis gewonnen hatte, und außerdem den neuen gelgefütterten Sattel für sein Trimmrad. Dann kamen sie zum Punkt.

»Nee«, sagte Klaasen, »ein Ferienhaus hatten die Coordes' nie – früher gab's so was ja gar nicht für normale Leute, und später hatten die kein Geld.«

Schade. Es war eine so schöne Idee gewesen.

»Sie müssen sich das so vorstellen, hier auf dem Land«, erklärte Gerda. »Die jungen Leute gehen im Sommer schwimmen, fahren Boot und sind im Schützenverein. Und im Winter sind sie am Boßeln.«

»Was?«

Horst-Berthold erläuterte ihm den ostfriesischen Nationalsport, bei dem es offenbar darum ging, mannschaftsweise eine schwere Kugel über eine Landstraße zu stoßen. Die Kugel besaß für Männer einen Durchmesser von zwölf Zentimetern und wurde aus Pockholz hergestellt, die für Damen waren kleiner und... Diese Details interessierten Elias nun weniger. Sobald sich im Gespräch eine Lücke auftat, fragte er, was denn Bärbel in ihrer Freizeit getrieben habe.

»Die war ja immer zu Hause«, sagte Horst-Berthold. Aber da musste Gerda ihm widersprechen. Denn *eine* außerhäusliche Leidenschaft hatte auch Bärbel gehabt. Das Schlittschuhlaufen nämlich. Da war sie von klein auf bei gewesen. Über die Kanäle und drüben auf der überschwemmten Wiese hinter Neermoor. Sie hatten ja alle ihre Kinder hingekarrt, wenn es gefroren hatte, und Inse hatte Gitta und Bärbel auch hingefahren. Und da hatte sich gezeigt, dass Bärbel fabelhaft Pirouetten drehen konnte. Geradeaus war sie auch bestens geflitzt, erstaunlicherweise.

»Das Schlittschuhlaufen liegt uns hier in Ostfriesland im Blut«, sagte Gerda, »weil wir die Kanäle haben, und da kann man in kalten Wintern den ganzen Tag rumdüsen.«

»Auf den Seen kann man aber auch Schlittschuh laufen«, meinte Klaasen.

»Natürlich, aber nicht so schön wie über die Kanäle, wegen der ganzen Biegungen.«

»Aber Biegungen sind doch *Teil* des Schlittschuhvergnügens. Das sieht man doch bei den Eiskunstläufern, die sich ewig drehen und Kreise ziehen.«

»Quatsch. Beim Skilaufen hat man auch den Unterschied von Slalom und Langlauf. Und das Schlittschuhfahren über die Kanäle muss man mit dem Langlauf vergleichen, während der See…«

»Meinen allerbesten Dank auch für den Tee«, hauchte Elias und machte sich durch die Gartenpforte davon.

Es war inzwischen schon Nachmittag und Zeit für ein wenig Privatleben, was hieß: Er musste sich endlich eine eigene Wohnung besorgen. Also fuhr er nach Leer zurück und suchte erst einen Zeitungskiosk und dann eine Eisdiele auf, wo er die erworbene Zeitung bei einem Milchkaffee zu studieren begann.

Am liebsten wollte er eine Dachgeschosswohnung haben. Ein Balkon wäre auch nett. Da könnte er grillen, mit wem, müsse er noch überlegen. Schlafzimmer, Wohnzimmer… einer wie er brauchte eigentlich nicht viel. Nur keine Silberfische – damit hatte er ganz schlechte Erfahrungen gemacht.

Die Ausbeute war nicht groß, aber es gab was. Zwei Wohnungen befanden sich sogar direkt in Leer. Er faltete die

Anzeigenseite zufrieden zusammen und steckte sie in die Tasche.

Dann ging er hinüber ins Büro. Arthur hatte Dienst im Glaskasten. Er erkundigte sich nach Elias' Kopfschmerzen, und sie plauschten miteinander über die Gefahren, die vom weiblichen Teil der Bevölkerung ausgingen. Arthur lebte gerade in Scheidung, Elias dachte an seine Mutter. Sie hatten sich einiges zu sagen.

Oben im Büro wartete Hedda. Ihre Füße lagen auf dem Schubladenkasten des Schreibtisches, ihr gewaltiger Busen sprengte die Bluse, sie rauchte eine Zigarette.

»Na, du auch mal wieder hier?«, begrüßte sie Elias. »Der Doktor von den Coordes' sagt, dass man nicht wissen kann, was Bartel Coordes noch versteht, weil ein Schlaganfall individuelle Schäden anrichtet, sich also bei jedem anders äußert. Die Einzige, die vielleicht Genaueres weiß, ist Oma Inse, die ihn versorgt.«

»Das hilft nicht weiter«, meinte Elias, notierte die ärztliche Aussage aber trotzdem auf dem ersten gelben Zettel seines neuen Haftnotizblocks. Die Blumentöpfe, die Schreibtischlampe, die Rückseiten der Aktenordner und das Fenster, wo er seine Zettel untergebracht hatte, wirkten schon ziemlich gelb, was mit den Forsythien draußen vor dem Fenster harmonierte, aber leider auch ein Zeichen war, dass sie mit ihrem Fall nicht so rasch vorankamen, wie man es sich erhoffte.

»Und du?«, fragte Hedda.

»Bitte?«

»Womit hast du dir die Zeit vertrieben?«

»So mit diesem und jenem«, murmelte Elias und starrte geistesabwesend auf die Zettel.

»Redest wohl nicht gern drüber, hm? Hörst dir an, was andere sagen, aber bist selbst 'n Stiller.« Hedda wartete kurz, dann stand sie auf und ging hinaus.

Elias zuckte zusammen, als die Tür knallte. Er rieb seine Schläfe. Dann zog er das Smartphone aus der Tasche und begann zu telefonieren, und anschließend machte er sich auf den Weg nach Neermoor. Sein Schädel hörte nicht auf zu schmerzen, und obwohl er ein geduldiger Mensch war, begann ihn das allmählich zu nerven.

Die überschwemmte Wiese, auf der die ostfriesischen Kinder eisliefen, wenn das Wetter danach war, lag hinter Neermoor an einem Flüsschen. Jetzt blühte dort Wiesenschaumkraut, und das Gras wuchs knöchelhoch. Elias stapfte durch das Grün. Unter seinen Füßen gab die lockere Erde nach, seine Schuhe platschten im Matsch, in der Ferne rauschte die Autobahn. Er hielt auf eine kleine Holzhütte zu, in der im Winter wohl die Eintrittskarten für die Eisläufer verkauft wurden. Jetzt gab es nichts zu verkaufen, und das große Fenster war durch Läden versperrt.

Die Tür ließ sich aber problemlos öffnen, und als Elias in das von silbrig-schwebendem Staub durchzogene Zimmerchen sah, entdeckte er eine Isomatte, auf der ein Kopfkissen und eine Bettdecke lagen. Die Bezüge waren grün-blau kariert, so wie sie auch auf Oma Inses Leine hingen. Auf dem wackligen Tisch standen einige leere Mineralwasserflaschen. Daneben lagen Lakritztüten. Alles klar. Dies war der Ort, wohin Bärbel sich verkrochen hatte.

Sein hämmernder Schädel erinnerte ihn daran, sich umzudrehen, aber Bärbel lauerte nirgendwo. Mit der Hand an der Schläfe sammelte Elias Kassenbons auf und sah, dass der aktuellste von Aldi stammte und auf den neunundzwanzigsten April um neun Uhr achtunddreißig datiert war. Auf gestern also, *bevor* Bärbel ihm eins übergezogen hatte. Hatte sie danach nicht mehr in der Hütte bleiben wollen? Sich irgendwohin in die Ferne gerettet, wo sie sich vor der Polizei sicher fühlte? Aber hätte sie ihre vertraute Umgebung verlassen? Er hob das Kissen auf. Nein, dachte er. Wenn sie fort wäre, hätte sie in jedem Fall das Bettzeug mitgenommen. Bärbel würde hierher zurückkehren.

Er überlegte, ob er die Kollegen anrufen sollte, um die Hütte überwachen zu lassen, aber dann stellte er fest, dass er sein Smartphone im Büro vergessen hatte. Also kaufte er sich ein weiches Brötchen und eine Tüte Milch, machte es sich in seinem Auto bequem und wartete selbst.

Sie kam nicht, und nach einer durchwachten Nacht machte Elias sich mit verspannten Muskeln und einem immer noch pochenden Schädel auf den Weg zurück nach Leer. Olly saß auf seinem Schreibtischstuhl und unterhielt sich mit Hedda. Als er den Raum betrat, verstummten die beiden und sahen angelegentlich zum Fenster. Das konnte man nun deuten, wie man wollte.

Harm kam hinzu, und Elias erklärte, was er in der Hütte bei der Eislaufwiese gefunden habe. Olly meinte, dass karierte Bettwäsche und Süßigkeitentüten kein Beweis seien, und wenn man trotzdem davon ausgehe, dass Bärbel sich dorthin verkrochen habe, müsse man jemanden von der Spusi hinschicken, um DNA-Spuren zu sichern. »Vor allem aber wäre es schön, wenn du die Staatsanwaltschaft zeitnah über eventuelle Ermittlungserkenntnisse informieren könntest!«

»Genau«, bellte Harm. »Und schön wäre es außerdem,

224

wenn du mir Bescheid geben würdest, dass du nicht nach Hause kommst. Mann, du bist schon einmal ein Opfer der Verdächtigen gewesen, und… ich sitz da in meinem Boot und warte auf dich… Wofür soll ich mir denn *noch* die Nacht um die Ohren schlagen!«

»Tut mir leid«, sagte Elias.

»Ich bekomme Kopfschmerzen, wenn ich meinen Schlaf nicht kriege.«

»Tut mir leid«, sagte Elias. Es war ungewohnt und herzerwärmend, sich vorzustellen, dass jemand seinetwegen Kopfweh hatte. Obwohl – Brotmeier hatte ja auch in diese Richtung geklagt. Aber bei dem hatte er nie übernachtet.

»Jedenfalls hat Bärbel sich mit ihrer Flucht und dem gewalttätigen Übergriff auf einen Polizeibeamten extrem verdächtig gemacht«, knurrte Hedda.

Sven, der sie debattieren hörte, kam vom Flur herein. »Die Frage ist doch: Weshalb ist sie überhaupt auf den Hof zurückgekehrt? Wir haben keinen Fitzel gefunden, der sie in irgendeiner Weise belasten könnte.«

»Sie hatte Heimweh«, sagte Elias. Ein Smartphone klingelte. Es war seines, das er vergessen hatte. Er wollte danach greifen, aber Olly kam ihm zuvor. Sie hatten beide denselben Klingelton gespeichert – den, der einen überall verfolgte, sodass man in Kaufhäusern im Minutentakt in die Jackentasche griff. Die Staatsanwältin hielt es wohl für ihr eigenes. Sie nannte ihren Namen und lauschte. »Hm…«, machte sie dann. »Verstehe… leuchtet ein… Klar… Mannomann…« Sie drückte das Gespräch weg und reichte ihm sein Smartphone.

»Wer war's denn?«

»Ach, nichts Besonderes. Was Privates.« Dann wurde sie

energisch und ordnete an, dass die Eislaufhütte rund um die Uhr bewacht werden solle.

Als die anderen weg waren, setzte Elias sich Hedda gegenüber an den Schreibtisch und erklärte ihr, dass er eine weitere Überwachung der Eislaufhütte für wenig Erfolg versprechend halte, weil Bärbel ja nicht dumm sei und ihn vielleicht sogar auf seinem Beobachtungsposten im Auto gesehen habe. Die vergangene Nacht hatte sie jedenfalls nicht auf ihrer Isomatte verbracht. Hedda nickte versonnen.

»Aber irgendwo muss sie sein«, sagte er.

»Vielleicht unter einer Brücke?«

»Vielleicht.«

»Aber du denkst was anderes?«

»Ich denke, dass wir uns daran halten sollten, dass es nur einen Menschen gibt, dem sie außerhalb des Hofes vertraut. Und das ist ihre Patentante.«

»Die hätte uns doch angerufen, wenn Bärbel bei ihr aufgetaucht wäre.«

»Hätte sie?«

»Ich komm nicht mit. Red doch mal deutlicher.«

Elias lehnte sich auf seinem Stuhl zurück. »Hedda«, sagte er, »Beefke Sommer hat beruflich Raubtiere in einem Zoo gebändigt, als sie jünger war. Sie trägt außerdem eine schneidige Kurzhaarfrisur, und glaub mir, das sagt was aus. Sie ist ein Mensch, der sich was traut.«

»Siehst du«, sagte Hedda zu ihm, als sie kurz darauf über die Autobahn nach Emden fuhren, »so gefällt mir das. Teamarbeit. Man entwickelt zusammen Pläne, man sucht gemeinsam die Verdächtigen auf und ergänzt sich, und einer steht für den anderen ein. Dann ist auch gute Stimmung.«

»Klar«, sagte Elias.

Frau Sommer saß im Garten des Seniorenheims und trank Kaffee. Hedda sprach sie unverzüglich auf ihren Verdacht an.

»Bärbel? Hier im Seniorenheim? Ja, wie sollte das denn gehen?«, fragte Frau Sommer erstaunt. »Hier kann man überhaupt keinen verstecken. In den Gemeinschaftsräumen sowieso nicht, und in meinem Zimmer – da wird doch jeden zweiten Tag unter den Betten gewischt.« Das leuchtete ein. Aber als Elias einen verstohlenen Blick auf ihre Beine warf, konnte er sehen, dass die alte Dame aus den Schuhen geschlüpft war und mit den Zehen zappelte. Eindeutiges Zeichen von Lügerei. Er konfrontierte sie damit, und sie erklärte ihm, dass sie unter dem Restless-Legs-Syndrom leide, einer Krankheit, die den Menschen dazu drängte, die Beine zu bewegen. Gut, dieser Punkt ging an sie.

»Aber das heißt nicht, dass sie nicht trotzdem lügt«, meinte Elias, als sie ins Haus zurückgingen.

»Wenn du das glaubst, dann machen wir jetzt Nägel mit Köpfen«, bestimmte Hedda. Sie blieben stehen. Vor ihnen lag das Treppenhaus mit einer alten Eichentreppe, auf deren Stufen sich ein leuchtend roter Teppich hinaufwand. »Du gehst in den Keller und ich hinauf auf den Speicher.«

Der Keller erwies sich als ordentlich und sauber und mit Regalen bestückt, auf denen Müslikartons und Packungen mit Papiertaschentüchern standen, außerdem mehrere Kisten mit Weihnachts- und Osterdekoration, ein kaputter Rasenmäher und ein Müllsack mit BHs. Elias spähte hinter einen Vorhang, der aber nur zwei Rollstühle verbarg, mit Hinweiszetteln, dass sie repariert werden müssten. *Bitte subito!!!* Das Schild war mit Staub überzogen.

In diesem Moment überkam ihn plötzlich das unbehagliche Gefühl, beobachtet zu werden. Es war wie ein Déjà-vu oder vielleicht eher wie eine schmerzhafte Erinnerung an den Überfall in Bärbels Zimmer. Er fuhr herum, blitzschnell, mit zur Abwehr erhobenen Armen, und da ...

Es passierte genau das, was er die ganze Zeit befürchtet hatte.

Nur nicht ihm.

15

»Scheiße«, fluchte Hedda. Sie saß auf den Dielen des Speicherraums, als er die Tür aufstieß. Der Rock war ihr über die Knie gerutscht, sie schwamm in Tränen und umklammerte ihr Handgelenk. »Na, mach schon! Renn hinterher! Sie kann noch nicht weit sein!«, rief sie, aber Elias schüttelte den Kopf. Er rief per Smartphone zunächst einen Krankenwagen, dann alarmierte er die Kollegen von der Emder Bereitschaft. Hedda heulte vor Wut, als er sich neben sie setzte und den Arm um ihre Schulter legte, aber er hatte in einer Fortbildung gelernt, wie sich ein Schock äußerte, und Hedda hatte mit Sicherheit einen erlitten. Sie zitterte am ganzen Körper, also hielt er sie fest.

»Ich hab sie noch gesehen«, flüsterte sie blass, als sie im Krankenwagen auf der Trage lag. Sie war immer noch wütend, jetzt auf sich selbst, weil sie es kindisch fand, einen Schock zu bekommen, aber ihre Gedanken hatte sie wieder beisammen. »Bärbel hatte es sich zwischen den alten Möbeln gemütlich gemacht. Sogar der Fernseher lief, der da rumstand. Sie hatte sich ein richtiges Nest eingerichtet. O Mann, diese Frau Sommer... Über achtzig, aber lügt dir frech ins Gesicht. Ist das nicht die Generation, die gelernt hat, dass man die Wahrheit sagen muss? Die mach ich fertig...«

Sie stöhnte und blaffte den Sanitäter an, der sie dazu aufforderte, sich zu beruhigen. Der Mann setzte ihr, Keiferei hin oder her, eine Spritze. Die Dröhnung beruhigte Hedda. »Weißt du was?«, sagte sie zu Elias, bevor sie wegduselte. »Irgendwie hab ich auch Respekt vor Bärbel, wie die sich wehrt. Sie hat Mumm, verstehste? Das ist ja gar nicht so selbstverständlich, wenn du nur die Hälfte von dem kapierst, was um dich rum vor sich geht. Aber Bärbel ergibt sich nicht in ihr Schicksal. Die kämpft. So was mag ich.«

»Ich auch«, stimmte Elias ihr zu, ganz ohne Ironie.

»Bevor sie an mir vorbei ist, hat sie gesagt, dass sie nicht weiß, wo Steffi steckt. Dass sie es einfach nicht weiß.«

»Wirklich?«

Hedda seufzte. »Nenn mich blöd, aber ich wünsch mir, dass sie wirklich nichts damit zu tun hat.«

Sie rülpste, bevor sie einschlief.

Als Elias abends mit Harm auf dessen Jacht zurückkehrte, lud der ihn mit zu seiner Familie ein, die ihr Häuschen direkt auf der anderen Seite des Hafens hinter einem kleinen Deich hatte. Das Gebäude war winzig, die Familie riesenhaft. Ein kahlköpfiger alter Herr, der ebenfalls Harm hieß und sich als dessen Großonkel vorstellte, klopfte Elias auf die Schulter und nötigte ihn auf eine Eckbank, die den größten Teil der Wohnküche füllte und von einem guten Dutzend Menschen besetzt war. Sie zwängten sich dazu, der Großonkel goss Elias einen Schnaps ein und fragte: »Wie macht er sich denn bei der Polizei?«

»Was?«

»Der Harm!«

»Na ja …«, stotterte Elias im klaren Bewusstsein, dass sein Chef, der nur einen Meter entfernt stand, es nicht schätzen würde, wenn er ihm gewissermaßen ein Arbeitszeugnis ausstellte.

»Frag ihn doch nicht aus, Opa«, mischte sich eine junge Frau ein. Ihr Haar war zu einem Knoten gebunden und steckte in einem Netz aus altem Fischergarn. Sie hieß Griet.

»Stimmt es, dass du aus Hannover kommst, Elias?«, wollte sie wissen. »Von den Profilern? Ich guck das nämlich jeden Abend, *CSI* und so.«

»Tja …« Er wollte erklären, wie Fallanalyse funktionierte, aber Großonkel Harm interessierte sich mehr für die Sache mit den Luftballons. »Ist da echt einer bei erschossen worden, so richtig peng?«

»Nun frag ihn doch nicht aus«, beschwerte sich Griet. »Außerdem war das auch kein Schuss gewesen, sondern 'ne Bombe. Stimmt doch, Elias – es ist 'ne Bombe hochgegangen, oder?«

Eigentlich war es sowohl als auch gewesen, erst die Bombe, dann der Schuss, und wenn man ihm die Gelegenheit gegeben hätte, dann hätte er das auch erklären können. Aber der Großonkel war bereits bei einem anderen Thema und vertraute Elias an, dass er nichts davon hielt, dass Harm zur Polizei gegangen war, weil nämlich aus einem Fischerjung kein Beamter werden konnte. »War'n Sie schon mal mit 'nem Kutter aufm Meer?«

»Nun frag ihm doch kein Loch in 'n Bauch. Elias kommt ja kaum zum Luftholen«, meinte Griet, beugte sich vor und schöpfte mit einer Kelle dicke Krabbensuppe auf ihre Teller. »*War'n* Sie denn schon mal mit 'nem Kutter draußen? Das ist nämlich klasse, vor allem, wenn es richtig stürmt.«

»So eine wie du, die mag's ja sowieso nur stürmisch«, neckte der Großonkel seine Enkelin, und beide mussten lachen. Harm lehnte an der Tür und unterhielt sich mit zwei Männern, die seine Cousins sein mussten, der Ähnlichkeit nach zu urteilen.

»Ich bin Harms Mama«, machte sich eine mollige Frau bemerkbar, die auf der anderen Seite des Tisches saß. »Haben

Sie sich denn bei uns in Ostfriesland schon eingelebt, Elias?«

»Tja, ich bin …«

»Was genau machen Sie denn bei der Polizei?«

»Er arbeitet bei Harm in der Abteilung«, erklärte Griet. »Stimmt doch, oder?«

»Na ja, um genau …«

»Noch einen Nachschlag?«

Elias hielt Griet den Teller hin, damit sie ihm einen weiteren Löffel Suppe auftun konnte. Schmeckte wirklich prima.

»Haben Sie denn selbst hierher gewollt, nach Ostfriesland – weil … das ist ja schon was anderes als die Großstadt, das mag ja nicht jeder«, meinte eine Frau, die reihum Teetassen füllte.

»Tja«, sagte Elias und erlöste eine füllige Dame, die neben ihm Platz genommen hatte, von einer Krabbe, die ihr auf den Rock gefallen war. Es war ziemlich heiß, aber auch schön in der Küche. Er hatte noch nie erlebt, dass so viele Leute durcheinanderquatschten, ohne einander zuzuhören.

»Danke!«, sagte die Dame, die er von der Krabbe befreit hatte, und beugte sich an ihm vorbei, um mit Großonkel Harm Folinas Geburtstagsgeschenk zu diskutieren. Was Nützliches oder doch Parfüm?

»Vielleicht ein Buch«, schlug Elias vor, ohne Beachtung zu finden. »Oder eine isländische Flagge.« Es gefiel ihm, wie man bei Familie Oltmanns feierte. Die Geselligkeit hüllte ihn wie eine Flauschdecke ein. Er war sozusagen mittendrin, aber völlig unangestrengt, ohne dass er sich mit Small Talk verausgaben musste. Im Lauf der nächsten Stunde erfuhr er vom Nutzen heiß-kalter Wechselduschen gegen Hämorrhoiden und der prekären finanziellen Situation der Krabbenfischer, wegen sinkender Granatpreise und überflüssiger Sicherheitstechnik. Ilka hatte sich die Brust vergrößern lassen, weil sie auf Männerfang war. Wie er das fand? »Tja.«

Und dann kam Imogen herein, Harms bessere Hälfte. Sie gab Harm einen herzhaften Kuss, und das allumfassende Geplätschere verebbte. Es wurde vollkommen still. Jedenfalls in Elias' Ohren. Denn Imogen nahm innerhalb eines einzigen Augenblicks seine Aufmerksamkeit so komplett in Beschlag, dass er nichts mehr hörte.

Zum einen, weil sie schön war. Schlank, mit blonden Haaren, die sie zu einem dicken Zopf geflochten hatte. Außerdem hatte sie phänomenale Brüste, umhüllt von einem Strickpulli, und Grübchen und ein Lächeln, weit und offen wie das Meer, Fältchen in den Augenwinkeln, die das Herz wärmten ...

Die füllige Krabbendame stieß ihn an. »Und?«, fragte sie.

»Phantastisch.« Er versuchte seinen Blick von Imogen zu lösen.

»Im Ernst? Es gibt nicht viele Menschen, die sich für unser Mülltrennungssystem begeistern können«, meinte die Krabbenfrau verwundert.

Elias versuchte sich zu konzentrieren, aber das war hoffnungslos, denn Imogen kam an den Eckbanktisch, setzte sich mit Harm zusammen auf einen Stuhl – er unten, sie auf seinem Schoß – und begann mit Elias zu plaudern. »Tja«, sagte er ein ums andere Mal, ohne zu kapieren, worum es ging. Donnerwetter, diese Brüste – es riss ihm den Boden unter den Füßen weg.

Aber halt! Imogen war Harms Liebste. Er hatte zwei Kinder mit ihr, oder ihre Kinder waren seine geworden oder wie auch immer. Er war glücklich mit ihr. Und Elias mochte Harm. Da glotzte man nicht auf ihre Brüste. Verdammt. »Tja«, sagte er, weil Imogen ihn fragend ansah.

»Man kann einfach nicht rund um die Uhr arbeiten«, meinte sie und krauste ihr hübsches Näschen. »Und selbst wenn man könnte: Am Ende bringt es nichts, weil ihr völlig fertig und zu keinem klaren Gedanken mehr fähig seid. Außerdem… wenn ein Fall abgeschlossen ist, kommt der nächste. Es geht doch nicht an, dass ein Polizist seine gesamte Freizeit im Kommissariat verbringt, nur weil die Gesellschaft nicht bereit ist, für ausreichend Personal zu bezahlen. Entweder wollen wir Sicherheit, oder wir wollen keine.« Das waren harte Worte, und Elias fand es unfassbar, dass Imogen beim Sprechen trotzdem immer noch aussah, als würde sie Glitzersternchen in die Welt hauchen.

»Was soll's. Morgen haben wir erst mal unseren fünften Kennenlerntag. Vor fünf Jahren haben wir uns auf Bettes Hochzeit das erste Mal gesehen«, sagte sie, kräuselte eine von Harms Haarsträhnen um ihren Finger und lockte: »Es ist Sonnenschein angesagt. Wie wäre es, wenn wir rausfahren würden? Stell dir vor: Die Nordsee leuchtet… der Strand von Norderney… Marzipan-Sahne-Windbeutel im *Friedrich*…«

Harm lächelte angespannt.

»Wir vergessen einen Tag lang den ganzen blöden Alltag«, versuchte Imogen ihn zu überreden. »Meine Mutter nimmt die Kinder.«

Nur musste Harm morgen leider zum Dienst, weil Bärbel ihnen durch die Finger geflutscht war und inzwischen ganz Ostfriesland auf die Leeraner Kripo starrte und sich fragte, warum es ihr nicht gelang, eine behinderte Frau zu schnappen. Da kam es gar nicht gut, wenn der Chef des Ermittlungsteams sich freizeitmäßig ausklinkte. Harm kratzte sich unglücklich den Kopf.

Imogen fand in ihrer Hosentasche eine Murmel und begann ein Tischminigolf, was bedeutete, dass die Teetassen, zwei Kochlöffel sowie ein selbst gebrannter Salzstreuer mitsamt Pfefferstreuer zu Hindernissen umfunktioniert wurden. In einem hatte sie recht: Für einen Polizisten folgte auf ein Verbrechen das nächste. Und den fünften Kennenlerntag würden sie kein zweites Mal feiern können. Als alle gebannt zusahen, wie die Murmel sich ihren Weg bahnte, griff Elias in Harms Jacke und entwendete dessen Autoschlüssel. Ohne Auto würde Harm nicht nach Leer kommen. Manchmal ist es nötig, einen Kumpel zu unterstützen, dachte er.

Hätte Bärbel überlebt, wenn er den Schlüssel nicht an sich genommen hätte? Das war die Frage, die Elias in den folgenden Wochen und Monaten quälen sollte.

Vielleicht hätte Harm, wäre er zum Dienst erschienen, statt seinen Fünfjahrestag zu genießen, Elias anderswo benötigt, und er wäre gar nicht erst nach Neermoor gefahren, um nach Bärbel zu suchen. Dann wäre ihr nichts passiert. Oder Harm hätte ihm Hedda mitgegeben, die sich anders als er selbst nicht vom Mitgefühl hätte lähmen lassen, als Bärbel am Bach saß und für Boris mit einem Küchensieb Kaulquappen aus dem Wasser fischte.

»Du hättest anders reagiert«, sagte Elias zu Hedda, der er sein Herz ausschüttete, als sie aus Neermoor in die PI zurückgekehrt waren.

»Man weiß es nicht«, meinte sie. Ihre Hand steckte in einem weißen Verband. Der Daumen war angebrochen, aber das hatte sie nicht hindern können, nach Leer zu hetzen, jetzt, wo in der PI der Teufel los war. Eine Verdächtige war bei einer dubiosen Verfolgungsjagd zu Tode gekommen. Das KI stand im Schweinwerferlicht, dass man nur noch blinzeln konnte. Und dass ihr Chef in dieser Situation mit seiner Jacht über die Nordsee schipperte, trug auch nicht gerade zur Entspannung bei. Man hatte versucht, Harm zu erreichen, doch er hatte das Smartphone abgestellt, und einem Anruf im *Café Friedrich* war ebenfalls kein Erfolg beschieden gewesen.

Zwar tat Olly ihr Bestes, die Stellung zu halten, aber das große Talent im Umgang mit Medien besaß sie ja nicht, und dass man sie ständig mit der Frage nervte, ob sie persönliche Konsequenzen ziehen wolle, machte sie auch nicht verbindlicher. Schließlich tauchte Jens Jensen auf, der Chef des Zentralen Kriminaldienstes, der eigentlich mit einer Sommergrippe das Bett hüten sollte. Er kündigte eine Pressekonferenz an und bat Elias in sein Büro. Dort schnäuzte er sich erst einmal ausgiebig die Nase. Dann sagte er: »Also, jetzt mal ganz genau.«

Elias begann mit seinem Bericht. Er war an diesem tragischen Morgen mit Harms Auto schon in aller Früh losgefahren. Und da ihm klar war, wie wenige Möglichkeiten Bärbel hatte, um unterzukriechen, hatte er sich gleich auf den Weg nach Neermoor gemacht. Ohne sich einen Kollegen dazuzuholen, wie gesagt. Fehler Nummer eins.

»Na ja«, hustete Jens Jensen.

Elias hatte sein Auto geparkt und war an Sören van Dooms Abbruchhof vorbeigegangen, wobei er per Nase sondierte, ob etwa immer noch seuchenhygienisch bedenkliche Kadaver vor sich hin moderten, trotz des Verfahrens, das die Staatsanwaltschaft gegen Sören angestrengt hatte. Er hatte aber nichts gerochen. Neue Hunde hatte Sören sich auch nicht besorgt.

Dann war er stehen geblieben und hatte zum Gehöft von Franz Büttner hinübergeblickt, dem Kindergärtner mit der lockeren Einstellung zu Recht und Gesetz. Der Mann war zu Hause, obwohl es mitten in der Woche war. Vielleicht hatte er Urlaub genommen, oder der Kindergarten hatte Ferien oder so was. Er stand mit seiner Finanzbeamtin im Garten und schlug Pflöcke in die Erde, wobei die Frau ihn mithilfe eines Zollstocks hin und her scheuchte.

»Ist das wichtig?«, fragte Jens Jensen, dem der Fieberschweiß über die Stirn rann.

»Ja«, sagte Elias.

Er berichtete, wie er zum Hof der Familie Coordes gegangen war, während er darüber nachgedacht hatte, wo er sich an Bärbels Stelle verkrochen hätte, und zwar a) für den Fall, dass sie auch für die eigene Familie unsichtbar bleiben wollte, und b) für den Fall, dass die Familie mit ihr unter einer Decke steckte.

Im Fall a) waren das zunächst einmal die Nebengebäude. Elias hatte also eine alte Scheune durchkämmt, wobei er einen zerrissenen Schlafsack fand. Aber dem maß er keine Bedeutung bei, denn das Ding lag halb begraben unter Heu und war völlig verstaubt, und Elias erinnerte sich, dass Gitta gelegentlich Heu-Urlauber beherbergte. Anschließend war er in einen Schuppen gegangen, in dem der Traktor vor sich hin rostete, auf dem Opa Bartel früher über die Felder gerattert war. Danach kam der Hühnerstall an die Reihe. Dort hatte man ihn mit hysterischem Gegacker empfangen, was er aber nicht anders erwartet hatte. Dass er mit Federvieh nicht zurechtkam, wusste er ja.

»Sie haben ein Problem mit Hühnern?«

»Da fehlt mir das Talent«, gestand Elias.

Es blieben nur noch – für den Fall b), dass Bärbel nämlich in ihrer Familie Verbündete hatte – das Haupthaus und das Altenteilhäuschen von Oma Inse und Opa Bartel übrig. Elias hatte sich zunächst an das Haupthaus gehalten und war lautlos hineingeschlüpft.

»Warum haben Sie nicht angeklopft?«, fragte Jens Jensen befremdet.

»Weil ich mir inzwischen fast sicher war, dass die Familie mit Bärbel unter einer Decke steckte.«

»Klopfen müssen Sie aber trotzdem.«

»Ich weiß. Ich bin also durch das Haus geschlendert und hab gelegentlich nach Gitta gerufen.«

»Aber das in hörbarer Lautstärke?«

»Eher nicht.« Da Elias den Tod eines Menschen verschuldet hatte, hielt er sich nicht mit Ausflüchten in weniger wichtigen Angelegenheiten auf. »Gitta war aber nicht auffindbar und Bärbel auch nicht.«

»Hm«, machte Jens Jensen und hustete wieder.

Elias hatte sämtliche Räume durchsucht. Gitta hielt sich mittels eines elektrischen Laufbandes fit, hatte er festgestellt, als er ins Gästezimmer lugte. Außerdem war sie dort, wo keine Besucher hinkamen – also etwa in der Besenkammer – nicht besonders ordentlich. Da hingen die Spinnweben an der Decke. Ein Blick ins Wohnzimmerregal zeigte ihm, dass sie gern Thriller las, die in Irland spielten, und auf dem Bett im Schlafzimmer nächtigte ein fetter, abgegrabbelter Goofy.

»Vielleicht erwähnen Sie diese Details anderswo lieber nicht«, krächzte Jens Jensen, »wo Sie ja praktisch illegal in der Wohnung waren.«

Elias nickte. »Dann bin ich runter in Bärbels Wohnung, habe dort aber auch niemanden gefunden. Und schließlich bin ich zurück in den Hof und ums Haus herum zum Altenteilgebäude.« Doch da hatte er seinen zweiten Fehler schon begangen. Denn auf Bärbels Klo hatte er leider nicht nachgesehen, aus Respekt vor ihrer Privatsphäre oder so, was völlig blöd war, wo er doch eh schon überall rumschnüffelte.

Oma Inse hatte gerade das Frühstück für Opa Bartel gemacht, und Bartel selbst hatte noch geschlafen, die Hand um die Fernbedienung gekrallt. »Nö«, hatte Oma Inse gesagt, als er gefragt hatte, »von Bärbel hab ich nichts gesehen. Geht es Ihrer Kollegin inzwischen wieder besser?«

Man hatte sie offenbar über das Treiben ihrer Tochter informiert.

»Stromert Boris wieder rum?«, fragte Elias, ohne ihr zu antworten.

»Nee, vormittags ist doch Schule.« Oma Inse kleckste ein bisschen Mayonnaise auf das Salatblatt, das sie Opa Bartel zum Salamibrot servierte. Sie machte das sehr liebevoll. Elias seufzte. Er bückte sich etwas und sah durch das Küchenfenster in den Hof. Dabei musste er an den Schatten denken, den er dort hatte vorbeihuschen sehen oder auch nicht, und er fragte Oma Inse: »Glauben Sie, dass ein buckliges Männlein sein Unwesen auf dem Hof treibt?«

Jetzt war es an Oma Inse zu seufzen. »Sie müssen nicht alles für bare Münze nehmen, was meine Bärbel erzählt. Das Mädchen hat vielleicht einen kleinen Verstand, dafür aber einen dicken Sack voll Phantasie. Ich hab ihr und Gitta früher immer das Lied vom buckligen Männlein vorgesungen, abends, zum Einschlafen. Da muss sie's herhaben. Aber Märchengestalten verirren sich ja nicht ins richtige Leben, stimmt's?«

Da hatte sie recht.

»Würden Sie Bärbel vor uns verstecken, wenn sie wieder nach Hause käme?«

»Aber sicher, sie ist doch meine Tochter«, sagte Oma Inse und lächelte, weil er überhaupt fragte. Dann wollte sie, dass Elias sich an den Küchentisch setzte und einen Schluck Tee trank.

Er hatte die Tasse betrachtet, während der Tee eingeschenkt wurde, und eine starke innere Stimme hatte ihm geboten, sich zu wehren. Er hasste dieses Gebräu ja immer noch aus tiefster Seele. Dagegen kam er nicht an. Und so beging er seinen dritten Fehler. Er drehte er sich wieder zum Fenster, um Zeit zu gewinnen oder um zu simulieren, dass er nichts gehört habe … was auch immer. Und da hatte er Bärbel aus ihrem Haus in den Hof treten sehen, in der einen Hand ein Drahtsieb, in der anderen einen Eimer. Wenn er den Tee einfach angenommen hätte, wäre sie ihm durchgeflutscht und läge jetzt nicht in der Pathologie. Er verfluchte sich wegen seiner Sturheit.

»Sie sind Polizist, Sie haben einfach Ihre Pflicht getan«, munterte Jens Jensen ihn auf. »Verkehrt war, dass Sie damals in Hannover in die Mülltonne gestiegen sind und die Luftballons …«

»Ja, ja«, murmelte Elias. »Bärbel muss auf dem Klo gewesen sein, als ich ihre Wohnung durchsuchte. Wir haben uns einfach verpasst.« Er war also losgerannt. Sein Eifer hatte sicher auch mit Heddas angebrochenem Daumen und seinen tagelangen Kopfschmerzen zu tun gehabt.

Bärbel war so in ihr Vorhaben vertieft gewesen, dass sie ihn gar nicht bemerkt hatte. Sie war gemächlich zum Bach hinübergelaufen, und er hatte ebenfalls sein Tempo verlangsamt. Statt sie zu packen – das war sein vierter Fehler gewesen –, stellte er sich hinter einen Baum und sah zu, wie sie Kaulquappen und Kröten aus dem Bach fischte.

»Warum?«, hakte Jens Jensen nach.

Weil sie ihm dann doch wieder leidgetan hatte, erzählte Elias. Hedda hätte sie nicht leidgetan und Ulf und Reinert auch nicht. Sie alle hätten besser reagiert. Keiner hätte gewartet, bis ihr Eimer voller Kröten war. Sie hätten sie am Arm gepackt und ihr Sprüchlein gesagt und den Eimer in den Bach getreten.

»Und Sie?«

»Bitte?«

»Ich meine, was ist dann passiert?«, wollte Jens Jensen wissen, während er ein neues Päckchen Taschentücher anbrach.

Elias blickte seinen Chef an. »Ehrlich gesagt, ich weiß es nicht.«

»*Ich weiß es nicht* ist eine total beschissene Antwort, wenn ein Verdächtiger beim Zugriff stirbt«, schnauzte Harm ihn fünf Stunden später an. Sie hatten den Chef des KI schließlich doch noch erwischt, und zwar im Norderneyer Hafen auf der *Sünnerklaas*, wo er und Imogen sich gerade aufs Angenehmste miteinander vergnügt hatten, und daher stammte wohl auch der größte Teil seines Frustes. »Wisst ihr, wie wir dastehen?« Sein Blick ging wild in die Runde. Er hatte die ganze Mannschaft zusammengetrommelt, obwohl es schon weit nach Feierabend war.

»Ich krieg jedenfalls 'ne Klage reingesemmelt, weil ich metaphorisch danebengegriffen hab, als einer von den Zeitungsfatzkes nachgefragt hat, wofür ich ihn halte«, gähnte Olly.

»Weißt du, dass mich das gar nicht interessiert?«

»Nee, aber ich kann's mir denken«, sagte Olly. Nachdem sie den ganzen Tag über Dampf abgelassen hatte, war sie zu müde zum Zanken.

»Jedenfalls erscheint morgen auch ein *fairer* Artikel zu unserer Arbeit«, erklärte Ulf. Als Parteimitglied und wegen seiner Tätigkeit als dritter Vorsitzender in einem Boßelverein hatte er einen direkten Draht zur Spitze der Lokalredaktion, und das spielte er aufs Eleganteste aus, wie er ihnen hochzufrieden erklärte, denn im Umgang mit den Medien brauchte man vor allem ...

»Schiet ok!«, fiel Harm ihm rüde ins Wort.

Hedda räusperte sich. »Ich weiß gar nicht, was die Aufregung soll. Elias wollte Bärbel festnehmen, und sie ist weg zur Straße und vor einen Gülletrecker gerannt. Das ist tragisch und tut uns allen furchtbar leid, aber so was passiert nun mal.«

»Ist es denn so passiert?«, fragte Harm.

Alle Köpfe drehten sich zu Elias. Und er sah die Bilder wieder vor sich: Bärbel, wie sie am Bach stand, ihren dreckigen, angerosteten Eimer in der Hand, dann ihren erschrockenen Blick, als sie den Kommissar wahrnahm, der hinter dem Baum hervortrat. Ihr Ruck nach vorn, der schon die Flucht andeutete ...

In diesem Moment waren Franz Büttner und Sören van Doom hinter dem Bach aufgetaucht. Aus irgendwelchen Gründen trugen sie gemeinsam eine hölzerne Kuhtränke. Hatte Bärbel sie ebenfalls gesehen? Möglich, aber nicht sicher. Und *wenn* sie sie gesehen hatte: War sie bei ihrem Anblick tatsächlich zur Salzsäule erstarrt? Hatte sich ihr Gesichtsausdruck verändert? War darin Panik zu sehen gewesen? Oder

war diese Zeitlupenerinnerung nur ein Produkt von Elias'
überreizter Phantasie?

Jedenfalls war ihr Fluchtweg seltsam gewesen. Obwohl
der Bach dort, wo sie nach Kaulquappen fischte, sehr schmal
war, hatte sie ihn nicht in Richtung der beiden Männer über-
sprungen, sondern stattdessen einen Zickzackkurs eingeschlagen, der von allen drei Männern wegführte. Weil sie
Angst vor Sören und Franz gehabt hatte? Oder hatte sie vielleicht überhaupt nicht nachgedacht, sondern nur reflexartig
versucht, irgendwohin zu entwischen?

Ich will nicht, dass *ich* es war, der ihren Tod verschuldet
hat, brütete Elias. Seine Erinnerung taugte einen Dreck. Er
war befangen. Er musste vorsichtig sein, bei dem, was er
sagte.

»Nun red schon«, fuhr Harm ihn an.

»Was treibst du denn?«, schimpfte Olly, als sie ihn eine gute Stunde später auf dem Weg zum Bahnhof einholte und ihr Wagenfenster runterließ.

»Ich schlafe heute im Hotel«, erklärte er kurz. Man konnte sich ja denken, wie es in der Jacht zugehen würde. Ihm war es auch ohne Harms schlechte Laune elend genug.

»Scheiße!«, sagte Olly. »Komm rein. Na, mach schon!« Sie verrenkte sich, um die Beifahrertür zu öffnen. Dann fegte sie mit überhöhter Geschwindigkeit am Bahnhof vorbei und hielt mit einem festen Tritt auf die Bremse bei *McDonald's*. Dort löste sie zwei Gutscheine für Doppelmenüs ein und verdrückte drei Riesenhamburger XXXL, wobei sie einen von Elias übernahm, der nicht den geringsten Appetit hatte. Als sie wieder im Auto saßen, kam sie zum Punkt.

»Sören van Doom und Franz Büttner also. Ich hab darüber nachgedacht. Ich sehe das anders als Harm – vielleicht hast du ja recht. Womöglich ist Bärbel wirklich vor den beiden Kerlen weggelaufen oder vor einem von ihnen.«

»Na ja ...«

»Wenigstens sollte man das Szenario einmal in Gedanken durchspielen, also eine Theorie aufstellen, die zu deiner Beobachtung passt.«

»Bärbel hatte nicht den geringsten Grund, vor Sören und Büttner zu flüchten«, sagte Elias. Die arme Frau war tot, und sie hatte schrecklich ausgesehen, wie sie da lag, vom Trecker gequetscht, mit einem furchtbar zugerichteten Gesicht, die beige Steppjacke von Blut durchtränkt. Er hatte keine Lust, Szenarien durchzuspielen.

»Vielleicht ist sie vor Sören geflüchtet, weil sie, trotz allem, was sie uns aufgetischt hat, *doch* beobachtet hat, wie er die kleine Steffi mit seiner Karre fortschaffte. Und als sie ihn sieht, kriegt sie es mit der Angst zu tun und rennt vor ihm weg. Sie ist doch nicht so helle. Bestimmt macht sie 'ne Menge einfach nur instinktiv.« Olly boxte Elias die Faust in die Seite.

»Na gut«, machte er mit. »Oder Franz Büttner. Kann ja auch sein, dass *er* es war, der Steffi in der Karre weggebracht hat, in einem Moment, in dem Sören gerade mit seinen Kadavern beschäftigt war. Und Bärbel hat ihn dabei beobachtet…«

»Genau!«

»Oder beide haben gemeinsam gehandelt. Das würde mir am ehesten einleuchten.«

»Mit welchem Motiv?«, fragte Olly.

Elias fiel keines ein.

»Es kann auch sein, dass die Kerle mit Steffis Verschwinden gar nichts zu tun haben«, spekulierte Olly, »aber dass Sören megasadistisch die Katze und die Hühner an die Wand genagelt hat und dass Bärbel, die das beobachtet hat, deshalb Angst vor ihm hatte.«

»Mit welchem Motiv sollte er nageln?«, fragte nun Elias.

»Vielleicht wirklich, weil er Gitta eins auswischen wollte. Wer sich an toten Tieren vergeht, der macht auch vor lebendigen nicht halt.«

»Du hast gerade einen Hamburger gegessen«, erinnerte Elias.

»Der stammte nicht von echten Tieren, sondern aus einer Hamburgerfabrik«, sagte Olly. Sie schaltete knirschend einen Gang hinauf. »Was guckste so?«

»Bärbel wusste, wer ihre Tochter hat verschwinden lassen – ich bin mir sicher, Olly.«

»Quatsch. Sicher sein kann man nur, wenn man einen Beweis hat. Bleib professionell, Mann.« Sie überholte einen Lastwagen und hupte ihn an, weil sie fand, dass er zu langsam fuhr, oder aus einem anderen Grund, den nur sie allein kannte.

Elias' Smartphone klingelte. Er ging ran. »Ich wollt dir nur noch mal danken«, hörte er Imogens Stimme.

Sein Gesicht hellte sich auf.

»Tut mir leid, dass ihr wegen Harms Abwesenheit Ärger bekommen habt, aber es war … Echt, es war ein *so* schöner Tag. Harm hat wieder angefangen, sich zu erinnern, was Romantik heißt.«

»Das freut mich.« Elias lächelte.

»Und dass du ihm das Auto weggenommen hast – dafür will ich dir einfach noch mal danken.«

»Ist schon okay.«

»Falls Harm rumbollern sollte – mach dir keinen Kopf«, tröstete ihn Imogen. »Er kriegt sich schon wieder ein. Nächstes Wochenende feiere ich übrigens meinen Geburtstag – da bist du natürlich eingeladen.«

»Danke«, sagte Elias überrascht. Die letzte Einladung zu einer Geburtstagsfeier hatte er vor dreißig Jahren erhalten, und da hatte man ihn auch nur dazugeholt, weil die Mutter von seinem Klassenkameraden eine streng christliche Einstellung hatte. »Ich komme gern.« Er steckte das Smartphone in die Tasche zurück und merkte, dass er immer noch lächelte.

»Imogen?«, fragte Olly.

Er nickte geistesabwesend.

»Die von Harm?«

»Ja.«

»Sie hat dich eingeladen?«

»Hm.«

Eine Weile fuhren sie schweigend. Die Autobahnauffahrt wurde durch einen Laster blockiert, sie mussten also ein Stück über Land. Die Häuser von Veenhusen und Neermoor glitten an ihnen vorbei. Kurz blitzte die Einfahrt zu der Straße auf, in der Bärbel gestorben war. Als sie die Ortschaft hinter sich gelassen hatten, sagte Olly: »Weißt du eigentlich, dass ich mit deiner Mutter telefoniert habe?«

»Was?«, fragte er verdattert.

»Letztens, als dein Smartphone geklingelt hat und du nicht rangegangen bist.«

»Ach ja.« Er erinnerte sich, wie Olly es ihm weggeschnappt hatte. Seine Mutter war also dran gewesen.

»Sie möchte, dass du sie besuchst.«

»Will ich auch.«

»Ehrlich?«

»Klar.«

»Und wann fährst du hin?«

»Bald.«

»Dann ist ja gut.« Hinter der Neermoorer Gärtnerei ging es auf die Autobahn Richtung Emden. Sie schwiegen wieder, bis sie Emden erreichten. Olly kurvte durch die Stadt und dann über die Marsch Richtung Meer. »Ich komme übrigens mit zu deiner Mutter«, sagte sie, als sie in die kleine Landstraße einbog, die zu ihrem Haus führte.

»Was? Warum denn?«

»Weil ich sie mag. Manchmal springt der Funke zwischen zwei Menschen ganz schnell über.«

»Bei euch ist ein Funke übergesprungen, als ihr telefoniert habt?«, fragte Elias perplex. »Innerhalb von einer Minute?«

»Genau. Wir sind jetzt fast so was wie Freundinnen.«

»Na, da wird sie sich ja freuen«, meinte er lahm.

Sie erreichten Ollys Grundstück. Olly stieß die Gartenpforte auf. »Hast du eigentlich irgendeine Art Schlafanzug bei dir?«, wollte sie wissen.

»Nee, ist alles bei Harm.«

»Ich leih dir was von mir«, erklärte sie großzügig.

Die Stimmung im K1 blieb angespannt, was sich vor allem darin zeigte, dass alle wie die Verrückten Tee tranken und deshalb den ganzen Vormittag das Klo blockiert war. Harm hatte die Tür zu seinem Zimmer geschlossen und wollte nicht gestört werden. Es fühlte sich auch keiner dazu gedrängt, so wie er herumblaffte.

»Er will, dass seine Fälle vernünftig aufgeklärt werden, und normalerweise schafft er das auch«, erklärte Hedda Elias. »Wenn aber wie jetzt etwas richtig schiefläuft oder gar jemand stirbt, dann nimmt ihn das mit.«

»Es ist nur gut, dass wir Bärbel zur Fahndung ausgeschrieben hatten«, meinte Reinert, der bei ihnen vorbeischaute. »Da lagen wir nämlich richtig. Mit ihrem Überfall, erst auf Elias und dann auf dich, und mit dieser überstürzten Flucht ist für mich bewiesen, dass sie Steffis Mörderin ist. Nur schade, dass wir das nun wohl nie werden beweisen können.« Seine Fliege saß schief, er wirkte übernächtigt und trank einen Schluck Tee direkt aus Heddas Thermoskanne.

»Aber warum hätte sie Steffi denn umbringen sollen?«, fragte Elias.

»Kinder nerven. Du hast ja keine Ahnung.«

»Und weshalb hat sie's nicht gestanden?«

»Wegen dem schlechten Gewissen. Sie befand sich ja selbst – entwicklungsmäßig – auf dem Stand eines Kindes. Und Kinder lügen, wenn sie Angst vor Ärger haben. Ich hab immer gelogen.«

»Ich auch«, sagte Hedda.

»Apropos Kinder…« Ihr Kollege war schon wieder halb zur Tür hinaus. »Sven dreht durch. Er will sich nach Stuttgart versetzen lassen und 'ne Wochenendehe führen. Er behauptet, das bräuchte er für sein berufliches Fortkommen, aber das ist natürlich Stuss. Jemand sollte Harm mal einen Wink geben, dass er ihn in Urlaub schickt.«

»Quatsch. Zu einer Vater-Kind-Kur«, meinte Hedda. »Nur ohne die Kinder. Was sagt seine Heidi denn dazu?«

»Sie hält das mit Stuttgart für 'ne gute Idee.«

»Au Backe. Vielleicht ist das mit der Kur wirklich nötig. Vielleicht brauchen sie beide eine.«

In diesem Moment streckte Harm den Kopf aus seinem Zimmer und brüllte, dass sie alle Mann, aber bitte zackig, zu ihm ins Büro kommen sollten. Plötzlich lag Aufregung in der Luft, Energie, Tatendrang. Sven steckte sich ein Kaugummi in den Mund, um wach zu werden. Jedem war klar: Harm hatte ihnen etwas mitzuteilen.

»Wir waren blind«, sagte ihr Chef, als sie es sich auf den Stühlen, der Fensterbank und den Schreibtischkanten bequem gemacht hatten. »Wir haben nicht gesehen, was offensichtlich ist, und wir können von Glück sagen, dass Elias ein hochsensibles Gespür für Verborgenes hat.«

»Bitte?«, fragte Elias.

»Aber eins nach dem anderen. Ich habe die Situation vor Bärbels Tod mal bildlich dargestellt.« Harm trat an sein

Whiteboard und wies auf eine Zeichnung. »Hier steht Elias, dies ist der Platz, an dem sich Franz und Sören befanden, hier Bärbel. Sie sieht also zuerst den Mann von der Polizei ...«

»Wen?«, fragte Sven.

»Mensch, denk mit – Elias! Und sie will fortlaufen, aber in diesem Moment entdeckt sie Sören und Franz. Und entscheidet sich um. Nicht bewusst, sondern intuitiv. Sie hat zwar vor der Polizei Angst, aber ... und das ist jetzt die Schlussfolgerung ... vor einem der beiden anderen Männer hat sie noch viel mehr Angst.«

Elias fühlte sich unbehaglich. Er war es ja selbst gewesen, der diese Vermutung geäußert hatte. Aber inzwischen war er fast sicher, dass sie nicht stimmte. Er wollte das erklären, doch Harm hob die Hand.

»Moment. Die Frage ist nun: Vor *welchem* der beiden Männer hat sie sich gefürchtet?« Er klopfte dramatisch gegen das Whiteboard.

»Sören«, riet Sven ins Blaue hinein.

»Nein, es ist Franz Büttner.«

Harm seufzte, als er ihre ratlosen Gesichter sah. Dann begründete er seine Theorie. »Was wissen wir über Franz?«

»Er hat ein saublödes Haus. Herzen im Balkon!«, sagte Ulf.

»Aber seine Frau ist scharf«, fand Koort-Eike und erntete von Hedda einen Rippenstoß und von Harm einen vorwurfsvollen Blick.

»Er ist Erzieher«, sagte Hedda.

»Und hält es nicht so genau mit dem Gesetz«, ergänzte Koort-Eike, um nicht nur blöd dazustehen.

»Franz Büttner ist Erzieher – das ist ein ungewöhnlicher Beruf für einen Mann«, erläuterte Harm. »Zunächst einmal bedeutet seine Wahl, dass er Kinder gernhat. Daran ist nichts auszusetzen. Aber muss man sie, in einem Fall wie diesem, ganz nüchtern betrachtet, nicht als Indiz werten, für…« Er verstummte, weil ihm kein korrektes Wort einfiel.

»Für einen abartigen Trieb«, platzte Ulf heraus.

»Nee«, sagte Harm. »An und für sich ist es ja erfreulich, wenn sich auch Männer in die frühkindliche Erziehung einbringen. Das brauchen wir in unserer Gesellschaft. Nur muss man eben auch einkalkulieren…« Er suchte immer noch nach einer unproblematischen Formulierung.

»Ich mag Kinder auch«, sagte Sven aggressiv. »Bin ich deshalb abartig?« Es war das erste Mal, dass Elias ihn blitzwach erlebte.

»Eigene Kinder sind was anderes«, behauptete Ulf.

»Und ich hab die Lüttje von meiner Schwester gern. Bin *ich* abartig?« Hedda ärgerte sich so sehr, dass der oberste Knopf ihrer Bluse aufsprang. Sie fummelte ihn wieder zu und schimpfte: »Das ist mal wieder typisch Ulf. Bringt sich gegen einen Mann in Stellung, nur weil der einen ganz normalen Frauenberuf ergriffen hat.«

»Dass Franz Erzieher ist«, schrie Sven, »ist ein Glücksfall, weil Kinder nämlich männliche Vorbil…«

Ulf sprang auf und stieß dabei seinen Stuhl um. »Du hast deine doch überhaupt nicht gern! Du warst seit Wochen nicht zu Hause, du Idiot.«

»Nimm das zurück«, schrie Sven, und Harm machte sich schon bereit, die beiden auseinanderzudrängen, aber Ulf räumte türenknallend das Feld, und so kehrte der Frieden von allein wieder ein. Nur Hedda konnte sich ein gezischeltes »Blödmann« nicht verkneifen.

»Gott, was für ein Kinderkram!« Harm wischte sich den Schweiß von der Stirn, klopfte auf den Tisch und sorgte dafür, dass sie sich wieder auf die Arbeit konzentrierten. »Wir werden niemanden vorverurteilen. Aber wir verschließen auch nicht die Augen vor den Fakten, und zwar deshalb, weil wir Polizisten dazu angehalten sind, in jedem Dreckloch zu stochern, auch wenn sich oft herausstellt, dass es gar kein Dreckloch gibt. Wir müssen herausfinden, wie unser Erzieher zu den beiden Kindern in seiner Nachbarschaft stand. Und was Boris angeht, weiß ich zumindest, dass er gern mit ihm den Drachen hat steigen lassen.«

»Er hat mit Boris gespielt?«, vergewisserte sich Koort-Eike. Die Augen hinter der schwarzen Hornbrille wurden finster.

»Wenn erwachsene Männer mit Kindern spielen, ist das jedenfalls sonderbar«, fand jetzt auch Hedda und wiederholte vorsorglich: »Außer natürlich, es sind die eigenen. Oder welche aus der Verwandtschaft.«

»Sind wir uns also einig?«, fragte Harm.

Was danach schiefging, konnte man niemandem konkret anlasten. Es war schon vorher eine Pressekonferenz angesetzt gewesen. Olly und der Oberstaatsanwalt, die deshalb aus Aurich gekommen waren, klopften an Harms Tür, aber es war leider zu spät, um sich mit ihnen über die neue Richtung abzusprechen, die die Ermittlungen nun nehmen sollten. Also hatte jeder seine eigene Vorstellung von dem Fall im Kopf, als sie zu den Reportern hinuntergingen.

Die Journalisten, darunter Sonja Lindenberg, warteten schon und schauten auf die Uhren, während Polizei und Justiz hinter der obligatorischen Tischreihe mit den völlig überflüssigen Mikrofonen Platz nahmen.

»Wer ist denn der?«, fragte Sonja und zeigte auf Elias.

»Unser Profiler«, erklärte Harm.

Elias seufzte still. Er hatte es nicht gern, wenn man Fotos von ihm machte. Und er teilte auch nicht Harms Zuversicht, dass seine Anwesenheit helfen könnte, die Polizei in ein besseres Licht zu setzen. Wenn sein Chef wenigstens »Fallanalytiker« gesagt hätte …

Aber da wurden sie auch schon mit Fragen bombardiert. Zuerst mal mit der wichtigsten, ob es denn nach dem Tod der behinderten Bärbel Coordes bei den Ermittlungsbehörden personelle Konsequenzen geben werde.

»Wenn bei jedem Scheiß, der gebaut wird, personelle Konsequenzen gezogen würden, dann würde ganz Deutschland arbeitsplatzmäßig rotieren«, schnauzte Olly und hätte wohl noch mehr dazu gesagt, aber der Oberstaatsanwalt schnitt ihr das Wort ab und gab seinerseits eine ausführliche Beschreibung vom Ablauf des tragischen Geschehens. Das beruhigte die Stimmung. Nach zwanzig Minuten befand sich die Hälfte der Journalisten in einem gemütlich-dösigen Zustand. Deeskalation wie aus dem Handbuch.

Anschließend gab Alfred Ippen, der Leiter der PI, ebenfalls eine Beschreibung, die sich in nichts von der des Staatsanwalts unterschied, und Jens Jensen hätte sich trotz seiner Erkältung, die ihn immer noch plagte, in der gleichen Weise drangehängt, aber da hatte Sonja Lindenberg es satt. »Können wir den Namen des Beamten erfahren, vor dem Bärbel Coordes die Flucht ergriffen hat?«, fragte sie mitten in einen Satz hinein.

»Ich war das«, sagte Elias.

Stille.

Offenbar hatte niemand damit gerechnet, dass die Frage tatsächlich beantwortet werden würde, auch Sonja nicht. Aber natürlich waren alle froh, dass die Langeweile ein Ende hatte, und die Journalisten bestürmten ihn mit Fragen. Warum genau er denn zu Bärbel Coordes gegangen sei? Habe er sie irgendwie unter Druck gesetzt oder eingeschüchtert? Und weil ja klar war, dass er das gemacht haben musste: Warum eigentlich? Und ob er sich nicht schäme?

Bevor er ein Wort herausbringen konnte, griff Harm ein. »Leider können wir Ihnen diese Fragen nicht beantworten.«

»Warum bitte nicht?«, fragte Sonja leidenschaftlich und professionell.

»Weil wir in der Vermisstensache Stefanie Coordes einer konkreten Spur folgen, die möglicherweise mit dem Tod von Bärbel Coordes zusammenhängt. Und da können wir es uns nicht leisten, Täterwissen an die Öffentlichkeit zu geben.«

»Sie kennen den Mörder des Mädchens?«, fragte der Oberstaatsanwalt verblüfft und pikiert, weil ihn niemand informiert hatte.

Die Journalisten waren natürlich begeistert. Kameras, die gelangweilt zu Boden gesunken waren, wurden hochgerissen, und es wurde gefilmt und gefragt, was das Zeug hielt. »Haben Sie die Leiche gefunden? Haben Sie ein Geständnis? Was ist das Motiv? Hat die Mutter das Kind umgebracht?«

Die letzte Frage drang kaum durch in dem Gebrüll, aber Elias hörte sie trotzdem, und es regte ihn wahnsinnig auf, dass man der armen Bärbel jetzt auch noch die Schuld am Tod ihrer Tochter geben wollte, vor allem, weil er befürchtete, dass an dieser Ansicht etwas dran sein könnte. Aber was sollte er machen?

Olly boxte Harm in die Seite. »Was ist das denn nun für eine verdammte Spur?«, fragte sie ihn aufgebracht.

Das erzählte er ihr später, als die Journalisten wieder fort waren. Der Kreis wäre noch vertraulicher gewesen, wenn sie ihr Gespräch nicht im Flur geführt hätten, sondern die drei Schritte in Harms Zimmer gegangen wären. So unterbrachen die Kollegen vom Betrug und von der Jugendkriminalität und außerdem noch der Azubi von der Tatortaufnahmegruppe, der eigentlich nur eine Akte irgendwohin bringen wollte, ihre Arbeit und umringten sie, um sich alles anzuhören.

»Ich fass es nicht«, schrie Olly, nachdem Harm ihr auseinanderklamüsert hatte, was Franz Büttner für ihn so verdächtig machte.

Er begann noch einmal von vorn, in der verbreiteten Annahme, dass Leute, die seine Meinung nicht teilten, ihn einfach nicht richtig verstanden hatten. Aber Olly hatte schon kapiert. »Gottverdorri, das mache ich nicht mit«, brüllte sie ihn an. »Der Mann mag Kinder – und das macht ihn verdächtig? Was kommt denn als Nächstes? Dass alle Gynäkologen verkappte Spanner sind? Und sich die männlichen Geburtshelfer direkt aus der Psychiatrie rekrutieren? Willste alle Grundschullehrer einsperren?«

»Olly, du hast ja 'nen Knall«, brüllte Harm zurück, und einer vom Betrug applaudierte sacht, hörte damit aber wieder auf, als Olly ihm einen wilden Blick zuwarf.

»Noch leite *ich* diese Ermittlungen, kapiert? Und dann wollen wir doch mal sehen, ob ich zur Kindergärtnerjagd blase! Ik schiet di wat!«, schrie Olly. Sie fuhr herum und schüchterte die versammelte Mannschaft mit ihrer geballten Faust ein. So weit war es also gekommen mit der Leeraner Mordkommission.

»Es ist zum Heulen«, sagte Olly, als der Tag endlich vorüber war und sie Elias vor der PI in ihr Auto steigen ließ. »Warum kann ein Mann keinen Kontakt zu Kindern haben, ohne gleich in Verruf zu geraten? Man macht einen Mann zum Aussätzigen, nur weil er einem Kind beim Drachensteigenlassen hilft, verstehst du?«

Er hätte andeuten können, dass er es möglicherweise sogar besser als sie selbst verstand, allein wegen seines Geschlechts, aber er hielt den Mund. Ihm fiel auf, dass Olly die Autobahn in die falsche Richtung hinauffuhr. »Wo willst du denn hin?«

»Zu deiner Mutter. Ich finde, heute ist ein schöner Tag, um sie zu besuchen. Schon um die Nerven zu beruhigen.«

»Da fährst du aber in die falsche Richtung.«

»Kann nicht sein. Egal, wo man hinwill – von hier aus muss man immer über Oldenburg.«

»Es ist aber trotzdem der falsche Weg«, sagte Elias.

»Wo wohnt sie denn?«, fragte Olly.

Er sagte es ihr.

»Weißt du«, meinte sie, als sie wenig später durch die Flure des Seniorenheims schritten, »dass ist schon echt schofelig von dir. Du hättest deine Mutter in jeder Mittagspause besuchen können. Es sind fünf Minuten von der PI hierher. *Zu Fuß*!«

»Nicht bei Rotlicht«, wandte er ein.

Royalblaue Fransenteppiche mit Goldstickereien dämpften ihre Schritte, der Stuck an der Decke signalisierte Stil. Das ist schon etwas anderes als das Heim, in dem Beefke Sommer ihre Patentochter versteckt hatte, dachte Elias. In diesen Wänden steckte sattes Geld. Als sie vor der mattweiß gestrichenen Zimmertür mit der bronzenen 28 standen und

Olly klopfen wollte, fing Elias ihre Hand ab. »Wenn ich mich recht entsinne«, sagte er, »habe ich meiner Mutter noch gar nicht erzählt, dass ich umgezogen bin.«

»Wie jetzt?«

»Der Arbeitsplatzwechsel. Es hat sich nicht ergeben, darüber zu berichten. Sie geht immer noch davon aus, dass ich in Hannover … nee, eigentlich in München arbeite.«

»Wieso in München?«

»Da war ich mal, für ein halbes Jahr. Nach der Fachhochschule.«

»O Gott! Und du hast ihr nie gesagt, dass du keinen Katzensprung weit weg wohnst?«

»Ich finde, sie muss nicht alles von mir wissen. Vieles belastet sie nur.«

»Mann«, sagte Olly, »du solltest dich was schämen, aber echt!«

Dieser Meinung war Elias' Mutter auch. Sie verwuschelte ihm die Mähne und nannte ihn einen furchtbaren Kerl, weil er so lange gewartet hatte mit dem Besuch. »Monate sind das jetzt her! Damals hat es geschneit, weißt du noch? Nicht, dass ich klagen will.«

Mit Olly verstand sie sich erwartungsgemäß gut. »Wissen Sie, Elias hat nicht gerade die Laufbahn eingeschlagen, die sein Vater und ich uns von ihm erhofft hatten«, erläuterte sie ihr vertraulich, während sie ihr Kokosbutterkekse aus einer filigranen goldenen Schale anbot. »Da hat er sich schon unter sein Niveau begeben.«

»Ehrlich?«

»Junge, sag ich immer, sieh dich an. Uniform steht dir gar nicht. Finden Sie nicht auch, dass er vom Aussehen her eher

etwas Künstlerisches hat? Womöglich etwas… Kafkaes-
kes?«

»O ja, und innen drin noch mehr. Also, was das Kafkaes-
ke angeht«, sagte Olli. »Aber Uniformen trägt er überhaupt
nicht.«

»Wenigstens das«, seufzte Elias' Mutter. Sie drückte auf
einen Klingelknopf, der wie ein bronzefarbener Lichtschal-
ter in die Wand eingelassen war. »Ich bin offen gestanden
gar nicht erfreut, dass er sich nach München hat versetzen
lassen. Das liegt doch so nah an Italien, hab ich ihm gesagt.
Und Italien… Mafia… Verstehen Sie?«

Olly nickte.

»Nach meiner Ansicht ist schon der ganze deutsche Süden
von denen unterwandert. Ich hab da mal eine Reportage drüber gelesen. Die sind bis nach Duisburg vorgerückt. Ich sehe
mich schon an deiner Bahre stehen, sag ich immer zu Elias,
wo du liegst, niedergestreckt von einem Kugelhagel. Aber
wann hat das junge Volk je Rücksicht auf die Gefühle einer
alten Mutter genommen?«

Eine Frau klopfte und wollte wissen, wie sie behilflich sein
könne. »Pfefferminztee«, bat Elias' Mutter. Das war ja keine Überraschung. Der Pfefferminztee hatte sie schließlich
durch ihr gesamtes Leben begleitet. Ihren Gästen gestand
sie allerdings einen Kaffee zu.

»Musiker, hab ich immer gesagt. Elias, in dir steckt ein be-
gnadeter Musiker«, erklärte sie Olly, als die junge Frau mit der
weißen Schürze das Zimmer wieder verlassen hatte. »Wussten Sie, dass er mit sechs bei ›Jugend musiziert‹ den zweiten
Preis für Cello verliehen bekommen hat? Er sah so niedlich
aus mit seinem Anzug und der lindgrünen Weste, der kleine Racker.« Sie besaß ein Foto von der Preisverleihung, und

258

auch eines, das Elias mit Sabbermund und einigermaßen blödem Gesichtsausdruck im Sandkasten zeigte, und eines, wo er Pirat spielte, mit nichts als einem Säbel bekleidet.

Olly fand das alles sehr interessant, auch die drei Millionen Aufnahmen, die ihn mit dem Cello in Mutters Musikzimmer zeigten. »Warum hast du mir denn noch nie was vorgespielt, Elias?«, wollte sie wissen.

»Er ist zu schüchtern«, meinte seine Mutter. »Du musst dir was zutrauen, Elias, predige ich ihm, seit ich denken kann. Ich kenne mich aus, ich habe nämlich selbst als Sängerin gearbeitet. Man tritt auf die Bühne und steht vor dem Publikum ... und dann muss man einatmen und an Größe gewinnen. Man muss die Bühne füllen. Das geschieht über das limbische System, gehirnmäßig, verstehen Sie?«

Für den Fall, dass Olly es *nicht* verstehen sollte, erhob sie sich, hechelte ein wenig, um ihre Muskulatur zu entkrampfen, füllte dann den üppigen Brustkorb mit Luft und schmetterte eine Tonleiter. Während Elias lauschte, kam ihm plötzlich die Erkenntnis, weshalb sich bei ihm keine Sympathie für King Kong einstellen wollte. Da gab es, rein stimmlich gesehen, nämlich eine frappante Ähnlichkeit mit seiner Mutter.

Das dreigestrichene d versetzte Elias' Gehörzellen in einen Zustand gereizter Verkrampfung. Früher hatte Mutter mit diesem Ton einmal ein dünnes Porzellanschälchen zum Zerspringen gebracht, wovon sie immer gern erzählte, obwohl Elias glaubte, gesehen zu haben, dass sein Vater mit dem Ellbogen dagegengekommen war, aber da hatte er lieber den Mund gehalten.

Er sah, wie Olly horchte und fasziniert die Sessellehne umklammerte.

Wieder zu Atem gekommen, erklärte Elias' Mutter: »Dieses Talent, die Menschen mit sich zu reißen, in ihnen unsterbliche Gefühle zu erwecken, muss man aber wohl in sich tragen. Mein Elias ist dafür zu introvertiert. Gerade darum begreife ich aber auch nicht, warum er sich auf die Polizeilaufbahn versteifen musste. Sich von jedem betrunkenen Autofahrer anpöbeln lassen!«

»Introvertiert, ja, das trifft es wohl«, stimmte Olly zu. Sie zupfte an ihrem rechten Ohrläppchen, als wolle sie die Scherben des dreigestrichenen d aus dem Gehörgang schütteln.

»Sind Sie selbst denn auch bei der Polizei?«, fragte Elias' Mutter.

»Nee, ich bin Anwältin.«

»Wissen Sie, das habe ich gespürt. Im Ernst, Sie strahlen so etwas … Korrektes aus. Man merkt Ihnen an, dass Sie ein beherrschter Mensch sind, der sich durch nichts provozieren lässt.«

»Das ist die erste Regel für Anwälte: sich nicht provozieren lassen.« Während die Pflegerin hereinkam und Getränke und Kuchenteilchen servierte, plauderte Olly mit ihrer Gastgeberin über Gerichtsprozesse, wobei Elias' Mutter auf ihre Erfahrungen zugriff, die sie mit der Richterin Salesch im Fernsehen gesammelt hatte. Olly erzählte von einem Prozess, in dem sie die Anklage geführt hatte. Es war um eine Frau gegangen, die ihren Kerl zusammengeschlagen hatte, weil der nicht den Balkonfußboden schrubben wollte. Elias' Mutter fand ihre harte Haltung richtig. Solche Mannweiber mochte sie nämlich überhaupt nicht. »Haben Sie das Weib für zehn Jahre ins Zuchthaus geschickt?«

»Na ja …« Olly langweilte ihre Zuhörerin nicht mit den Petitessen der Gerichtsprozessordnung, die ja eher weniger vorsehen, dass eine Staatsanwältin auch das Urteil fällt. »Aber dass du mir noch nie was auf dem Cello vorgespielt hast«, sagte sie zu Elias. »Ich hab ihn nur mal unter der Dusche pfeifen hören.«

Mutters Augenbrauen flitzten in die Höhe. Über ihr Gesicht ging ein Leuchten. Sie war ja nicht blöd. Dusche … pfeifen … Dass ihr einziger Spross sich mit den Damen schwertat, quälte sie schon lange. »Was pfeift er denn?«

»Keine Ahnung. Klassisch.«

»So ist er aufgewachsen!«

»Dieses Torero-Zeug. Auf in den Kampf …«

»Dann wohnen Sie also ebenfalls in München?«

»Gewissermaßen … in der Nähe sozusagen.« Olly wurde knallrot, als sie log.

Elias' Mutter blinzelte ihrem Sohn schelmisch zu. »Unter der Dusche! Na, du bist mir ja einer! Übrigens …« Sie steckte eine kandierte Kirsche in den Mund, kaute und schluckte manierlich, bevor sie weitersprach. »… Günther, also Herr Nowotny, geht heute Abend mit mir ins Konzert. Tschaikowsky und ein wenig Chopin. Eine kleine, gediegene Sache, nicht mehr als achtzig Zuhörer. Ich glaube, es findet in einer Burg statt.«

»Das ist ja prima«, sagte Elias, und dieses Mal brauchte er seine Begeisterung nicht zu heucheln.

»Du musst jetzt nicht gleich wieder eifersüchtig sein, Junge. Mein Sohn«, Mutter beugte sich zu Olly, »hat da dieses typische Konkurrenzempfinden, das man bei Kindern so oft antrifft.«

»Jeder Mensch muss sehen, wo er bleibt, gerade als Frau«, fand Olly.

»Ist das mit Günther Nowotny was Ernstes?«, fragte Elias hoffnungsvoll.

»Dein Vater ist seit acht Jahren tot. Du musst dich damit abfinden, dass auch deine Mutter noch auf ein spätes Glück hofft.«

»Klar«, sagte er. »Wohnt er denn auch hier im Heim?« Er sah es schon vor sich – Mutter und Günther, die einander so lieb hatten, dass sie sich völlig selbst genügten und es eher lästig fanden, wenn ein junger Mensch ihnen die Bude einrannte und die kostbare gemeinsame Lebenszeit stahl.

»Es ist eine *Residenz*, mein Junge, eine Residenz! Und… nein, er wohnt nicht hier…«

»Oh!«

»Aber ganz in der Nähe. In Logabirum.«

Elias' Miene heiterte sich wieder auf.

»Und ich möchte, dass du ihm zumindest höflich begegnest, wenn du ihn triffst, mein Junge, wenigstens *das* erwarte ich von dir!«

»Mach ich!«, versprach Elias.

»Schließlich kann ich dir nicht mein ganzes Leben opfern!«

Genau.

»Da vertrau ich auf dich, mein Sohn.«

Elias strahlte.

Die Zeitung am nächsten Tag titelte: *Mord an Steffi vor der Aufklärung?* Unterzeile: *Mädchen Opfer eines Pädophilen?*

Da war im K1 erst mal Stunk. Harm wollte wissen, wer der Presse gesteckt habe, wie der intimste Stand der Ermittlungen sei, und versicherte, dass er den Kerl rausschmeißen werde, und zwar achtkantig! Zu seinem Erstaunen meldete sich niemand. Dann sagte Hedda: »Das war einer vom Betrug oder der Jugend, wetten? Oder die Putzfrau. Die haben doch alle zugehört, als du's durch das Gebäude gebrüllt hast.«

»Soll also *ich* jetzt schuld dran sein?«, schnauzte Harm sie mit einem feinen Ohr für Kritik an.

»Jau«, sagte Hedda, und damit war zumindest dieser Punkt erledigt, denn Harm konnte sich ja nicht gut selbst rausschmeißen. Dafür hängte er sich voll in die Ermittlungen. Hedda und Reinert sollten Büttners Nachbarschaft ausfragen. »Aber diskret, Leute, es ist ja nur ein Anfangsverdacht.«

Koort-Eike sollte sich online schlaumachen, was es über Franz' Vergangenheit zu wissen gab. Er selbst wollte mit Elias, also dem Profiler der K1, den Verdächtigen vernehmen.

»Elias ist kein Profiler, sondern Fallanalytiker«, sagte Olly, die noch das Auto geparkt hatte und deshalb erst bei diesem letzten Satz in Harms Büro kam.

»Weiß ich doch, aber trotzdem: Er hatte die richtige Nase, was Franz Büttner angeht.«

Elias wollte einwenden, dass das mit Franz und Sören ja gar nicht sicher sei, aber Harm ließ ihn nicht zu Wort kommen: »Los, Mann. Wir haben's eilig.«

Olly stellte sich ihnen in den Weg. »Was habt ihr denn vor mit Franz Büttner?«, fragte sie argwöhnisch.

»Er ist eine Spur, und die werde ich verfolgen. Auch wenn du die Ermittlungen leitest, wüsste ich nicht, dass du mir jeden Schritt vorschreiben kannst«, sagte Harm bockig.

»Warst du das mit der Zeitung?«

»Hm?«

»Es stinkt mir, was ich heute Morgen beim Kaffee über Pädophile gelesen habe.«

»Das waren die vom Betrug«, blaffte Harm.

»Na schön, aber *du* hast den Gedanken aufgebracht. Und noch mal, fürs Protokoll: *Ich* bin die Staatsanwaltschaft. Und wenn du Büttner vernimmst, dann will ich dabei sein. Um sicherzustellen, dass er nicht eingeschüchtert wird.«

»Sind wir jetzt *so* miteinander?«

»Sind wir«, sagte Olly, »und du kannst froh sein, dass ich zu korrekt bin, um mich provozieren zu lassen.«

»Na, dann bitte schön, los«, knirschte Harm.

»Dann danke schön, jawohl«, knirschte Olly.

Da sie sowieso schon in Neermoor waren, wollte Harm zunächst einmal bei Familie Coordes vorbeischauen, um sie hinsichtlich des Verhältnisses ihrer verschwundenen Nichte / Enkeltochter zum Nachbarn Franz Büttner zu vernehmen. Die Sonne schien, und Gitta saß wieder hinter ihrem Holztisch mit den Eiern, dem Frühgemüse und den ersten Erdbeeren. Ihr Gesicht war verhärmt und um die Augen aufgequollen, was für langes Weinen sprach.

»Leute weinen auch, wenn sie etwas Schlimmes getan haben oder von was Schlimmem wissen, was sie nicht preisgeben wollen«, brummelte Olly, entschlossen, sich durch

Gittas Kummer nicht erweichen zu lassen. »Ich würde sagen, Gitta ist klar, dass Bärbel Steffi umgebracht hat. Vielleicht aus Eifersucht, weil die Kinder die Tante lieber mochten als die eigene Mutter.«

Daran hatte Elias ja auch schon gedacht.

Ein Kunde, ein Tourist aus Herne, den das Straßenschild mit dem Hinweis auf frisches Obst angelockt hatte, stand vor Gitta und wollte ein Pfund Erdbeeren haben oder auch zwei, wenn sie wirklich vom selben Tag waren. Gitta reichte ihm eine Dutzendpackung Eier. Nach einem Augenblick verlegenen Wartens nahm Elias ihm die Eier wieder ab, reichte ihm einen Korb Erdbeeren und sortierte das Geld in Gittas Kasse. Er nahm die Kasse an sich, als Gitta aufstand, um sie ins Haus zu bitten, und trug sie ihr hinterher.

In ihrer Wohnung holte Gitta erst mal eine Flasche Gorbatschow aus dem Schrank, trank ein paar Schlucke, stellte sie ins Fach zurück und sackte aufs Sofa. »Ich vermisse sie. Ich vermiss die beiden. Ist das nicht komisch?« Sie lachte, obwohl an ihrer Sehnsucht ja rein gar nichts komisch war. »Hundertmal hab ich mir ausgemalt, wie mein Leben ohne meine verdammte nervige Schwester wäre und ohne Steffi, die ewig was wollte und heulte, weil sie Schmerzen hatte, aber ihre Medikamente ausspuckte und in die Hose machte, wenn ich sie deshalb ausgeschimpft habe. Mit Absicht! Und Bärbel hat *nichts* getan, um mir zu helfen. Ich sag: ›Bärbel, leg ihr die DVD ein, wenn ich weg bin, damit sie Ruhe hält‹, aber Bärbel tut das natürlich nicht. Stattdessen sieht sie seelenruhig zu, wie Steffi mit dem Rollstuhl rausfährt. Und dann ist Steffi runter zum Badesee, ertrinkt fast, und ich krieg mich nicht mehr ein vor Vorwürfen und Heulen. Aber Bärbel meckert nur, dass ich mit Steffi nicht schimpfen darf, weil sie das al-

265

les gar nicht versteht…« Gittas Blick war in eine freudlose Vergangenheit gerichtet, sie sah plötzlich so alt aus wie ihre Mutter.

Olly signalisierte Elias und Harm mit diskret hochgezogenen Augenbrauen, dass Gitta gerade sozusagen ihr Motiv eingestanden hatte und man jetzt vielleicht auf ein Geständnis hoffen konnte.

Elias merkte, wie er Magenschmerzen bekam.

Gitta stand auf und nahm einen weiteren Schluck aus der Wodkaflasche, stellte sie aber dieses Mal nicht zurück. »Und was die Nachbarn tuscheln…«, murmelte sie, die Flasche in der Hand, »… dass man Steffi in ein Heim geben müsste… Ist doch alles Gequatsche. Da wäre sie doch eingegangen, vor lauter Heimweh. Die hätte doch gar nicht kapiert, dass es nur zu ihrem Besten ist. So was tu ich nicht, hab ich zu Gretje Bruns und den andern gesagt! Aber wie ich die Blicke gehasst habe… Stunkmakers! Wissen alles und haben von nichts 'ne Ahnung.«

»Und was haben Sie da gemacht?«, tastete Olly sich vor.

»Wieso?«

»Na ja, als sich so gar keine Lösung ergab.«

Gitta war etwas langsam, wegen des Schocks und des Gorbatschows, aber dann kapierte sie doch, worauf die Staatsanwältin hinauswollte. »Schämen Sie sich gar nicht?« Ihre Stimme klang brüchig.

Olly kriegte einen roten Kopf. »Ich *muss* das fragen.«

»Die Polizei ist unfähig, ein verschwundenes Kind zu finden. Sie jagt eine geistig behinderte Frau in den Tod… Und dann zeigt sie mit dem Finger auf die Familie. Um also Ihre Frage zu beantworten: Ich hab Steffi *nichts* angetan! Ich hätte mir eher die Hand abgehackt, als ihr…« Sie begann wieder zu weinen. »Kapieren Sie das nicht? Dass man auch ein nerviges und behindertes Kind lieben kann? Dass man solche Menschen lieben kann, auch wenn sie einen fast kaputt machen? Dass man sie trotzdem lieb hat?«

»Doch«, sagte Elias.

»Und außerdem«, ergänzte Harm, der keine Sekunde vergessen hatte, weshalb sie Gitta überhaupt besuchten, »sind wir hier, um zu erfahren, wie das Verhältnis Ihrer verschwundenen Nichte zu Franz Büttner war.«

Man konnte sehen, wie es in Gittas Kopf ratterte. Der Gorbatschow kostete sie fast eine Minute. Dann sagte sie: »Scheißbullen« und brach erneut in Tränen aus. So nach und nach bekamen sie aus dem, was Gitta stammelte, heraus, was sie mit ihren Beschimpfungen sagen wollte. Dass sie es nämlich unglaublich fand, wie die unfähige Polizei sich nun den nächsten Verdächtigen herauspickte, nämlich den unbescholtenen Nachbarn, dessen einziges Vergehen darin bestand, dass er Kinder gernhatte.

»Genau«, entflutschte es Olly.

»Und Sören van Doom lasst ihr laufen. Weil ihr doch alle unter einer Decke steckt. Die Reichen haben ihre Lobby, die können kriminell sein, wie sie wollen, da sieht man weg. Lieber raufprügeln auf die, die sich nicht wehren können. Reicht es denn nicht, dass ihr Bärbel umgebracht habt?«

»Es tut mir wirklich leid, dass sie tot ist«, sagte Elias und verlor alle Farbe.

Gitta starrte ihn an. »Und? Was nützt mir das?«

»Nimm's dir nicht zu Herzen«, riet Olly ihm, als sie rüber zu Franz gingen.

»Tu ich nicht«, log Elias und versuchte, den Gedanken an

Gitta abzuschütteln, aber leicht war das nicht. Sie klingelten bei Büttners. Allerdings machte ihnen nicht Franz, sondern seine Ehefrau auf, die Finanzbeamtin. Sie hatte eine Schniefnase und einen bösen Husten und trug einen Bademantel mit einem gestickten Pinguin über einem Baumwollpyjama, aber das ließ sie keinen Deut weniger streng wirken. Aufmerksam kontrollierte sie, ob sie sich auch die Schuhe abtraten. Dann bat sie sie auf die Terrasse. Da konnte man wohl nicht so viel schmutzig machen wie im Wohnzimmer.

Harm fragte sie nach den Personendaten und trug alles pedantisch in sein Notizbuch ein. »Und Sie arbeiten beim Finanzamt?«

»Steuerfahndung«, sagte Frau Büttner.

Wumms, das saß erst mal. Sie taten so, als hätte sie beispielsweise »Abteilung für Hundesteuer« gesagt. Aber natürlich waren sie geschockt. Ganz rein ist das Gewissen ja nie, wenn es um Steuern geht. Obwohl Elias äußerst korrekt war. Bis vielleicht auf die Sache mit dem Bierbringdienst. Da hatte er die Arbeit des Bullifahrers, der ihm die Kisten für einen Zehner bis unters Dach getragen hatte, bei den haushaltsnahen Dienstleistungen eingetragen. Das war ihm logisch vorgekommen, aber unter dem Blick der Steuerfahnderin war er sich plötzlich nicht mehr sicher.

»Und warum sind Sie nun hier?«, erkundigte sich Frau Büttner.

Harm verschob seinen Terrassenstuhl so, dass er im Schatten der Hauswand saß und man sein Gesicht nicht erkennen konnte. »Es geht um Ihren Mann.«

»Ist er tot?«

Die Ahnung war nicht ganz verkehrt, denn man wusste ja: Wenn die Polizei in Divisionsstärke an einer Haustür schellt, dann kommt fast immer die traurige Meldung von einem gewaltsamen Ableben. Unter dieser Voraussetzung, dachte Elias, hätte Frau Büttner allerdings etwas aufgeregter klingen können. Stattdessen gähnte sie und schaute auf die Uhr.

»Keine Sorge«, sagte Harm. »Wir wollen ihn einfach sprechen.«

»Und?«

»Können Sie uns sagen, wo wir ihn finden?«

»Woher soll ich das wissen?«

»Ehefrauen wissen gelegentlich, wo sich ihre Ehemänner rumtreiben«, begann Olly sich aufzuregen.

»Mag sein. Ich aber nicht. Mein Mann und ich leben so gut wie getrennt. Und das ist auch nicht verboten, wenn ich recht informiert bin. Ich habe übrigens noch gar nicht Ihre Ausweise gesehen. Sind Sie nicht verpflichtet, sie vorzuzeigen? *Ohne* Aufforderung?«

Sofort wurde auch Olly wieder klein. Steuerfahnder senden Einschüchterungssignale aus, da kommt nicht mal die Polizei mit. Aber sonderbar, dachte Elias, dass ich die Frau letztens noch mit Franz zusammen im Garten hab werkeln sehen, wenn die beiden so gut wie getrennt leben. Er fragte sie danach.

»Ich wüsste nicht, was Sie das angeht.« Frau Büttner lächelte von oben herab.

»Dann fragen wir ihn eben selbst«, sagte Elias. »Und vielleicht auch die Nachbarn. Die werden bestimmt gern weiterhelfen.«

Frau Büttner blickte ihn böse an. Sie ließ sich ihre Ausweise geben und studierte den von Elias ganz besonders gründlich. Anschließend schrieb sie seinen Namen auf den Rand der Tageszeitung.

»Wie ist denn Ihr Verhältnis zu Ihrem Mann?«, fragte Elias, der sich ebenfalls zu ärgern begann.

»Wunderbar«, meinte die Büttner ironisch.

Elias nickte. »Sie haben recht – auch da geben die Nachbarn wahrscheinlich das objektivere Bild.«

Die Büttner drückte auf ihren Vier-Farben-Kugelschreiber und umkreiste den Anfangsbuchstaben seines Nachnamens mit einem roten Kringel.

»Auf jeden Fall müssen wir den Computer Ihres Mannes beschlagnahmen.«

»Warum das denn?« Jetzt war die Büttner ehrlich erstaunt.

»Weil wir wissen wollen, welche Art Fotos Ihr Mann dort sammelt.«

»Welche ...?« Frau Büttner starrte hinüber zum Hof der Coordes-Familie. Dann brach sie in schallendes Gelächter aus.

Sie fingen Franz Büttner vor dem Kindergarten ab, in dem er arbeitete. Um ihn nicht bloßzustellen, machten sie kein großes Tamtam, sondern verabredeten sich mit ihm vor seinem Haus.

»Sie glauben, dass du es mit Kindern treibst«, rief ihm seine Frau entgegen, die sie im Flur erwartete.

Franz wurde blass. Er leugnete jeden unziemlichen Umgang mit Kindern, besonders aber den mit Steffi, die er kaum jemals gesehen habe ... Na gut, gesehen schon, aber er hatte sich nur gelegentlich mit ihr unterhalten und ... Man war doch zu einer Behinderten freundlich, jeder hier im Dorf, das war doch schon rein menschlich wichtig ... Aber nie hatte er sie allein getroffen, nur immer auf dem Weg zur Straße, den sich die drei Höfe teilten.

Übereifrig führte er sie zu seinem Laptop und nötigte ihnen das Ding praktisch auf, damit sie sich von seiner Unschuld überzeugen könnten. Das schicke rosa Notebook seiner Frau gab er ihnen auch gleich mit. Dies aber wohl eher aus Ärger über seine Besitzerin. Sie nahmen es gern.

»Niemand will Sie in die Pfanne hauen«, tröstete Olly den aufgeregten Mann, »und mit *niemand* meine ich die Staatsanwaltschaft, die solche Ermittlungsverfahren leitet und also das Sagen hat, was viele Leute gar nicht wissen. Diese Staatsanwaltschaft – das bin ich. Sie können sich deshalb auf mein Wort verlassen. Aber nachsehen müssen wir trotzdem.«

Die beiden Computer wurden zu Koort-Eike gebracht, ihrem Spezialisten in Sachen Computer. »Na toll«, meinte der genervt, »wisst ihr, was das für eine Arbeit ist? Habt ihr euch wenigstens die Passwörter geben lassen? Klasse, dachte ich mir!« Seine Augen glänzten. Er konnte es kaum abwarten, dass sie wieder draußen waren, um sich über die Dinger herzumachen. So waren sie ja, diese Freaks.

»Warum kommst du nicht einfach mit zu Imogens Party?«, fragte Elias. Er hatte sich zurechtgemacht, also seine blaue Jeans gegen eine blaue Jeans und sein Sweatshirt gegen ein Sweatshirt eingetauscht, und trug einen Blumenstrauß in der Hand, den er in Ollys Garten zusammengeklaut hatte.

»Zu müde.« Olly rekelte sich lustlos auf dem Sofa.

»Imogen ist ein prima Mensch. Es wird bestimmt nett dort.«

»Glaub ich auch. Hab aber trotzdem keine Lust«, sagte Olly. Sie wuchtete sich vom Sofa hoch, ging durch die Terrassentür und streute King Kong, der hin und her trippelte und zum Haus stierte, eine Handvoll Körner hin.

Also gut, dann musste er eben allein gehen, obwohl Imogen sich sicher gefreut hätte, Olly zu sehen.

In dem alten Fischerhaus, in dem Harm und Imogen wohnten, ging es hoch her. Imogen war allseits beliebt und entsprechend zahlreich die Gästeschar. Freunde aus dem Dorf, Studienkollegen – Imogen hatte BWL studiert – und einige von Harms Cousins und Cousinen füllten das Wohnzimmer und den Garten. Ihre Kinder waren natürlich auch da. Zwei Jungen, einer mit Apfelbäckchen und ein spindeldürrer, der aussah wie Huckleberry Finn in der frühen Verfilmung. Die beiden versuchten, Salz in die Getränke der Gäste zu streuen, um ebenfalls auf ihre Kosten zu kommen, was den Spaß anging. Aus vier Lautsprechern wummerte Musik.

»Und? Alles in Ordnung?«, rief Imogen, die Elias auf einem Bänkchen auf der Terrasse erspähte.

»Klar. Ich amüsier mich bestens«, brüllte Elias durch den Lärm zurück. Das stimmte auch. Die schöne Festdeko mit Blumen, Girlanden und Teelichtern in gewachsten Papiertütchen, dazu die vielen Menschen, die über die Köpfe der anderen miteinander redeten und lachten und die Musik laut und leiser und wieder laut drehten ... Schade, dass man sich nur schreiend unterhalten konnte. Aber das hier war natürlich kein gemütliches Familientreffen wie im Haus von Harms Familie, sondern eine echte Fete. Wenn nur Olly dabei gewesen wäre. Sie sollte sich nicht so einigeln, dachte Elias.

Imogen setzte sich neben ihn und zog eine Freundin oder Cousine in ihren Kreis. »Erzähl mal – das mit den Luftballons«, brüllte sie in sein Ohr. »Wie kommt es überhaupt, dass du welche dabeihattest? Ich meine, das ist doch eher ungewöhnlich, für jemanden, der kein Vater ist oder so, dass er Luftballons bei sich trägt, wenn er zu einem Einsatz fährt.«

»Gefunden«, schrie Elias zurück. »Ich bin mit der U-Bahn zum Einsatzort, weil das schneller …« Egal. »Da hat ein Junge sie liegen lassen, und ich wollte …«

»Was?«

»Hinterher«, brüllte er. »Ich wollte hinterher und sie ihm wiedergeben, aber er war schon durch die Tür und ausgestiegen, und ich hatte noch eine …«

»Was?«

»… eine Station, ich hatte noch eine Station! Er war aber schon auf dem Bahnsteig.«

Imogen nickte. Sie und ihre Cousine wippten mit den Füßen und lächelten im Takt der Musik.

»Gottverdorri!«, schrie Imogen plötzlich und sprang auf, weil einer ihrer Söhne, der mit den dicken, roten Bäckchen, ein Salzpäckchen in die Maibowle entleerte. Die Cousine übernahm ihren Platz auf Elias' Bank und brüllte in sein Ohr: »Hatte der Junge auch was mit der Bombe zu tun?«

Aber nein, bewahre. Das mit der Bombe war doch viel später gewesen, als das Sondereinsatzkommando bereits das Haus stürmte. Elias wollte ihr das erklären, aber er war schon ein bisschen heiser. Außerdem pfiff es in seinem Ohr, und allmählich bekam er Kopfschmerzen. So viel Familie in Verbindung mit lauter Musik – für jemanden wie ihn, der nicht daran gewöhnt war, stellte das eine enorme Herausforderung dar. Er war dankbar, als Harm ihm vom Gartentürchen aus zuwinkte. Sein Chef wollte mit ihm die Reisetasche vom Boot holen.

»Läuft es denn jetzt gut mit dir und Olly?«, fragte er, als sie an der kleinen Kirche und den Souvenirläden vorbei hinunter zum Jachthafen spazierten.

»Bestens.«

Harm warf einen Blick über die Schulter. »Meine Güte, wie das dröhnt!«, seufzte er. »Das ganze Dorf kann mitfeiern.«

»Muss man sich wohl ein bisschen dran gewöhnen.«

»Imogen kommt aus Oldenburg – da sind die Leute so drauf.«

Elias nickte. Klar. Sie stiegen ins Boot.

»Die Polizeidirektion will unsere Mordkommission übrigens mit Kollegen von auswärts verstärken«, erklärte Harm, während er Elias' Reisetasche unter einem Stuhl hervorzog. »Ippen ist der Meinung, dass wir nach Bärbels Tod davon ausgehen müssen, dass Steffi umgebracht wurde. Keine Ahnung, wie sich das logisch zusammenfügt. Aber nun müssen wir sämtliche Spuren verfolgen, die sich nur irgendwie ergeben. Stefanie Coordes ist jetzt offiziell kein Vermisstenfall mehr, sondern ein Mordfall ohne Leiche.«

Elias nickte. Er nahm die Tasche entgegen, die Harm ihm reichte.

»Ich mag keine fremden Leute in meinem Revier«, knurrte sein Chef.

»Natürlich nicht.«

»Aber in einem hat Ippen recht: Mit vierzig Mann kannst du mehr wuppen als mit acht.« Harm drängelte sich an ihm vorbei, und sie kletterten die steile Treppe hinauf. »Was mag der Kleinen wohl wirklich passiert sein, Elias? Ich tippe immer noch auf Franz, weil der so was Schmieriges hat. Aber wie sollen wir den drankriegen? Hast du nicht irgendwas auf deinen verfluchten gelben Zetteln stehen, was uns weiterhelfen …? Ach, vergiss es.«

Sie standen an Deck und starrten auf das schwarze Wasser. »Ein paar Dinge gibt es, die lassen mir keine Ruhe«, sagte Elias. »Zum Beispiel das bucklige…« Er spürte förmlich, wie Harm neben ihm zusammenzuckte, und formulierte um: »Der kleine Boris hat gesehen, wie seine Schwester fortgeschafft wurde – und zwar leblos, vermute ich, denn ihre Beine schlenkerten ja von der Karre. Und ich tippe drauf, dass er auch gesehen hat, wer die Karre geschoben hat. Aber damit will er ja ums Verrecken nicht rausrücken. Und da frag ich mich: Warum schweigt er?«

»Scheiße«, sagte Harm.

»Und Bärbel reißt aus und verkriecht sich in der Eislaufhütte und bei der Patentante, und als sie mich sieht, läuft sie panisch weg. Da will man doch auch wissen, warum sie sich auf keinen Fall verhören lassen will. Was wollten Bärbel und Boris uns über das bucklige Männlein verschweigen? Was sollen wir auf keinen Fall erfahren?«

»O Mann«, seufzte Harm. »Nicht in diese Richtung. Nicht die Familie.«

»Es kann natürlich sein, dass Boris seine Mutter mit Steffi und der Karre beobachtet hat. Aber dann frag ich mich, warum er jetzt, nachdem sie tot ist, nicht mit der Wahrheit rausrückt.«

»Weil er sich für sie schämt«, sagte Harm. »Nur werden wir den Fall dann nie lösen können, es sei denn, wir setzen den Jungen schwer unter Druck.«

»Gitta kann er gut leiden. Wenn *sie* Steffi was angetan hätte, würde er ebenfalls lügen. Aber Gitta ist ja dermaßen traurig…«

»Gefühle können auch geheuchelt sein.«

»Nur ist Gitta nicht besonders gut im Heucheln«, meinte

Elias. Er spuckte ins Wasser und sah zu, wie sich ein kleiner glitzernder Kreis bildete, der sich sofort wieder auflöste. »Für Oma Inse würde Boris sowieso lügen. Aber die hätte ihrer Enkeltochter nichts angetan. Das glaub ich einfach nicht. Die ist so allumfassend mütterlich …«

»Nicht sentimental werden, das trübt den polizeilichen Blick«, warnte Harm.

»Und der Opa kann nicht raus aus dem Bett – der ist also sowieso aus dem Schneider. Aber vielleicht hat er was gesehen. Und wenn er was gesehen hat, wen würde er schützen? Nicht Franz Büttner oder Sören van Doom, möchte ich meinen.«

»Der Opa kann doch gar nichts sagen, selbst wenn er was wüsste.«

»Ja, das auch noch. Alles kompliziert.«

»Aber du würdest dich auf die Familie konzentrieren?«

Elias spuckte erneut ins Wasser. Ihm war melancholisch zumute. Irgendwo ist Steffi, ganz real, hatte Gitta mal gesagt. Er hatte eine Ahnung, dass sich das Mädchen in tiefer, schwarzer Erde befand oder irgendwo im Schlamm eines Gewässers versunken war.

Als Elias am nächsten Morgen ins K1 kam, lief ihm Koort-Eike entgegen und strahlte übers ganze Gesicht. Er und Sven hatten die Nacht über am Computer getüftelt, und schließlich hatten sie …

»Nein, keine scheußlichen Bilder«, sagte Harm, der Elias eilig in den Ermittlungsraum schob. »Aber sie haben einige interessante Fakten aus Franz' Vergangenheit aufgedeckt.«

Elias blieb abrupt stehen, als er die riesige Meute sah, die sich im Konferenzzimmer versammelt hatte. O Mann! Da war sie, die Verstärkung aus Osnabrück und Aurich und wo sie alle herkamen. Nette Leute, ohne Zweifel, aber das Zimmer wirkte plötzlich eng, und die Luft wurde schon jetzt knapp.

Olly, die dieses Mal vor ihm gekommen war, blickte wie ein Terrier, der von einem Rudel Katzen eingekreist worden ist. Sie tat sich schwer mit fremden Menschen, das wusste man ja. Neben ihr saß ein Mann, der ebenfalls nach Zuschnappen aussah, nur dass es bei ihm wirkte, als habe er Spaß am Beißen.

Harm schloss die Tür und gab zunächst einmal einen Überblick für die Neuen. Er erzählte, wie Steffi verschwunden war, wie man die Karre gefunden und was man untersucht hatte und dass man auch einen Blick in die Biogasanlage in Wiefelstede geworfen habe. Und am Ende sei man bei Franz Büttner gelandet.

»Es ist nicht ungewöhnlich, dass ein Mann als Erzieher arbeitet«, warf Olly ein. Ihr nettes Pferdegesicht strahlte grimmigen Widerstand aus.

»Genau«, sagte Harm. »Und nun hören wir uns erst mal an, was Kollege Müller« – das war Koort-Eike – »herausgefunden hat.«

Der stand auf, referierte gefühlt zehn Stunden über die Möglichkeiten, gesicherte Computer auszuspähen, natürlich immer im Rahmen der gesetzlichen Vorgaben ... Dann sprach er über sein zwiespältiges Verhältnis zur Piratenpartei. Und schließlich, als zwei von den neuen Kollegen anfingen, die Kaffeemaschine zu untersuchen, die hinten auf einem Aktenschrank stand und im Land des Tees Rost angesetzt hatte, bequemte er sich, zum Thema Franz Büttner überzugehen.

Und ließ die Bombe platzen.

Franz Büttner war nämlich bereits früher einmal ins Visier der Justiz geraten, wegen zweifelhaften Verhaltens gegenüber Kindern.

Peng!

In diesem Moment standen sie alle senkrecht, gedanklich, von der Konzentration her.

»Franz ist ins Visier der Justiz geraten, das stimmt«, versuchte Olly die Information abzuschwächen, »aber er ist nie verurteilt worden. Man hat ihn nicht mal vor Gericht gestellt. Weil die Ermittlungsergebnisse das nämlich nicht hergaben!« Sie hatte sich offenbar schon vor Koort-Eikes Vortrag über dessen Laptop hergemacht und wusste deshalb ein bisschen mehr als der Rest der Truppe.

»Nicht vor Gericht gestellt ist was anderes als unschuldig sein«, brüllten die Kollegen von der Kripo fast unisono, und wer nicht brüllte, nickte heftig mit dem Kopf.

»Diesen Kinderschändern kann man *nie* was nachweisen, bekanntermaßen!«, ätzte Ulf aus seiner Ecke und bekam ebenfalls Beifall.

Harm hob die Hand und stellte damit die Ruhe wieder her, und Koort-Eike ging in die Details. Sie hatten auf dem Laptop von Franz nichts direkt Verdächtiges gefunden.

»Ha!«, machte Olly.

»Da waren vor allem Urlaubsfotos drauf. Und seine Steuerfahnderin hat sich mal vor dem Schlafzimmerspiegel nackig gemacht und die Digitalkamera draufgehalten. Das hat er auch gespeichert.«

»Könnte man das mal sehen?«, fragte einer aus Osnabrück.

»Nein«, sagte Harm.

Koort-Eike erzählte weiter. Wie er und Sven aus lauter

Frust den Polizeicomputer durchforstet und dabei herausgefunden hätten, dass ihr Verdächtiger früher in einer Kindertagesstätte in Straubing gearbeitet hatte, und da war einer Mutter aufgefallen, dass ihre Tochter komische Bilder malte, und als die Erzieherinnen einen Blick darauf warfen, hatten sie die Bilder auch komisch gefunden.

»Strichmännchen«, sagte Koort-Eike bedeutungsvoll. »Aber alle in Schwarz. Also schwarzer Buntstift. Oder Bleistift oder so. Und *sehr* sonderbare Gesichter.«

Ein Blatt Papier wurde durch die Runde gereicht, auf dem mehrere ausgedruckte schwarze Strichmännchen zu sehen waren. Ja, fröhlich schauten die alle nicht drein, mit ihren schnurgeraden Strichmündern.

»Na und?«, brummte Olly. »Die Lüttje hatte maltechnisch eben nur ein Gesicht drauf. Kann doch nicht jeder ein van Gogh sein.« Sie blickte dabei zu Ulf, und der kombinierte blitzschnell, dass sie das beleidigend meinte, und sagte, dass er es bestürzend finde, wie viel unqualifizierten Rückhalt solche Scheißkerle in der Justiz hätten, und dass er und seine Partei der Meinung seien, dass man da mal gründlich die Gesetze überarbeiten müsste.

»Und weiter?«, fragte Ollys grimmiger Nachbar. Er hieß Detlef Schmidt und sollte die Ermittlungen von nun an leiten.

Koort-Eike berichtete, dass die Mutter und die Kindergartenleiterin damals Anzeige erstattet hätten und dass Franz Büttner vorsorglich von der Arbeit suspendiert worden sei und …

»Tja!« Koort-Eike grinste genüsslich übers ganze Gesicht. »Und damals haben die Kollegen auf Büttners Computer *wirklich* was gefunden.«

Wieder gingen Bilder über die Tische. Franz Büttner hatte die Kleinen aus seinem Kindergarten fotografiert. Auf der Schaukel zum Beispiel – da wehten die Kleider auch mal im Wind. Und im Sandkasten – da bückten sich die Mädchen, und man konnte ihre Unterhöschen sehen. Und schließlich hatte er die Kleinen nackt fotografiert, wie sie in mehreren aufblasbaren Schwimmbecken planschten und die Kindergärtnerinnen sie aus Spaß nass spritzten. Ein kleiner Junge heulte wegen des Wassers im Gesicht, und eine ältere Frau stand im Hintergrund mit einem Wäschekorb voller Eis am Stiel.

War das nun verdächtig? »Warum hat er die Kinder fotografiert?«, fragte Schmidt in die Runde. Sie guckten alle ein bisschen ratlos und sahen sich noch mal die Bilder an. Elias nahm sich besonders viel Zeit. Niedliche Kinder. Die heimischen Bilderalben waren wohl voll von solchen Schnappschüssen. Aber hier hatte ein Fremder … also, nicht ganz ein Fremder, aber jedenfalls nicht der Vater, die Bilder geschossen. Oder war ein Kindergärtner vielleicht doch so etwas wie ein Vater, und hatte er deshalb geknipst?

Man wusste es nicht. Es konnten harmlose Bilder sein, von einem Menschen, der die Knirpse, für die er sich engagierte, gut leiden konnte und deshalb Erinnerungen an sie haben wollte. Es konnten aber auch schreckliche Bilder sein, wenn man sie mit der entsprechenden schmutzigen Phantasie betrachtete.

»Ich finde, damit ist er dran«, sagte Schmidt.

»Und *ich* finde, man sollte sich mit den Kollegen da unten kurzschließen und fragen, warum sie ihn haben laufen lassen«, sagte Olly.

Harm nickte, aber er sah dabei wenig engagiert aus. Nackte Kinder. Und ein Mann, der von ihnen Fotos geschossen hatte. Irgendwie mehr als unangenehm. »An Boris Coordes hat er sich ja auch rangemacht, mit dem Drachen.«

»Bevor hier irgendwelche Verdächtigungen festgezurrt werden, wird gründlichst ermittelt. Damit das klar ist«, sagte Olly.

Ein Schlachtplan wurde festgelegt. Das geschah hinter verschlossenen Türen, wo sich Harm und Olly mit Ippen, Jensen und dem Kollegen Schmidt berieten. Die Kommissare von auswärts wurden währenddessen in die Büros verteilt.

»Du bist nicht gerade begeistert über die Entwicklung, oder?«, fragte Koort-Eike Elias.

Der starrte auf seine gelben Zettel, die das gesamte Büro überzogen wie Zitronenfalter. Ja, dass Franz mit Boris den Drachen hatte steigen lassen, war dort ebenfalls notiert. Sein Blick schweifte zu den ersten Zetteln auf der Topfpflanze, die Boris' Angst dokumentierten, als er mit seiner Mutter in die PI gekommen war, um Anzeige wegen des buckligen Männleins zu erstatten. Angst vor Franz Büttner? Aber hatte Franz ihn denn wirklich geängstigt? Beim Drachensteigen hatte der Junge vollkommen fröhlich und ungezwungen gewirkt.

Doch halt, dachte Elias. Edith, die Psychologin aus Hannover, hatte ihm mal erklärt, dass sich alles, was man sieht oder hört, im Gehirn mit den eigenen Erfahrungen, Erwartungen und emotional gefärbten Erinnerungen mischt. Vielleicht war ihm selbst fröhlich und ungezwungen zumute gewesen, als der Drachen im Wind flatterte, und er hatte sein eigenes Gefühl auf Boris übertragen. Verdammt, dass man solche Szenen nicht im Gedächtnis abspeichern konnte wie Videos.

»Bald ist das hier vorbei, dann haben wir alle wieder ein Privatleben«, sagte Sven und sah dabei so sehnsüchtig aus, dass man ihn als Paradebeispiel dafür nehmen konnte, wie sich Erinnerungen verfälschten, schon wenn man eine einzige Nacht nicht mit dem Nachwuchs verbracht hatte.

Elias überlegte, was er selbst tun würde, wenn er wieder einen Feierabend hätte. Sofort tauchte, fast zwanghaft, das Bild seiner Mutter vor seinem inneren Auge auf. Er ergänzte es rasch durch das von Günther Nowotny, dem weißhaarigen Charmeur und Frauenbeglücker, der seine Mutter ins Konzert begleitete und ihrem Leben einen neuen Sinn gab. Elias merkte, dass seine Gefühle für Günther schon herzlicher waren als die für seinen verstorbenen Vater. Wie schade, dass er so wenig über ihn wusste. Er kannte nicht mal seinen Geburtstag, um ihm etwas zu schenken.

Seine Hand wanderte mechanisch in die Hosentasche. Er holte den Haftklebezettelblock heraus, notierte den Namen *Günther Nowotny* und klebte ihn Koort-Eike an die Hemdentasche. »Kannst du dich um den mal kümmern? Computertechnisch?«

»Was hat er denn mit dem Fall zu tun?«, wollte Koort-Eike wissen, der den Zettel in Augenschein nahm.

»Gar nichts«, erklärte Elias. Es ging ihm ja nur um den Geburtstag. Er beschloss, schon mal eine Flasche Riesling zu besorgen, damit er etwas parat hatte, falls seine Mutter sich entschied, ihm ihren Freund einmal vorzustellen.

18

Der Plan, den die Chefs sich überlegt hatten, bestand darin, Leute auszufragen. Was ja eigentlich immer der Plan war, wenn die Kripo ermittelte. Sie sollten zu zweit losmarschieren, um in Neermoor bei den Nachbarn zu klingeln und herauszufinden, wie Franz Büttners Beziehung zu Stefanie und Boris Coordes gewesen war. Harm legte ihnen ans Herz, dabei äußerst diskret vorzugehen, damit Franz, sollte er wider Erwarten doch unschuldig sein, nicht in Verruf geriet.

Olly brach in böses Gelächter aus, als er das sagte. »Mann, Harm, was ist das für 'ne beschissene Heuchelei! Wie soll man die Leute daran hindern zu überlegen, ob Franz Steffi umgebracht hat, wenn wir sie genau danach fragen? Da müsstet ihr sie hinterher schon alle auf den Kopp hauen.«

»Frau Staatsanwältin, ich muss doch sehr bitten«, sagte Herr Ippen. Olly ging raus, türenknallend natürlich, und Harm meinte verschwommen in die Runde: »Ja, unsere Olly...«

Dann legten sie los.

Elias ging wieder mit Hedda zusammen, und sie suchten zunächst einmal Horst-Berthold und Gerda Klaasen auf, die sich ja bereits zuvor als recht informiert erwiesen hatten.

»Ach, Franz Büttner?«, meinte Horst-Berthold überrascht, als sie aufs Thema kamen.

»Wir wollen nur ganz allgemein wissen, was man über ihn hier im Dorf so denkt. An Büttner ist nichts Besonderes. Wir nehmen jeden unter die Lupe«, sagte Hedda, getreu ihrem Auftrag, Büttner nicht verdächtig wirken zu lassen.

»Uns auch?«, wollte Gerda Klaasen pikiert wissen.

»Klar, aber da haben die Leute bisher nur Nettes erzählt«, log Hedda.

»Meinen Sie die Petersens von nebenan?«

»Die konnten Ihren Garten gut leiden«, wand sich Hedda heraus.

»Das hätte ich nie von ihr gedacht, also von Frau Petersen. Die ist nämlich … Na ja, warum soll ich es verschweigen, wo Sie mich sozusagen amtlich nach ihr befragen.« Gerda mochte die Petersens nicht, weil sie ihnen damals, als sie nebeneinander gebaut hatten, nachts ein paar Steine geklaut hatten. Herr Petersen hatte bis Mitternacht gemauert, und da hatte er gemerkt, dass ihm etwa ein Dutzend Steine fehlten, um seine Mauer fertig zu kriegen. Und da sie beide das gleiche Material verwendeten, hatte er sich bei ihrem Steinhaufen bedient, mit dem Vorsatz, die fehlenden Steine am nächsten Tag zu ersetzen, was ja menschlich gesehen auch verständlich war. »Aber er hätte trotzdem fragen müssen, nicht wahr? Da fragt man doch!«

Hedda, die während der langatmigen Erzählung ihre Gedanken auf die Reise geschickt hatte, schreckte hoch, stimmte zu und beteuerte auf Nachfrage, dass sie selbst auf jeden Fall erst die Erlaubnis eingeholt hätte. »Und Franz Büttner?«

Franz sei ein sonderbarer Mensch, erklärte Herr Klaasen. Das auf jeden Fall. »Kinder sind doch eher ein weiblicher Teil des Lebens, wenn sie noch so klein sind«, meinte er. »Und gerade kleine Kinder sind doch bei der Mutter am besten aufgehoben.«

Gerda Klaasen erzählte, wie ungeschickt ihr Mann sich angestellt habe, als ihre Kinder brüllten, und wie sie selbst aber immer sofort gewusst habe, wie die Kinder zu trösten gewesen seien.

»Das hat man als Frau wahrscheinlich im weiblichen Y-Chromosom«, vermutete Horst-Berthold. Und deshalb war es ihm auch gleich verdächtig gewesen, als er gehört hatte, dass Franz Büttner als Kindergärtner arbeitete. »Ich persönlich hätte ihm auch nicht erlaubt, Steffi mit ihrem Rollstuhl durch die Wiesen zu schieben.«

»Hat er das getan?«, fragte Hedda und schrieb es sofort in ihr Notizbuch.

»Klar. Weil sich ja sonst keiner Zeit genommen hat. Das ist doch so – heutzutage, wo alle Frauen arbeiten. Aber zum Seefest hätte ja auch Gitta mit den Kindern gehen können, wo sie doch immer so fürsorglich mit ihnen getan hat«, fand Gerda und erzählte ihnen, wie peinlich es gewesen sei, als Gretje Bruns, die Frau, die im weißen Haus neben der Kirche wohnte, Franz Büttner am Würstchenstand angesprochen und gefragt hatte, ob er der Vater der beiden sei. »Wo doch alle wussten – na ja, oder wenigstens die Leute, die schon länger im Dorf wohnen –, dass der Vater von Boris ein Russe gewe…«

»Nein, meine Liebe: ein Pole. Ich zeig dir das nachher mal auf der Landkarte.«

»… jedenfalls ein Ausländer war. Und der Vater von Steffi…«

»Was hat Franz denn auf die Frage geantwortet?«, unterbrach Elias sie.

»Er hat gelacht und gesagt: ›Natürlich!‹ Aber da hat er sich nur lustig machen wollen über Gretje. Er *kann* ja gar nicht Steffis Vater sein, weil… das war doch dieser Vertreter.«

Hedda hatte glitzernde Augen bekommen und schrieb und schrieb. »Da siehst du«, sagte sie draußen auf der Straße zu Elias. »Die Fäden laufen alle zusammen. Franz Büttner ist der Vater der beiden oder wenigstens von einem von ihnen.«

»Und wie passt das nun zu unserer Theorie?«

»Das werden wir schon rausfinden.«

Um es zusammenzufassen: Franz Büttner leugnete jegliche Vaterschaft, als sie ihn auf dem Revier verhörten. Blass bis zu den Fußsohlen bot er ihnen an, einen Vaterschaftstest machen zu lassen. Im Hause Coordes würde es bestimmt genug Möglichkeiten geben, die DNA von Steffi im Vergleich festzustellen.

»Wir werden Ihre sämtlichen Aussagen genau überprüfen, verlassen Sie sich drauf«, erklärte Schmidt, der ihn verhörte, grimmig.

Als er aus dem Verhörraum kam, sagte er in die Runde seiner Kollegen: »Der Junge ist weichgekocht. Noch ein paar Tage, und wir haben das Geständnis auf dem Tisch.« Er war hochzufrieden damit, wie er ratzfatz einen Fall gelöst hatte, an dem sich die Provinzkripo die Zähne ausbiss, das konnten sie sehen. »Man ist halt Profi«, meinte er vertraulich zu Elias, der ja auch von auswärts kam.

Harm trank den Tee, den er gerade frisch aufgegossen hatte, gekränkt allein aus.

Dass Bärbel an diesem Tag beerdigt wurde, erfuhren sie erst sehr spät, nämlich fünfundvierzig Minuten bevor es losging. Jens Jensen, der Leiter des ZKD, hatte die Nachricht zwar schon am Vortag erhalten, auf einen weißen Zettel gekritzelt und sie Harm auf den Schreibtisch gelegt, aber der hatte ihn im Wust der Papiere übersehen, und so mussten sie, als Jensen nachfragte, im Eilmarsch los. Harm, Sven und Elias.

Wobei Elias sich einfach dranhängte, denn immerhin war Bärbel gestorben, weil sie vor ihm davongelaufen war. Die Verantwortung lastete auf ihm.

»Sie ist nicht vor dir, sondern vor Franz Büttner weggelaufen«, sagte Harm.

»Weil sie gesehen hat, wie er Steffi abmurkste«, ergänzte Sven.

Elias schüttelte zweifelnd den Kopf.

Der Beerdigungsgottesdienst fand in der Neermoorer Friedhofskapelle statt, die wie ein zu groß geratenes Nurdachhaus aussah. Sehr hübsch, eigentlich. Vermittelte ein Urlaubsgefühl. Allerdings hatte die Feier wider Erwarten noch nicht begonnen. Bärbels Sarg befand sich bereits vorn, zwischen Blumen und Leuchtern und einer Sonne aus Stroh, auf der eine handgestickte Seidenschleife verriet, dass Boris, Gitta, Mama und Papa tieftraurig waren. Die Trauerfamilie selbst war noch nicht eingetroffen.

Die drei Kommissare drängten sich in eine der vorderen Bänke und warteten. »Wenn du hier einschläfst, bist du tot«, wisperte Harm Sven zu, als dessen Kinn zur Brust glitt. Das fehlte noch, dass man der Polizei mangelndes Mitgefühl vorwarf, wo sie sowieso schon so eine miese Presse hatte. Sven setzte sich wieder senkrecht.

Die Leute aus dem Dorf lächelten ihnen aber freundlich zu. Es hatte sich wohl wie ein Lauffeuer herumgesprochen, dass es Franz gewesen war, der die arme Bärbel in den Tod gejagt hatte. Man nahm Elias also nichts mehr übel. Nur ein alter Herr pikste Harm mit seinem Regenschirm in den Rücken, um anzudeuten, dass er ihre Arbeit für suboptimal hielt.

Elias beugte sich seitlich aus der Bankreihe und las noch einmal die Namen auf dem Seidenstoff. Steffi stand nicht auf der Schleife. Sie wissen, dass sie tot ist, dachte er und seufzte still. Er machte sich Vorwürfe, weil er nicht hartnäckiger nachgehakt hatte, als Bärbel gekommen war, um über das bucklige Männlein zu berichten. Er hätte auch Boris strenger rannehmen müssen. Harm beugte sich an Sven vorbei zu ihm herüber und flüsterte: »Hör auf damit. Es war nicht deine Schuld.«

In diesem Moment steckte der Pfarrer den Kopf durch eine Seitentür und überflog die Menge, um zu sehen, ob die Trauerfamilie sich vielleicht an ihm vorbei in die Kapelle gemogelt hatte. Als er sie nicht entdeckte, zog er besorgt die Tür wieder zu. »Gitta ist aber auch *nie* pünktlich«, zischte eine Frau mit einem schwarzen Hütchen.

»Vielleicht kommt sie gar nicht, die macht doch immer alles anders, als es sich gehört«, antwortete ihre Nachbarin, die schon älter und offenbar schwerhörig war, weshalb ihre Bemerkung durch die ganze Kapelle hallte.

Betretenes Schweigen.

Aber dann kam Gitta doch, und sie machte tatsächlich alles anders, als es sich gehörte, doch das konnte man ihr nicht verübeln.

Mit einem kreidebleichen Gesicht, dass es einem das Herz zusammenschnürte, brüllte sie durch die Kapelle: »Boris ist weg!« Sie rannte den Gang zwischen den Stühlen hinauf, drehte sich dabei und schrie es wieder und wieder. Als sie Bärbels Sarg erreicht hatte, stellte sie sich vor die Trauergemeinde und kreischte: »Ihr wisst es doch alle: Sören van Doom will mich kaputt machen. Er hat sich Steffi geholt. Er hat Bärbel auf dem Gewissen. Und nun auch noch Boris. Begreift ihr das denn nicht? Der ist ein Mörder! Und der hört gar nicht mehr auf.«

Es war mucksmäuschenstill im Raum.

Der Pfarrer, der Gittas Geschrei im Nebenraum mit ange-hört hatte, öffnete die Tür, doch obwohl er von Berufs we-gen dafür zuständig war, in Grenzsituationen zu intervenie-ren, wusste er nicht, was er tun sollte.

Schließlich erhob sich Harm. Er war ein feiner Mensch, und als er zu ihr ging und sagte: »Wir suchen ihn – jetzt auf der Stelle«, da klang er so betroffen und ehrlich, dass sie ein-fach nur nickte. Er holte sein Smartphone heraus und gab seine Kommandos nach Leer durch, sodass jeder es hören konnte: ein Suchtrupp, so viele Leute wie möglich, ein Hub-schrauber. Dann sah er sich die Neermoorer an und erklärte ihnen, dass die Beerdigung verschoben sei und dass sie jetzt alle gemeinsam hinausgehen und die Gegend durchkämmen würden. Die Leute nickten.

Man durchsuchte zunächst das Friedhofsgelände. Einmal, weil es ja direkt vor der Kapelle lag, und dann auch, weil man vermutete, dass sich Boris dort verkrochen haben könnte. Schließlich war es seine Mutter, die beerdigt wurde, und man weiß ja nie, wie der Mensch da reagiert. Ein kleiner Mensch zudem.

Der Friedhof war in zwei Teile geteilt. Unten bei der Ka-pelle befanden sich die neuen Gräber, oben, erreichbar über fünf breite Stufen, der alte Teil, in dem Bärbel beerdigt wer-den sollte, weil ihre Familie dort ein Familiengrab besaß. In dieser Ecke des Friedhofs waren viele Gräber verwaist und mit Gras und Unkraut überwuchert, vielleicht, weil die letz-ten Hinterbliebenen verstorben oder weggezogen waren.

Elias trottete über die Friedhofswege. Marmorengel er-hoben sich zwischen den Pflanzen. Um die Anlage zog sich eine Hecke, die an zwei Stellen durch Türchen unterbrochen wurde. Hinter die Türchen wurden die welken Blumen und Kränze geschüttet und offenbar regelmäßig abgeholt, wie mehrere Reifenspuren zeigten. Am Ende musste auch der Tod straff durchorganisiert werden, es half ja nichts. Der Wagen, der die verblühten Pflanzen abholte, kam über den kleinen Weg, der am Haus der Coordes' vorbei zum See führte.

Elias drehte sich um, als er ein bitterliches Weinen hörte. Oma Inse stand neben der offenen Kuhle beim Familiengrab. »Wenn jetzt auch Boris was passiert ist, dann bring ich mich um. Das halt ich nicht aus«, sagte sie zu Elias. Er spürte, dass sie es ernst meinte.

Es wurde Abend, aber sie fanden den Jungen nicht. Trotz Suchtrupp, trotz Taucher im See, trotz Hubschrauber.

Franz wurde währenddessen pausenlos verhört. Boris war seit dem Frühstück von niemandem mehr gesehen worden. Er konnte also durchaus verschwunden sein, während Franz noch in Freiheit gewesen war. Schmidt, der mit den anderen Kommissaren im Raum hinter dem Verhörzimmer stand und durch die Glasscheibe zusah, wie einer seiner Verhörspezialisten den Verdächtigen in die Mangel nahm, erklärte in die Runde: »Der Saukerl ist es gewesen. Darauf verwette ich meine Pension!«

Olly schüttelte den Kopf. »Das kriegt hier eine Eigendynamik«, sagte sie. »So was dulde ich nicht.«

»Na, na, Frau Staatsanwältin.« Schmidt schlug einen Ton an, der wohl andeuten wollte, dass man sie leicht ersetzen könne, wenn sie überfordert sei.

»Die Familie hat Steffi nicht mit auf den Kranz geschrieben«, meinte Elias. »Sie sind sich sicher, dass sie nicht mehr lebt. Sollten wir uns nicht fragen, warum?«

»Wenn ein behindertes Kind so lange verschwunden ist, dann muss man ja wohl davon ausgehen, dass ihm etwas zugestoßen ist«, meinte Schmidt.

»Ja, aber man würde sie auf die Schleife setzen, solange man noch einen Funken Hoffnung hat, und die meisten Familien haben sehr lange Hoffnung«, wandte Elias ein.

Olly blickte ihn an. »Denkst du, Gitta hat ihr was angetan?«

Er zuckte mit den Achseln.

»Sondern?«

»Wir müssen bei den Coordes' ansetzen«, sagte er und wunderte sich nicht, dass Kollege Schmidt mit dem Zeigefinger gegen die Stirn tippte.

Obwohl Harm seinen Konkurrenten nicht ausstehen konnte, gab er ihm recht. »Boris ist der Kronprinz der Sippe. Dem hätte keiner von ihnen ein Leid zugefügt. Was ist? Was machst du für ein Gesicht?«

»Nix«, sagte Elias und dann: »Kronprinz.« In seinem Kopf begann ein Lämpchen zu leuchten. Er nahm sich einen gelben Zettel, notierte den Ausdruck und klebte den Hinweis auf das Display seines Smartphones.

»Franz gesteht ohne Ende«, brummelte Harm. »Wir wissen inzwischen, dass er Steffi wirklich oft rumgefahren hat. Sie hat ihm leidgetan, sagt er, weil Gitta sie so oft angebrüllt und Bärbel sich überhaupt nicht um sie gekümmert hat. Die Oma hat auch immer nur mit Boris rumgemacht. Die hat sich wegen Steffi geschämt, sagt Franz, und die Kleine weitgehend ignoriert.«

Hedda knöpfte die beiden oberen Blusenknöpfe, die unter dem Druck des Tages aufgegangen waren, zu und ergänzte: »Dass er Boris gut gekannt hat, habt ihr selbst festgestellt –

ich meine jetzt das Drachensteigenlassen. Um den Punkt kommt man nicht rum: Franz Büttner hat sich an die Kinder rangemacht. Und Bärbel, die Steffis Entführer gesehen hat, ist panisch weggerannt, als Franz plötzlich vor ihr auftauchte, und Boris, der Steffis Entführer ebenfalls gesehen hat, ist verschwunden. Das nennt man eine Indizienkette.«

»Ich hab den Kindern nichts getan«, sagte Franz Büttner in diesem Moment drinnen im Verhörraum – das war die Antwort, die er inzwischen auf jede Frage gab.

»Wir machen Schluss«, entschied Schmidt. Es ging inzwischen auf Mitternacht zu. Ihnen war klar, dass Franz in dieser Nacht mit nichts mehr herausrücken würde.

Elias wollte aber trotzdem mit ihm sprechen. Er hatte nicht einschlafen können, weil er immer daran denken musste, was Gitta über Steffi gesagt hatte: Sie ist gerade jetzt irgendwo, ganz real ... Und dasselbe galt natürlich auch für Boris. Bilder von modernder Erde, durch die sich Wurzeln gruben, quälten ihn. Wo steckte der Junge nur?

Er stand auf und schlich an Ollys Zimmer vorbei. Sie hatte ihre Schlafzimmertür sperrangelweit offen stehen lassen und bot, beschienen vom Mondlicht, in ihrem dünnen Schlafanzug ein Prachtbild. Er seufzte, schlich weiter zum Auto und fuhr nach Aurich zum Untersuchungsgefängnis.

Erst wollte man ihm nicht aufmachen, aber als er sich auswies und erklärte, dass er zu dem Team gehörte, das den Fall Steffi und Boris Coordes untersuchte, ließ man ihn hinein.

Franz schlief ebenfalls nicht – kein Wunder. Er blickte erschrocken zur Tür, als der Wärter sie für Elias öffnete, und sah aus, als habe er Angst, dass nun zur frühen Stunde die hochnotpeinliche Befragung weiterginge.

Elias beruhigte ihn, indem er ihm ein Bier aus dem Sechserpack anbot, das er zuvor bei einer Tankstelle besorgt hatte. Dann begann er ihn nach Opa Bartel auszufragen. Aber Franz hatte keine Lust, über den Opa zu sprechen. Er trank wortkarg noch ein zweites, drittes und viertes Bier, und dann begann er über seine eigenen Sorgen zu reden.

»Es fing schon an, als ich meine Ausbildung gemacht habe. Die Sabine war klasse, damit meine ich: modern. Die hat mich ja auch eingestellt. Aber die älteren Semester – schrecklich. Ich komme hin, und für die bin ich sofort verdächtig. Das hat mich geblockt – aber wie! Verstehen Sie das?«

Elias, der sich an ein Tischchen an der Wand gesetzt hatte, nickte.

»Ich hab mich kaum in die Nähe der Kinder getraut. Also schon ... aber ich habe sie selten angefasst. Darauf hab ich geachtet. Aber am Ende bringt das ja nichts, hm? Du musst sie auf die Schaukel heben, sie hochnehmen, wenn sie heulen, und was soll ich tun, wenn eins dabei sein Köpfchen auf meine Schulter legt? Ich kann sie doch nicht am ausgestreckten Arm trösten.«

»Nö, wohl nicht.«

»Unsere Kolleginnen benehmen sich wie Mütter, und du musst dich eben wie ein Vater benehmen, hat Sabine zu mir gesagt. Und das hört sich völlig klar an. Aber dann kommt die Frage: Begleitet ein Vater sein Kind zum Klo? Ich hab das in der Kollegenrunde angesprochen, damit über diesen Punkt Klarheit herrscht, und alle haben gesagt: Natürlich gehst du mit ihnen zum Klo. Schon wegen des Personalschlüssels, weil wir ja viel zu wenig waren. Nur Natascha hat gemeint, sie finde das nicht richtig. Auch bei Jungs nicht.«

Franz erzählte und erzählte, und so langsam bekam Elias ein Bild davon, wie schwierig es war, als Erzieher zu fungieren, ohne in die Bredouille zu kommen.

Schließlich kam die Sache mit den Zeichnungen, von denen Koort-Eike gesprochen hatte. Natascha hatte sie heimlich eingesammelt und ihren Freundinnen und – nach eingehender Besprechung – jemandem von irgendeiner Beratungsstelle gegen sexuellen Missbrauch an Kindern vorgelegt, und dann kam die Polizei. Man hatte ihm natürlich konkret nichts vorwerfen können, aber das mit der Polizei machte in Straubing trotzdem die Runde, und es gab wüste Beschimpfungen und Mails, igitt, und die Mütter warteten vor der Kindergartentür, und da musste er eben gehen.

»Obwohl ich gemerkt habe, dass ich beruflich ganz klar auf dem richtigen Weg bin. Ich mag Kinder. Die sind so unbefangen. Die lachen so gern, und denen kannst du die Welt erklären, und sie geben dir so viel Zuneigung, wenn du dich nur richtig – also damit meine ich: korrekt, aber trotzdem mit Empathie – um sie kümmerst.«

»Warum haben Sie eigentlich keine eigenen?«, fragte Elias.

»Weil Marlene sich aus Kindern nichts macht. Ich mach mir übrigens auch nichts mehr aus Marlene.«

Gut, dass konnte man sich vorstellen, nach dem, was Elias von der Steuerprüferin gesehen hatte.

Franz trank das letzte Bier.

»Und um noch mal auf den Opa Bartel zurückzukommen: Wie viel kriegt der denn wohl mit von dem, was vorgeht?«

Franz zuckte die Schultern. »Keine Ahnung.«

»Aber raus aus dem Bett konnte er wohl nicht, oder?«

»Doch. Ich hab ihn gelegentlich im Rollstuhl gesehen, aber nicht sehr oft, weil Gitta und ihre Mutter ihn nicht gut heben können, wahrscheinlich. Hab ich aber noch nie drüber nachgedacht. Alte Menschen liegen mir nicht.«

»Hatte eigentlich jemand Steffi gern?«

Franz überlegte. »Bärbel, glaub ich. Auch wenn sie sich nicht gekümmert hat – ich hatte den Eindruck, sie mochte das Mädchen. Jedenfalls hat sie mal mit ihr 'ne Tüte Lakritz geteilt, als ich die beiden im Hof gesehen hab. Da haben sie miteinander gekichert. Ist das wichtig?«

»Könnte gut sein«, sagte Elias und notierte es. Dann stand er auf. Er hatte sich für nichts die Nacht um die Ohren geschlagen, außer dass er jetzt noch weniger als zuvor glaubte, dass Franz etwas mit dem Verschwinden der Kinder zu tun hatte.

Er verabschiedete sich und klopfte an die Zellentür, damit man ihn hinausließ. In diesem Moment sagte Franz Büttner: »Und wenn er im Baumhaus ist?«

Das Baumhaus. Franz hatte ihm beschrieben, wo es zu finden war, nämlich hinter dem Neermoorer See in einem Obstgarten, der einem älteren Ehepaar gehörte, das ihn nicht mehr bewirtschaften konnte. Sie hatten das Haus einmal für ihre Enkeltochter in die Äste gebaut, aber die war inzwischen weg zum Studium. Dann hatte Boris es entdeckt und spielte darin Pirat im Ausguck, hatte Franz erzählt.

Elias stapfte durch das Gras, das ihm bis zu den Kniekehlen reichte. Er blickte in die hellgrünen Kronen, in denen schon frühe Kirschen wuchsen. Schmetterlinge segelten durch die Luft, Insekten surrten. Schon beim dritten Baum wurde er fündig. Die Bretter des Baumhauses schimmerten schwarzbraun durch die Blätter, ein blauer Lappen war in eines der Fenster geklemmt. Neben dem Stamm lag eine Leiter, die ihn in hoffnungsvolle Stimmung versetzte. Bald war er auf der obersten Stufe und konnte in das Kabuff hineinsehen. Er roch muffig nach schimmligem Holz. Er entdeckte einen Schlafsack und ein kleines Kopfkissen mit einem karierten Bezug aus Oma Inses Sortiment. Neben dem Kopfkissen fand er eine Cervelatwurststulle, die angebissen, aber noch nicht hart geworden war. Offenbar war er fündig geworden.

Nur von Boris selbst war nichts zu sehen.

Elias rief beim Kommissariat an und informierte Olly.

Die Kollegen standen schneller auf der Wiese, als er sich die Nase schnäuzen konnte. Nicht nur Olly, sondern auch das gesamte K1, die Beamten von auswärts, ein Dutzend Kollegen von der Bereitschaft und eine Zeitungsvolontärin, die

eigentlich gekommen war, um über das Leben eines Kiosk-
besitzers in einer ostfriesischen Randgemeinde zu recher-
chieren, aber blitzschnell auf »Mord im Baumhaus« um-
schwenkte, als sie die Polizeiwagen eintrudeln sah. Sie stand
ihnen im Weg, war dabei aber ausgesprochen nett und hielt
sich an die Weisung, nicht mit der Redaktion zu telefonieren.

Das Baumhaus wurde nun gründlich unter die Lupe genommen. Kollege Schmidt hatte mit einem Einmalhand-
schuh die Stulle an sich genommen und hielt sie kritisch ins
Licht. »Eintüten und auf DNA-Spuren untersuchen«, befahl
er und erklärte ihnen auch gleich, warum. Noch war ja un-
klar, ob Boris nicht doch entführt worden war und die Stulle
von seinem Kidnapper stammte.

»Aber das wäre dann nicht Franz Büttner, denn dem haben wir ein klinisch reines Alibi verschafft.« Elias fand, dass
er dem Kindergärtner diesen Einwurf schuldete.

Harm schaute zu den Höfen hinüber, die jenseits des Sees
im Morgenlicht lagen. »Vielleicht war's am Ende doch Sören
van Doom. Kinder lügen nicht grundsätzlich.«

»Gitta können wir jedenfalls ausschließen«, meinte Elias.
Nicht mal mit fünfzig Jahren Schauspielschule hätte sie sonst
den Auftritt vor Bärbels Sarg hinbekommen. Sie hatte keine
Ahnung, wo Boris steckte, und sie hatte Angst um ihn.

Noch immer starrten sie auf die Höfe, die auf einmal trotz
Rosen und Fachwerk wie eine Brutstätte des Unheils wirkten.

»Franz Büttner wird jedenfalls aus der U-Haft entlassen«,
beendete Olly die improvisierte Teamsitzung.

Die Männer schwärmten aus, einige zum Hof der Familie
Coordes, wo der Ausreißer vielleicht schon wieder eingetrudelt war, andere ans Seeufer und zu Sörens Haus. Elias

bekam eine Eingebung und wollte sich auf den Weg zum Krötenbach hinter dem Friedhof machen, doch Koort-Eike hielt ihn auf.

»Dein Kerl, dieser Günther Nowotny… Was ist denn eigentlich mit dem?«

Wer war Nowotny? Elias brauchte einen Moment, um sich an Günther zu erinnern, dann fiel es ihm wieder ein: Mutters neuer Lebensgefährte, der feine alte Herr, der sie ins Konzert ausführte, ungestört vom Rest ihrer Familie.

»Hast du sein Geburtsdatum rausgekriegt?«

»Klar, und außerdem noch ein paar andere Sachen«, sagte Koort-Eike und begann zu erzählen.

Anschließend ging Elias doch noch zum Krötenbach, zusammen mit Olly, aber sie konnten Boris nicht entdecken.

»Ich bin kribblig vor Nervosität. Ich kann erst wieder durchatmen, wenn ich den Jungen leibhaftig und gesund vor mir habe«, sagte Olly. »Er wird doch wohl wiederauftauchen, oder?«

»Ganz bestimmt«, sagte Elias. »Boris ist ihr Kronprinz. Dem tun sie nichts an.«

»Dann tippst du also doch auf die Familie? Mensch, red nicht wie ein Orakel!«

Elias hob nur die Schultern. Ihm ging etwas durch den Kopf, aber seine Theorie war löchrig wie ein Schweizer Käse. Sie gingen weiter zum Gehöft der Coordes-Familie.

Oma Inse saß auf einem Korbstuhl im Hof, an einer Stelle, von der aus sie sämtliche Zuwege im Blick hatte. Ihr Gesicht war zerfressen von Angst, man konnte kaum hinsehen. Gitta stand vor der Haustür und telefonierte mit dem Pfarrer, um mit ihm zu besprechen, was aus Bärbels Beerdigung werden sollte. Elias, der ihr zuhörte, merkte, dass sie keinen vernünftigen Gedanken zustande brachte.

So wurde es Mittag und Nachmittag. Die ersten Polizeiwagen machten sich auf den Heimweg nach Leer. Harm stritt mit Kollege Schmidt über die Frage, wie die Ermittlungen weiterlaufen sollten. Der Mann aus Osnabrück war der Meinung, dass man Franz Büttner trotz Boris' Untertauchen im Auge behalten müsse, weil ja die Sache mit Steffi und das Verschwinden ihres Bruders gar nichts miteinander zu tun haben mussten.

»Denken Sie etwa, Herr Schmidt, hier in Ostfriesland verschwinden die Kinder im Minutentakt?«, regte Ulf, der danebenstand, sich auf.

»Vielleicht ist ja ein Kinderhändlerring im Spiel, und Büttner war Teil der Bande«, spekulierte Schmidt.

»So was gibt's hier nicht!« Ulf kehrte ihm brüsk den Rücken.

Es war halb vier, und Oma Inse ging hinein, um ihrem Mann etwas zu essen zu machen, denn der konnte ja nicht verhungern, nur weil sie selbst keinen Appetit hatte. Jemand aus der Nachbarschaft kam und wollte wissen, ob er und seine Freunde helfen könnten, und man schickte sie los, noch einmal die Gegend abzusuchen. Schaden konnte es ja nicht. Der Mann wollte gerade wieder abziehen, um seine Kumpel zusammenzutrommeln, da kam Boris auf seinem Rad durch die Hofeinfahrt.

»Nun rede schon, Junge«, sagte Harm zum hundertsten Mal, während sie mit Boris in Gittas guter Stube saßen. Der Kleine hatte sich in den Arm seiner überglücklichen Tante gekuschelt und presste die Lippen gegeneinander. Ein zehnjähriger Junge, klug und fest entschlossen, sich nichts entreißen zu lassen.

»Wenn du uns was verschweigst, dann bist du dran«, versuchte Schmidt es auf die forsche Art.

»Ist er nicht. Jeder hat das Recht zu schweigen und … Mann, du kannst mi achtern küssen!«, fuhr Harm den Kollegen an.

»Genau, Boris, du bist mit nichts dran, aber mit der Wahrheit rauskommen musst du trotzdem«, versuchte Olly einen Kompromiss.

»Ich weiß aber gar nichts«, sagte Boris. Sein erster klarer Satz. Elias bewunderte ihn dafür. So viel Mut angesichts einer Meute Erwachsener, die ihn weichkochen wollte.

»Auch nicht, wo Steffi steckt?«, fragte Gitta kreidebleich. »Es passiert dir nichts, Boris, das schwör ich dir. Egal …« Sie verschluckte den Rest des Satzes. Egal, was du getan hast. Interessant, dachte Elias. So war das also. Gitta hatte Angst, es könnte Boris sein, der für Steffis Verschwinden verantwortlich war. Ein Streit unter Geschwistern, der eskaliert war? Schätzte sie das so ein? Vielleicht hatte Boris Steffi mit zum Krötenbach genommen und sie dort, aus Wut, weil sie eine Kröte mit ihrem Rollstuhl totgefahren hatte oder so, in den Bach gekippt, wo sie ertrunken war. Dann hatte er ihre Leiche beseitigt – wobei man sich noch nicht recht vorstellen konnte, wie er das geschafft haben sollte – und anschließend Sören van Doom, über den er ja nur Schlechtes hörte, für die Tat verantwortlich gemacht.

Boris sah mit einem flehentlichen Blick zu Elias herüber.

»Vielleicht ist es ja gut, wenn man ihn erst mal in die Wanne steckt und ihm was zu essen gibt. Wenn er ausgeschlafen ist, hat er den Kopf wieder frei und kann uns alles erzählen«, schlug Elias vor.

Niemand war seiner Meinung außer Gitta. Aber die setzte sich durch. Boris gehörte in die Wanne und ins Bett, da hatte der Herr Kommissar ganz recht. Der Junge hatte nichts verbrochen, außer dass er heimlich in seiner Baumhütte übernachtet hatte, und wenn man ihm daraus einen Strick drehen wollte, dann sollte man ihr etwas Schriftliches vorlegen. Bestimmt war dieses Verhör sogar illegal. Kannte man ja – die Bürger überrumpeln.

Da zogen sie ab.

Die letzten Polizeiautos verließen den Hof. Nur Elias und Olly blieben zurück. »Warum eigentlich?«, fragte Olly, als sie den Wagen hinterherblickten.

»Weil ich gern noch mal mit Oma Inse und Opa Bartel reden würde«, sagte Elias. Sie gingen gemeinsam zu den beiden in die altmodische Wohnstube, wo Inse neben dem Bett ihres Mannes saß und vor Erleichterung über Boris' Rückkehr immer noch Tränen in den Augen hatte.

»Was für ein Glück, dass er wieder da ist«, sagte Elias und schob für sich und Olly ebenfalls Stühle ans Bett. Opa Bartel schaute sie an. Man wusste nicht, was er dachte. Seine Hand zuckte zu der Fernbedienung, die wie immer griffbereit auf der Bettdecke lag, aber er ließ den Fernseher aus.

»Wir sind von der Polizei«, sagte Elias zu dem alten Mann. »Aber das wissen Sie ja längst.«

»Was er weiß oder nicht weiß, kann niemand sagen«, erklärte Oma Inse. »Weil sich das nämlich jeden Tag ändert. Manchmal kommt es einem so vor, als wäre er völlig klar, dann wieder versteht er keinen Pieps. Die im Krankenhaus sagen, das ist so, wenn einer einen Schlaganfall hatte, und er kann ja leider nicht reden.«

»Schreiben kann er wohl auch nicht?«

Oma Inse lachte traurig, obwohl so etwas durchaus möglich gewesen wäre. Elias hatte davon gehört.

Er blickte hinaus in den Garten und die Hofecke, die dahinter lag, und stellte sich vor, wie es für Opa Bartel sein musste, tagaus, tagein zur Untätigkeit verdammt, die Familie zu beobachten. Seine Tochter Bärbel, die mit wenig Verstand und Elan ein Leben führte, das fast ausnahmslos vor dem Fernseher stattfand. Steffi, die oft Schmerzen hatte und durch den Hof kurvte und weinte und Gitta und Inse mit ihren Forderungen malträtierte. Seine ältere Tochter, die versuchte, den Laden am Laufen zu halten, und dabei immer stärker an ihre Grenzen stieß. Und natürlich Inse, die ihr Bestes tat, aber auch nicht jünger wurde. Hatte ihm das Angst gemacht? Hatte er darunter gelitten zu sehen, wie seine Lieben allmählich vor die Hunde gingen?

Der Hof wurde an der rechten Seite durch einen Zaun mit einem Türchen begrenzt. Dahinter verlief ein Entwässerungsgraben, von dem aus ein kleiner Weg zum Friedhof führte, wo morgen Bartels Tochter beerdigt werden würde.

»... konnten dabei aber keinen Hinweis auf Al-Qaida-Aktivitäten in diesem Raum Pakistans ...« Opa Bartel hatte nun doch den Fernseher eingeschaltet. Eine Nachrichtensendung. Seine hellen Augen in dem faltigen Gesicht blickten streng. Elias schaute über ihn hinweg wieder zum Gartenzaun. Sachte nahm er Ollys Hand und nickte in Richtung Tür.

»Wie – du weißt, wo Steffi Coordes steckt?« Sie starrte ihn entgeistert an und krallte sich an seinem Arm fest, um ihn am Weiterlaufen zu hindern. »Nun red schon, Kerl. Mach mich nicht meschugge.«

Aber Elias hatte keine Lust zum Reden.

»Du bist eine Nervensäge«, beschwerte Olly sich. »Nie sagst du, was los ist. Wie soll ein Mensch mit dir nur klarkommen? Zum Friedhof? Willst du zum Friedhof?«

»Olly, ich glaube, genau da haben sie sie hingebracht.«

»Steffi?«

Er nickte.

»Aber wer denn, zum Teufel?«

Sie gingen die Wege ab, doch sie brauchten nicht lange zu suchen. Nur wenige Meter neben der Grube, in der Bärbel am folgenden Tag beerdigt werden sollte, fand Elias ein überwuchertes Viereck, das sich gegen das rote Abendlicht abhob, weil man die Erde vor Kurzem bewegt hatte. Grassoden waren sorgsam mit einem Spaten herausgestochen und dann wieder nebeneinandergelegt worden. Elias begann, sie aufzunehmen. Die Erde darunter war festgetreten, die ersten Wurzeln aus den Soden hatten sich bereits wieder mit ihr verbunden.

Olly griff nach dem Smartphone. Sie sprach leise hinein, Elias konnte nicht hören, was sie sagte. Er wühlte mit den Händen die Erde auf. Ihm war entsetzlich zumute.

»Du ruinierst einen Tatort«, sagte Olly und zog ihn auf die Beine. Eine Frau, die einige Meter entfernt Moos von einem Grabstein scheuerte, blickte befremdet zu ihnen hinüber.

Noch bevor Harm und Schmidt mit der Spurensicherung kamen, kehrte Elias zum coordesschen Hof zurück. Oma Inse war auf ihrem Stuhl neben Opa Bartels Bett eingeschlafen, und er weckte sie vorsichtig. »Wir haben Steffi gefunden«, sagte er leise.

303

Oma Inse rappelte sich auf und führte ihn, mit einem besorgten Blick auf ihren schlafenden Mann, in die Küche, die blitzblank geputzt war, trotz der schrecklichen Aufregungen.

»Ich hab mir schon gedacht, dass es irgendwann rauskommen würde«, sagte sie und setzte den Teekessel auf. »Beruhigend oder anregend?«, fragte sie mit einem Blick auf die Teedose.

»Beruhigend, unbedingt«, sagte Elias. »Und dann würde ich mir sehr wünschen, dass Sie erzählen, wie das nun alles gekommen ist.«

»Wie so etwas immer geschieht«, sagte Oma Inse. »Durch Unachtsamkeit.«

Als der Tee fertig war, trug sie die Kanne – und Elias die Tassen – in die Wohnstube zurück. Sie setzten sich wieder an Opa Bartels Bett. »Und wie genau muss man sich das mit der Unachtsamkeit vorstellen?«, fragte Elias. In der Ferne ertönte ein Martinshorn. Dass die Kollegen aber auch immer so einen Wirbel machten.

»Ach, unsere Bärbel war schon immer ein schwieriges Kind«, gestand Oma Inse, »da konnte ich tun, was ich wollte. Es kam alles von der Toxoplasmose – das kennen Sie doch sicher, oder?«

Elias schüttelte den Kopf.

»Eine Krankheit. Sie wird von Katzen übertragen. Kann sein, dass ich Fieber hatte, ich weiß das gar nicht mehr. Hatte ja auch zu viel um die Ohren, um auf solche Wehwehchen zu achten. Für die Schwangere ist die Krankheit nicht weiter schlimm. Aber für das Baby. Anfangs kam mir Bärbel ganz normal vor, genau wie Gitta. Aber dann hab ich gemerkt, dass mit ihr etwas nicht stimmte. Mit ihrem Verstand. Sie hat so spät reden gelernt und war immer albern und hat auch nie gehört, wenn ich was gesagt habe.«

Oma Inse schüttelte den Kopf. Mechanisch strich sie über ihre Queen-Elizabeth-Frisur, obwohl die überhaupt nicht in Unordnung geraten war. »Es ist schwer mit einem Kind, das nicht hören will und alles verkehrt macht, aber Bärbel konnte ja nichts dafür, und deshalb bin ich geduldig geblieben. Gitta hat mir zum Glück geholfen.« Sie lächelte schwach. »Auf Gitta kann man sich verlassen. Sie hat auf Bärbel aufgepasst, wann immer ich nicht konnte. Sie war wie eine zweite Mutter.«

Wahrscheinlich hat sie damals ihre Abneigung gegen das Schwesterchen entwickelt, dachte Elias, sagte aber nichts.

»Wie sie dann aber mit dem dicken Bauch gekommen ist – Bärbel, nicht Gitta –, war ich komplett am Boden. Es war doch sowieso schon alles so schwer.«

»Wer war denn der Vater?«

»Keine Ahnung. Da wollte sie nicht drüber reden, und die Frau vom Sozialamt hat gesagt, wahrscheinlich weiß sie es gar nicht – als hätte Bärbel rumgemacht wie ein Karnickel.« Oma Inse traten Tränen der Scham in die Augen. »Aber ich lasse meine Kinder nicht im Stich, hab ich zu Bartel gesagt. Der war ja damals noch gesund. Und er war auch ganz meiner Meinung. Seine Kinder lässt man nicht im Stich. Und Bärbel konnte ja nichts dafür. Es war halt einfach Pech, das mit der Katze.«

Elias spürte eine kalte Wut auf den Galgenvogel, behielt sein Wissen aber für sich.

»Jedenfalls ist Steffi zur Welt gekommen, und irgendwann haben wir uns sogar gefreut. So ein Baby ist ja doch was Schönes. Es war ein ziemlicher Schock, als die Kleine dann auch nicht sprechen und krabbeln wollte. Ich dachte erst, das sei auch wegen der Toxoplasmose, aber der Arzt hat gesagt, da ist was bei der Geburt passiert, weil die so lange dauerte. Wir haben einfach Pech gehabt. Aber ich hab Bärbel nicht im Stich gelassen, und dieses Kind lass ich auch nicht im Stich, hab ich zu Bartel gesagt. Da kannst du reden, wie du willst. Und Gitta war meiner Meinung. Sie hat Steffi genau wie Bärbel vor allen Nachbarn verteidigt. Boris, der zwei Jahre später kam, war zum Glück in Ordnung.«

Oma Inse lächelte wehmütig und ein bisschen stolz. »Aber danach bin ich mit Bärbel zum Arzt und hab sie sterilisieren lassen. Noch mehr, das halt ich nicht aus, hat Gitta gesagt, und sie war ja sowieso schon am Ende ihrer Kräfte. Aber dass der Boris da war, das hat auch Gitta gefreut. Die hat ihn lieb wie ein eigenes Kind. Und ich hab Bärbel ordentlich die Meinung gesagt, als ich gemerkt habe, wie eifersüchtig sie ist, weil die Kinder nur bei Gitta spielen wollten.«

Elias hörte, wie die Haustür scharrte. Ein Blick über die Schulter zeigte, dass Olly ins Zimmer kam.

Oma Inse war so in ihre Erinnerungen versunken, dass sie es gar nicht merkte. Sie griff nach Opa Bartels Hand und drückte sie. »Es ging auch alles ganz gut, solange Bartel gesund war. Aber dann hatte er den Schlaganfall, und als er aus dem Krankenhaus wiederkam, war er ein Pflegefall. Wir schaffen das auch ohne seine Hilfe, hat Gitta gesagt. Sie ist ein Kraftmensch. Und Boris hat sie von Herzen lieb. Für den hätte sie alles getan. Aber in Wahrheit haben wir es doch nicht geschafft. Nicht mehr richtig. Bärbel hatte sich nur von ihrem Vater was sagen lassen. Jetzt wollte sie plötzlich nicht mehr helfen, und Gitta hat nur noch rumgeschrien. Schrecklich …« Oma Inse begann zu weinen.

»Und wie ist es nun dazu gekommen, dass Steffi sterben musste?«, fragte Elias. Täuschte er sich, oder bewegten sich in Opa Bartels dürrem Arm die Muskeln? Der alte Mann zog vorsichtig die Hand aus der von Oma Inse. Er war wach.

»Ich weiß nicht.« Oma Inse griff nach dem Zipfel ihrer Schürze und wischte sich Tränen fort. »Steffi wollte zum Opa, und ich hab sie gelassen, weil sie mich halb tot geredet hat, aber Bartel kriegt ja sowieso nicht mit, was sie quasselt, hab ich gedacht. Aber vielleicht kriegte er es doch mit, an diesem Tag. Ich weiß es nicht. Das ist doch immer unterschiedlich. Und ich hatte mit dem Backofen zu tun, der wieder mal gründlich geputzt werden musste, wegen dem Fett, und das war eine furchtbare Arbeit, mir tat schon der ganze Rücken weh. Aber wenn der Dreck erst mal Einzug hält, dann ist alles aus, hab ich gedacht. Dann schäm ich mich zu Tode. Ich konnte ja auch nicht wissen, dass Steffi einen Anfall kriegt.«

»Was denn für einen Anfall?«, fragte Olly.

»Einen Asthmaanfall«, erklärte Elias hastig, bevor Oma Inse viel von Ollys Anwesenheit bemerkte. Er wollte auf keinen Fall, dass der Redefluss der alten Dame versiegte.

»Sie *muss* einen Anfall gehabt haben, und ich denke, mein Bartel wollte ihr helfen. Sie lag halb auf seinem Bett, als ich ins Zimmer gekommen bin. Er muss sie dorthin gezogen haben. Vielleicht ist Steffi auch von selbst auf sein Bett gekrochen, als sie keine Luft bekam, weil sie hoffte, der Opa hilft ihr. Er hat ihr ein Kissen untergeschoben. Aber besser wäre, er hätte nach mir geklingelt.«

Elias starrte auf das weiße Kästchen mit dem weißen Knopf. »Das hat er aber nicht.«

Inse schüttelte den Kopf. »Aber er hat sie festgehalten, damit sie ihm nicht vom Bett rutscht und sich wehtut. Er hat ja einen ziemlich kräftigen rechten Arm.«

Opa Bartel drehte den Kopf. Er öffnete die Augen und schaute Elias mit klarem Blick an.

Olly räusperte sich. »Und warum haben Sie Ihre Enkeltochter dann in der Karre auf den Friedhof geschafft?«

Oma Inse blickte auf die kräftige Hand ihres Mannes und dann, gegen ihren Willen, auf das kleine Kissen, auf dem er seinen Arm lagerte, wenn er die Fernbedienung hielt. Es war klar, warum sie Steffi heimlich fortgebracht hatte: Weil sie wusste, dass Opa Bartel mit Absicht nicht geklingelt hatte, als Steffi ihren Asthmaanfall bekommen hatte, und vielleicht, weil sie fürchtete, dass er das Kissen gar nicht *unter*, sondern *auf* Steffis Gesicht gelegt hatte.

20

Schmidt war mit seinen Kollegen zurück ins Hotel gegangen. Man hatte Stefanie Coordes' Leiche in der Grube neben dem Familiengrab gefunden – eingehüllt in eine weiße Spitzendecke, mit einem kleinen, erdverkrusteten Kopfkissen, auf das ihr Kopf gebettet war. Man hatte die Familienmitglieder verhört und die wichtigsten Aussagen bekommen, und damit war der Durchbruch geschafft. Alles andere hatte Zeit.

Aber die Leeraner Polizisten mochten noch nicht in ihre Heime zurückzukehren. Sie saßen gemeinsam in Harms Büro und waren schockiert und konnten es einfach nicht fassen.

»Am Ende war es also der Opa«, konstatierte Harm, der mit beiden Händen einen Becher heißen Tee umfasste.

»Ob Opa Bartel Steffi erstickt hat oder er ihr einfach nicht geholfen hat, als sie ihren Asthmaanfall kriegte, werden wir aber nie beweisen können«, sagte Elias. »Weil sich ja nicht feststellen lässt, wie viel Verstand im Kopf des Opas vorhanden ist. Die Einzige, die es wissen könnte, ist Oma Inse, und die will es nicht verraten.«

»Aber er hat doch einen Knopf am Bett, den er drückt, wenn ihn was piesackt. Das weist auf Verstand hin«, meinte Olly staatsanwältisch kritisch.

Sven, der ausnahmsweise einmal wach war, schüttelte den Kopf. »Vielleicht ist bei ihm im Gehirn die Stelle, an der er gespeichert hat, wie Knöpfe gedrückt werden, noch korrekt in Ordnung, aber anderswo herrscht Durcheinander. Dann kann er drücken, wenn er Durst oder Hunger hat oder ihm die Fernbedienung entglitten ist, also bei existenziellen Bedürfnissen, aber nicht, wenn ein Unfall eintritt. So sind Sina, Lena und Dorothee ja auch, bloß dass sie das mit den Knöpfen noch nicht draufhaben. Die sind eben *nur* durcheinander.«

»Und vom Rest der Coordes-Familie will keiner was gewusst haben?«, fragte Hedda skeptisch.

Elias, der dabei war, die letzten gelben Klebezettel einzusammeln, die in Harms Büro verstaubten, hob eine Plastiktüte hoch und zog den Regenmantel von Oma Inse heraus, den er konfisziert, aber noch nirgends abgegeben hatte. Er zog ihn über und blickte seine Kollegen an.

»Hä?«, fragte Reinert mit vor Müdigkeit tränenden Augen.

»Damit hat doch alles angefangen«, meinte Elias, zog sich die Kapuze über den Kopf und lief mit krummen Schultern ein paar Schritte, damit seine Kollegen verstanden, worauf er hinauswollte. »Das bucklige Männlein. Bärbel ist auf die Wache gekommen, um sich zu beschweren, dass ein buckliges Männlein zu ihr gekommen ist. Ich denke, Folgendes ist passiert: Oma Inse ist in diesem Regenmantel rüber in Bärbels Wohnung gegangen, um zu sehen, ob mit den Kindern alles in Ordnung ist. Bärbel hatte möglicherweise etwas getrunken oder war im Halbschlaf oder beides. Jedenfalls hat sie nur die etwas gebückte Gestalt mit der Kapuze über dem Kopf gesehen. Ein buckliges Männlein, wie sie sich einbildet. Oma Inse geht an ihr vorbei und ins Kinderzimmer. Sie bleibt am Bett von Steffi stehen, die aber schon schläft, und dann ...«

»Ja, was – und dann?«, fragte Hedda.

Elias zögerte. Er hatte mit Boris gesprochen, aber mehr als Andeutungen hatte der Junge nicht gemacht.

»Nun?«, drängelte auch Harm.

»Ich denk mir, in diesem Moment muss etwas geschehen sein, was Boris zutiefst schockiert hat. Denn er *war* schockiert, als er später aufs Revier kam. Vielleicht hat Inse etwas in der Art gemurmelt wie: Dass der Herrgott uns mit dir strafen musste.«

»Oder sie hat selbst ein Kissen in die Hand genommen, um es Steffi aufs Gesicht zu legen, es aber wieder weggenommen«, spekulierte Olly.

Das wollte man nicht hoffen, ausschließen mochte Elias es aber auch nicht. »Jedenfalls hat Boris, der entgegen ihrer Annahme doch nicht geschlafen hat, einen Schreck bekommen. Für ihn war Bärbel oft lästig, aber doch die Schwester, um die man sich kümmern musste und die man lieb hatte. Das hatte Gitta ihm ja oft genug gepredigt: Steffi kann nichts dafür – sie ist, wie sie ist. Deshalb hat er sie auch im Rollstuhl rumgeschoben. Das machte ihm zwar keinen Spaß, aber andererseits war es auch beruhigend, wenn man zusammenhielt. Es muss ihn verstört haben, als plötzlich jemand behauptete, dass Steffi eine Last sei, die man am liebsten los wäre. Noch dazu Oma Inse, die doch immer gut zu allen ist.«

»Und dann hat Oma Inse ihr Gewissen erleichtert«, führte Hedda seinen Gedanken weiter, »indem sie Bartel erzählt hat, was sie fast getan hätte, und er hat es impulsiv zu Ende geführt, als die kleine Steffi neben ihm im Rollstuhl saß und ihren Anfall kriegte. Er hat das Mädchen aufs Bett gezogen und ihr Gesicht in die Kissen gedrückt, bis sie sich nicht mehr rührte.«

»Das muss nicht sein«, meinte Harm. »Vielleicht hat er es auch getan, ohne dass Inse was gesagt hatte.«

»Oder Oma Inse hat die Unwahrheit gesagt, und in Wirklichkeit hat sie selbst das Mädchen umgebracht«, sagte Reinert.

Elias schüttelte den Kopf. Das hielt er für ausgeschlossen,

nach dem Gespräch mit Oma Inse. »Jedenfalls steckte Boris in der Zwickmühle. Er hatte gesehen, wie Oma Inse Steffi auf der Karre fortbrachte, und der Himmel mag wissen, was er sich alles ausgemalt hat. Kein Wunder, dass der Junge nur noch stromern wollte. Und als man ihn ausquetschte und nicht nachgab, hat er eben gesagt, dass es Sören van Doom war, den er gesehen hat. Der war ja sowieso ein Feind der Familie.«

»Und wie passen die angenagelten Tiere dazu?«, fragte Harm.

Olly verzog ihr nettes Pferdegesicht zu einer Grimasse. »Das hat Oma Inse uns auch erzählt. Als Bärbel rausbekam, was ihre Mutter getan hatte – vielleicht hat Boris es ihr erzählt, oder sie ist von selbst draufgekommen –, da wollte sie Steffi rächen. Und brachte das um, woran die Oma hing, nämlich …«

»Murmeli und Kurt«, sagte Elias.

»Hießen die echt so bescheuert?«, fragte Hedda.

»Na ja«, sagte Elias und bemühte sich, Olly nicht anzusehen. »Bärbel wollte ihre Mutter nicht anzeigen, aber sie hatte ihre traurige Revanche. Boris wusste vielleicht auch über den Tiermord Bescheid, aber er hielt in dieser Sache ebenfalls den Mund. So sind Kinder ja, wenn sie in einem Loyalitätskonflikt stecken. Als er dann aber mitbekam, dass wir Franz Büttner im Verdacht hatten, den er doch gut leiden konnte, wusste er gar nicht mehr weiter und versteckte sich in seiner Baumhütte.«

»Also war nur Gitta unwissend«, fasste Harm zusammen.

»Sie findet uns übrigens furchtbar. Sie will nicht, dass jemand von der Truppe bei Bärbels Beerdigung erscheint«, sagte Olly.

»Warum ist Bärbel denn überhaupt fortgelaufen?«, fragte Harm. »Sie hatte mit dem Mord doch gar nichts zu tun.«

»Wegen Oma Inse«, sagte Elias. »Die beiden haben in der Nacht, als ich sie gemeinsam im Hof gesehen habe ...«

»Das war, als Elias meinen King Kong entführt hat«, erinnerte Olly und klang dabei ein bisschen giftig.

»... miteinander gestritten. Bärbel hat Inse vorgeworfen, dass sie der Steffi was angetan hat, und Inse hat Bärbel vorgeworfen, dass alles ihre Schuld sei, weil sie nicht mitgeholfen habe und ihnen das behinderte Kind überhaupt erst aufgehalst habe, und da ist Bärbel weg. Sie steckte ja auch in der Zwickmühle. Auf ihre Mutter hatte sie nach der Sache mit Steffi einen regelrechten Hass entwickelt. Aber anzeigen wollte sie sie nicht. Vielleicht Schuldbewusstsein oder das Gefühl, dass sie gegen ihre Mutter sowieso nicht ankäme, wenn sie vor Gericht aussagen müsste, oder auch ein Rest Solidarität. Trotzdem wollte sie nicht mehr mit ihr unter einem Dach wohnen, das hat sie wohl nicht ausgehalten. Und da ist sie erst in die Hütte am Eislaufplatz und dann zu ihrer Patentante. Und am Ende ...« Er blickte auf seine Hände und seufzte. »... ist sie vor dem Bullen weggelaufen, der sie vielleicht gezwungen hätte, doch gegen ihre Mutter auszusagen. Direkt in den Traktor rein.«

Hedda klopfte ihm tröstend auf die Schulter.

»Wir sind nur die Polizei. Wir können die Welt nicht retten«, sagte Harm. Seine Kollegen nickten. So war das ja auch.

»Jedenfalls«, sagte Olly zwei Tage später, als sie endlich etwas Luft hatten und abends gemeinsam nach Leer in die Altstadt fuhren, »werde ich keine großen Chancen auf einen Richterspruch mit lebenslänglich Gefängnis haben. Die Verteidigung wird darauf plädieren, dass Steffis Tod ein Unfall war und Oma Inse einfach kopflos gehandelt hat, und der Richter wird nicht wild darauf sein, Opa Bartel oder Oma Inse in den Knast zu stecken. Was sollen die da auch mit den beiden anfangen?«

Ja, das leuchtete ein. »Außerdem glaube ich, dass die Verteidigung recht hätte«, sagte Elias.

Sie parkten am Wasser und suchten sich ihren Weg zur Haneburg, wo das Konzert stattfinden sollte, das seine Mutter mit Günther Nowotny besuchen wollte.

Und da standen sie auch schon. Mutter in einem leuchtend roten Abendkleid, in der Hand eine Rose, auf dem Gesicht ein glückliches Lächeln, und daneben Günther. Man erlebt es ja nicht oft, dass jemand im Aussehen dem entspricht, was man sich vorgestellt hat, aber bei Günther war das so. Er überragte Mutter um einen Kopf, war schlank, aber kernig, mit einem weißen Haarkranz, einer sauberen Rasur, einem noblen schwarzen Anzug und einem Lächeln, das ein ganzes Seniorenheim vor Aufregung ins Koma bringen konnte.

Elias schüttelte ihm lächelnd die Hand. Seine Mutter war überrascht über ihr Kommen, aber sie begrüßte Olly herzlich und tat so, als nehme sie nicht wahr, dass die Begleiterin ihres Sohnes in einer Jeans, superengen Stiefeln und einem gewickelten Oberteil zum Konzert kam. Vielleicht nahm sie es auch wirklich nicht wahr, denn sie besaß ja erwiesenermaßen einen selektiven Blick, und Olly hatte sie fest ins Herz geschlossen.

»Das ist also der Herr Nowotny«, sagte Olly strahlend und schüttelte die Hand des weißhaarigen Herrn wie einen Pumpenschwengel. Sie kniff die Augen zusammen und betrachtete ihn genauer. »Sagen Sie, kennen wir uns vielleicht? Ich habe irgendwie das Gefühl, dass wir uns schon mal begegnet sind. Kann das sein?«

»Auf gar keinen Fall, denn eine hübsche junge Frau wie Sie würde ich niemals vergessen«, erklärte Nowotny galant, und Olly strahlte über ihr ganzes Pferdegesicht.

»Ich bin übrigens Staatsanwältin«, sagte sie, »und Elias arbeitet bei der Polizei. Aber das hat Frau Schröder Ihnen bestimmt schon gesagt, nicht wahr?«

Elias, der Günther genau beobachtete, meinte zu sehen, wie er ein klein wenig erblasste.

Das Konzert, das sie sich anschließend anhörten, hatte Klasse, da konnte man sich auf Mutters Geschmack verlassen. Ein Cello mit einem tiefen samtigen Klang. Ein begabter Pianist. Und bei Tschaikowsky konnte man ja sowieso nichts falsch machen.

»Wenn ich so drüber nachdenke«, sagte Olly über Mutters Kopf hinweg zu Nowotny, kaum dass das Klatschen zur Pause verebbt war, »haben wir uns doch schon mal getroffen, nämlich in Hamburg. Bei einer Auktion im Karin-Holzberg-Haus.«

»Bitte?«, stotterte Nowotny.

»Was wurde da gleich versteigert? Hochzeitsporzellan oder so?«

Nowotny stand auf und hätte sich wohl gern aus der Reihe geschlängelt, aber neben ihm saß ein fülliger Herr, der während des Konzertes eingenickt war. »Also, ich glaube nicht ...«

»Doch, ich bin mir jetzt sicher!« Olly nickte, dass ihr feuriges Haar wippte. »Die Auktion fand in der Franziska-Gericke-Straße statt.«

»Franziska ...« Blut schoss in Nowotnys bleiches Gesicht und färbte es nun dunkelrot.

»Jetzt muss ich Ihnen Ihr Kompliment aber zurückgeben«, meinte Olly. »Einen Menschen wie Sie vergisst man nicht!«

»Da habt ihr euch also tatsächlich schon getroffen?«, freute sich Mutter. »Das sage ich ja immer: Die Welt ist klein.« Mutter begann von einem Feuerwehrmann zu erzählen, der die Erdgeschosswohnung unter der Wohnung ihrer Tante bezogen hatte und der, wie sich herausgestellt hatte, einmal einen Brand in Lüneburg bekämpft hatte, wo eine Cousine von ihrer Mutter in einer Nachbarstraße gewohnt hatte.

Mittlerweile standen sie im Gang. Es war proppenvoll, niemand kam voran. Elias schnappte sich zwei Gläser Sekt von einem Tischchen und reichte sie an Mutter und Nowotny. »Reisen Sie gern?«, fragte er Mutters neuen Freund.

»Nun ja …«

»Demnächst findet nämlich eine Auktion in Düsseldorf statt, die kann ich empfehlen. Im Kunsthaus am Rheinufer neben dem Helene-Surkow-Stift. Kennen Sie sicher, als Insider. Wunderbare Antiquitäten. Da müssten Sie allerdings schon morgen oder spätestens übermorgen los, wenn's noch klappen soll. Aber es lohnt sich. Unbedingt.« Olly schnappte sich ebenfalls ein Glas Sekt und prostete Nowotny augenzwinkernd zu.

»Oh nein.« Mutter drohte ihrem Herzensmann schelmisch mit dem Finger. »Wie lange müsste ich dich denn dann entbehren?«

»Wer weiß«, sagte Nowotny schwach.

Plötzlich wurde Mutter besorgt. »Irgendwie siehst du nicht gut aus, mein Lieber. Ganz rot im Gesicht. Lass mich mal …« Sie fasste nach seinem Puls. »Viel zu rasch, mein Bester. Willst du dich nicht setzen?«

»In der Tat ist mir ein bisschen schwindlig.«

»O je, mit Schwindel ist nicht zu spaßen«, fand Olly. »Vielleicht wäre es besser, Sie fahren nach Hause und legen sich hin?«

Das hielt Nowotny für eine gute Idee. Er hatte auch nichts dagegen einzuwenden, dass Elias ihn zum Auto begleitete. »Ich habe Ihre Mutter wirklich gern«, sagte er, während er nach dem Autoschlüssel kramte.

»So gern wie Karin Holzberg, Franziska Gericke und Helene Surkow, die durch Ihre Bekanntschaft um einiges ärmer und dann mit einem gebrochenen Heiratsversprechen sitzen gelassen wurden?«, fragte Elias und gab sich nicht mehr die geringste Mühe, freundlich zu sein.

Nowotny sackte auf den Sitz hinter dem Steuer. »Tja, was für ein Jammer, aber ich muss wohl wirklich verreisen. Womöglich für länger.«

»Womöglich für immer«, sagte Elias.

Es war beinahe Mitternacht, als sie heimkehrten. Olly war hundemüde. »Ich geh sofort ins Bett«, sagte sie. »Obwohl es wahrscheinlich viel zu heiß zum Schlafen ist.« Sie gähnte und räkelte sich ausgiebig, sodass ihr Shirt aus dem Hosenbund rutschte. »Und was hast du vor?«

»Keine Ahnung«, stotterte Elias.

Er sah zu, wie sie im Haus verschwand und in der Schlafkammer das Licht anmachte. Hinter der Gardine bewegte sich ihr Schatten graziös wie der einer Tänzerin. Wahrscheinlich warf sie gerade ihr Shirt zu Boden. Und die Jeans hinterher. Da war sie ja eher unordentlich. Elias dachte an Jacqueline Sindermann. Die war nicht unordentlich gewesen. Aber seine Tulpen hatte sie trotzdem zu Boden geworfen. Keine schöne Erinnerung. Tat immer noch weh.

Natürlich waren Frauen unterschiedlich. Harms Imogen würde zum Beispiel niemals Tulpen zu Boden werfen. Da brauchte man sich keine Sorgen zu machen. Sie war viel zu gutmütig. Bei Olly hingegen konnte man nie wissen.

Als das altbekannte »Kikeriki!« ertönte und King Kong ihm in die Haare fuhr, griff Elias geistesabwesend zu. Er trug den Hahn am Hals zur Hundehütte, kettete ihn an und kehrte ihm wieder den Rücken zu. So stand er eine Weile. In Ollys Kammer wurde das Licht gelöscht. Nur eine Kerze flackerte noch, die Olly angezündet haben musste.

»Kikeriki«, ätzte King Kong, heiß vor Eifersucht.

Plötzlich erklang leise Musik aus dem Zimmer. *Somethin' stupid* von Robbie Williams. Olly hatte eine CD aufgelegt.

»Ja«, sagte Elias leise zu King Kong. »Du sorgst dich zu Recht, du Rabenaas.«

Er straffte sich und machte sich auf den Weg zu Olly.

Jede Seite ein Verbrechen.

REVOLVER BLATT

Die kostenlose Zeitung für Krimiliebhaber. Erhältlich bei Ihrem Buchhändler.

Online unter www.revolverblatt-magazin.de

f www.facebook.de/revolverblatt